한국의 기독교와 현대시

한 홍 자

국학자료원

책머리에

기독교는 한국에 근대 문명을 실어다 준 매개체였다. 우리의 근대화 과정이 외세의 압력에 의한 것이었으나 그 과정에서 기독교가 유입되었으며 문화 전반에 걸쳐 많은 영향을 끼쳤다. 특히 성서의 번역과 찬송가의 보급은 한국문학을 발전시키는 토대가 되었기 때문에 기독교와 한국문학은 절대적 연관성을 지니게 된다.

그 동안 이러한 관계를 규명하여 한국 문학에서 기독교의 위상을 정립하려는 노력은 각 분야에서 꾸준히 이어져 왔다. 특히 근대시에서 현대시로 발달해 가는 과정에서 사상적 배경과 형식적 율조에 기독교 찬송가의 역할은 절대적이라 할 것이다. 이 책은 이러한 일련의 과정에서 한국에 유입된 기독교가 현대시 발달에 미치는 영향을 정신사적 측면에서 규명해 보고자 한 것이다.

기독교의 유입과정과 함께 1910년대 현대시 초기에서부터 1960년대 까지 각 시대적 환경과 기독교의 관계를 살펴보았다. 또한 그 시대 속에서 신앙을 가진 시인들의 작품이 어떻게 변용되어 왔는가 하는 것을 통시적으로 규명함으로써 한국의 기독교와 현대시의 연관관계를 살펴보았다.

우리의 근, 현대사는 격동의 시기로 점철되었고 그 시대마다 기독교는 민족의식, 역사의식을 고취시키는 정점에 놓였었다. 각각의 시기에 기독교 신앙인들의 작품을 통해 기독교 의식을 표출하는 방법을 살펴

봄으로써 기독교라는 종교와 시라는 문학이 만나는 접점에서 그들이
지향하는 기독교 의식을 어떻게 표출하였는가를 살펴보았다. 이것은
단지 기독교라는 종교적 측면에서 시를 해석하기 위한 것이 아니라
한국의 현대시 발전에서 기독교가 차지하는 역할을 살펴보고자 한 것
이다.

　한국 시단의 역사와 기독교 교회사와의 상관관계 속에서 기독교의
발전과 함께 우리의 시문학사 속에서 기독교 정신에 입각한 시인들의
작품을 정리, 분석하여 기독교시의 위상을 규명해 보고자 한 것이다.
시대의 어둠과 수난의 질곡 속에서도 기독교시는 꾸준히 그 발자취를
남기며 지속적으로 발전하고 있음을 알 수 있다.

　이 책의 내용은 볼수록 부끄럽기만 하다. 처음의 의도에 비해 미숙
한 점이 너무 많기 때문이다. 그러나 이것을 계기로 지속적이고 심도
있는 연구를 하고자 다짐하는 마음으로 책을 펴낸다. 끝으로 이 연구
가 이루어지도록 끊임없는 관심과 격려를 아끼지 않으신 이성교 교수
님과 출판을 위해 쾌히 응낙해 주신 국학자료원 정찬용 사장님께 깊
은 감사의 말씀을 드린다.

2000년 1월

한 홍 자

目 次

Ⅰ. 머리말

1. 연구의의와 연구사

한국의 근대화는 서구화의 구도와 연계된다. 그것은 필요에 의한 자발적인 것이 아니라 주변 강대국들의 강요로 서구문화의 유입과 직결되기 때문이다. 서구문화는 근간이 기독교로 되어 있어 그에 대한 바른 이해는 기독교 문화의 이해에서 비롯된다. 한국의 근대화 과정에서 필연적으로 유입된 기독교의 영향은 여러가지 형태로 드러난다. 이것은 단지 종교적인 측면의 영향에 국한되지 않고 교육과 문화 전반에 걸쳐 개화의 시금석이 되었다.

기독교가 한국에 정착되기까지는 많은 고난과 시련을 겪었다. 고대로부터 토속적인 무속신앙과 불교, 유교사상으로 굳어진 이 민족에게 기독교는 전혀 생소한 종교였다. 이것을 우리 민족 문화에 연계시키기 위해 순교의 헌신이 뒤따랐으며 그 결과 현재는 기독교가 우리 민족의 유력한 종교가 되었다.

기독교가 문학에 수용되면서 기독교 문학이 배태되었고, 기독교 사상을 내포한 작품들이 등장하였다. 기독교가 우리 문학에 끼친 영향을 볼 때, 기독교 성서의 보급을 위해 한글로 번역사업을 펼친 결과 한글의 사용이 확산되었고, 개화기 문학의 주제가 되는 평등사상, 개화사상, 인권존중 등의 모체는 기독교 성서에 준하고 있다.

특히 시문학의 경우 개화기 창가는 기독교 찬송가의 영향을 받았고 그 후 근대시의 형태로 변모, 정착되었다. 이후 1910년대는 최남선과 이광수의 계몽주의 문학이 주를 이룬 시기이다. 그들은 기독교를 종교로 수용한 것이 아니라 사상적 측면에서 받아들였다. 그러나 성서를 기반으로 하여 기독교 사상을 작품에 투영시킨 정신적 작업은 그 나름의 의미를 지닌다.

1920년대는 당시 문단에 서구의 많은 문예사조가 유입되면서 허무와 퇴폐적 관념이 주를 이루는 가운데 기독교 의식을 가진 몇몇 시인들이 민족주의와 이상주의적 경향을 보였다. 그 후 30년대는 기독교 신앙을 바탕으로 한 시인들이 등장하면서 기독교 시는 성숙의 단계에 접어들어 시단에 뿌리를 내리게 되었다. 1940년대는 우리 민족에게 암흑의 시대로 지칭되며 민족성과 함께 기독교 의식을 상실해 가는 시기이다. 다행스럽게도 이같은 공백기를 윤동주가 출현하여 그 명맥을 유지하고 있다. 그리고 1950년대 민족의 수난과 극복이라는 역사적 현실 속에서 새로운 성장의 기틀을 마련하게 되었다. 1960년대는 현실에 대한 인식이 강하게 분출된 시점으로 기독교인의 양적 성장과 더불어 기독교시의 성장도 두드러진다.

기독교가 전파된 지 200여 년의 기간에 세계에서 유례를 찾아볼 수 없을 만큼 강렬한 신앙심으로 불타는 현실에서 기독교 문학에 대한 체계적 연구는 많은 의미를 지닌다. 이 분야에서 이제까지 많은 연구들이 축적되어 온 것은 사실이나 한, 두 가지 유형에서 크게 벗어나지 않는다. 일반적 기독교 문학론과 대표적인 두 세 시인의 작품을 논함으로써 한국 기독교시의 의식을 추출하는 방식이 그것이다.

기독교 의식을 지닌 시인 개개인의 천착을 통해 기독교시를 연구해 온 지금까지의 방법도 중요한 일이나 연구의 대상이 늘 한정적이라는 단점을 지닌다. 그것은 투철한 기독교 정신으로 시를 썼던 많은 시인들이 있음에도 불구하고 그들의 작품이 도외시되는 경향이 현저하기 때문이다.

이 책에서는 한국의 기독교시를 통시적 관점에서 고찰해 보고자 한다. 여기서 모든 기독교 사상을 지닌 작품을 총괄적으로 다룰 수는 없으므로 시인 개개인의 신앙과 작품의 문학성을 고려하여 선별하였다. 그 대상의 광범위해짐을 방지하기 위해 개신교 신앙인으로 한정하였음을 밝혀 둔다.

이것은 작가론이나 작품론이 아니기 때문에 한 작가나 작품에 대한 천착에 구애되지 않고 한국 기독교시의 형성에서부터 1960년대까지의 기독교시를 살펴보고자 한다. 여기에 논의되는 시인들은 당대에 기독교에서 자신의 생의 의미와 구원을 찾아낸 시인들이다. 그들이 갖는 종교적 의미를 찾고자 함이 아니라, 그들의 기독교적 정신 내지 의식이 어떻게 시에 육화되었는가를 심도있게 살펴보고자 하는 것이다.

우리 나라 개화기 시가에 끼친 기독교의 영향은 먼저 천주가사와 찬송가를 들 수 있다. 개화기 시가의 한 형태인 창가는 기독교의 찬송가에서 연유하고 천주가사는 기독교의 사상을 고취하는 내용으로 개화기 가사의 한 부분을 차지한다. 개화 당시 시가에 미친 기독교의 영향은 지대하였으나 그 후 20년대까지는 크게 진전되지 못하였다. 그것은 당시 우리 시단이 『創造』『廢墟』『白潮』 등의 동인지 중심으로 서구의 문예사조가 일시에 유입되면서 이른바 세기말적 징후인 퇴폐, 허무, 유미, 상징 등의 비기독교적 사상이 난무했기 때문이다. 그 후 30년대 이후 주목할만한 기독교 시인들의 등장으로 기독교 시문학이 활기를 띠기 시작하면서 평자들의 관심도 높아졌다. 그러므로 기독교 시문학에 관한 연구는 30년대 이후의 시인과 작품을 중심으로 활발하게 진행되어 왔다. 지금까지 연구된 것을 검토해 보면 몇 가지 유형으로 분류된다. 기독교 문학 일반론[1], 기독교 시문학에의 접근[2], 개화기 문

학과 기독교 사상에 관한 연구3), 기독교와 근대시에 관한 연구4), 기독
교와 현대시에 관한 연구5), 그 외에 석, 박사 학위 논문에서 윤동주,
김현승, 박두진, 박목월 등의 개별 시인 연구 중 기독교 의식 중심으
로 연구된 다수의 논문이 있다.

　　위의 연구 내용을 정리해 보면 먼저 기독교와 문학 일반 또는 시와

---

1) 김영수, 『기독교와 문학』(예원각, 1973)
　　신규호, 「한국 기독교 문학고」, 『시문학』(1986, 7-8)
　　장백일, 「고독 속에서 찾는 구도」, 『기독교사상』(1976, 8)
　　전영택, 「기독교 문학론」, 『기독교사상』(1957, 창간호)
　　조남기, 「기독교 문학론」, 『기독교사상』(1978, 9)
　　조신권, 『한국문학과 기독교』(연세대 출판부, 1983)
　　조연현, 「종교와 문학」, 『기독교사상』(1961, 8)
　　최종수, 「종교와 문학의 관계」, 『신학지남』(1978, 봄)
　　황헌식, 「기독교의 영향과 문학적 수용」, 『기독교사상』(1976, 8)
2) 김영수, 「신학적 상상력」, 『한국문학』(1976, 2)
　　김주연, 「한국 현대시와 기독교」, 『현대문학과 기독교』(문학과 지성사, 1984)
　　박두진, 「기독교와 한국의 현대시」, 『한국문학』(1964, 10)
　　박이도, 「한국 기독교시의 형성」, 『기독교사상』(1981, 4)
　　신규호, 「한국 기독교 시문학 서설」, 『한국인의 성시』(한국문연, 1986)
　　최종수, 「한국의 기독교시」, 『신학지남』(1978, 가을-겨울)
　　황금찬, 「한국문학에 투영된 기독교사상」, 『한국문학』(1976, 2)
3) 김경수, 「개화기 문학과 기독교」, 『기독교사상』(1982, 7)
　　조신권, 「개화기 시가와 기독교」, 『한국문학과 기독교』(연세대 출판부, 1983)
　　이민자, 『개화기 문학과 기독교』(집문당, 1989)
4) 구창환, 「한국문학의 기독교사상 연구」, 「한국 언어문학」15 (1977)
　　김병철, 『한국 근대 번역 문학사 연구』(을유문화사, 1975)
　　김영덕, 「한국 근대문학 배경과 기독교」, 「이대논문집」6 (1966)
　　양왕용, 『한국 근대시 연구』(삼영사, 1982)
　　정한모, 「기독교 전교시대와 한국문학」, 『한국문학』(1976, 2)
5) 강신주, 「한국 현대 기독교시 연구」(숙대 박사학위 논문, 1991)
　　박이도, 『한국 현대시와 기독교』(종로서적, 1987)
　　박춘덕, 「한국 기독교시에 있어서 삶과 신앙의 연관성 연구」(부산대 박사학
　　위 논문, 1993)
　　신규호, 「한국 기독교 시가 연구」(단국대 박사학위 논문, 1992)
　　신익호, 『기독교와 한국 현대시』(한남대 출판부, 1988)
　　이운용, 「한국 기독교시 연구」(조선대 박사학위 논문, 1988)

의 연관성을 전제로 기독교 문학 일반론 또는 기독교의 영향을 논한 것과 개화기, 근대, 현대로 시기를 구분하여 각 시기에 시문학에 나타난 기독교 의식을 연구한 것이다. 중요한 것을 거론하면 다음과 같다.

조남기의 「기독교 문학론」[6]은 기독교의 내용이 언어로 전달되는 것이고 언어는 문학적 기량을 총동원하여 추구되는 것이므로 보이지 않는 영적 세계를 계시하는 데는 문학의 이해가 중요하다고 하여 기독교 문학의 필수성을 역설했다. 이것은 단지 문학 자체에 목적이 있는 것이 아니라 보이지 않는 영적 세계의 계시를 위해 신학의 궁극적 목적으로서의 문학의 효용성을 주장한 것이다.

황헌식은 「기독교의 영향과 문학적 수용」[7]에서 기독교 시문학의 성립은 기독교 정신을 문학 속에 성육화하는 것으로 정의하고 기독교를 문학에 수용한 유형에 따라 시와 소설 작품의 예를 들어 설명하였다. 아직은 빈약한 한국의 기독교 문화 속에서 개괄적인 기독교 문학의 흐름을 소개한 것이다.

조신권은 『한국 문학과 기독교』[8]에서 천주교와 개신교가 한국 문학사에 끼친 영향을 논하면서 홍길동전을 천주교 신자였던 허균의 유토피아 사상이 피력된 소설로 규정하였다. 개신교의 유입으로 근대 시민 사회가 형성되고 기독교 문학이 탄생되었음을 주장하고 있다. 개화기 시가와 기독교 찬송가의 영향을 논하고 六堂과 春園의 시에 나타난 기독교 정신을 논하였다. 한국의 기독교 문학을 비교적 세밀하게 연구하였고, 홍길동전에 대한 연구와 육당, 춘원의 시에서 기독교 정신을 추출해 낸 연구는 선행연구라는 의미와 함께 이후에 이루어진 많은 연구자들에게 도전과 새로운 방향을 제시하고 있다.

최종수의 「기독교와 문학의 관계」[9]에서는 종교와 문학의 관계라는

---

6) 조남기, 「기독교문학론」, 『기독교사상』(1978, 9)
7) 황헌식, 「기독교의 영향과 문학적 수용」, 『기독교사상』(1976, 8)
8) 조신권, 『한국문학과 기독교』(연세대 출판부, 1983)

원론적인 입장에서 문학은 종교에서 시작되었고 종교에 의해 육성되었다는 사실을 피력하였다. 종교문학의 가치는 형식의 예술성과 아울러 내용의 사상성을 중시하므로 건전한 종교적 기준이 조화를 이룰 때 그 의의가 있다는 것이다. 문인들은 자기도취적인 신앙 감정의 표현보다는 오히려 불신적 요소와 회의를 포함한 진실된 신앙적 경험과 구령의 고뇌를 숨김없이 유추, 우회, 애매성, 상징 등의 기교를 통한 추구를 강조했다. 문학은 정신문화 발전에 기수 역할을 해야 하고 거기에는 종교의 도움이 있어야 한다는 지론이다. 문학과 기독교와의 관계를 통해 기독교 문학이 추구해야 할 방향을 제시하였다.

박두진의 「기독교와 한국의 현대시」10)는 세계문학의 중심인 서구문학은 기독교의 전통이 오랜 기간에 걸쳐 이루어진 기독교 문학인 데 반해 그것이 우리나라에 들어와 정착하기까지의 과정에서 드러난 문제점과 앞으로의 과제를 설명하였다. 한국의 기독교시는 시인의 기독교적 체험과 정서, 감각, 사상을 시의 본질에 불어넣어야 한다는 사명감을 강조했다. 저자 자신이 기독교 시인으로서 당면한 과제에 대해 가장 절실하게 표현했으며 한국 기독교시의 가능성을 일목요연하게 제시하고 있다.

황금찬의 「한국문학에 투영된 기독교사상」11)은 기독교 찬송가에서부터 60년대까지 기독교서에 대한 개괄적 언급이다. 세부적 연구 사항은 아니지만 기독교 시단의 흐름을 간단하게 피력한 것으로 한국문학 속에서 기독교 사상이 면면히 이어온 점을 강조하고 있다.

김주연의 「한국 현대시와 기독교」12)는 윤동주의 시 전반에 걸쳐 나타난 '사랑'이 기독교 제일의 계명임을 상기시키고 그 맥락에서 윤동

9) 최종수, 「기독교와 문학의 관계」, 『신학지남』(1978. 봄)
10) 박두진, 「기독교와 한국의 현대시」, 『한국문학』(1964. 10)
11) 황금찬, 「한국문학에 투영된 기독교 사상」, 『한국문학』(1976. 2)
12) 김주연, 「한국 현대시와 기독교」, 『현대문학과 기독교』(문학과 지성사, 1984)

주 시를 희생의 대속물로 보았다. 특정 시인에 비중을 두고 논한 것으로 전체적인 현대시의 맥락으로 이해하기는 힘들다.

신규호의 「한국 기독교시가 연구」[13]는 한국의 기독교시를 하나의 별도 장르로 규정하여 천주가사에서부터 현대시에 이르기까지 작품을 통해 성서적 비유와 기독교 교리와의 상관관계 속에서 고찰하였다. 기독교시의 연원에서부터 현대시에 이르는 과정을 통해 한국 시문학사에서 기독교시가 차지하는 비중을 규명하고자 하였다.

박이도의 『한국 현대시와 기독교』[14]는 먼저 한국의 기독교문학이 생성된 배경과 그 특수성을 논하였다. 전통적 종교인 유교와 불교의 정신과 문학과의 관계를 살펴보았고, 그러한 환경 속에 들어온 기독교가 개화의식을 일깨워 기독교문학으로 출발했음을 주장하고 있다. 기독교시의 전개는 윤동주, 김현승, 박두진의 시를 통해 그들의 시에 나타난 기독교 의식을 추출하였다. 기독교 의식의 추출 방식이나 시의 표상 양상을 논하는 면에 있어서 치밀함을 보여준다.

신익호의 『기독교와 한국 현대시』[15]는 한국 기독교시의 특성과 형성과정을 살핀 후 김현승, 박두진, 구 상, 그리고 박목월의 시에서 각각 성서적 설화 모티프를 추출하였고 표상의 양상을 분석하였다. 시인들의 작품을 폭넓게 수용하여 분석하였으며 각각의 작품에 나타난 기독교 정신을 정리하였다. 위의 두 저서는 한국의 기독교시를 연구하는 데 있어 선도적 입장에 있다.

이운용은 「한국 기독교시 연구」[16]에서 기독교시의 개념과 토착화에 대해 논한 후 김현승, 박두진, 구 상의 시에서 각각 시정신의 특성을 기독교 입장에서 정리하였다. 시인들의 작품 연구가 심도있게 다루어

---

13) 신익호, 「한국 기독교시가 연구」, 단국대학교 박사학위 논문, 1992.
14) 박이도, 『한국 현대시와 기독교』(종로서적, 1987).
15) 신익호, 『기독교와 한국 현대시』(한남대출판부, 1988).
16) 이운용, 「한국 기독교시 연구」, 조선대 박사학위 논문, 1988.

지고 있음을 알 수 있다.

강신주의 「한국 현대 기독교시 연구」[17]는 한국 기독교시의 형성과정을 논한 후 정지용, 김현승, 윤동주, 최민순, 이효상 등의 시를 분석하여 기독교 정신의 특성을 연구하였다. 기독교시의 범주를 개신교와 천주교로 폭넓게 수용하고 있다.

박춘덕의 「한국 기독교시에 있어서 삶과 신앙의 상관성 연구」[18]는 윤동주, 김현승, 박두진의 시에 나타난 기독교 정신과 그들의 신앙적 삶과의 연관성을 연구하였다. 신앙과 삶의 관계를 통해 새로운 신앙의식을 찾아보고자 한 것이다. 이들의 논문은 기독교와 문학의 원론적인 일반론과 시인론을 종합하여 작품에 나타난 기독교 의식 또는 그 사상을 정리하고 있다. 그 외에 김현승, 박두진, 윤동주, 박목월 등의 개별적 시인론을 다룬 학위논문에서 기독교 사상을 중심으로 한 연구가 다수 있다.

이상의 연구사에서 보듯이 기독교 문학이나 기독교시에 관한 일반적 접근은 원론적인 단평에 머물러 있고, 기독교 시문학에 관한 논의는 주로 기독교라는 종교와 문학의 관계에서 출발하여 기독교 문학의 개념 정립에 많은 연구가 진행되어 왔다. 기독교 시인의 개별적 연구로는 30년대 이후 몇몇 시인에 한정되어 있다. 일부 시인에 대한 연구가 중첩되는 반면 많은 기독교 시인들의 작품이 그대로 묻힌 채 원론적인 연구와 중복된 시인 연구가 계속되는 것을 지양하고 좀더 폭넓은 연구의 필요성을 느끼게 된다. 따라서 이 책은 한국 시문학사에서 기독교시가 차지하는 위치를 재정립하려는 의미에서 시작한 것이다.

---

17) 강신주, 「한국 현대 기독교시 연구」, 숙명여대 박사학위 논문, 1991.
18) 박춘덕, 「한국 기독교시에 있어서 삶과 신앙의 상관성 연구」, 부산대 박사학위 논문, 1993.

2. 연구방법 및 범위

시문학은 인간의 사상과 정서를 운율적, 함축적 언어로 형상화하는 창작 문학이므로 인간의 사상과 정서에서 종교의 영향을 배제할 수 없다. 한국 문학에서는 전통적으로 유교, 불교, 도교와 무속 신앙의 종교적 의식과 인습이 내면에 자리하고 있으며 개화기 이후 외래의 종교인 기독교가 유입되면서 문학에 정신적, 사상적 영향을 끼치게 되었다.

기독교의 수용은 단순히 외래 종교의 유입이라는 피상적 차원을 넘어 민족적 주체성의 자각을 심화시키는 계기가 되었다. 당시 기독교는 개인의 종교 차원에 머무르지 않고 사회적 인습을 벗겨 내고 새로운 세계로 인도하는 안내자였다. 이러한 개화의식이 문학에 표출되면서 기독교 문학은 시작되고 차츰 개인적 신앙의 차원에서 견고한 신앙의식이 문학에 육화되어 나타났다.

이 책에서 살피고자 하는 것은, 한국 현대시의 발달 과정에서 기독교 정신이 어떻게 수용되었는가 하는 점이다. 이것은 사회, 역사적 배경 속에서 기독교가 갖는 정신사적 영향을 시문학 속에서 조명해 보고자 하는 것이다. 기독교가 유입된 초창기 찬송가의 영향으로 쓰여진 창가 가사의 단순한 범위를 벗어나 본격적으로 기독교 사상이 내포된 시문학의 발달은 한국 현대시의 발달과 궤를 같이 한다. 1910년대부터 1960년대까지 문단에서 활동한 시인들의 작품 중에서 기독교 의식을 비교적 강하게 드러낸 시인들의 작품을 시대별로 분류하여 기독교 정신, 사상이 표출되는 성향을 살펴보고자 한다. 일제의 억압과 해방, 6·25 전쟁, 4·19 등 근, 현대사의 중심에서 우리 민족이 느껴야 하는 정신적 고통과 고뇌를 문학적으로 승화시키는데 기독교 의식이 어떻게 작용하였는가 하는 것이 논의의 초점이다.

문학을 연구하는 방법에는 지금까지 여러 가지 방법이 다양하게 구사되고 있다. 가장 오래되고 보편적으로 많이 사용되고 있는 방법은 역사주의 비평이다. 이것은 문학작품 그 자체로서는 완전한 것처럼 탐구될 수 없으며, 따라서 각 작품은 그 작품에 대한 일체의 기록들과의 관련을 통해서 탐구되어야 한다[19]는 것이다. 이 방법을 원용하기 위해서는 작가의 출생, 성장 환경, 교우관계, 작품의 시대적 배경 등의 연구가 선행되어야 한다. 그러나 이것은 문학 외적인 면에 치중하게 되는 바 오류[20]를 범할 수 있다는 지적과 비판을 받아왔다.

이러한 단점을 극복하기 위해 시도된 방법이 신비평이다. 이것은 1930년대 미국의 학자들에 의해 정립된 것으로 문학작품을 하나의 완결된 유기체로 보고 작품 자체의 연구에 치중하는 것이다. 문학 외적인 것은 완전히 무시한 채 작품 자체의 미학적 연구에 관심을 기울이는 방법이다. 이러한 방법은 작품의 미학을 살릴 수는 있으나 작품 선택에 있어 제한적일 수밖에 없다는 것이 단점으로 지적된다. 또한 작품 구조에 대한 세밀한 분석은 가능할지 모르나 작가의 존재는 무시하게 되는 경향이 있어 작품의 의미를 찾는 근거로서의 작가를 배제시켰다.[21]는 비난을 받게 되었다.

여기서는 기독교라는 종교와 문학이라는 시와의 연관성 속에서 작품을 시대별로 연구하는 것이므로 위의 방법들을 적절하게 원용할 것이다. 우리 문학이 외래사조의 유입에서 새로운 전기를 맞이하면서 시대적으로 일제 강점기라는 특수한 조건 속에서 이루어졌기 때문에 시

---

19) 박철희. 김시태, 『문예비평론』(문학과 지성사, 1988), p.117.
20) 신비평가들은 역사주의 비평이 작품외적인 문제를 다룸으로 인해서 '의도적 오류'와 '영향적 오류'를 범한다고 비판하였다. 이것은 신비평가인 윔셋과 버즐리에 의해 공식화되었다. 『신비평과 형식주의』(고려원, 1991), pp.27-29 참조.
21) 박철희. 김시태, 앞의 책, p.198.

대적 특성을 무시할 수 없는 것과 시인 개인의 신앙적 문제를 또한 염두에 두어야 하기 때문이다.

이것은 한국 기독교시의 역사적 발달을 고찰하는 것이므로 한국 문학사와 연계된다. 따라서 문학사 기술과 같은 맥락에서 1910년대부터 1960년대까지 10년 단위로 분류하여 살펴보고자 한다. 그것은 우리의 신문학이 대개 10년간의 기간을 전후해서 변모되어 가는 과정을 발견할 수 있다고 지적했듯이[22] 우리의 역사, 사회적 현상이 10년을 전후하여 변천하였고, 거기에 따른 문학사도 10년 단위로 변모하는 과정을 거쳤기 때문이다.

본격적 연구에 앞서 우리의 기독교 역사를 이해하기 위해 기독교의 유입 과정과 기독교 문학의 형성 과정을 살피고자 한다. 이것은 본 연구가 기독교시의 사적 연구라는 명제에 따라 기독교라는 종교적 역사와 시문학사의 연결고리 속에서 이루어지는 작업이므로 문학과 종교의 복합적 산물로서의 작품을 조명하기 위해서다. 기독교의 유입 과정은 천주교와 개신교로 나누어 살펴보고자 한다. 기독교사에서 천주교와 기독교의 전개가 약 100여년의 차이가 있고, 전개되는 과정에서도 많은 차이점을 내포하고 있기 때문이다.

연구 범위는 1910년대부터 1960년대까지 문단에 등단하여 활동한 시인들 중 비교적 기독교 의식을 심도있게 드러낸 시인들의 작품을 대상으로 삼았다. 이 시기를 연구자 나름대로 다음과 같이 분류하여 각각의 시기의 시대적 상황과 당대의 시인들을 분류해 살펴보고자 한다.

첫째, 1910년대는 기독교가 시인의 신앙으로 정착되기보다는 하나의 사상으로 수용되어 계몽주의적 개화사상, 민족주의 색채를 강하게 드러내고 있다. 최남선과 이광수의 시.

---

22) 조연현, 『한국현대문학사』(성문각, 1991), p.27.

둘째, 1920년대는 당시의 문단적 기류가 허무와 퇴폐, 유미, 상징 등이 난무하던 시기였으나 기독교 신앙을 가진 시인들이 기독교적 미래관을 가지고 민족에게 이상을 제시하는 시를 쓰고자 했다. 전영택, 주요한, 장정심의 시.

셋째, 1930년대는 일제의 탄압이 점점 거세져 문단적으로나 교회적으로 암울한 시기였으며 시인들은 자연을 대상으로 순수 서정시를 썼고, 기독교 신앙을 시적으로 승화시키는 성숙된 일면을 보여주었다. 모윤숙, 김현승, 박두진, 박목월의 시.

넷째, 1940년대는 일제의 탄압이 극에 달해 문학사에서 가장 어두운 시기였고 기독교시는 더욱 그러하였다. 이 시기에 기독교 의식이 뚜렷한 윤동주의 시가 있다.

다섯째, 1950년대는 민족의 어두운 일면이 지나가고 문학에 대한 새로운 열기와 기독교의 성장으로 많은 기독교 시인들이 등장하게 되었다. 이 시기는 전반기와 후반기로 분류된다. 전반기부터 작품활동을 한 시인으로는 황금찬, 임인수, 윤혜승, 김경수 등이 있고 후반기에 시를 발표한 시인으로 박화목, 석용원, 이성교, 김지향 등이 있다.

여섯째, 1960년대는 산업사회로의 발전을 계기로 현실에 대한 인식이 발달하였고 참여시와 순수시가 대두된다. 다수의 군중을 상대로 하는 활발한 선교 활동으로 기독교인의 양적 증가는 기독교 시문학의 발전과 연계된다. 기독교 의식을 지닌 많은 시인들의 등장이 그 배경이다. 박이도, 임성숙, 허소라, 이향아 시가 있다.

Ⅱ. 기독교의 유입과 기독교시의 형성

"프로테스탄티즘이 서구 자본주의의 정신적 기저라고 지적한 막스 베버(Max Weber)의 종교 사회학적 분석을 빌릴 것도 없이 종교가 그 시대의 가치관과 윤리관을 지배해 왔다."[1]는 지적은 우리의 경우에도 예외는 아니다. 기독교가 우리에게 끼친 영향은 지대하기 때문이다. 서구문화의 기저가 되는 기독교가 우리에게 전달되면서 문학에 수용 되는 과정과 기독교 문학의 형성을 파악하기 위해 기독교의 유입 과 정을 먼저 살펴보고자 한다.

토착적인 무속신앙과 불교, 유교, 도교 등의 사상으로 굳어진 이 땅 에 생소한 서구의 종교인 기독교 복음의 씨앗이 전해져서 결실을 맺 기까지는 실로 많은 시간이 필요했고 그만큼의 희생이 요구되었다. 한 국인은 기독교를 받아들여서 그들의 가장 유력한 종교로 만드는데 실 로 장구하고도 먼 길을 걸어왔다.[2]는 표현은 우리의 기독교 역사를 한 마디로 전해주는 것이다. 그것은 물리적 시간의 길이보다 박해와 수난으로 얼룩진 정신적 고통의 길이로 해석된다.

---

1) 박철희, 『서정과 인식』(이우출판사, 1985), p.345.
2) Robert T. Oliver, 「The Truth about Korea」, 민경배, 『한국기독교회사』, p.25 참 조.

우리에게 기독교가 전해지는 과정은 천주교와 개신교로 2분화되었고 그 방법과 경로가 전혀 달랐다. 먼저 천주교가 들어오면서 박해와 수난으로 얼룩진 터전 위에 약 100년의 시간차를 두고 개신교가 들어왔다.

1. 천주교의 유입

우리 나라에 천주교가 유입되는 과정에서 특이한 점은 선교사들의 선교활동에 의한 것이 아니라 남인 계통의 소장 실학자들 사이에서 일어난 근대 지향성이 자연스럽게 천주교에 접근했다는 사실이다. 천주교 전래사상 특수한 사례로 당시 우리 사회에 반봉건적 사상이 싹트며 근대 지향성이 강하게 나타났음을 증명하는 것이다. 조선에 있어서 천주교 수용의 자발성은 천주교 운동이 단순한 종교운동으로 그치게 하지 않고 봉건사회의 질곡을 극복할 수 있는 새로운 지평을 여는 반봉건운동3)이라는 지적이 단적으로 이를 말해준다.

한국의 근대화운동은 봉건적 의식의 탈피를 뜻한다. 임진, 병자의 양란을 거치면서 이러한 의식이 싹트기 시작했고 실제적 자각은 허균 이후 서양문물에 접한 소수 선각자들에 의해 본격화되었다.4) 이러한 의식이 실학이라는 학문과 천주교라는 종교와의 합일점에서 근대지향성을 나타내게 되었다. 이후 천주교는 남인 계통의 실학자들 사이에서 강하게 퍼져나갔다.

천주교가 처음 우리 나라에 소개된 것은 1610년 허균이 중국에 가서 『게』(천주교의 기도문) 12장을 가지고 온 데서 시작한다. 실학의 선구자 이수광이 그의 저서 『지봉유설』(1614)에서 마테오 리치의 『천

---

3) 정한모, 「기독교 전교시대와 한국문학」, 『한국문학』(1972. 2), p.237.
4) 김윤식 · 김 현, 『한국문학사』(민음사, 1973), p.13.

주실의』의 소개로 이어졌고, 이익이 『천주실의』에 대해 논평하며 서학의 가르침을 이론적으로 체계화했다. 그 후 이승훈이 북경에 가서 최초로 세례를 받았다. 조선 교회 창설의 공로자인 이벽은 전교의 큰 사업을 시작하여 권일신, 권철신, 정약용, 정약전, 정약종 등을 입교시켰고 김범우의 집에 모여 주일마다 예배를 드렸다. 이 때 이벽은 안수받지 않은 채로 신부의 소임을 하며 북경에 있는 교회에 성직자 파송을 요청하였다. 이미 교회는 자생적으로 생긴 후에 성직자를 요청하는 기현상이 일어난 것이다. 1785년 형조에서 김범우를 잡아 옥에 가두고 몇 주일 후 그는 세상을 떠나 최초의 순교자가 되었고, 이벽과 이승훈은 1791년 배교한 후 세상을 떠났다.

직접적인 전도가 없이 교회가 시작된 것은 천주교 역사상 전례가 없는 일이다. 그 상징성에 대해 우리의 역사와 쌓아올린 전통의 바탕에서 뚫고 들어오는, 계시와 같은 광명과 진리, 그리고 섭리의 손길을 필요로 했다5)는 것이다. 기존의 종교관에 젖어 있는 우리 국민에게 새로운 자각의 계기가 되었다.

중인계급인 김범우의 순교 이후 정조 신해년(1791)에 유학자 윤지충과 권상연이 기독교 신앙을 묵수한다고 제사를 폐하고 신주를 불사르는 사건이 당대 지배층에 충격을 주었고 이 충격이 신해사옥이라는 대탄압을 유발시켰다. 이 탄압으로 남인 계열의 소장 실학자들은 배교하지만 중인계층에서는 더욱 열렬하여 충청, 전라, 경상지방까지 휩쓸게 되자 신유년에 다시 대탄압을 시도하여 중국인 신부 주문모를 비롯한 300명이 순교하고, 을해년(1815)에는 신유사옥을 피해 간 화전민 500여명이, 정해년(1827)에는 전라도를 중심으로 500여명이, 기해년(1839년)에는 외국인 신부를 비롯한 200여명이 순교했고, 1846년에는 조선 최초의 신부 김대건이 순교 당한다. 1869년에는 탄압이 더욱 강화되어

---

5) 민경배, 앞의 책, p.60.

외국인 신부인 주교를 비롯한 9인의 신부와 8천명의 교인이 학살을 당한다. 이렇듯 조선에서의 천주교의 선교 역사는 처절한 순교와 수난의 연속이었고, 이 순교의 피가 한국 근대화의 밑거름이 되었다.

2. 개신교의 유입

앞에서 천주교의 유입 과정이 수난과 순교의 역사였음을 보았다. 천주교가 봉건적 질서에 정면으로 맞섬으로써 지배계층과의 갈등으로 많은 수난을 겪었던 반면, 개신교는 의료사업과 교육사업을 통해 점진적으로 선교사업을 진행시킴으로써 지배계층과의 관계는 비교적 순탄했다. 또한 시대적으로도 개신교가 들어온 19세기 말은 조선이 주변 제국주의의 압력에 의해 문호를 개방했으며 지배층의 세력은 나약해져 어떠한 탄압도 가할 수 없는 처지였다. 천주교의 순교의 피가 기존의 사상으로 굳어진 이 땅에 기독교 복음을 배양할 토양으로 변화시켰으며 그것은 천주교를 탄압하는 과정에서 기독교가 서구 세력의 원천이라는 것을 자각했기 때문이다.

1876년 일본과의 우호 통상조약 체결 이후 잇따라 강대국들과 통상조약6)을 맺었고 1884년 김옥균이 일본에 있던 선교사 맥레이(Robert S.Maclay)에게 고종의 명으로 한국에서 병원과 학교 사업을 시작해도 좋다고 허락하여 의료사업과 교육사업을 시작하게 되었다.

한국에 처음으로 상륙한 선교사는 1832년 네델란드 선교회 소속의 구츨라프(Karl Friedrich August Gutzlaff)였다. 그는 중국 선교를 통해 중국어를 익히고 일본어로 요한복음을 번역하는 어학 실력을 가지고 한국에 와 한국인을 만나 한문 성서를 전해주었다. 그후 1866년 토마

---

6) 1882년 한·미 수호조약, 1883년 영국과 독일, 1886년 프랑스와 통상조약을 맺었다.

스 목사가 병인교난이 심하던 때 평양에서 성서를 나누어 주다가 살해되어 개신교 최초의 순교자가 되었다.

이러한 상황에서 선교사가 직접 들어와 전도한다는 것은 불가능하여 제3국에서 한국인에게 전도하는 방법을 택하게 되었다. 그 예로 스코틀랜드 선교사 존 로스(John Ross)와 존 매킨타이어(John McIntyre)가 만주에서 한국인을 전도한 것이다. 이들의 공로는 한국어로 성서를 번역했다는 것과 이들에 의해 전도 받은 한국인들이 한국 교회사에 길이 빛날 공헌을 남겼다는 것이다. 이 때 전도받은 한국인들은 이응찬, 이성하, 백홍준, 김진기, 서상륜 등이다. 특히 서상륜은 전도사가 되어 국내에 들어와 복음을 전하며 황해도 소래(송천)에 한국 최초의 교회를 세웠다.

또한 일본에서 입교한 인물 중 가장 주목할만한 사람이 이수정이다. 그는 박영효 사절단의 비공식 수행원으로 일본에 건너가서 오랫동안 일본의 문물을 익혔으며 당시 기독교의 유명인사였던 律田仙에게 기독교를 전수 받고 1883년 安川亨 목사에게 세례를 받았다. 이수정은 일본에 머물며 성서를 번역하였고, 언더우드 선교사가 이 땅에 올 때 일본에서 한국어를 가르쳐 그가 직접 번역한 성서를 들고와 복음을 전하도록 하는 중요한 역할을 하였다.

이렇게 간접적 방법으로 복음이 전해지던 이 땅에 정식으로 상륙한 첫 선교사는 1884년 미국 공사와 함께 온 알렌 선교사였다. 그는 의사의 신분으로 갑신정변 때 자상을 입어 생명이 위독한 정계의 거물 민영익을 치료하여 황실의 신임을 얻고 왕실부 시의관으로 임명되었다.[7] 그후 1885년 알렌의 청원으로 우리나라 최초의 병원인 광혜원(후에 제중원으로 명칭을 변경)을 열어 본격적으로 의료사업을 펼쳤다. 의료사업을 겸한 초기의 선교활동은 상당한 실효를 거두었고 한국 정

---

7) 알렌은 이 때 의사로서의 활동에 전념하면서 선교사 내색은 전혀 하지 않았다고 한다. 민경배, 『한국기독교회사』, p.148 참조.

부의 포교금압 정책을 둔화시켜 선교적 협조를 얻어낼 수 있었다.[8]

알렌에 의해 한국 선교에 대한 가능성이 타진되자 미국 장로교와 감리교에서 젊은 선교사를 파송했다. 1885년 장로교의 언더우드, 감리교의 아펜젤러 부부, 스크랜턴과 그의 어머니 스크랜턴 여사 등이 입국하였다. 이들이 본격적 선교활동을 시작한 1885년부터 1910년까지 전국 각지에 수많은 학교를 세우고[9] 근대적 교육에 앞장섰다. 이것은 선교의 한 방법으로 선교지 교육의 중요성을 인식한 때문이다. 이처럼 개신교는 기독교 정신을 바탕으로 교육을 통해 낙후된 한국민을 계몽하고 근대정신을 함양한 신학문과 기예를 가르쳤다. 또한 사회사업과 신문 발간에도 주력하며[10] 선교의 방법을 다양하게 연구하여 국민을 계몽하고 개화하는 데 많은 노력을 기울였다.

천주교가 일부 지식층과 중인계급을 중심으로 선교되었던 것과는 달리 개신교는 서민 대중을 대상으로 선교하였다. 새로운 지식과 함께 복음을 전하면서 기독교가 급속도로 전파되어 한국 교회는 발전을 거듭하였고 그것은 한국의 근대화에 기여하게 되었다.

> 基督教는 봉건사회의 결정적 해체기인 開化期에 수용되어 당대 국민들의 팽배한 욕구에 순응하여 교육사업을 통해 선교를 진행시킴으로써 천주교가 수행한 반봉건적 운동을 문화적 방면으로 추구했다.[11]

---

8) 이만열, 『한국 기독교와 역사의식』(지식산업사, 1981), p.31.
9) 1885년부터 1909년까지 각 교파별로 전국에 세운 학교는 우리나라 최초의 의학교인 동시에 고등 교육기관인 광혜원을 비롯하여 배재, 이화, 숭실, 숭의, 경신, 정신, 광성, 호수돈, 계성 등 모두 39개 학교이다.
10) 개신교에서는 개화하는 데 중요한 도구가 되는 신문을 발간하는 일에 중점을 두고 「한성주보」(1896), 「독립신문」(1896), 「조선 그리스도인 회보」(1897), 「그리스도신문」(1897), 「협성회보」(1898), 「매일신문」(1898) 등의 신문을 발간하였다.
11) 정한모, 「한국 전교시대와 한국문학」, 『한국문학』(1964. 2), p.241.

기독교의 유입과정에서 볼 수 있듯이 기독교는 이 땅의 개화운동에 앞장섰고 한국민의 개화의지를 촉진시켜 근대화를 향한 터전을 마련하였다. 이것이 한국 근대문학 탄생의 배경을 형성하는 정신적 계기였다는 데 주의할 필요가 있다.

3. 기독교시의 형성

기독교가 근대문학 형성에 커다란 영향을 미친 것은 주지의 사실이다. 기독교 사상을 핵심으로 한 기독교 문학의 형성을 논의해 보고자 먼저 기독교 문학의 개념을 정리하고자 한다.

기독교와 문학의 문제는 근본적으로 종교와 문학의 문제로 귀착된다. 종교는 대체로 인간 내면에 존재하는 무한의 세계를 궁극적으로 탐구해 가는 것이므로 이것을 표현하는데 그 만큼의 상상력과 기교를 필요로 한다. 기독교의 경우 불가시한 영원한 실존을 가시적이고 유한한 세계를 담은 지상의 언어를 빌어 표현함으로써 영적인 세계를 계시적으로 나타내야 하므로 기독교가 문학과 연계성을 지니는 것은 필수적이다. 기독교가 인간의 영혼을 구원해 준다는 현실적이며 구체적인 종교적 명제는 문학이 인간정신을 진·선·미의 차원으로 순화 내지 구원한다는 명제와 본질적으로 같다[12]는 견해도 종교와 문학이 본질적으로 지향하는 바가 동일하기 때문에 상호보완적 입장에서 종교문학이 이루어져야 함을 밝힌 것이다. C. I. 글릭스버그의 다음과 같은 주장도 종교문학의 본질을 피력한 것이다.

종교문학은 그 본질에 있어서 하나의 주제에 관여하는 것이다. 그

---

12) 박이도, 『한국 현대시와 기독교』(종로서적, 1987), p.23.

것은 곧 항상 문제 투성이고 신비에 싸인 인간의 운명, 어둠의 세력
과 빛의 세력, 선과 악, 무와 신 사이의 투쟁을 다루는 것이다. 이같
은 의미에서 볼 때 모든 문학은 종교적이라 불리울 수 있는 것이
다.13)

　문학의 소재가 되는 모든 문제들이 궁극적으로는 종교에서 다루는
문제와 일치되므로 문학과 종교의 주제가 본질적으로 같다는 것이다.
이 점에서 기독교 문학의 존재 의의가 성립된다. 불확실한 시대를 살
아가는 현대인의 경우 의식의 심층에 자리하고 있는 종교성이 문학으
로 표출되는 것은 자연스러운 일이다.
　문학 또한 종교의 사상성을 지니고 있을 때 문학으로서의 심오한
가치가 인정되는 것은 자명한 사실이다. 기독교는 일찍이 서구의 정신
적 지주였으며 모든 문학의 핵심을 이루어 왔다. 서구문학에서 기독교
의 사상을 배제시킨다면 문학의 존립 자체에 의구심이 생긴다. 문학의
시작은 종교에서 비롯되었고, 문학은 종교에 의해서 육성되었다는 사
실은 문학과 종교의 상관성을 단적으로 표현한 것이다.
　성경이 세계의 문학에 끼친 영향을 간과할 수 없으며 성경에 나오
는 문학적 기교가 과거 문인들이 그의 문제를 형성하는 데 많은 영향
을 끼쳤을 것이다. 그것은 성경의 표현법이 고도의 비유적 기교, 특히
은유적 표현을 도처에서 발견할 수 있기 때문이다. 문학이 인간성을
창조하고 모랄의식을 추구하며 비젼을 제시해 주는 것이라면 도덕적
가치를 추구하며 사랑과 봉사와 구원으로서의 인간의 삶을 제시하고
꿈을 주는 성서가 가장 적합하다.14) 그러나 기독교 문학은 성서 그 자
체가 아니라 성서문학의 영향을 받고 얻어진 기독교인의 작품을 말한
다. 기독교 문학은 순수한 문학 속에 기독교 정신과 세계가 소화되고

---

13) C. I. Gliksberg, 최종수 역, 『문학과 종교』(성광문화사, 1981), p.272.
14) 신익호, 『기독교와 한국 현대시』(한남대 출판부, 1988), p.21.

있는 작품을 말한다.

기독교와 문학은 서로 보완하며 각자의 영역을 구축해 가는 관계이다. 영혼의 세계를 계시해 주며 사상성을 부여하는 기독교와 인간에게 정신적 풍요로움과 삶의 모랄을 제시하는 문학이 가장 합리적으로 통합된 개념으로 다가오는 것이 기독교 문학이다. 나날이 발전해 가는 과학문명에 비해 현대인의 정신적인 측면은 더욱 갈증을 느끼게 된다. 이러한 갈증에 대한 대안이 종교와 문학이라고 볼 때 기독교 문학의 지향점은 자명해진다. 기독교 문학은 기독교를 근원으로 하는 이상 그 신앙이 바탕이 되어야 하고 문학인 이상에는 신을 추구하는 인간의 고뇌가 언어예술로 표현되어야 한다.15)

> 영혼의 영역은 창조적 상상이 미치지 못하는 곳에 있다. 만일 그 영역이 포착되어 전달되려면 그것은 오로지 극적 암시, 시사적인 깨우침, 대담한 은유, 감각적 심상, 그리고 보들레르가 말한 상징적 상응물 등의 방법으로만 가능한 것이다.16)

이것은 종교문학, 특히 기독교 문학의 방법론을 제시한 것으로 종교적 체험이 문학적 방법을 통해 어떻게 예술적으로 형상화되어야 하는가를 역설한 것이다. 성서 자체가 은유와 상징을 통해 영혼의 세계를 계시하듯이 기독교 문학 역시 고도의 문학적 기교로 기독교 정신을 표출하는 것이다.

이러한 기독교 문학이 한국의 문학 속에서 어떠한 형태로 나타나기 시작했는가 하는 것은 매우 흥미로운 일이다. 이 땅에 천주교와 개신교가 1세기의 간격을 두고 들어온 지 이제 2세기가 지났다. 기독교의 전래와 함께 서양의 새로운 문물을 받아들였고 이러한 개화는 기독교

---

15) 장백일, 「고독 속에서 찾는 구도」, 『기독교사상』(1976. 8), p.37.
16) C. I. Gliksberg. 최종수 역, 앞의 책, p.16.

문학이 자리잡을 수 있는 터전이 마련되었음을 뜻한다. 기독교는 신식 교육과 신문 발간을 통해 국민들의 의식개혁을 일으켰고, 성서의 번역으로 한글 보급에 큰 공헌을 하며 기독교 문학이 발아될 수 있는 토양을 만들었다. 성서에서 보는 새로운 세계에 대한 문화적 충격이 인간의 존엄성을 일깨우며 기독교 문학의 주요 쟁점이 되었다. 정한모는 한국 현대시사에서 기독교의 전래가 가져온 의의를 다음과 같이 말한다.

> 천주교의 전래 때에 이미 시작된 서양 내지 세계를 향하는 시야의 확대를 들 수 있다. 다음은 도덕 윤리면에서의 가치관의 변질이다. 다음은 자아에 대한 각성의 촉구와 민주의식의 자각을 들 수 있다. 다음은 교회와 학교와 성서의 삼각관계 속에서의 교육의 진흥을 들 수 있다. 또 신문학 발달의 기초적 역할은 바로 한글성경이 부담해 주었다고 할 수 있다.17)

더욱이 기독교 문학 형성의 초기 단계의 우리 역사는 봉건적 체제의 와해에서 제국주의의 침략으로 이어지면서 위기의식이 만연되었다. 여기서 기독교 문학이 표방하는 주제의식은 자연히 개화와 민족주의 정신이었다. 구한말 기독교인들이 가졌던 자주의식은 신앙과 더불어 애국충성18)이었기 때문이다.

한국 현대시 형성 자체에 기독교의 영향이 있었고 기독교시를 별도로 분류하는 것이 가능할 만큼 한국의 기독교시는 성장을 거듭하였다. 그러나 그 기간으로 보아 서구의 기독교 문학과 비교해 일천한 만큼 문학적 성과에 대해 비관적인 관점도 있다. 서구에서 기독교 정신이 살아있는 기독교 문학이 찬란하게 꽃피기까지 수 백년, 수 천년의 세

---

17) 정한모, 「한국 현대시사」, 『현대문학』(1970, 2), p.103.
18) 이성교, 「일제치하의 기독교와 민족운동」, 『로고스』4집(순복음 교수선교, 1985), p.101.

월이 필요했음을 감안할 때, 우리에게 기독교가 전래된 기간으로 보아 한국의 현대시에서 기독교적 사상과 신앙을 기반으로 한 작품이 빈약한 것은 당연한 일이다. 더욱이 초창기에는 기독교 문학이 지녀야 할 사상성보다는 개화의식, 민족의식, 인간평등사상 등의 생경한 관념을 표출하는 도구로 사용되었던 것을 미루어 보면 더욱 그러하다.

그러나 기독교가 이 땅에 정착되면서 나타난 기독교 문학은 당시의 사회상과의 연관 속에서 이해될 수 있다. 기독교를 통한 우리의 근대화는 서구문물의 유입을 가속화시켰고, 주변 제국주의 열강들에 대항하기 위한 민족 자립정신은 기독교인을 중심으로 강하게 드러났다. 따라서 기독교 문학의 핵심적 주제는 개화사상과 민족주의 정신에서 출발하였다.

Ⅲ. 한국 기독교시의 전개 양상

한국에 기독교가 들어오면서 교육기관의 설립과 잡지 발간 등의 문화사업이 활기를 띠기 시작했고 이에 편승, 성서 번역이 활발해졌다. 성서 번역은 곧 한글 발전에 기여, 그 때까지 언문이라 하여 천대받던 한글이 성서와 기독교 서적들의 출판으로 일반 서민층을 중심으로 의식의 전환과 함께 급속히 발전하였다. 한글학자 최현배는 "어리석은 백성이 날로 쓰기에 편하게 하고자 한 세종대왕의 한글 창제의 거룩한 뜻이 여기서 실현된 것"[1]이라고 했다. 문학인인 이광수는 이에 대해 좀더 의미있는 평을 하였다.

아마 조선글과 말이 진정한 의미로 고상한 사상을 담는 그릇이 됨은 성경의 번역이 시초일 것이요, 만일 후일에 조선문학이 건설된 다 하면 그 문학사의 제일면에는 신구약의 번역이 기록될 것이다.[2]

한편 찬송가는 1892년 감리교에서 펴낸 『찬미가』가 한국 최초이며, 1894년 장로교에서 『찬양가』를 간행했다. 찬송가의 보급은 형식

1) 최현배, 「기독교와 한글」, 『신학논단』제7집(연세대 신학회, 1962), p.76.
2) 이광수, 「耶蘇敎의 朝鮮에 준 恩惠」, 『이광수전집』17집(삼중당, 1962), p.18.

적 율조인 7·5조에 애국사상을 담은 애국가류의 노래가 발표되면서 신문학인 신시의 발달을 촉진하는 계기가 되었다. 개화기 시초의 형태로서 찬송가가 창가 운동과 신문학 특히 신시 운동의 모체가 되었음은 주지의 사실이다. 이렇게 성서의 번역과 찬송가의 보급으로 신문학은 시작되었고 그와 함께 기독교 의식을 담은 시가문학이 서서히 태동하기 시작했다. 기독교시가 전개되어 가는 과정을 시대별로 살펴보고자 한다.

1. 1910년대─자의식의 발견

1-1. 계몽의식과 기독교

기독교 선교사들이 들어와 선교를 시작한 이후 일본은 청일전쟁과 노일전쟁에 승리하고, 영국과 미국을 비롯한 서구 열강들로부터 조선 지배를 보장받게 되었다. 1904년 한일 의정서를 체결한 이후 1905년 을사 보호조약, 1910년 마침내 합방조약을 체결하고 본격적으로 조선을 통치하기에 이르렀다. 이러한 과정에서 민족주의자들이 기독교로 들어오게 되었고 기독교의 저항운동이 싹트기 시작하였다.

일본은 1908년 사립학교령을 공포하여 기독교 계통의 사립학교들을 통솔 감독하며 기독교 교육에 대해 억압을 가하고, 곧이어 한국의 주권을 송두리째 빼앗아 갔다. 그날의 한국의 참담한 상황을 선교사 게일은 이렇게 술회하였다.

　　한국, 그것은 이제 사라졌는가. 먼 옛날 중국인마저도 어르신네의 고장이라 불렀던 나라, 선비와 책과 붓의 나라, 아름다운 가문(歌文)과 많은 거울의 나라, 시(詩)와 수화(秀畵)의 나라, 효자 열부(烈婦)의

나라, 숨은 도인의 나라, 하나님을 바라보는 종교적 환상의 나라, 이
제 그 나라는 사라졌는가.[3]

이후 일본은 교회에 대해 철저히 압박했다. 그것은 교회가 가장 강
력한 전국적 조직을 가지고 있으며 저항 세력, 항일 민족운동의 온상
으로 지목되었기 때문이다. 특히 기독교계 학교의 교육이 민족적, 반
일적 성향이 강했고 국권 회복운동과 관련된 애국적, 민족적 성향이
강했기 때문에 일제는 극심한 기독교 탄압정책을 가하고자 학교에서
의 예배와 종교교육을 금지하였다. 또한 포교규칙을 제정하여 종교에
대한 간섭과 탄압의 법적 근거를 마련하였다.

그러나 탄압정책이 강해질수록 상대적으로 교회는 성장하고 조직화
되어 갔다. 일반적으로 현실에 대한 불만은 종교의 확산에 좋은 토양
이 되며, 역설적으로 종교는 시련과 탄압 속에서 보다 든든히 연단되
어 힘을 갖게 되는[4] 것이다. 교회 조직의 강화는 기독교인에게 형성
되었던 민족의식을 기반으로 하여 반일적 민족주의를 뿌리내리게 하
였다. 이것은 개인적 의식에 머무르지 않고 조직적으로 강화되어 3·1
운동과 같은 거족적 항일운동의 정신적 기반인 동시에 가장 강력한
조직체가 되게 하였다. 당시의 기독교는 하나의 종교적 차원으로보다
는 사상으로 수용되어 민족적 결속력을 다지는 중요한 구심점 역할을
했다. 기독교는 일본의 식민지라는 특수한 상황하에서 민족의식을 강
화시키는 역할을 했다.

1910년대는 갑오경장 이후의 개화기를 거친 후 현대문학의 발판이
되는 신문학 운동이 전개되던 시기였다. 한일합병 이후 일제의 독재 무
단 치하는 정치적 암흑기로 조국의 주권이 일본에 빼앗긴 민족적 절망
의 시기였다. 당시 우리 민족은 조국의 독립과 자유 회복이 전국민의

3) J. S. Gale, A History of the Korean People, 민경배, 앞의 책, p.302에서 재인용.
4) 한국 기독교 역사 연구소, 『한국 기독교의 역사』 I (기독교문사, 1997), p.26.

열망이었다. 이것은 자아 인식을 발견하는 계기로 발전하였고 문학은
이러한 의식을 일깨우기 위해 계몽적 요소를 두드러지게 나타내었다.

　이러한 배경에서 일어난 신문학 운동은 개화운동의 계몽적 요소를
그대로 발전시켜 한층 더 강렬하고 통일된 민족의식을 드러내었다. 개
화운동이 모든 부분에서 포괄적으로 이루어진 데 반해 신문학 운동은
계몽적 요소를 문학으로 표출한 것을 의미한다. 한일합병을 계기로 이
후부터는 그러한 다각적인 운동이 교육, 종교, 문예, 정치 등 제각기
독립적인 자기의 영역 속에서 그 최초의 정신을 구현하려고 노력하는
방향으로 전환되었다.[5] 『소년』 『청춘』 『태서문예신보』 등의 종합잡지
의 발간이 신문학 발전의 토대를 마련하였고, 이들 잡지와 함께 최남
선과 이광수의 문단시대가 열리게 되었다. 이들의 시에는 계몽의식과
민족주의 사상이 그 중심에 놓여 있다. 이들은 기독교 신앙인은 아니
었으나 당시 기독교가 새로운 문물을 받아들이는데 중요한 매개체임
을 자각하고 기독교를 하나의 사상으로 수용하였다. 문학을 통해 개화
사상과 민족의식을 고취시키고자 했던 이들에게 기독교 사상은 중요
한 전달 역할을 담당했다.

1-2. 崔南善[6) —민족주의적 계몽의식

　한국문학사에서 육당은 최초의 신체시인이며 『소년』 『청춘』 『아이
들보이』 등의 잡지를 발간하여 많은 근대시를 창작 발표하였다는 점

---

5) 조연현, 『한국현대문학사』(성문각, 1993), p.91.
6) (1890-1957) 육당 최남선은 어려서부터 漢學을 공부하면서도 일찍부터 『천로
　역정』 『태서신사』 등을 읽으며 서구 문물에 접했다. 15세 황실 유학생으로
　뽑혀 일본으로 건너간 후 2회에 걸쳐 일본 유학을 떠났으나 중도에 포기하고
　고국으로 돌아와 조국의 근대화에 주력하게 되었다. 그는 일생동안 조선의
　역사 연구와 시조 연구에 많은 관심을 갖고 있어 『백팔번뇌』와 같은 시조집
　을 남겼다. 이 책의 자료는 육당 전집 편찬위원회 편 『육당 최남선 전집』(현
　암사, 1973)임을 밝혀 둔다.

에서 선구자적 위치를 차지하고 있다. 특히 『소년』지를 통해 서양의 새로운 문물과 학문을 소개하면서 애국정신, 조선사상을 일깨우는 한편 언문일치 문장으로 계몽운동에 적극적이었다.

육당은 일찍부터 조국과 민족에 대해 눈을 떴고 일생을 민족주의 정신에 입각하여 살았다. 구한말 개화기라는 역사의 소용돌이 속에서 성장하며 자연히 싹트게 된 이러한 사상의 기저에는 민족을 개화시켜야만 하겠다는 의식이 자리잡고 있었다. 민족 계몽의식이 육당의 사상으로 고착되는 과정에서 서적을 통해 얻은 서양 문화와의 접촉이 중요한 역할을 하였고 여기서 기독교의 영향을 받게 되었다. 그가 기독교의 영향을 받게 된 것은 주로 성서와 기독교 관련 서적을 통해서였다.

천자문과 동시에 국문을 깨치고 처음으로 대한 서적이 바로 신약성서였다. 물론 가정적으로 예수교를 믿는 처지도 아니었으나 어린 그의 소견에도 당시 사조인 현대정신을 알려고 하는 의욕에서 비단 신약성서 뿐만 아니라 기독교 서적으로 『천로역정』과 한편 중국으로부터 유입된 당시 외국 선교사들이 번역한 예수교 계통의 많은 서적을 탐독하였다.[7]

내가 국문을 해독한 것은 6,7세 경의 일인데, 그때에는 국문으로 책을 발간하는 것이 예수교의 전도 문자밖에는 없었지만, 그것이 발행 되는대로 사서 읽고 보존해서 한 콜렉션을 이룰 만했었다.[8]

육당이 기독교 신자는 아니었으나 어려서부터 접하게 된 성서와 관련 서적을 통해 기독교 사상을 받아들였다. 조국과 민족에 대해 남다른 애정을 가졌던 그가 서적을 통해 만난 기독교는 서구 정신과의 만남이었다. 또한 육당의 시가에 나타나는 율조는 전통적 운율의 재생과

---

7) 홍일식, 『육당연구』(일신사, 1959), p.9.
8) 육당전집편찬위원회편, 『육당 최남선 전집』5(현암사, 1973), p.439.

찬송가의 새로운 가락에서 받은 영향9)이라는 견해도 있다. 최남선에게 기독교의 영향은 개화사상을 더욱 폭넓게 수용하는 계기가 되어 그것을 문학으로 표출하게 되었다. 그가 문학을 통해 전개하고자 한 것은 민족정신의 함양이다.

> 하나님이 맛겨두신 조혼 이寶배
> 祖上님이 나려주신 고은 이 器物
> 영원토록 아름답게 보전해가세
>
> 이세계를 만드실째 우리主끠서
> 맨나종에 곳반도를 大陸에 달고
> 손을 펴사 쑥쑥치며 일으시기를
>
> ― 「바다 위의 勇少年」에서

위의 시는 계몽의식을 드러낸 작품이다. 그는 조국과 민족에 대한 자부심과 긍정적 세계관을 견지하며 미래를 위해 적극적 사고로 임할 것을 당부한다. 이 시는 우리 민족에게 향한 신의 뜻을 이해하고 현재의 고난을 극복하여 이 나라를 영원토록 아름답게 보전하자는 교훈적 메시지를 담고 있다. 육당은 신을 창조자, 역사의 주재자로 인식하며 창조주가 준 대한 반도를 영원토록 아름답게 보전해야 할 사명이 우리에게 있음을 깨우치고 있다.

일본에 침략 당한 우리의 굴욕적 역사를 인식하고 미래의 주인공인 소년에게 의욕을 잃지 말고 기회가 올 때까지 '너의 직분'을 다해 창조주의 뜻을 받들어 영원토록 아름다운 나라를 보전하도록 당부하고 있다. 현실의 상황을 비극적으로 인식하기보다는 미래지향적 인식으로 발전시켜 의욕을 잃어가는 국민을 자극하고 계몽하는 내용이다. 그러나 단순한 교훈의 차원을 넘어 현재의 고난을 이겨내는 힘의 원천을

---

9) 조신권, 『한국문학과 기독교』(연세대출판부, 1986), p.142.

'하나님'에게 두는 성서적 관점에서 기술하고 있다. 서술 어미가 청유형과 명령형으로 되어있어 계몽적 색채가 더욱 두드러진다.

그의 시에 나타나는 계몽적 요소는 '소년'과 '바다'의 이미지로 대표된다. 「신대한소년」과 「해에게서 소년에게」 같은 작품에서도 나타나듯이 '소년'은 우리 나라를 맡을 큰 임무를 수행해야 할 대상으로 인식한다. 따라서 씩씩하고 건장한 이미지를 부여, 근대지향적 기개와 자주자립적인 역량10)을 보여주고자 한다. 또 '바다'는 소년의 기상을 마음껏 펼칠 수 있는 무한의 공간으로 인식, 민족 자립의 진취적 기상을 가진 소년이 활동하는 영역이다. 이처럼 광활한 바다를 소년의 활동 무대로 설정한 것은 그가 지향하는 새로운 세계의 이미지와 부합하기 때문이다. 서구의 서적을 통해 접했던 더 넓은 세계를 민족이 나아갈 곳으로 인식했던 육당은 새로운 세대인 '소년'에게 새로운 기상을 가질 수 있도록 '바다'를 향해 진취적인 행동을 취하도록 한 것이다. 양반이라는 허세에 묶여 새로운 세태를 인식하지 못한 것을 깨우치고자 과거의 인습을 과감히 털어버리고 새로운 정신으로 무장하기를 바라는 의도이다.

육당은 일찍부터 성서와 기독교 서적을 통해 서구의 문화를 받아들였고 그것은 민족 계몽의 발판이 되었다. 구한말 역사의 변환기에 민족주의 의식이 유난히 강했던 한 지식인이 기독교를 서구문물을 대하는 창구로 인식하여 서적을 통해 기독교의 사상을 수용했다는 것은 매우 의미있는 일이다. 특히 육당이 근대 초기 문학에서 차지하는 위치를 생각할 때 그의 시에서 기독교 인식을 바탕으로 한 작품을 찾아볼 수 있다는 것은 기독교 시문학사에서 고무적인 일이다. 그것은 그의 시가 기독교 사상을 기저로 하여 민족주의 의식과 계몽의식을 고취하였기 때문이다.

---

10) 조신권, 앞의 책, p.146.

1-3. 李光洙[11) —인도주의적 구원사상

이광수가 기독교 사상에 접근하게 된 것은 기독교 계통의 학교에 다니면서 성경을 배우게 된 것이 직접적인 원인이다. 또한 당시의 일본인 친구 山崎俊夫의 영향으로 톨스토이의 종교와 예술론에 심취하면서 기독교 사상이 그를 지배하게 되었다.

> 내가 톨스토이의 책을 처음 읽기는 아마 열 여덟살 적인가 합니다. 東京서 중학 4년적 내 동창에 山崎俊夫라는 아주 청교도적 소년이 있었는데, 그가 그의 형님의 서가에서 일본역한 톨스토이 책을 갖다 빌려 주었는데, 나는 이 책을 읽고, 이것이야말로 진리다.........
> 그리고는 나도 톨스토이를 숭배하여——톨스토이를 통한 예수를 숭배하는 것이지마는——마태복음 5.6.7장과 누가복음 12장을 그대로 실행해 보려고 하였습니다.[12)

춘원이 톨스토이를 예수 다음의 최고의 선생으로 숭배하는 것은 그의 일관된 사상 즉 기독교에 근저를 둔 인도주의적 사상 때문이다.[13) 학교에서는 채플 시간에 예배를 드리고 성경의 지식을 배우는 한편 톨스토이를 통하여 기독교 정신을 배웠다. 특히 그는 톨스토이의 『하늘은 네 마음 속에 있다』는 저서에 깊은 감명을 받고, "하나님의 나라는 너희 안에 있느니라"[14)는 성경 말씀에 심취하였다. 이후 선교사들

---

11) (1892-?) 이광수는 14세 때인 1905년 일진회의 유학생으로 선발되어 일본으로 건너간 후 명치학원 중학부에 다니면서부터 기독교에 입문하게 되었다. 이 책에서는 『春園詩歌集』(박문서관, 1940)과 『三人詩歌集』(삼천리사, 1929), 그리고 『이광수전집』(삼중당, 1962)을 텍스트로 삼았다.
12) 이광수, 『이광수전집』(삼중당, 1962)
13) 김태준, 「춘원의 문예에 끼친 기독교의 영향」, 『이광수연구』(태학사, 1984), p.258.
14) 누가복음 12장 20절-21절.

이 한국에 기독교를 전파하면서 원시적 선교 방식을 취한 결과 우리 나라에 전파된 기독교가 예수 믿고 천당 간다는 공리적 내세관에 치 우쳐 신비적인 데로만 흐른 것에 회의를 느끼고 기독교에 대한 비판 적 태도를 갖게 되었고 교회와는 대립되는 양상을 보였다.

그러나 기독교에 심취되었던 4-5년간 기독교로부터 받은 정신적 영 향이 작품에 여실히 드러나고 있다. 그가 기독교 사상을 드러내고자 한 것은 대부분 소설이었으나 시 작품에서도 기독교 정신을 엿볼 수 있다.

> ①全知 하오셔늘 내 마음만 못 너겨서
> 全能 하오셔늘 내 마음만 못 너겨서
> 믿어야 하올 이셔늘 못 믿어 온 내러라.
> 내시와 기루시와 먹이시와 입히시와
> 빛으로 비최시와 어루시와 만지시와
> 품에 늘 안으시어늘 안 겨시다 하니다
>
> — 「하나님」에서

> ②세계도 넓고 넓고
> 인종도 많고 많다.
> 흰 사람, 누른 사람
> 검은 이, 붉은 이들.
>
> 사는 데 나라 각각
> 말 각각 빛도 각각
> 그래도 네나 내나
> 하나님 아들과 딸.
>
> — 「세계의 노래」전문

> ③내 가만이 자리에 누어
> 세상 사람들의 죄를 생각하다가

내 죄에 눈이 떠어
소스라쳐 놀랐나이다.

내 입으로 지은 죄는 바다와 같사옵고,
몸으로 지은 죄는 산과 같사옵고,
마음으로 지은 죄는 허공과 같이 끝간데를 모르나이다.

—「내 죄」에서

위의 시들은 춘원의 시 중에서도 기독교 의식을 잘 드러낸 작품이다. ①에서 보듯이 그는 하나님을 전지전능한 만물의 창조주로 인식하고 있다. 이것은 기독교의 가장 기초적이며 핵심적인 신에 대한 인식임을 고려할 때 춘원이 비록 기독교에 대해 회의를 느끼고 기독교를 떠났지만 그의 내면에 자리잡고 있는 하나님의 실체에 대한 인식은 변하지 않았음을 알 수 있다.

1연에서는 전지전능한 하나님을 묘사하는 반면 자신에게 믿음이 없음을 고백한다. 2연은 사랑의 하나님으로 만민에게 모든 것을 주었음에도 불구하고 하나님의 존재를 부인한 자신의 불신앙을 고백한다. 3연에서는 공의로운 하나님이 잘잘못을 바르게 헤아림에도 불구하고 원망하는 자신의 모습을 나타내고 있다. 4연에서 6연까지는 하나님의 존재에 대한 믿음으로 일관하고 있다. '나'를 춘원 자신으로 볼 때 이것은 자신의 신앙고백이 된다. 특히 부기15)에 쓰고 있는 내용은 자신의 신앙적 교만에 대한 철저한 회개를 서술하고 있다. 기독교 신앙을 떠난 후 자신의 정신적 불안감을 표현한 것이다. 믿지 않는 것은 교만

---

15) "오 적게 믿는 자들아" 적게 믿음은 내 어리석은 교만이었습니다. "두려워하지 말지어다" 날마다 불안이 있고 시간마다 두려움이 있는 나여! 안 믿으랴던 교만은 어찌하였는고! 너와 나와 날로 "내일 일을 위하야" "무엇을 먹을가 무엇을 입을가" 하야 염려하야 얻는 것은 오직 괴로움과 죽음이 있을 뿐이로다. 너와 나와의 아우성은 믿음을 잃은 소리니 너와 나와는 바야흐로 믿음의 구원을 부를 날에 다달았도다.

하기 때문이며 그 결과 모든 것을 준비하고 있는 하나님을 떠나 "내일 일을 위하여 무엇을 먹을까 무엇을 입을까"[16]하는 염려와 걱정으로 얻어진 것은 오직 괴로움과 죽음 뿐임을 고백한다. 이것은 그가 기독교를 믿고 있는 동안 받았던 성경의 교육이 그의 사상 속에 용해되어 있음을 의미한다.

②의 시는 하나님이 모든 이에게 평등함을 의식하고 그것을 강하게 표출한 것이다. 모든 인간은 하나님 앞에서 평등하고 개개인은 모두가 형제라는 것을 강조하여 만민 평등사상을 시화한 것이다. 그가 인식한 하나님은 공의로우신 하나님으로 인도주의적 입장에 서고자 했던 춘원의 사상을 잘 드러내고 있다. 그의 많은 소설 작품에서 근간이 되는 주제가 평등과 박애주의임을 상기할 때 그것은 하나님에 대한 인식에서 비롯된 것이다.

③의 시는 기독교에서 중요하게 생각하는 죄의식과 그에 대한 회개의 과정이다. 남의 잘못을 지적하기 전에 자신의 죄가 더 많음을 인식하고 그 죄를 씻기 위한 방법은 오직 죄를 뉘우치고 눈물을 흘리는 것 뿐이라고 했다. 회개만이 죄를 씻을 수 있다는 것으로 여기서 '죄'는 인간이 보편적으로 느끼는 자신의 과오를 말하는 것이 아니다. 1연에서 '세상 사람들의 죄'라고 할 때의 '죄'는 단순히 과오를 지칭하는 것이나, '내 죄'에 오면 기독교적 인식인 죄의식으로 변한다. '내 죄에 눈이 띠어'라고 하여 남의 잘못을 캐내는 인간에게 하나님은 자신에게 눈을 돌리게 하여 자신의 죄악상을 깨닫게 한다. 자신의 죄가 바다 같고, 산 같고, 허공처럼 끝을 모르는 경지라고 인식하는 것은 기독교적 인식에서 가능한 것이다. 여기서 춘원이 '눈물'로 묘사한 것은 우리 죄를 용서해 줄 수 있는 하나님에게 자복하는 태도이다. 죄를 씻을

---

16) 마태복음 6장 25절, "그러므로 내가 너희에게 이르노니 목숨을 위하여 무엇을 먹을까 무엇을 마실까 몸을 위하여 무엇을 입을까 염려하지 말라 목숨이 음식보다 중하지 아니하며 몸이 의복보다 중하지 아니하냐"

수 있는 것은 오직 하나님의 은혜로만 가능하기 때문이다.

춘원은 기독교를 피상적으로만 받아들인 것은 아니다. 기독교의 교리와 핵심적 진리를 알고 그것을 문학으로 형상화시키고자 했다. 그가 어떠한 이유에서건 기독교를 떠났으나 성서에 대한 지식을 바르게 갖고 있었고, 톨스토이의 영향으로 인도주의를 수용하여 문학으로 표출하였다. 성서의 지식이 체험적 신앙으로 이어지지 못하여 기독교를 떠났고 더 나아가 기독교를 비판하는 입장에 섰으나, 그의 시에는 성서의 진리를 표출하고자 했다. 생활에서 얻어진 체험이 없었기에 성서적 관념의 세계에 머물러 시적 생명력이 결여된 아쉬움이 있다.

이들의 시는 1909년부터 1920년 사이에 씌여진 것으로 당시 사회적 상황에서 볼 때 개화기의 소용돌이 속에서 기독교의 영향하에 있는 서구문화가 유입되면서 새로운 형식의 문학을 태동시킨 시대적 흐름을 배경으로 씌어진 것이다. 선각자적 문학인 최남선과 이광수가 직, 간접으로 성서를 가까이 했고, 거기서 얻어진 성서의 지식을 바탕으로 시를 썼다는 것은 기독교 시문학사에 있어서 중요한 의미를 지닌다. 최남선의 경우는 기독교를 계몽주의 문학을 위한 사상적 차원으로 수용하였고 이광수는 인도주의적 입장에서 기독교를 수용했다. 그들의 시에서 기독교 의식이 예술로 승화되는 완전한 수준을 요구한다는 것은 무리다. 다만 그들의 문학이 기독교의 성서적 사실에 바탕을 두고 만민 평등사상을 고취하고자 한 것은 반봉건적 사상을 이끌어 내는 근대화 과정에 기여한 시적 업적이다. 그들이 받아들인 기독교는 순수한 종교적 차원이 아닌 사회적 측면에서 수용한 것[17]이기 때문이다. 당시 사회 현실에서 민족 계몽이 시급했던 만큼 서구 사상의 기본이 되는 기독교를 사상적 측면 내지 본질로 수용하여 시로 표출했다는 것은 의의있는 일이다.

---

17) 구창환, 「춘원 문학에 나타난 기독교사상」, 신동욱 편 『최남선과 이광수의 문학』(새문사, 1986), p.124.

2. 1920년대 ─현실극복 의지

2-1. 근대문학의 흐름과 기독교

1919년 3·1운동은 우리 민족이 최대의 소망을 걸었던 거족적 독립운동이었다. 이것은 10년 이상 독립 쟁취를 위한 민족의 의욕이 구체화되어 나타난 것으로 민족 항쟁사상 가장 거대한 민족운동이었다. 3·1독립운동이라는 민족적 저항을 본 일본은 이제까지의 무단정치에서 문화정치로 방법을 바꾸는 결과를 낳았다. 비록 형식적 변화에 불과하였으나 언론의 자유를 일부 허용함으로써 동아일보와 조선일보의 양대 일간지가 창간되었고 각종 잡지가 발간되었다. 3·1운동이 일어나기 몇 개월 전 동경에서 창간되었던 최초의 순수 문예지인 『창조』의 뒤를 이어 『폐허』『개벽』『조선문단』『장미촌』『백조』 등이 모두 이 시기에 나온 것이다. 이러한 발표지면의 확대는 활발한 시의 생산과 수용을 가능하게 하여 시의 발전에 기여하는 효과를 거두었다. 전대의 계몽주의를 거부하고 문학 자체를 목적으로 하는 발전적 체계가 이루어졌다. 이 과정에서 시는 자유시의 형태로 정착되는데 이것은 앞선 시기에 있었던 중세적인 시관의 해체와 궤를 같이 하고 있다.[18]

그러나 이 시기는 일제의 압박을 벗어나려던 3·1운동의 실패 뒤에 찾아온 허무감, 절망감 등으로 어두운 분위기를 벗어나지 못했다. 서구의 세기말적 사조인 퇴폐주의, 낭만주의, 상징주의 등이 유입되어 이것이 시단의 주조를 이루었다. 또한 20년대 중반부터 일기 시작한 사회주의 문학운동은 문단에 또 다른 흐름을 주도하여 민족문학 계열과 프로문학 계열로 양분되는 결과를 초래했다.

---

18) 감태준, 「근대시 전개의 세 흐름」, 감태준 외 『한국현대문학사』(현대문학, 1989), p.103.

기독교에 대한 탄압 역시 외형적으로는 완화된 듯하였으나 실제 근본적 개혁은 없었다. 다만 3·1운동 직후 어느 정도 표현의 자유가 허용되어 기독교계에도 1915년 창간된 『기독신보』가 1920년부터는 교회 소식 뿐 아니라 일반 시사문제를 다룰 수 있었고 다른 기독교 잡지의 발행도 활발하게 진척되었다.[19] 이런 계기로 기독교계에서는 문서를 통한 적극적 선교의 자세를 보였다.

또한 사회주의 운동은 문학 뿐 아니라 종교에도 많은 영향을 끼치게 되었다. 1920년대 들어 일부 지식인들의 기독교 배척[20]이 시작되었으나 그것은 한국 기독교의 자성의 기회로 삼는 긍정적 면도 있었다. 그러나 3·1운동 이후 사회주의자들에 의한 기독교 비판은 반기독교 운동으로 연결되어 기독교에 대해 냉소적인 태도를 가졌던 젊은이들 사이에 확산되었다.

이렇듯 이 시기는 사회적으로나 기독교계 흐름에서 근대적 요소를 정착시키며 서구 문예사조가 유입되어 본격적으로 근대문학의 기반을 세워갔다. 새로운 문예사조는 주로 일본에서 유학하고 있던 유학생들이 주축이 되어 발간해 낸 동인지를 중심으로 활동하면서 거세게 밀려왔다. 그들은 당시 일본에 들어온 서구의 문예사조를 우리 나라에 소개하며 실제 작품을 창작하는 무대로 삼았다. 이러한 동인지 가운데 가장 먼저 등장하는 것이 『창조』로 최초의 동인으로는 주요한, 김동인, 전영택, 김환 등 4명이었다. 이들 중 화가였던 김환을 제외한 3명이 모두 기독교인이었다는 점에 관심을 갖게 된다. 그리고 동인지 명

---

19) 일본이 문화정치를 표방한 1920년부터 1929년 사이 41종의 새로운 기독교계 잡지가 창간되었다. 한국 기독교 역사 연구소, 『한국의 기독교 역사』Ⅱ(기독교문사, 1997), p.78 참조.

20) 이광수 "今日耶蘇敎의 缺點", 『청춘』 1917년 11월호에서 한국의 기독교를 정통의 폭군이라고 비판하면서 목사와 전도사들이 신학 이외의 학문에는 무지하여 교인을 미신으로 이끌고 문명의 발전을 막는다고 했다. 특히 한국의 기독교가 신앙 이외의 사상이나 과학을 경시하는 경향이 있어 그 결과 현세보다는 내세를 중시함으로써 현실에서 유리되었다고 했다.

을 창조라고 한 것은 전영택의 제의였으며 그것은 그의 종교적인 아이디어[21]라는 것이다.

3·1운동 실패 이후 문단에는 전반적으로 비관주의적 퇴폐적 사조가 범람하는 상황에서 민족에게 소망과 이상을 고취시켜 준 것은 전영택, 주요한, 장정심과 같은 기독교 의식을 가진 시인들이다. 그들에게는 미래를 바라보는 희망적이고도 긍정적 세계관으로 일관하는 동질성이 있다. 현재의 고난을 겪으면서 그 이면에 있는 신의 존재를 의식하는 신앙적 삶의 표출로 시의 건강성을 유지하며 현실의 암울함을 극복해 나가려는 의지를 드러냈다.

2-2. 田榮澤[22] —선지자적 구원의식

전영택은 어려서부터 많은 책을 읽었고 중학생 때 이미 수필이나 노래를 지어 학급 회람지에 발표했다. 청산학원 시절에 문학서를 탐독하며 유학생 잡지인 『학지광』에 글을 싣기도 하고 이후 주요한, 김동인, 김환 등과 함께 우리 나라 최초의 순수 문예지인 『창조』를 발간하며 여기에 작품을 발표하였다. 제호를 『창조』로 한 것은 전영택의 제안이었으며 신이 만물을 창조한다는 기독교적 의미를 내포하고 있다. 그가 문학에 전념하는 문학인이 아니라 그의 작품이 주목받지는 않았으나 그의 문학(시, 소설, 희곡 등)이 기독교적 의식에서 출발하고 있다는 것은 간과할 수 없는 일이다. 그가 남긴 60여 편의 시작품을 살

---

21) 주요한, 「살아있는 20년대의 문학정신」, 『주요한문집』(요한기념사업회, 1982), p.846.
22) (1894-1967) 평양 출생. 일본 靑山學院에서 신학을 공부한 목사였으나 일찍부터 문학에 대한 꿈을 키웠다. 한학과 문필에 능했던 부친의 영향으로 한학을 했고 도산 안창호가 세운 대성중학교에서 신학문을 하였다. 이러한 성장 배경에서 기독교 의식을 드러내는 문학 작품(시, 소설, 희곡 등)을 발표하였다. 여기서는 『전영택전집』(목원대 출판부, 1994)을 자료로 하였다.

펴볼 때 그의 문학적 바탕은 기독교의 '사랑'을 핵심으로 한 인도주의
임을 알 수 있다. 전영택 스스로도 이렇게 밝히고 있다.

> 나의 문학 창작에 있어서 주류가 되고 기본 사상이 된 것은 톨스
> 토이 문학 외에 기독교 성서에서 온 인도주의, 단적으로 말하면 순
> 수한 '사랑'이었다는 점에서 나는 다행으로 알고, 이것은 지금도 변
> 함이 없이 가지는 나의 인생관이다. 그리고 또한 나의 **문학생활**에
> 있어서 신약과 특히 구약으로 성서의 문학에서 영향을 받고 배운 것
> 이 많다는 것을 결코 소홀히 할 수 없는 사실이다.[23]

인간에 대한 끝없는 사랑, 특히 외롭고 고통받는 이웃, 그들의 삶에
대한 연민과 구원의식이 그의 문학의 주제를 이루고 있듯이 시에서도
그리스도의 '사랑'에서 출발한 인도주의적 입장과 구원에 대한 의식을
바탕으로 하여 긍정적 세계관에 입각하고 있다.

> 찬 눈과 굳은 얼음은
> 꿈처럼 그 땅 위에 스러지고
> 따뜻한 햇빛이
> 아지랑이 빈 들에 찼건만
> 의의 태양을 사모하여
> 새 날을 기다리는
> 이새의 가지에 붙은 작은 움들은
> 어제도 오늘도 음침한 골짜기에서
> 번뇌의 가시에 찔리어 탄식하고
> 사자의 으르렁거림에 위협을 받는가,
>
>   ― 「의의 가지들이」에서

이 시는 조국의 구원에 대한 희망을 노래하고 있다. 우리 민족이 처

---

23) 전영택, 「나의 문학수업」, 『전영택전집 3』(목원대 출판부, 1994), p.527.

해 있는 시대적 상황이 '찬 눈'과 '굳은 얼음'의 냉엄한 현실적 공간으
로 은유되고 있다. 어제도 오늘도 '음침한 골짜기' '번뇌의 가시' '사
자의 으르렁거림'으로 다가오는 현실이지만 오직 바라보는 것은 '의의
태양'이 떠오르기를 사모하는 기다림으로 일관하고 있다. 사방이 번뇌
와 탄식과 위협으로 가득 차 있어도 '이새의 가지에 붙은 작은 움들'
은 장차 다가올 희망의 세계를 암시한다. 현실의 고통을 벗고 '굴레벗
은 송아지'처럼 뛸 수 있는 새로운 날을 기다리며 견딜 수 있는 희망
의 메시지는 바로 이를 말해 준다. 희망의 이미지로 사용한 시어 '햇
빛' '태양' '새벽별' 등은 현실 공간에서 벗어나 새로운 세계를 지향하
는 것으로 민족적, 종교적 두 측면의 지향의지를 보여준다. 현실 세계
가 어둡고 음침하여 절망의 세계, 허무의 세계로 나아가기 쉬운 시적
공간에서 희망과 소망을 주는 세계로 이동시키는 역할을 한다. '굴레
벗은 송아지'는 피지배 민족의 억압된 삶에서 해방된 그날의 모습을
표현하는 것으로 성서[24]에서 인유하였다. 이것은 당시 이스라엘 민족
이 바벨론의 포로로 있을 때 선지자들을 통해 전했던 하나님의 말씀
으로 그들에게 위로와 평강을 주었던 것이다.

　당시의 시대적 분위기로 보아 자탄과 울분으로 치닫던 지식인, 문인
들에 비해 이 시에서는 건강한 의식이 살아있음을 볼 수 있다. 민족에
게 희망의 빛을 선사하는 신의 음성으로 들리기 때문이다. '동방에 빛
나는 새벽별'은 인류의 구원을 위해 인간의 몸을 입고 온 예수 그리스
도를 암시하는 것으로 민족의 구원을 상징하고 있다. 구원의 의미는
피압박 민족이 압박의 굴레에서 벗어나는 것으로 표출되었다.

　　　들으라 새날을 고하며 외치는 닭소리

---

24) 말라기 4장 2절: "내 이름을 경외하는 너희에게는 의로운 해가 떠올라서 치
　　료하는 광선을 발하리니 너희가 나가서 외양간에서 나온 송아지 같이 뛰리
　　라"

어둠에 헤매는 인간아 노래 부르세
죽음을 붙들고 우는 형아 누이야
밝은 아침 빛나는 저세상을 노래하세
— 「이제 밝은 아침이 오리니」에서

현실의 공간은 '밤'과 '어둠'이며 앞과 뒤가 모두 막히고 원수에게
모든 것을 빼앗겨 아무 것도 할 수 없지만 그가 바라보는 것은 어둠
의 현실 너머에서 밝아오는 미래였다. 따라서 민족에게 외치는 선지자
처럼 그는 '밝은 아침 빛나는 저세상'을 노래하며 민족을 향해 독려하
는 시를 썼다.

그가 현실을 초월하여 먼 미래를 바라볼 수 있었던 것은 구약의 선
지자들처럼 조국과 민족을 위해 기도하는 마음으로 시를 썼기 때문이
다. 현실의 삶에 얽매이지 않고 미래를 향해 마음이 열려 있었던 것
역시 성서에 기초한 기독교 의식이 철저했음을 말해 주는 것이다.

이 날에
나보다도
더 어두운데 있는 이들을 위해 작은 등불을 켜오리다.
이 날에
나보다도
더 찬데 있는 이들을 위해 따뜻한 불을 피우오리다

이 날에
나보다도
더 목마른 이들을 위해
나는 보잘 것 없는
작은 샘이 되어지이다

— 「이 날에」에서

위의 시는 그리스도의 '사랑'을 실천하고자 하는 간절한 기원을 담

고 있다. 그가 표출하고자 한 사랑은 헌신과 자기 희생정신이다. 1연과 2연에서 보여주는 사랑의 모습은 '어두운 데' '찬 데' 있는 '목마른 자들'을 위해 자신이 '등불'이 되고 '따뜻한 날'이 되고 '작은 샘'이 되기를 기원하는 마음이다. 그리스도인의 사랑의 실천적 면을 강조하고 자신이 그 모델이 되고자 한 것이다. 이러한 희생과 봉사 정신은 기독교의 가치를 존중하는 것으로 그러한 자신의 모습은 3연으로 이어진다. '내가 사모하다가 사모하다가/ 찾은 그 가슴'은 하나님의 품, 그리스도의 사랑의 품으로 '하늘에 저 하늘에 잇닿은/ 그 가슴'이다. 헌신을 위해 자신은 '등불' '따뜻한 불' '작은 샘'이 되기를 기원한다. 화자 자신이 어려움에 처했을 때를 기억하며 고통 중에 있는 사람들에게 손내밀고 다가가는 모습이 제시되고 있다.

기독교의 중심 사상은 '사랑'이다. 그것은 막연한 관념적 사랑이 아니라 사랑을 필요로 하는 이웃에게 다가가 실제적으로 그들의 아픔을 나의 아픔으로 인식하며 자신이 가지고 있는 것을 베풀어 실천했을 때 참다운 의미를 지니게 된다. 그것이 예수의 삶이었고 그리스도인의 삶 또한 그렇게 되기를 가르치고 있다. 이 시에서처럼 '어두운데 있는 이들'에게는 등불을 들고 다가가고, '찬데 있는 이들'에게는 따뜻한 불을 피워 주고, '목마른 이들'을 위해서는 작은 샘물이 될 수 있는 마음의 자세가 참된 그리스도인의 삶이다. 따라서 시인이 지향하는 삶은 그만큼 따뜻하고 포근한 세계이며 그에 따르는 희생도 감내하고자 하는 정신이 잘 드러나 있다.

전영택의 문학은 주로 소설을 통해 기독교적 정신을 드러내고자 했기 때문에 시작품이 많지는 않다. 그러나 여기에 선별한 몇 편의 시에서 알 수 있듯이 그는 그리스도의 '사랑'을 전하고자 했고 그것을 기반으로 미래지향적 희망의 삶을 고취하고자 했다. 당시의 시대적 특성인 어둠에 대해 항상 빛으로 나아가고자 했으며 절망적 환경에 있는 민족에게 구원의 소망을 안겨 주고자 노력했다. 이와 같은 문학적 태

도는 그가 기독교 의식으로 견고하게 무장된 목사라는 직업과 무관하
지 않을 뿐 아니라 어려서부터 익혀온 문학적 감수성이 신앙과 결부
되면서 빚어진 결과라 할 것이다. 그 자신이 기독교 문학에 대해 피력
했듯이 그의 창작활동에는 신앙이 뿌리 깊이 움직이고 있으며 전폭적
으로 그 지배[25]를 받고 있기 때문이다.

2-3. 朱耀翰[26] ―미래지향적 이상주의

주요한은 「불놀이」를 발표하여 한국의 시를 근대적인 산문시 형태
로 발전시킨 최초의 시인[27]으로 평가받으며 한국 시문학사에서 근대
시의 선구자적 시인으로 알려지게 되었다. 이 시는 상징적이며 은유적
표현을 쓰고 있는데 이것은 일본 유학시절 프랑스 상징주의 시에 깊
은 관심을 갖게 됨과 동시에 일본의 상징파 시인 天路柳虹의 문하에
서 시 공부를 하면서 당시 유행하던 상징시를 배웠기 때문이다. 그러
나 그의 시는 초기의 상징적인 시에서 벗어나면서 차츰 민족주의적
이상주의로 변모해 갔다.

그는 어려서부터 기독교적 분위기에서 자랐고 교육을 받은 기관도
기독교 계통의 학교였음을 상기할 때 그의 문학이 기독교 사상과 관
련된다는 것은 당연한 결과이다. 그의 시가 민족주의적 이상주의라는

---

25) 전영택, 앞의 책, p.567.
26) (1900-1970) 평양에서 목사인 주공삼의 장남으로 출생. 1912년 부친을 따라
   일본으로 건너가 명치학원 중학부에 다니면서 세계 문학서적을 대하면서 감
   명을 받고 문학에 대한 꿈을 키웠다. 동경 제일고등학교 입학 후 동경 유학
   생회의 『學友』지에 작품을 발표하면서 詩作生活을 시작하였다. 1919년 『創
   造』 창간호에 「불놀이」를 발표하며 동인으로 활동하면서 본격적 작품 활동
   을 하였다. 첫시집 『아름다운 새벽』(1924), 이광수 김동환과 함께 『三人詩歌
   集』(1929), 시조집 『봉사꽃』(1930) 등의 3권의 시집을 출간하였다. 여기서는
   『주요한문집 Ⅰ,Ⅱ』(요한 기념 사업회, 1982)와 『三人詩歌集』을 주요 텍스트
   로 삼았다.
27) 조연현, 『한국현대문학사』(성문각, 1991), p.428.

평가와 밝고 건강한 정신이 나타난다는 것은 이러한 교육환경과 결코
무관하지 않다. 그의 작품에서 직접적인 기독교 사상을 표출하는 예는
많지 않다. 그것은 작가가 신앙과 문학과의 관계를 연관시키고자 하는
의식이 투철하지 않았을 뿐이며 그의 작품 기저에 흐르고 있는 이상
주의적 밝음의 세계는 기독교 정신이 내면에 뿌리 내리고 있다는 증
거이다.

> 구름업시 맑은 하늘우에
> 우슴씐 아츰해가 도다 오른다.
> 바람과 찬비는 다 어듸 갓나
> 저 하늘 볼째마다 놀쒸는 가슴,
> 그 속에 숨겨둔 애타는 생각을
> 저 파란 하늘우에 노아 주면은
> 金가튼 소리 되어 님의 귀에,
> 불가튼 별이 되어 님의 속에,
> 나의 所願을 갓다 주련만,
> 구름업시 말근 하늘우에
> 우슴씐 하츰해가 도다 오른다.
>
> ― 「하늘」 전문

　이 시의 대상은 '하늘'이지만 그것을 나타내고자 하는 이미지는 맑
고 투명한 세계이다. 그 위에 떠오르는 밝고 힘찬 '아츰 해'를 묘사하
여 그 이미지를 한층 더 강하게 나타내고 있다. 시적 화자가 그리고
있는 세계는 맑은 하늘 위에 떠오르는 아침해의 형상이다. 이것이 현
실에서 실현되기는 어려울지라도 상상의 세계에서 형상화하여 '바람'
과 '찬비'는 모두 사라지고 없는 이상적 세계를 드러낸다. 따라서 '해'
는 주요한이 상황에 대한 밝고 건강하면서도 신념을 가진 태도를 표
출한 것[28]이라는 평가가 나오는 것이다. 여기서의 신념은 단순한 인간
적 신념의 차원이 아니라 기독교적 신앙에 기초한 종교적 세계의 신

념이다. '님의 귀'와 '님의 속'에 화자의 소원을 가져다 줄 수 있다고 믿는 것은 종교적 세계관에 입각한 신념으로만 가능하기 때문이다.

주요한의 시가 이렇게 밝음과 희망을 표현하는 것은 그의 내면에 스며있는 기독교 정신 때문이다. 그는 시에서 굳이 기독교적 색채를 드러내려 하지 않는다. 다만 그의 정신 속에 육화된 종교의식이 건강한 시정신으로 드러난 것이다. 양왕용은 주요한 시의 이러한 특성을 개인적 자아에 의한 시쓰기가 아니며 상황의 극복의지29)로 보고 있다. 이것은 주요한이 시를 쓰던 당시의 현실상황에 대해 적극적으로 대응하며 현실 극복의 의지를 표출했기 때문이다. 그의 시 「해의 시절」과 「아츰 처녀」도 건강성을 띠고 있는 시로 꼽힌다. 이러한 현실극복의 강한 의지를 형성하고 있는 것은 심층에 자리하고 있는 종교, 즉 기독교의 힘이다.

그의 시는 당시 문단의 분위기를 주도하는 허무주의적 사상을 버리고 밝고 건강한 시적 분위기로 나아가고자 했다. 슬픔의 현실을 뛰어넘어 미래의 기쁨을 위해 웃을 수 있는 의지가 그의 시를 이상주의적 시로 발전시킨 것이다.

> 새벽이 되면
> 새는 깃들고
> 그림자들은
> 스러지느니
>
> 감었던 눈을
> 뜰쌔니다
> '참'의 세계를
> 보기 위하야

---

28) 양왕용, 『한국근대시연구』(삼영사, 1982), p.156.
29) 양왕용, 위의 책, p.154.

....
달아레 모혀
기두룹시다
오마하신님
오실째짜지.........

　　　　　　　　　　　　　　　　　　— 「새벽」에서

　이 시는 기독교적 심상이 확연히 드러나는 그의 몇 안 되는 시 중
하나다. '새벽'은 새로운 희망의 시간을 암시하며 '오마하신 님'을 기
다리는 시간이다. 이것은 성서에 기초한 사상으로 재림할 예수를 기다
리는 성도의 자세이다. 여기서 화자는 '저녁'과 '새벽'의 대비된 시간
속에서 시련과 연단의 시간을 지나 새로운 희망찬 세계, 참된 진리의
세계로 나아가는 과정을 끈기있게 기다리고 있다. 새벽은 대체로 새로
운 날의 시작으로 지난 저녁(과거)을 묻어버리고 새로움을 향해 나아
가는 시간으로 희망의 시간, 새로움의 시간이다. 여기서는 특별히 '새
벽'을 '참의 세계를 보기 위하여'라고 하여 진리의 세계를 향하는 시
간으로 설정한 반면 저녁은 연단의 기간으로 인식하고 있다. 그것은
신이 인간에게 주는 시련을 통해 참된 진리의 세계로 나아갈 수 있듯
이 새벽을 맞이할 수 있는 것은 꾸준한 인내와 노력이라고 믿고 있기
때문이다. '오마하신 님'이 올 때까지 기다리자고 하여 화자 자신에게
뿐 아니라 그가 속해 있는 사회의 모든 이에게 함께 인내하며 '새벽'
을 기다리자고 격려한다. 이 시에서의 새벽은 다시 올 예수를 맞이할
수 있는 시간으로 기독교의 미래관을 내포하고 있다.

　　　①나는 사랑의 사도외다
　　　　사랑은 비 뒤의 무지개처럼
　　　　사람의 리상을 무한이 끄러올리는
　　　　가장 아름다운 목표외다

·················
사랑하기 짜문에
나는 싸호지 아느면 안되겟사외다.
사랑하기 짜문에
나는 피를 쑴지 아느면 안되겟사외다
학대밧고 짓밟힌 인류가 잇는 동안
사랑은 나를 명령합니다.

— 「사랑」에서

②나는 녯날 聖徒의 거름으로
  외로움의 기픈 골에 홀로 나려가며
  추억의 무거운 바다, 물미테 업드려
  나의 나날과 모든해를 니로 집썹고,
  지난날의 쓴생각우에 재를 쑤리려 한다.
  나는 내 몸을 누르는 각색 옷을 버서 던지고

— 「외로움」에서

①의 시는 성경적 지식을 바탕으로 자신을 '사랑의 사도'로 인식하고 현실에서 고통받는 민족을 위해 사랑의 힘으로 싸워야 할 의무감을 표출한 것이다. 사랑의 힘을 역설하면서 사랑은 '무지개' '바다' '폭포' '평화' '의'와 같은 추상적 개념으로 표현하고 있다. 그가 현실을 살아가면서 느끼는 많은 문제들에서 자신의 입지를 표명하는 결의에 찬 표현이며 이것이 기독교 의식으로 일관하고 있다.

②에서는 '사랑'을 위해 감내해야 하는 인간의 고뇌를 보여주고 있다. 여기서의 사랑은 인간 사이의 사랑이 아니라 하나님의 사랑이다. 인간이 하나님의 참된 사랑을 깨닫기 위해 그만큼의 아픔을 겪은 후라야 그 사랑에 감사할 수 있다. 화자는 그 경지에 도달하기까지 인간의 고뇌를 표현하고 있다. '외로움의 기픈 골'에 내려가 나를 누르고 있는 '각색 옷을 벗어 던지'는 과감한 자기 혁신의 길을 제시한다. 인

간 세계에서의 회열을 모두 벗어버리고 신에게 나아가고자 하는 적극적 의지에서 비롯된다. 인간의 철저한 고독 속에서 '신에게 발가버슨 기도를 드리리라'는 고백을 하게 된다. 그 때에 화자가 느끼는 것은 '형언할 수 업는 고감과 쾌감'이며, '변함업고 다만 하나인 불꽃의 사랑'인 하나님의 영원한 사랑을 알게 된다.

이 시가 전하고자 한 것은 기독교 신앙인의 깊이있는 사랑의 세계이다. '사랑'은 기독교에서 가장 강조하는 실천 덕목이다. 그 실천은 먼저 하나님으로부터 받은 사랑을 실감하는 데서 시작된다. 요한은 그것을 잘 알고 있었기에 철학적 사고 과정을 표현하면서 사랑의 소중함을 함께 깨달은 것이다.

주요한의 시는 어두운 현실과 개인적 정서의 침잠으로 빠지기 쉬운 당시의 문단에서 민족 모두에게 새로운 희망을 주는 이상주의 편에 섰다. 아울러 하나님의 사랑을 깨닫고 그 실천을 위해 '사랑의 사도' 임을 자처하는 특성으로 나타난다. 그의 정신을 지배해 온 기독교 사상이 시의 건강성을 드러내는 밑바탕이었다. 그는 시에서 굳이 기독교 적 색채를 드러내려 하지 않았으나 정신 속에 스며든 기독교 의식은 문학 속에서 육화된 자기 정서로 나타났다.

2-4. 張貞心30) ─순수 신앙의 표현

장정심은 활발한 신앙 활동을 통해 체득한 신앙의 순수함을 간직하고 있다. 그의 시는 대부분 자신의 신앙심을 고백하는 차원에 머무르

---

30) 1898년 개성 출생. 기독교 계통의 개성 호수돈여고보와 이화여전, 일본 협성 여자신학교 졸업. 감리교 여자 사업부 사도(여자 전도사)로 헌신하였다. 1927 년 『靑年』65호에 「기도실」을 시작으로 「이 잔을 받으셔요」「주의 궁궐」 등을 잇따라 발표하였다. 첫시집 『主의 勝利』(1933)와 제2시집 『琴線』(1934)이 남아있다. 여기서는 『琴線』을 자료로 삼았다.

고 있으나 당시 문단의 흐름으로 보아 신앙심을 바탕으로 순수 기독
교시를 썼다는 것이 특기할 만하다.

> 당신을 다시 찾을 수 있다면
> 보이는 창고는 텅 비어있어도
> 마음 창고문을 다 열어놓고
> 전재산을 다 들여 정성껏 잔치하오리다
>
> 당신을 다시 만날 수 있다면
> 남몰래 앓던 심화병까지
> 다 잊고 임의 귓가에 들리도록
> 이 땅의 새 생명을 노래해 드리오리다
>
> ― 「당신」에서

이 시는 '당신'(하나님)에 대한 철저한 순종을 나타내고 있다. 그에
대한 순종의 자세는 '열정'과 '충의'와 '정성'으로 일관하고 있다. 자신
의 삶 전체를 '당신'을 위해 헌신하고자 하는 일관된 태도를 보여준
다. 기독교인으로서 철저한 헌신이 삶의 목표임을 암시하고 있다. 3연
에서 '보이는 창고는 텅 비었어도/ 마음 창고문을 다 열어놓고'에서는
성서[31]의 기록을 인유하여 자신의 신앙관을 나타낸 것이다. 현실에서
가진 것은 아무 것도 없어도 믿음으로 하나님께 나아가 그를 정성껏
섬기겠다는 결단이다. 그가 지향하는 삶은 눈에 보이는 현실의 삶이
아니라 영적 세계로 그분에 대한 순종의 삶이 최종 목표이다. 이것은
자신의 실제 삶이 그리스도에게 헌신된 삶에서 나온 결과이다. 그에게
현실세계는 문제가 되지 않는다. 현실에 가치를 두기보다는 보이지 않

---

31) 하박국 3장 17-18절: "비록 무화과 나무가 무성치 못하며 포도나무에 열매가
　　없으며 감람나무에 소출이 없으며 밭에 식물이 없으며 우리에 양이 없으며
　　외양간에 소가 없을지라도 나는 여호와를 인하여 즐거워하며 나의 구원의
　　하나님을 인하여 기뻐하리로다"

는 영의 세계를 바라보며 현실의 문제를 초월하기 때문이다. 단지 현재의 자신은 신을 위해 헌신하고자 하는 순종만이 있을 뿐이다. 이러한 가치관은 그의 시를 고뇌하는 문학으로서가 아니라 신에 대한 찬양으로 일관하게 했다.

> 피아노의 반주할 임의 노래를
> 바닷가에 나아가 들어보았더니
> 해풍에 물결소리 위엄스러워
> 저보다 장엄한곡 못들었습니다.
>
> ┄┄┄┄┄┄┄
> 빠요링 반주할 임의 노래를
> 빈 방 찾아 들어가 들어보니
> 내 가슴에 맥박소리 다정하게도
> 저보다 신비한곡은 못들었습니다.
>
> — 「임의 노래」 1.4연

이 시는 창조주가 만든 자연의 소리와 인간이 연주하는 악기들을 비교하면서 자연의 위대함을 찬양하고 있다. 자연의 소리가 인공적인 악기 소리보다 훨씬 아름답다는 것은 자연을 만든 창조주에 대한 경외심에서 비롯된다. 마지막 연에서 자신의 가슴에서 들리는 맥박소리가 그만큼 신비하다는 것이다. 하나님의 창조물 가운데 인간처럼 신비한 것이 없다는 것을 강조하는 한편 자신에게 느껴지는 신의 오묘한 솜씨를 찬양하는 것이다.

이 시의 구성은 바다, 산, 풀잎 등의 자연의 소리에서 인간에게 돌아오는 과정으로 가장 정교하고 신비한 인체에 대한 경이로움을 통해 신의 놀라운 솜씨를 찬양하는 중층성을 지닌다. '임'의 노래인 자연의 소리는 정교하고 놀라운 경지에 있다는 자신의 절대적 믿음을 강조하고 있다. 그의 시는 창조주에 대한 절대적 신앙에서 시작하여 자신의

모든 열정을 바치고자 하는 투철한 의식으로 일관한다. 이것은 여전도
사로 헌신하면서 체득한 실천적 신앙의 일면을 찬양의 형태로 표현했
기 때문이다.

> 백의의 환경에서 길이운 네몸
> 네 흰털을 행여 드렐세라
> 남이란 네 흰깃을 새우리니
> 녹음방초 지나갈제 조심하여라
>
> 악풍우 심히 온다 겁내지마라
> 역경에 네야 이땅의 풍운아이다
> 적은 바람 큰 바람 쉬일 날이 없나니
> 얼른 자라 대담하게 훨훨 날아보라
>
> — 「흰 새」에서

　이 시는 민족의 소망을 노래하고 있다. 우리 민족을 백조에 비유하
여 남에게 시샘을 당하기는 하지만 그 환경에서 벗어날 수 있다는 신
념을 불어넣어 준다. 폭풍우가 부는 역경은 어느 곳에나 있으니 겁내
지 말라는 당부도 잊지 않는다. 우리 민족이 일본의 지배 속에서 괴로
움을 당하는 현실을 '폭풍우'에 비유하고 거기에 맞서는 우리 민족을
'풍운아'로 표현하면서 이 난관을 헤칠 수 있다는 힘과 소망을 부여하
고 있다. 현재의 억눌린 상황에서 현실의 어두운 면보다는 그 뒤에 있
는 신의 모습을 보며 소망의 내일을 기대하는 태도이다. 「새해」에서도
이러한 미래의 소망을 담은 기독교적 관념이 드러나 있다.

> 삶이란 객지에 생활을 떠나
> 죽엄이란 고향을 찾아갈 때
> 영원이란 진행곡에 발을 마쳐
> 저나라에 행복의 수레에 실려갈지 알겠소

꽃은 시들을가 더곱게 보이고
인간은 이별될가 더 긴장해지오
하품하며 지루하게 사는 것보다
아차하게 짧게 죽는 것이 더 값있소

— 「죽엄」에서

이것은 시인의 신앙 핵심을 잘 드러내며 비교적 정제된 의식을 나타낸 시이다. 신앙은 외면의 문제가 아니라 내적인 문제라는 전제에서 볼 때 시인의 의식이 인간의 가장 종국적인 문제인 죽음에 대해 초월적 자세를 나타내며 신에게로 다가가는 겸허한 모습을 보여준다. 외면상의 종교인이 아니라 참다운 신앙의 순수성과 핵심적 문제에 접근하였음을 보여주는 것이다.

이 시의 화자는 세상에서의 삶이 광야를 지나는 나그네 인생임을 자각하고 죽음은 고향을 찾아가는 것으로 천국에서의 행복을 기대하는 기독교적 내세관에 입각하고 있다. 비극적 인식으로 받아들여지는 죽음에 대해 초월하는 자세를 나타낸다. '하품하며 지루하게 사는 것보다/ 아차하게 짧게 죽는 것이 더 값있소'라고 적극적 삶을 지향하고 있다. 죽음을 받아들이는 자세가 이렇게 태연할 수 있는 것은 현실의 삶에 가치를 두지 않기 때문이다. 죽음이 삶의 끝이라는 일반적 인식과는 달리 죽음이 새로운 삶, 즉 천국에서의 삶의 시작이라는 기대와 고향을 찾아가는 것으로 인식했기에 가능하다.

위에서 살펴본 대로 그의 시는 일상성 속에서 믿음, 소망, 사랑의 기독교적 본질을 탐색하고 그것을 종교적 순수성과 진실성으로 표현하고자 했다. 기독교 문학을 크리스천이 기독교적 시점에서 창작한 문학이라고 정의할 때 장정심의 시는 기독교 문학의 범주에서 벗어나지 않을 것이다. 그러나 그의 작품은 기독교적 체험의 신앙을 문학적 장치로 승화시키는 데까지 발전하지 못한 아쉬움이 있다. 그의 시에 대해 전영택은 "그는 순수한 신앙을 가슴에 품고 예수님을 사모하는 간절한 심정을 붓에 의탁하여 표시하였다. 다만 그는 시적 소양이 부족했던 까닭에 마음에 있는 대로 적어 놓았을 뿐이다."[32]라고 했거니와 그의 시는 신앙을 담아내는 그릇으로서 문학적 승화에 이르기에는 다소 미숙한 면이 있다. 이것은 당시 우리 시의 환경이 기독교시의 개념이 정립되지 않은 상황에서 기독교적 의식을 나타내고자 하는 열정에서 나온 현상이라 볼 수 있다.

1920년대 기독교시를 당시의 대표적 시인인 전영택, 주요한, 장정심의 시를 통해 살펴보았다. 이 시기는 우리 민족이 일제의 억압에서 벗어나려는 거족적 독립운동인 3·1 운동이 실패로 끝난 이후로 문단에는 실의와 좌절로 인한 비극적 인생관이 팽배해 있던 때였다. 이러한 사회적, 문단적 상황에서 자연히 문학은 비관적, 회의적 사상이 지배하고 있었다.

그러나 기독교 의식을 가진 시인들에 의해 새로운 희망과 밝은 미래를 제시하는 풍토가 조성되고 이를 극복하고자 한 종교적 지향을 보여준 것은 실로 다행스러운 일이다. 전영택, 주요한, 장정심 모두 암울한 시대 상황을 극복하는 방법으로 기독교적 미래관의 이상주의적 태도를 보여주었기 때문이다. 현실 공간을 뛰어 넘어 먼 미래를 바라보며 밝음의 세계를 지향하는 공통된 의식이 그들에게 있었던 것은 하나의 큰 수확이었다.

---

32) 전영택, 앞의 책, p.597.

3. 1930년대 ―민족의식의 고양

3-1. 민족주의와 기독교

1930년대는 식민지 시대의 정신사에 있어서나 한국시의 성격에 있어서나 상당히 주목할 시기이다. 특히 30년대 시단은 현대적 국면을 맞이하게 되었고 유난히 많은 시인이 배출되었으며 이 때의 시는 매우 성공적[33]이라는 평가를 받고 있다.

3·1운동 직후 표면적으로나마 문화정치를 표방하며 완화된 정책을 보였던 일본이 1932년 만주사변을 일으킨 후 이를 계기로 아시아 전체를 지배하려는 야욕으로 한국을 대륙침략의 전초기지로 삼았다. 소위 대동아공영권이라는 허울좋은 구호를 내세워 아시아 각 민족의 단결과 서양에 대한 저항을 주장한 것은 아시아의 맹주가 되고자 하는 일본 제국주의 사상의 노골적 발로였다. 이러한 군국주의 통제 아래 국민을 억압하는 효과적 수단으로 언론 탄압이 극에 달했다. 1931년과 1934년 2차에 걸친 카프 검거사건과 신간회 해산 등은 계급주의 문학이나 민족주의 문학 운동에 압력을 행사하게 되었고 문화사상적 활동이 일체 정지되었으며 일본어의 상용과 창씨개명 등의 압력은 민족말살의 간악한 수단이었다.

일제의 탄압이 더욱 가열해지면서 시인들은 자연 속으로 파고들어 자연을 노래하며 순수한 서정시의 세계를 형성하였다. 당시 자연을 사랑한다는 것은 흉악한 인간의 때가 묻지 않은 깨끗하고 아름다운 세계를 지향하는 의미가 포함되어 있었고 지상에서 빼앗긴 자유를 광대무변한 천상에서 찾는다[34]는 의미도 함축하고 있었다. 따라서 이 무렵

---

33) 김용직, 「서정, 실험, 제 목소리 담기」, 감태준 외 『한국현대문학사』(현대문학, 1989), p.146.

의 시들은 자연히 민족적 로맨티시즘이나 민족적 센티멘탈리즘의 경향을 띠게 되었으며 여기에 기독교적 상상력을 바탕으로 한 순수 서정시인들이 등장하게 되었다.

시문학사에서 순수 서정시가 등장한 것은 1930년대를 배경으로 한 시대적 산물이다. 계몽주의, 낭만주의, 상징주의 문학을 거친 후 사상성을 강조하는 계급주의 문학과 민족주의 문학의 대립 양상에서 벗어나 순수한 서정적 시문학에 몰입하게 되었고 시의 표현 매체인 언어에 대한 각별한 관심을 보이기 시작했다.

기독교 입장에서도 이 시기는 대단한 위기의 상황이었다. 교회에 대한 사회의 냉담, 묵살 등의 행동과 사회복음주의라는 사상의 저항이 교회 자체의 위상을 흔들리게 하였다. 특히 이 시기 교회의 수난은 사회주의 사상의 침투와 세속적 교화 운동으로 군중들의 교회 이탈 현상이다. 이러한 한계를 극복하려는 노력이 내적 신앙체험을 강조하는 부흥운동과 계몽주의적 사회 참여 신앙으로 나타났다. 신앙생활의 사회화를 유도하는 교회 지도자들의 자각이 있었고, 개인적 구령운동에서 벗어나 사회적 구원에 이르고자 하는 성숙의 계기가 되었다.

그러나 1935년 이후 일제의 전시체제의 강화에 따른 신사참배 강요는 한국 교회에 대한 정면적 도전이었다. 이에 반대하는 기독교 학교에 대해서는 폐쇄하겠다는 위협과 함께 일본은 이를 빌미로 기독교에 대한 박해와 탄압을 더욱 강화시켰다. 한국인의 독립 정신, 한국 얼의 마지막 보루로 남아있던 교회에 대한 끈질긴 근절책은 마침내 실행에 옮겨졌고 많은 목회자들의 옥고와 순교를 요구하였다. 결국 1938년 장로교 총회에서 신사참배를 결의함으로써 한국 교회는 급속히 변질되어 갔다.

이렇게 1930년대는 문단적으로는 순수문학으로의 경도라는 긍정적

---

34) 김현승, 「굽이쳐가는 물굽이같이」, 『김현승전집』2, (시인사, 1986), p.257.

측면이 있는가 하면 교회사적으로는 일제의 심한 억압과 내부적으로 일부 반기독교적 물결이라는 이중의 고난을 받게 되었다. 그러나 이것은 오히려 기독교 문학이 내적 성숙을 가져오는 계기가 되었다. 이제까지의 피상적 신앙생활의 표출에서 벗어나 시의식의 기반을 기독교 의식에 둔 시인들이 등장하였다. 식민지 시대의 민족적 정서를 표출하는 방법으로 기독교의 사랑, 구원, 부활 등의 의식을 시로 형상화하는 기독교시의 발전된 면모를 보인 것이다. 성서에서 얻어진 관념적 시어에서 벗어나 좀더 생활화된 신앙의 경지로 나아가 기독교의 정신을 육화시킨 성숙된 신앙시의 단계가 되었다. 민족에게 주어진 고난의 시간이 종교적, 정신적 성숙을 가져온 결과라고 할 수 있다. 종교란 인간 정신생활의 하나의 특별한 기능이 아니고 정신생활의 모든 기능의 심층의 차원35)이라고 했던 폴 틸리히의 주장대로 이 시기의 기독교는 시인들의 정신생활의 심층에서 작용했던 것이다. 이 시기에 등단한 시인들 중 기독교 의식을 기반으로 한 시인으로는 초반에 모윤숙, 김현승과 후반에 박두진, 박목월을 들 수 있다.

3-2. 毛允淑36) —예언자적 사명

모윤숙은 어린 시절부터 교회에서 자라며 학교 채플 시간에 성경을 통해 습득한 기독교 신앙이 자연스럽게 문학 속에 용해되어 나타났다.

---

35) P. Tillich, 김경수 역, 『문화의 신학』(대한기독교서회, 1993), p.12.

36) (1909-1990) 함경남도 원산 출생. 함흥의 영생보통학교, 개성의 호수돈여학교, 이화여전 졸업. 그가 교육받은 교육기관은 모두 일찍이 선교사가 세운 기독교 학교였다. 가정에서도 전도사였던 아버지와 독실한 기독교 신자였던 어머니의 영향으로 어린 시절부터 교회 안에서 성장하며 신앙을 키워나갔다. 1933년 첫시집 『빛나는 지역』(1933)으로 문단에 등단한 이후 7권의 시집과 3권의 수필집이 있다. 그의 시 중 기독교 의식이 담겨 있는 시는 주로 초기시에서 찾아볼 수 있었다. 이책에서는 시집 『빛나는 지역』(조선창문사, 1933)과 『풍토』(문원사, 1970), 『모윤숙시전집』(서문당, 1974)을 텍스트로 삼았다.

따라서 30년대 여성 시인으로서 왕성한 작품 활동을 했던 모윤숙 작품
의 사상적 배경을 민족사상과 기독교 정신[37]으로 파악하게 된다. 그의
문학에서 중요한 정신적 바탕이 되는 기독교 사상은 어린 시절부터 자
연스럽게 받아들인 종교적 생활 의식이 그의 정신 속에 투영된 것이
다. 그는 기독교 진리가 삶의 원천이 되는 것으로 파악하고 그러한 인
식에서 시를 썼다. 때문에 그의 시는 자연히 신을 향한 구도자적 태도
를 나타내고, 진실을 근거로 하는 예언자적 암시가 나타나는 것이다.

> ①나는 가시덤불 사이로
> 날부르는 인자한 음성 들엇네
> 네가 선 땅은 거룩한 땅이니
> 네 신을 버스라는 그 말슴을.
>
> 네 손에 든 집행이를 들어
> 일만 사람의 길잡이가 되며
> 기갈에 우는 네 겨레를 구원하라든
> 그 말슴닛지 안코 의 위해 싸호리다.
> ─ 「그말슴 닛지 않고」 전문
>
> ②비탈 밑에 끌여가는 때의 수레에서
> 날거진 집행이로 하늘을 치는 자여
> 음산한 내일의 폭풍을 울며 기다리는 자
> 이 거리에 진치고 오늘도 떨고 섯도다.
>
> 에덴은 망하여 음울한 따 밑에 까라 앉고
> 라일강변 뛰놀든 처녀는 빛잃은 진주고리에 우나니
> 시온산 험한 바위 밑에 정성이도 기도하는 자여
> 그대의 참된 신앙 그 기도도 이날엔 녹쓸어 흩어젓고나.
> ─ 「예언자」 전문

---

37) 송영순, 「영운 모윤숙 시 연구」, 성신여대 박사학위 논문, 1997, p.2.

모윤숙의 시에 대하여 그를 문단에 내보낸 이광수가 모윤숙의 시적 상상력이 놀랍다[38]고 평한 바와 같이 그는 대체로 풍부한 상상력을 지니고 있다. 위의 두 시에 나타나는 그의 상상력은 구약 성서에 나오는 모세의 행적에 기초하고 있다. 이스라엘의 지도자 모세는 애굽에서 종살이하던 민족을 구원하라는 신의 음성을 듣고 양치던 지팡이를 가지고 그의 민족을 애굽에서 이끌어 내었다.

①의 시에서는 성서 속에 나타나는 모세의 모습을 그리고 있다. 그는 하나님의 부름으로 민족의 지도자가 되었고 애굽의 압박에 시달리던 민족을 당당하게 이끌어 가는 민족적 영웅이었다. 시인이 처한 당시의 우리 민족의 상황과 많은 면에서 일치하기 때문에 시적 화자는 바로 모세와 같이 '기갈에 우는 내 겨레를 구원하라는' 사명감을 느끼고 있다. 그러한 소명감은 바로 '의 위해 싸호리라'는 단호한 결심으로 이어지면서 기독교적 사명감을 동반한다. 시인 자신의 소명의식을 시적 화자에게 투영시킨 것이다.

②에서는 모세가 이스라엘 민족을 이끌고 출애굽하는 과정에서 만나는 첫번째 장애물인 거대한 홍해 앞에서 지팡이를 들어 홍해를 갈라지게 한 후 이스라엘 민족은 홍해를 육지처럼 건널 수 있었다. 그러나 이 시에서 기적적 사건을 산출해 내는 구도자로서의 예언자의 삶은 언제나 고독하고 끊임없이 다가오는 고난의 역사에서 외로운 투쟁을 하는 인물로 형상화되었다. 그의 모습은 '낡은 지팡이로 하늘을 치는 자' '내일의 태풍을 울며 기다리는 자' '험한 바위 밑에 정성이도 기도하는 자'로 나타난다. ①의 시에서 보여 주었던 당당하고 활기에 찬 모습이 아니라 지치고 허탈한 모습으로 그려지고 있다. 그것은 첫 행 '비탈 밑에 끌여가는 때'가 암시하고 있듯이 시대적 상황 때문이

---

38) 이광수, 모윤숙 시집 『빛나는 지역』(창문사, 1933) 서문.

다. 일제의 억압이 날로 그 도를 더해감에 따라 어떠한 자유도 허용되지 않던 시기였기에 예언자의 삶은 미래를 빼앗긴 것이다. 시의 분위기는 그만큼 어둡고 암울하다. 예언자로서 신앙적 행위는 현실 앞에서 좌절로 나타난다. '그대의 참된 신앙 그 기도도 이 날엔 녹슬어 흩어졌구나'라는 탄식으로 끝맺는다. 그러나 시대의 어둠을 기독교적 미래관으로 극복하려는 노력을 보여 준다.

> 저기저 무궁한 나라에
> 끌어식지 안는 사랑의 샘이 잇다
> 불멸의 젊은 권세 탄식없이 줄친 끝에
> 우리의 이상하든 미래향이 잇다.
> 그 끝에 슬기로운 지사의 바른 저울 달여있어
> 맑은 수정강우에 가벼운 그림자지고
> 앞에 올 인생의 길을 기다리고 잇나니
> 우리를 기다리는 동안 그 천국의 그늘은 떠나지 안으리.
>
> 찬란히 꾸민 금보석의 면류관은
> 시달여 죽운 희생자의 머리 위로 날으고
> 순교자의 반열 앞에 장엄한 노래
> 새 향토의 낡지 않을 넋을 울이리라.
>
> — 「그늘진 천국」에서

  제목이 암시하듯이 억압된 현실을 초월하고자 하는 시인의 세계관을 엿볼 수 있다. 어두운 현실을 벗어나고자 할 때, 인간은 새로운 나라를 꿈꾸게 된다. 그것이 기독교 신앙인에게는 천국으로 형상화된다. 그러나 이 시의 천국은 '그늘진 천국'이다. 1-3연까지는 일상적으로 인식된 천국의 모습이나 그곳에 가 있는 선조들이 현실 세계를 보고는 그들의 천국에는 그늘이 드리우게 된다.
  '오로지 병신 자식 멀리 탄식하시는/ 한줄기 핏대 위한 슬픔이여이

다.' 우리가 지향하는 천국에서도 현세에 살고 있는 '병신 자식' 때문
에 마음에 그늘이 드리우고 슬픔과 탄식이 감돌 정도로 현실의 모습
은 암울했음을 나타낸다. 이런 상황에서 한줄기 빛으로 다가오는 것은
'이겨레 불으는 희미한 음성/ 눈물에 저진 그 손길 아래/ 그 말씀을
들으려 귀기우립니다'라는 신의 음성이다. 여기에 기대어 현실을 초극
해 보려는 의지의 표현이다. 천국이라는 이상향의 이미지에 그늘이 지
도록 암담한 현실은 더욱 신에게 다가가 그의 세미한 음성에 귀기울
이도록 한다. 이것은 시인의 신앙관, 절대적 믿음 위에서 가능한 것이
다. 화자가 발딛고 있는 현실은 천국에조차 그늘을 드리우게 하지만
그가 지향하는 내세에 대한 가치관은 확고하다.

　기독교 의식이 시인의 내부에 심화됨으로써 작품 속에 시정신으로
드러나게 된다[39]는 지적처럼 모윤숙의 시에는 기독교 정신이 굳건히
존재하고 있다. 막연한 관념으로서가 아니라 생활을 통해 형성된 기독
교 의식이 그의 시정신의 축을 형성하고 있다. 그러므로 그의 시는 현
실에 머무르지 않고 더 나아가 이상의 세계, 소망의 세계를 표현할 수
있다.

> 저앞엔 나를 기다리는 등대 있어
> 날마다 내 손길을 불러줍니다
> 저높은 미래의 하늘에는
> 승리한 은빛 십자가 나의 생을 빛어줍니다
>
> 　　……………
>
> 이 한줄의 굳은 희망을 끊을자 뉘뇨
> 이 한길의 오랜 침묵을 비난할자 뉘뇨
> 생명이야 비탈에서 빼앗기든 말든
> 그한빛에 내 영혼은 감기고 말 것을.
>
> 　　　　　　　　　　　　　　　— 「소망」에서

39) 박이도, 『한국 현대시와 기독교』(종로서적, 1987), p.11.

기독교시는 신본주의 사상과 내면화된 정신의 추구로 인간이나 세계, 그리고 우주의 본질에 대하여 신앙적으로 접근해야 한다. 이 시에서 화자의 태도는 기독교적 입장에 서 있다. 신앙의 진실은 세계와 더불어 있는 것이 아니라 오히려 세계와 대립40)함으로써 실현될 수 있다. 여기서 화자의 태도는 세계와의 대립 속에서 참된 신의 모습을 찾으며 신앙의 핵심을 보여준다. 이것이 독자에게 감동을 줌과 동시에 기독교시의 진수를 나타낸다.

화자가 서 있는 공간은 '어둠' '막힌 골짜기' '사나운 바람'이 있는 곳이다. 그러나 그가 바라보는 곳은 현실을 초극한 세계이기 때문에 영혼은 '구름 속에 속삭이는 외마디 음성'을 듣고 '등대'를 바라보며 '십자가'가 밝혀주는 빛을 따라 '그 한빛에 내 영혼은 감기고 말 것'이라는 소망을 지니게 된다. 현실이 어두울수록 보다 높은 영적 세계를 지향하여 참된 자유와 기쁨을 누리고자 한다. '은빛 십자가'는 바로 그러한 세계의 상징으로 표출된 것이다. 여기서 화자는 인간의 세속적인 것을 완전히 벗어날 수 있는 자유를 만끽한다. '생명이야 비탈에서 빼앗기든 말든'이라고 할만큼 영혼이 추구하는 세계를 지향하고 있다. 그의 참된 소망이 현실 세계가 아니라 영혼의 세계임을 말해 준다. 그것은 신앙 세계에서 추구하는 진실의 세계인 동시에 현실을 초극한 세계이다.

인간이 거룩한 것과 만난다는 것은 세속적인 것과 완전히 다른 그무엇, 어떤 신성한 것이 그 자신을 우리에게 드러내는 것이 된다.41) 이 시에서 거룩한 것과의 만남은 '십자가' '등대'로 상징된다. 신에 대한 철저한 믿음이 있으므로 신앙하는 대상에 대해 확신을 갖는 것이다. 이러한 태도는 「신앙」에서도 마찬가지로 나타난다.

모윤숙은 신에 대한 절대적 믿음에서 출발하여 성서에 기초한 기독

---

40) Curt Homoff, 한승훈 역, 『기독교문학이란 무엇인가』(두란노서원, 1986), p.76.
41) M. Eliade, 이은봉 역, 『종교형태론』(한길사, 1996), p.7.

교적 상상력이 풍부한 시를 썼다. 그의 시는 현실의 암담함에서 벗어나 미래에 대한 소망을 주고 있다. 그것은 민족의 고통에 대해 외면할 수 없었던 시인의 자각에서 나온 것이다. 개인적 구원에 머물러 안주하지 않고 민족의 정신적 고통을 시로 대변하고자 한 것은 신앙의 세계가 민족적 사상과 기독교 사상이 접목된 것[42]이기 때문이다. 모윤숙의 시에서 기독교시의 면모를 보이고 있는 것은 주로 초기에 쓰여진 시로 민족에 대한 예언자적 태도에서 시작하여 사회와 국가, 민족 등으로 의미망을 확장했다.

3-3. 金顯承[43] ―자기 구원의 실현

다형 김현승은 한국 현대시사에서 대표적 기독교 시인으로 거론된다. 그는 일제 시기부터 70년대 초까지 인간의 양심과 아울러 존재론적 측면과 역사적, 사회적 측면에서 치열한 시적 대응을 구축했다. 특히 그는 모든 것을 기독교 사상에 바탕을 둠으로써 철저한 기독교 시인의 모습을 보여 주었다. 기독교라는 종교의식을 문학 구조 속에서 성공적으로 형상화시킨 대표적 시인이다. 기독교 정신세계를 근원으로 하여 표현한 자기 구원의 방법은 기독교시의 새로운 영역을 개척해 놓았다. 그의 성장환경과 교육환경이 모두 기독교로 일관되어 있었기에 기독교는 그의 정신적 기반이 되었다.

---

42) 송영순, 앞의 논문, p.51.

43) (1913-1975) 평양에서 목사인 김창국의 6남매 중 2남으로 출생. 기독교 계통의 숭실중학과 숭실전문 문과 3년 수료. 숭실전문 재학시인 1934년 양주동의 소개로 동아일보에 「쓸쓸한 겨울 저녁이 올 때 당신들은」, 「어린 새벽은 우리를 찾아온다 합니다」를 발표함으로써 문단에 등단함. 이후 첫시집 『金顯承詩抄』(문학사상사, 1957)를 비롯해 『옹호자의 노래』『견고한 고독』『절대고독』『마지막 지상에서』 등을 간행함. 여기에서는 『김현승전집』1.2.3(시인사, 1985)을 자료로 삼았다.

나는 기독교 신교의 목사의 집안에서 태어나 어려서부터 천국과
지옥이 있음을 배웠고, 현세보다 내세가 더 소중함을 배웠다. 신이
언제나 인간의 행동을 내려다보고 인간은 그 감시 아래서 언제나 신
앙과 양심과 도덕을 지켜야 한다고 꾸준한 가정교육을 받았다.[44]

청교도적 정신은 김현승의 시세계의 정신적 바탕이다. 그의 초기시
는 주로 자연에 대한 동경과 예찬에서 출발하여 인간의 내면세계에 관
심을 돌리면서 신앙과 이상에 대해 긍정적 입장에서 시를 썼으나, 후
기에 오면서 신앙에 대한 회의와 갈등을 겪으면서 인간 내면의 문제로
귀착되어 고독을 주제로 시를 썼다. 그는 자신의 고독을 수단으로서의
고독이 아니라 순수한 고독 자체일 뿐이며 이 세상에서 가장 진정한
고독[45]이라고 믿었다. 이처럼 신앙에 회의를 겪으면서도 신에 대해 철
저히 부정하지 못한 것은 그의 내면에서 활동하는 양심[46]때문이었다.
어려서부터 받은 신앙교육이 그의 정신에 얼마나 강하게 인식되어 있
는지를 알 수 있는 것이다. 그는 말년에 고혈압으로 쓰러졌다 회복된
후 예전보다 더 강한 신앙심으로 신에 대한 감사로 일관하였다.

그는 일생동안 시를 쓰면서 가장 가치있고 절실한 문제를 대상으로
삼았으며 그것은 기독교에 관심을 집중하게 되었다.[47] 한국 시인들 중
기독교에 대해 이만큼 철저한 의식을 가지고 시를 썼던 시인도 드물
것이다. 그는 기독교 신앙을 바탕으로 한 순수 서정시에서 관념시로
나아가면서 자아와 신과의 관계가 화해와 갈등의 연속이었으나 그에
게서 신의 문제가 떠난 적은 없었다. 긍정적이든 부정적이든 항상 신
과의 관계 속에서 형성된 그의 시세계는 자기 구원을 실현하기 위한
방법이었다.

---

44) 김현승, 「나의 문학백서」, 『김현승전집』(시인사, 1985), p.271.
45) 김현승, 위의 책, p.277.
46) 김현승, 위의 책, p.278.
47) 김현승, 위의 책, p.279.

(1) 천상세계의 지향

김현승이 등단하여 시를 썼던 시기는 일제의 탄압이 더욱 거세어 가던 1930년대 중반이므로 그에게 정신적 고뇌를 주기에 충분했다. 그러나 이러한 외부적 압박은 오히려 기독교 정신의 내면적 성숙을 가져오는 계기가 되었다. 당시 그의 시에서는 자연을 대상으로 하여 시를 쓸 수밖에 없는 상황이었으며 그는 자연을 통해 망국민족의 염원을 형상화하여 그가 지향하는 천상의 세계를 표현하고자 했다.

> ①새벽의 보드러운 촉감이 이슬 어린 창문을 두드린다.
> 아우야 南向의 침실문을 열어 제치라.
> 어젯밤 자리에 누워 헤이던 별은 사라지고
> 선명한 물결 위에 아폴로의 이마는 찬란한 반원을 그렸다.
>   ― 「아침」에서

> ②새벽은 푸른 바다에 던지는 그물과 같이 가볍고 희망이 가득
> 찼습니다.
> 밤을 돌려 보낸 후 작은 별들과 작별한 슬기로운 바람이
> 지금 산기슭을 기어 나온 안개를 몰고 검은 골짜기마다
> 귀여운 새들의 둥지를 찾아다니고 있습니다.
>   ― 「새벽은 당신을 부르고 있습니다」에서

> ③까아만 남빛 유리밀림 속에 고요히 잠들었던 작은 별들은
> 그만 놀라 깨어 머얼리 날아가 버리느라고
> 아마 새벽마다 이렇게 잔잔한 바람이 이는 게지요!
>   ― 「새벽교실」에서

위의 시들에서 공통적으로 보이는 시어는 '새벽'이다. 여기서 '새벽'은 종교적 의미에서 소망의 상징으로 쓰였고, 시인이 지향하는 천상의

세계를 암시한다. 종교적 인간은 거룩하고 파괴될 수 없는 시간 속에 주기적으로 침잠할 필요를 느낀다[48]고 했는데 김현승의 시에서 자주 나타나는 '새벽'은 그에게 거룩한 시간이다. ①에서는 '새벽'을 통해 밝아오는 아침은 우리들의 꿈보다 더 아름다운 것이며, ②에서 '새벽'은 희망이 가득하며, ③에서 '새벽'은 밤을 밀어내는 힘이 있어 새로운 세계를 맞이할 수 있다. 그는 '새벽'이라는 시간 속에서 개인적 소망과 함께 민족에게 이상을 보여주는 시간으로 설정하고 새벽에 대한 기대를 갖고 있다. 신앙을 가진 종교인의 시는 인간 존재를 투사하여 압축시키는 표현이다. 시는 간결한 상징으로써 한 시인이 갖는 감성의 진수와 사회, 역사적 조건을 그 속에 담고 있다. 그러므로 시인이 살고 있는 시대의 지적 영향력을 벗어날 수 없다. 이 시들이 쓰여졌던 30년대의 사회적, 역사적 환경은 시인에게 자연을 통해 자신들의 이데아의 세계를 표현할 수밖에 없었다. 김현승은 자연을 소재로 민족에게 희망을 줄 수 있는 소망의 세계를 지향한 것이 '새벽'이라는 시간이다. 이것은 그가 선정한 극지로서의 천상 세계의 표상이다.

> 보석들을 더 던져 두어도 좋을 그 곳입니다.
> 별들을 더 안아 주어도 좋을 그 곳입니다.
> 샘물소리 샘물소리 그 곳을 지나며,
> 달빛처럼 달빛처럼 맑아집니다.
>
> 나의 언어는
> 거기서는 작은 항아리,
> 출렁이는 침묵이 밤과 같이 나의 이 독을
> 넘쳐 흐릅니다.
>
> ─ 「森林의 마음」에서

48) M. Eliade, 이동하 역, 『성과 속』(학민사, 1995), p.79.

신이 인간에게 자신을 계시하는 방법 중 하나가 자연을 통한 계시이다. 인간은 자연의 모습에서 신의 모습을 볼 수 있기 때문이다. 이 시에서 삼림을 바라보는 시인의 눈은 신의 모습을 볼 수 있는 순수하고 맑은 눈이다. 인간이 가장 귀하게 여기는 '보석을 두어도 좋을 곳', '별들을 더 안아 줄 수 있는 곳', '샘물소리는 달빛처럼 맑아지는 그곳'에서 시인의 언어는 침묵으로만 채워진다. 언어의 기능은 기호의 도식성을 넘어 창조적 무한의 세계로 넘어간다.[49] 곧 창조주의 세계를 표현하고자 할 때 언어의 한계를 느끼고 침묵할 수밖에 없다. 우리의 노력으로는 신의 제단 앞에 드릴 것이 없음을 고백하고 있다. 광대무변한 자연 속에 있는 인간의 존재는 미미할 수밖에 없으며 그것을 깨닫는 순간 신에 대한 외경심이 우러나온다.

이 시에서 '삼림'은 가장 거룩한 공간이며 신앙적 지성소로서 화자가 지향하는 천상적 상승 이미지를 나타내는 공간이다. 자아는 실존적 상황인 세계와 관계를 맺고 있다. 이러한 관계의 가장 순수한 상태가 시의 공간으로 여기서는 '삼림'이다. 인간의 언어로는 한계를 절감하고 침묵한다. 초월적인 신의 위대함과 그 섭리를 인간의 언어로 표현하기에는 한계가 있기 때문이다. 그는 들뜨고 폭발적인 합일의 감정보다는 가라앉아 따로 있으면서 그 가라앉음 속에 사물을 포용하는 평정의 감정을 즐겨 이야기한다.[50] 신앙이 그의 정신생활의 근저를 형성하여 신과의 합일을 위해 평정의 세계 속에 침잠하는 모습이다. 그에게서 자연은 시 속에 단순한 객관적 상관물로서가 아니라 신이 존재하는 신성한 공간이며 신 자체의 모습을 인식하는 공간이다. 따라서 자연을 대상으로 한 다른 시와는 경우가 다르다.

그의 시에 나타나는 자연미는 자연을 통해 신의 모습을 발견하는 것이며 자신을 낮추는 겸허한 자세를 보인다. 신 앞에 겸손할 수 있는

---

49) 박이도, 앞의 책, p.104.
50) 김우창, 『지사의 척도』(민음사, 1981), p.251.

것은 절대적 신앙의 자세로 신을 향한 사랑의 마음에서 비롯된다. 절대적 신앙의 자세는 자신의 가장 순수한 마음까지 드릴 수 있다는 헌신의 자세이다. 그것은 시의 근간이 기독교 신앙을 바탕으로 지상에서부터 천상의 세계에 닿아 있기 때문에 가능하다.

김현승에게서 순수성의 지향은 순수한 신앙의 세계를 고수하고자 하는 신앙인의 모습으로 천상 세계를 지향하고 있다. 인간의 감정을 순수하게 하는 것이 기쁨이나 웃음보다는 슬픔이다. 진실한 슬픔 속에는 순수한 감정이 있어 가장 진실한 인간의 모습을 대할 수 있기 때문이다.

> 슬픔 안에 있으면
> 나는 바르다!
> 신앙이 무엇인지 나는 아직 모르지만,
> 슬픔이 오고 나면
> 풀밭과 같이 부푸는
> 어딘가 나의 영혼………
>
> — 「슬픔」에서

이 시에서는 슬픔의 감정이 인격을 성숙시키고 영적인 성장을 가져오는 것임을 표현하고 있다. 인간이 처절한 고통과 괴로움 속에 있다는 것은 신앙을 갖게 되는 계기이다. 따라서 '슬픔 안에 있으면/ 나는 바르다!' 라고 고백할 수 있다. 슬픔을 통한 인격적 성숙과 함께 영적으로도 풍부한 삶을 살게 한다. 마지막 연에서 '풀밭과 같이 부푸는 영혼'이라고 하여 슬픔이 영적인 성장의 촉매제였음을 표현하고 있다. 고통을 통한 내적 성숙은 신앙인의 삶의 모습으로서 고난을 통과한 후 겸허한 자세로 자신을 돌이켜 보며 삶의 참된 의미를 느끼게 한다.

슬픔이라는 고통의 터널이 인간으로 하여금 영혼의 세계에 대한 자각으로 이어지고, 내면에서 지향하는 세계는 천상의 세계, 영적인 세계에 대한 관심과 자각임을 깨닫게 된다. 그 방법이 시인의 의식 속에 길들여진 기독교적 인고의 정신이며 순수성을 지켜가는 슬픔과 눈물이다.

> 더러는
> 沃土에 떨어지는 작은 생명이고저....
>
> 흠도 티도,
> 금가지 않은
> 나의 전체는 오직 이뿐!
>
> 더욱 값진 것으로
> 드리라 하올제,
>
> 나의 가장 나중 지니인 것도 오직 이뿐!
> 아름다운 나무의 꽃이 시듦을 보시고
> 열매를 맺게 하신 당신은,
> 나의 웃음을 만드신 후에
> 새로이 나의 눈물을 지어 주시다.

— 「눈물」 전문

이것은 시인 자신이 대표작으로 꼽는 작품으로 순결을 지향하는 시인의 참회적 심정을 노래하고 있다. 인간적 슬픔을 신앙의 차원으로 승화시켜 신이 준 눈물에 대해 새로운 가치를 부여하고 있다. 외적 아름다움인 꽃보다는 내적 아름다움인 열매처럼 눈물은 웃음보다 더 가치있는 것으로 파악하고 절대자에게 바칠 수 있는 것은 오직 눈물뿐임을 강조한다. 기독교 관점에서 세계를 바라보고 사물을 인식했던 그는 인간의 고통과 슬픔을 신을 의지하여 극복하고자 한다. 그 결과 인간의 유한성과 무력감을 자각하여 자신에게 있는 가장 순수한 눈물밖에 드릴 수 없음을 토로한다.

'눈물'은 자아의 가장 가치있는 마지막 보루로서 신 앞에 드릴 수 있는 인간 한계의 회한의 징표[51]이다. 신에게 더 가까이 갈 수 있는 방법은 인간의 죄된 모습을 '눈물'로 참회하고 순수성을 간직함으로써 가능하다. 천상의 세계에 도달하는 것은 참회를 통해 인간의 죄된 모습을 버려야 하기 때문이다. 가장 순수하고 변하지 않는 눈물은 죄지은 자의 물리적 고통이 아니라 인간적인 고뇌를 신 앞에 참회하는 태도에서만 결정되는 것이다.

> 인간이 신 앞에 드릴 것이 있다면 그 무엇이겠는가. 그것은 변하기 쉬운 웃음이 아니다. 이 지상에서 오직 썩지 않은 것이 있다면 그것은 신 앞에 흘리는 눈물 뿐일 것이다.[52]

이 시는 눈물의 보편적 상징으로서의 비애감의 표출이 아니라 철저한 감정의 절제를 통해 가장 고귀한 생명의 순수성을 지향하고 있다. '꽃'과 '열매', '웃음'과 '눈물'의 대응은 가변적인 것(꽃, 웃음)을 통해 영원성(열매, 눈물)을 강조하는 역설적 방법이다. 신 앞에 선 개인이라는 무시간적 소재를 택하여 겸손과 참회의 정신적 가치를 명상적으로 암시하는 것이다.[53] 슬픔을 통해 생명의 본질을 추구하는 그의 시정신은 이 시에서 결실을 얻게 되었다.

(2) 인간 중심의 고독

김현승이 문단에 데뷔한 후 중기[54]까지는 자연을 대상으로 기독교

---

51) 신익호, 앞의 책, p.52.
52) 김현승, 「굽이쳐가는 물굽이 같이」, 『김현승전집』2(시인사, 1985), p.263.
53) 신익호, 앞의 책, p.51.
54) 김현승의 시세계를 시기별로 구분할 때 여러 가지 견해가 있으나 일반적으로 초기, 중기, 후기, 말기로 구분한다. 초기와 중기는 신 중심으로 기독교

정신세계에 바탕을 두고 인간의 내면세계를 추구하였다. 신에 대한 절
대적 믿음을 토대로 긍정적 입장에서 시를 써 순수한 신앙 세계를 보
여 주었으나 50대가 되면서 기독교에 대한 회의를 느끼고 그의 시는
변모하였다.

> 나는 이렇게 신과 기독교에 대한 회의를 일으키게 되면서, 점점
> 인간에 대한 이해와 동정으로 기울어지게 되었다. 나는 인간의 현실
> 에서 살면서도 너무 인간이라는 것을 선험적으로만, 관념적으로만
> 생각하고 있었다. 나의 관심은 점점 천국에서 지상으로 신에서 인간
> 으로 갈등을 느끼고 있었다. (중략) 나는 중기까지 유지하여 오던 단
> 순한 서정의 세계를 떠나, 신과 신앙에 대한 변혁을 내용으로 한 관
> 념의 세계에 발을 들여놓았다.55)

　기독교 신앙생활로 일관해 왔던 그의 정신 세계에 변혁이 오면서
시도 변모하였다. 1964년에 쓴 「제목」은 그 발단으로 볼 수 있다. 이
시는 처음부터 끝까지 '떠날 것인가/ 남을 것인가' '어떻게 할 것인가'
'무덤에 들 것인가/ 무덤 밖에서 뒹굴 것인가'라는 양가성 의문형으로
되어 마음의 결단을 내리지 못하는 심리적 절박감을 반영하고 있다.
여기서부터 그는 절대적 신앙에 회의를 갖게 되면서 인간의 내면적
문제에 대한 고뇌로 관념의 세계인 고독 속으로 침잠해 갔다. 그의 시
집 『견고한 고독』『절대고독』은 이러한 정신 세계의 산물이다.

> 가장 아름답던 꿈들의
> 마지막 책장을 넘기며
> 우리는 깨어진 보석들의 남은 광채를 쓸고 있는

　의식을 표현하던 시기로, 후기는 신을 떠나 인간 중심의 관념의 세계로 고독
　을 주제로 한 시기, 말기는 세상을 떠나기 전 2-3년 동안 다시 기독교 신앙
　을 회복하여 기독교 신앙 중심의 시를 썼던 시기이다.
55) 김현승, 「나의 문학백서」, 앞의 책, pp.275-276,

너의 그림자를 바라본다.
그리하여 모든 편력에서 돌아오는 날 우리에게 남은 진리는
저녁 일곱시 저무는 육체와
원죄를 끌고 가는 영혼의 牛馬車,
인간은 고독하다!

— 「인간은 고독하다」에서

　본격적으로 고독의 세계를 추구하기 전, 이미 그의 시에는 고독의
그림자가 드리우고 있다. 이 시에서 '인간은 고독하다'라는 독백이 앞
의 연에서도 계속되고 있다. 인간의 고독은 인간에게 주어진 지혜, 언
어 그리고 이상과 실존이라는 관념의 세계 속으로 들어갈수록 깊이
깨닫게 된다. 인용한 부분에서 보듯이 인간은 단지 '원죄를 끌고 가는
영혼의 우마차'일 뿐이다. 곧 사라질 운명에 놓인 인간에게 주어진 영
혼의 문제는 끝없이 따라가는 원죄로 인해 인간은 고독할 수밖에 없
다. 여기서 신앙은 더욱 고독의 세계로 이끌어갈 뿐이며 신앙을 떠난
자유와 독립을 갈망하기에 이른다. 인간에게 자유 의지가 없는 상태에
서는 주어진 삶에 충실할수록 절망을 느끼고 구원에 대해 갈망하게
된다. 절망과 구원의 상반된 가치의 대상을 찾는 인간은 고독할 수밖
에 없는 상태라고 규정한다.

　김현승의 일상적 삶이 그렇듯 기독교로부터 결코 자유로울 수 없었
으며, 시와 종교 사이에서 느끼는 갈등도 엿보인다. 신앙인으로서 김
현승은 원죄와 구원의 문제, 현실에서 느끼는 신앙적 갈등이 서서히
내면에 자리하게 되었다. 기독교 신앙은 신의 요구와 의지를 중심으로
삼기 때문에 원죄의 문제를 소홀히 다룰 수 없고, 절대자인 하나님 앞
에서 원죄로 인한 고뇌가 시의 한 주류적 전통을 형성하는 것56)은 당
연하다. 인간이 죄의 문제에서 스스로 자유로울 수 없는 것은 자명한

---

56) 김희보, 『한국문학과 기독교』(현대사상사, 1979), p.204.

일이므로 인간적 절망이 야기되고 종교의 궁극적 목적인 구원의 문제로 귀착된다. 신앙이 인간의 관습적인 환상이라면 인간이란 결국 신에서 시작해서 신에서 끝나는 존재가 아니라, 인간 그 자체가 신으로부터 소외된 존재로서 절대 고독에 부딪혀 인간 그 자체에서 끝나는 존재[57]임을 암시하고 있다.

이 시에서는 죄와 구원, 절망의 문제로 갈등하는 화자가 이제까지 신에게 의지하는 무조건적인 신앙에서 서서히 벗어나면서 신앙이 오히려 인간을 고독하게 한다는 역설적 표현을 하고 있다. 이러한 문제를 인간의 편에서 해결하고자 하는 모습 때문에 결국 마지막 연에서 '이 절망과 이 구원의 두 팔을 어느 곳을 우러러 오늘은 벌려야 할 것인가!'라고 절규한다. 김현승은 신앙에 대한 갈등을 인간에 대한 관심으로 돌리면서 고독의 세계를 구축한 것이다.

> 나는 이제야 내가 생각하던
> 영원의 먼 끝을 만지게 되었다.
>
> 그 끝에서 나는 눈을 비비고
> 비로소 나의 오랜 잠을 깬다.
>
> 내가 만지는 손끝에서
> 영원의 별들은 흩어져 빛을 잃지만,
> 내가 만지는 손끝에서
> 나는 내게로 오히려 더 가까이 다가오는
> 따뜻한 체온을 나는 내게서 끝나는
> 나의 영원을 외로이 내 가슴에 품어준다.
>
> ― 「절대고독」에서

---

57) 장백일, 「원죄를 끌고 가는 고독」, 『현대문학』(1969. 5), p.259.

그 동안 신앙의 세계 속에서 시를 쓰며 가치를 부여했던 김현승은 더 이상 신비의 세계가 아닌 인간적인 사유로 접근한다. 그것은 지속성은 없으나 자신만의 세계 속에서 시와 함께 침묵하는 고독의 세계이다. 그가 신의 영원성을 부인하고 인간의 내면으로 들어갔을 때 만나게 되는 '고독'의 형상은 더 이상 나아갈 수도 없는 곳으로 '영원의 끝' '나의 손끝' '내게서 끝나는' 등의 '끝'이라는 표현이 자주 제시된다. 그것은 그가 만나고 싶었던 세계이기 때문에 오히려 안온함을 느낀다. '영원의 먼 끝'은 종교적 삶을 살았던 그가 인간적 삶에서 만나는 현실이며 그의 시 생애 최후의 추구에서 얻은 고독의 핵막58)이다. 신과 단절하면서 대면하게 된 인간의 유한성은 더 이상 진전될 수 없는 한계로 인식하고 영원성을 추구한다. 여기서 영원은 기독교의 천상적 가치를 의미하는 것이 아니라 인간적 사유로서 고독의 절정59)이다.

고독의 세계에서는 시적 상상력이 활력을 찾게 된다. 이것은 외부 세계로의 지향이 아니라 자신의 내면 세계, 정신적 만족감으로 채워지는 것이며, 신을 떠난 인간적 사유로서 고독의 세계를 즐기는 것이다. 그가 고독 속에서 활발한 시적 활력소를 찾은 것은 신의 무한성과 영원성에 대한 믿음이 무너지면서 인간적 세계를 허무감으로 받아들이지 않게 되었기 때문이다. 마지막 연의 '더 나아갈 수도 없는 나의 손끝에서'를 보면 고독의 세계 속에 침잠한 그의 정신세계는 그 순수성으로 인해 더 이상의 언어가 필요하지 않은 침묵의 세계임을 보여준다.

시인은 고독한 존재로서 자신과 사회, 타인과의 타협도 의존도 허용하지 않은 채 자신만의 세계 속으로 몰입하게 된다. 그러나 그가 신의 무한성과 영원성을 부인하고, 신을 자신에게서 멀리 추방시켰다 해도 신의 모습과 소리는 그의 양심을 통해 끝까지 남아있었다. 그것은 고

---

58) 안수환, 「다형문학과 기독교」, 『시문학』(1977. 4), p.103.
59) 신익호, 앞의 책, p.73.

독의 세계 속에서도 허무나 퇴폐로부터 지켜주었고 동시에 사회 윤리
적인 면에서도 진실된 모습을 지킬 수 있게 하였다.

> 나는 끝나면서
> 나의 처음까지도 알게 된다.
>
> 신은 무한히 넘치어
> 내 작은 눈에는 들일 수 없고,
> 나는 너무 잘아서
> 신의 눈엔 끝내 보이지 않았다.
>
> 무덤에 잠깐 들렀다가,
> 내게 숨막혀
> 바람도 따르지 않는
> 곳으로 떠나면서 떠나면서,
>
> 내가 할 일은
> 거기서 영혼의 옷마저 벗어 버린다.
>
> ― 「고독의 끝」에서

김현승의 '고독'은 이 시에서 절정을 이룬다. 그의 고독은 '끝'에 오
면서 '처음'까지 통찰할 수 있는 경지에 이른다. 「절대 고독」에서 표
현한 것처럼 신 중심에서 인간 중심으로 이동하면서 만나는 정신적
한계점이다. 이 한계점에서 볼 수 있는 것이 새로운 세계를 향한 의식
의 변화이다. 고독의 정점에서 바라본 자신은 신과 합일할 수 없었다.
신은 무한히 넘쳐서 자신의 눈에 받아들일 수 없었고 자신은 또 너무
잘아서 신의 눈에 끝내 띄지 않았다. 이제까지 추구해 왔던 신앙적 삶
에 대한 회의감을 강하게 표출하고 있다. 종교적 삶에서 탈피하여 객
관적 안목으로 바라본 곳에 자신을 세워 새롭게 인식하게 된다. '무덤

에 잠깐 들렀다가'라고 하여 이제까지의 신앙적 삶에서 벗어나려는 상징적 표현으로 '무덤'이라는 공간을 상정하고, 그곳에서 탈피한 자신의 남은 일은 '영혼의 옷'까지 벗어버리는 일이라고 다짐한다. 곧 영혼의 문제, 종교의 문제, 신의 문제로부터 완전히 이별하고자 하는 의식의 표현이다.

영혼은 인간 정신의 심층에 자리하고 있으면서 신과의 만남의 주체적 역할을 하는 영역이다. 그러므로 종교적 인간에게 있어 영혼은 가장 핵심이 된다. 김현승에게서 고독은 신을 떠나 인간의 내면 세계에서 만나게 된 순수한 세계였다. 고독의 정점에 선 그는 이제까지 신과의 문제에서 자유로워지고 싶은 것이다. 그가 신앙 세계를 추구했을 때 불완전했고 불투명했던 영적 껍데기를 벗고 비로소 고독이라는 자기 세계를 정착시키는 것60)으로 모든 허식을 벗어버린다. 여기서 '무덤'은 신의 영역에서 고독의 세계로 가는 의식의 과정을 상징하는 것이다.

그가 신을 잃고 인간적 관념의 세계 속에서 만났던 고독은 이러한 정점을 통해 신과 자신의 분리를 시도한다. 새로운 세계에 대한 각성은 시인에게 중요한 촉매제이다. 김현승에게 이러한 세계는 고독의 세계이며 그것은 종교의 속박으로부터 벗어나 인간의 실존적 규범인 삶의 본질을 추구하는 정신 세계이다. 고독은 기독교에 대한 회의의 산물이다. 그러나 이러한 회의는 오래 가지 않았다. 그가 신으로부터 자유로워지고 싶었던 데서 만난 고독의 세계에서도 그의 양심은 언제나 살아있는 신의 음성이었고 그는 이것을 결코 외면할 수 없었기 때문이다.

김현승은 그의 시가 받은 영향을 정지용, 김기림, 엘리어트, 릴케 등에서 받은 바 있으나 근원적 영향은 기독교의 성경61)이라고 했다. 어

---

60) 박이도, 앞의 책, p.115.
61) 김현승, 「시였던 예수의 언행」, 앞의 책, p.297.

려서부터 읽고 들은 성서의 기반 위에 형성된 그의 시세계를 거부하고 신앙 자체에 대한 회의를 느꼈을 때 그 갈등이 고독으로 표출된 것이다. 따라서 다형의 고독은 신과 인간, 양심과 현실, 역사와 윤리의 폭넓은 현장을 배경으로 하고 있는 것이지만 그 주요 계기는 일단 회의 없이 받아들여온 기독교 정신에 대하여 가차없이 회의하면서부터 비롯된 것[62]이라는 지적이 나오는 것이다.

그는 절대적으로 신봉해 왔던 신에 대한 가치를 상실하고 홀로 고독의 세계에 남게 된다. 이렇게 시작된 고독의 문학은 신을 잃은 고독으로 구원을 잃은 고독, 구원을 포기한 고독으로 보였으나 그는 자신의 고독을 '기독교와 밀접한 관련이 있는 고독'[63]이라고 하면서 이 고독을 벗어나기 위하여 팔을 벌리고 그리스도를 붙잡으려 하였다.

> 당신의 불꽃 속으로
> 나의 눈송이가
> 뛰어듭니다.
>
> 당신의 불꽃은
> 나의 눈송이를
> 자취도 없이 품어줍니다.
>
> ― 「절대신앙」 전문

이 시는 제목에 나타나듯이 하나님께 대한 절대적 신앙을 표현하고 있다. '당신'과 '나'의 대응 관계는 신과 인간의 관계로서 인간이 신에 대해 절대적으로 순종할 수밖에 없는 존재임을 암시하고 있다. 인간이 이것을 깨닫고 겸손한 마음으로 신에게 나아가는 모습이다. '불꽃'과 '눈송이'의 시어는 상극적 관계로 '눈송이'는 어떠한 경우에라도 '불

---

62) 홍기삼, 『상황문학론』(동화출판공사, 1975), p.194.
63) 김현승, 「나의 문학백서」, 앞의 책, p.277.

꽃' 속에 녹을 수밖에 없는 존재이다. 여기서 '눈송이'(시적 자아)가 '불꽃' 속으로 자발적으로 뛰어드는 행위와 그것을 자취도 없이 품어주는 '불꽃'(절대자)의 모습이 기독교적 은혜의 체험임을 보여준다. 절대 고독의 세계에서도 꺼지지 않는 신앙과 신에 대한 절대적 신뢰를 보여주는 반증이다. 김현승의 신앙이 종교적 입장에서 볼 때 완벽한 기독교인으로 선택받았고 구원을 얻는다는 확신의 신앙시[64]로 규정하는 것은 이 때문이다.

김현승이 철저하게 고독의 세계에서 자신의 촉수를 내보이며 영혼의 옷마저 벗어버리려 노력했으나 결국 신앙을 완전히 떠날 수 없었기 때문에 구도자의 자세를 취하게 된다. 그의 고독은 인간의 내면적 변화의 한 단면이며 이 때에 얻어진 정신 세계의 단련이 더 깊은 신앙적 자아를 만들게 되었다. 종교적인 것과 세속적인 것은 본질적으로 분리된 영역이 아니라 서로 의존하고 있다.[65] 따라서 그의 종교적 자아와 세속적 자아는 갈등과 회의를 겪으면서 더욱 성숙된 신앙인으로 변모하게 되었다. 그가 기독교에 대해 회의를 느끼고 기독교라는 종교의 세계에서 자유로워지려는 노력은 결국 종교에 대해 더욱 깊이있게 다가가는 계기가 되었다.

그가 기독교적 삶으로 일관해 오며 무비판적 수용에 대해 회의를 느끼고 인간의 내면 세계에서 깊이있는 관념의 시로 표현한 고독의 시는 결코 기독교로부터 완전한 자유와 일탈을 의미하지 않는다. 그것은 내면의식에 깊이 자리하고 있는 기독교 의식이 양심이라는 마지막 보루로 지켜왔으며 그로 인해 일탈의 자유가 진정한 자유를 주지 못했기 때문이다. "나는 윤리적으로 현실적으로 신을 부정할 수 있으면서도 내 안에서 활동하고 명령하고 있는 양심은 부정할 길이 없다. 모든 면에서 나로부터 추방을 당한 신이 나의 이 양심이라는 최후의 보

---

64) 박이도, 앞의 책, p.103.
65) P. Tillich, 앞의 책, p.42.

루에서 나에게 마지막 저항을 하고 있는지도 모른다."[66] 어린 시절부터 그의 정신 속에 배어 있는 종교적 의식은 일시적 회의로 사라질 수 있는 성질의 것이 아니다. 그의 시작 기간 중 마지막 시기인 세상을 떠나기 전 2-3년 동안 다시 신앙으로 무장하고 새로운 면에서 기독교 의식을 표출하고 있음에서 잘 알 수 있다.

(3) 구원의 확신과 감사

김현승이 잠시 신앙의 세계, 신의 세계에서 벗어나 인간 중심의 세계에서 구원에 대한 확신이라는 신앙적 경지를 벗어났을 때 그는 인간적 고독이라는 정신 세계에 몰두했다. 그 후 육체적 고통과 회복 과정에서 다시 신과의 합일, 화해로 이어졌고 그의 정신적 세계는 평화와 감사, 구원의 확신 등 새로운 신앙인으로 거듭나는 체험을 하며 문학관은 확연히 달라졌다.

> 나는 햇수로는 3년, 만으로는 2년 전에 뜻하지 않은 고혈압 증세로 쓰러져 죽었다가 깨어났다. 쓰러지기 이전의 나의 생애는 양적으로 거의 나의 일생에 해당하는 세월이었고, 쓰러진 후 지금까지의 나의 생애는 2,3년에 지나지 않는다. 그러나 질적으로는 나의 두 개의 생애는 맞먹는다. 쓰러지기 전 나의 생애는 무엇 무엇해도 시가 중심이었으며 핵심이었다...... 지금의 나의 심경은 시를 잃더라도 나의 기독교적 구원의 욕망과 신념은 결단코 놓칠 수 없고 변할 수 없다.[67]

지상에서 마지막 시기였던 이 때 그가 지향하는 세계는 기독교 구원의 세계였다. 그는 고독을 극복하고 확고한 믿음이 자리잡게 되는데 회의와 참회를 통해 얻은 신앙은 어떤 시련과 좌절 속에서도 흔들리

---

66) 김현승, 「나의 문학백서」, 앞의 책, p.278.
67) 김현승, 「나의 생애와 나의 확신」, 앞의 책, p.288.

지 않는다. 이것은 자신이 직접 내적인 체험을 통해 얻게 된 정신적 성장이기 때문이다.

> 여기서는
> 들리지도 않고
> 보이지도 않는
> 어둠의 저쪽에다 내귀를 모두어 세운다.
>
> 이제는 눈을 감고
> 어렴풋이나마 들려 오는 저 소리에
> 리듬을 맞춰 시도 쓴다.
> 이제는 떨어지는 꽃잎보다
> 고요히 묻히는 씨를
> 내 오랜 손바닥으로 받는다.
>
> 될 수만 있으면
> 씨 속에 묻힌 까마득한 약속까지도……
>
> ― 「전환」 전문

이 시는 '밝음' 보다는 '어둠', '꽃잎' 보다는 '씨', 더 나아가 '씨 속에 묻힌 까마득한 약속'에 대한 관심을 나타낸다. 좀더 깊은 신앙의 세계 속에서 다져진 자아 의식의 표출이다. 피상적 세계의 안일함보다는 심오한 진리를 찾아 얻어지는 열매에 관심을 갖게 된 것이다. 여기서 어둠은 비애나 패배의식의 표현이 아니라 좀더 심오한 진리의 세계, 내세를 의미하며 종교적으로 성숙된 세계관으로 이끌어 간다. 어둠의 세계에 귀를 기울임으로써 여기서(현세, 현실)는 들리지도 않고 보이지도 않는 진리의 세계에 관심을 갖고 그 리듬에 맞추어 '시'를 쓰는 자신은 결과물로서의 '씨'를 소중히 여긴다. 현세가 아닌 내세에 대한 확고한 믿음 위에서 창작된 작품으로 그의 의식적 변화의 일단

올 반영하고 있다.

> 깊은 산골에 흐르는
> 맑은 물소리와 함께
> 나와 나의 벗들의 마음은
> 가난합니다.
> 주여 여기 함께 하소서.
>
> ― 「촌 예배당」에서

> 나도 처음에는 나의 눈물로
> 내 노래의 잔을 가득히 채웠지만,
> 이제는 이 잔을 비우고 있다.
> 맑고 투명한 유리빛으로 비우고 있다.
>
> ― 「고백의 시」에서

　「촌 예배당」은 신 앞에 순수한 신앙의 자세를 보여주고 있다. '나와 벗들의 마음은 가난합니다'라고 진술함으로써 인간 중심의 정신 세계를 벗어나 신에게로 가까이 가기 위해 모든 것을 비우고 있음을 고백하고 있다. 신에 대한 회의와 갈등은 막을 내리고 신 중심으로 회귀하여 다시 합일을 추구하며 낮아진 마음의 고백이다. 믿음에 있어서 신에 대한 회의는 맹목적인 부정이 아니라 내적인 자아의 성숙에 따른 긍정적 태도임을 보여준다. 이것이 김현승의 경우 신앙의 성숙으로 이어져 신에 대한 긍정적 태도를 보이면서 신을 위해 최상의 자리를 마련하고자 하는 마음으로 나타난다.

　「고백의 시」에서 자신의 모습을 순수하게 고백하는 것은 이전의 시가 인간의 노력인 자신의 눈물로 채우려 했으나 '이제는' 비우고 있음을 강조한다. '맑고 투명한 유리빛'이라고 하여 신에게 드리기 위해 순수한 마음으로 준비한다는 것이다. 고독의 세계에서 다시 신에게로 돌아온 이후 적극적 사고를 바탕으로 신앙의 성숙을 가져왔고 이것이 김현승 시정신의 안식처이다. 그에게 있어 이상주의와 합리주의에 가

리워졌던 자아의 본질이 고독의 세계였다면 그의 고독은 자아의 순수
성을 찾으며 정직하고 자유로웠다. 그러나 그의 고독은 완전히 신의
부정으로 끝나는 것이 아니라 한 인간의 내면적 변화와 성장을 가져
왔다. 신에 대한 긍정과 부정의 과정을 거치면서 합일의 세계로 나아
가는 변증법적 사고로 진전한 것이다. 그가 지향하는 안식처는 기독교
정신의 세계임을 알 수 있다.

　이러한 경험은 그 동안 인간의 정신 세계를 탐구하며 나아갔던 관
념의 세계에서 신앙의 세계로 회귀하는 기회가 되었고 시도 구원에
대한 감사와 절대자에게 헌신하고자 하는 내용으로 변하였다. 이것은
그의 시의 획기적인 변화라기보다는 내적 체험을 통한 신앙 성숙의
결과이다. 결국 김현승은 고독의 세계에서 자신을 극복하고 신과의 관
계를 회복하면서 신앙을 바탕으로 한 구원에의 강한 의지를 나타낸다.

　　　산까마귀
　　　긴 울음을 남기고
　　　해진 지평선을 넘어간다.

　　　사방은 고요하다!
　　　오늘 하루 아무 일도 일어나지 않았다.

　　　나의 넋이여,
　　　그 나라의 무덤은
　　　평안한가.

　　　　　　　　　　　　　　　— 「마지막 지상에서」 전문

　이 시는 자신의 죽음을 예견하고 있는 듯한 내용을 담고 있다. 여기
서 시적 자아는 '산까마귀'로 상징되고 있다. 까마귀는 자신이 말하고
있듯이 천형의 새, 주검을 노래하는 새[68]로 그의 시에 자주 등장하는

_____

68) 김현승, 「겨울 까마귀」, 앞의 책, p.397.

인간 고독의 형상이다. 여기서는 삶의 본질을 추구하는 시인 자신의 모습으로 표상되고 있으며 까마귀가 '지평선을 넘어갔다'는 것은 이제까지 그가 탐구하던 인간의 세계, 고독의 세계를 넘어 다른 세계로 전이됨을 뜻한다.

지평선은 현세와 내세의 경계선이며 경계선을 넘는 죽음에 대해 공포나 불안감이 없이 담담하게 말할 수 있는 것은 구원에 대한 확신 때문이다. 그리고 '넋이여, 그 나라 무덤은 평안한가'라는 설의로 끝맺는다. 무덤은 죽음을 연상시켜 두려움의 대상으로 인식되어 왔으나 여기서는 새로운 세계, 영원한 세계로 들어가기 위한 예비적 단계로 인식하고 있다. 따라서 무덤은 평안한 곳, 안락한 세계로 표현되었다. 무덤의 평안은 죽음에 대한 평안을 의미하며 그의 신앙이 영적인 세계에 대한 확신으로 가득 차 있다는 증거이다.

그가 고독의 세계에 머물러 있을 때는 '무덤 밖에서 뒹굴 것인가'(「제목」), '나는 네 무덤 속에 있지도 않다'(「부재」), '무덤에 잠깐 들렀다가'(「고독의 끝」) 처럼 회의와 갈등의 자의식으로 '무덤' 밖에서만 머뭇거렸으나 갈등의 마지막 단계에서는 구원의 확신과 함께 겸허한 자세로 자신의 삶을 정리하고 있다. '무덤'이라는 공간은 그에게 고독과 신앙의 상관관계를 잘 나타내 주는 상징적 어휘[69]라는 설명이 가능하다. 죽음을 이처럼 평안으로 인식하는 것은 시인의 신앙이 회복됨으로써 가능하다. '지평선'과 '그 나라'는 현세가 아닌 신비의 내세를 상징하는 것으로 '까마귀'가 긴 울음을 남기고 지평선을 넘어감으로써 현실적 삶을 초월한 것이다.

---

69) 신익호, 앞의 책, p.77.

3-4. 朴斗鎭70) —기독교적 세계관

박두진은 시야말로 신이 인류에게 준 가장 큰 은총의 한 가지이며 인류를 보다 더 행복하게 하는 데 공헌하고 보다 더 많은 영광을 시로써 신에게 돌려야 할 것71)이라고 고백하였다. 그에게 시는 하나님과의 교제의 통로였고 시를 통해 하나님께 영광을 돌리는 기독교인의 기본 자세를 갖추고 있었다.

그는 자신의 일생을 두고 추구할 시작생활에 대해 "일찍이 나는 내 일생의 시작 단계로서 초기에는 <자연>, 다음에 <인간>, 다음에 <사회>와 <인류>, 그 다음으로 혹 노년기란 것이 내게 허락된다면 그때에 가서 <신>에 대한 것을 쓰리라고 대체로나마 작정한 일이 있었습니다."72)라고 말한 바 있다. 박두진의 시세계는 그의 표현대로 자연에서 인간으로, 인간에서 신의 세계로 나아가는 여정이었다.

1939년 『문장』을 통해 등단한 이후 줄곧 기독교 신앙인의 자세를 유지하며 시를 통해 하나님의 모습을 나타내고자 노력해 왔다. 그의 시가 기독교시로서 발전할 수 있었던 것은 자신의 세계관 속에 자리 잡고 있는 확고한 기독교 의식 때문이다. 기독교적 인생관이나 세계관이 어떻게 한 시인의 생존 감각과 더불어 순수한 직관을 통한 창조성을 획득하느냐가 기독교시를 성립시키는 요인이 된다.73) 그는 기독교시란 기독교인의 생활을 통해 그들의 정서와 이념이 신앙시로 나타나야 한다고 주장한 바 있다.

---

70) (1916-1998) 경기도 안성 출생. 1939년 『문장』을 통해 문단에 등단. 1946년 조지훈, 박목월과 함께 『청록집』을 출간한 이후 지금까지 14권의 시집과 수상집, 시론집 등 다수의 저서가 있다. 여기서는 1981년에 출간한 『박두진전집』(범조사)과 신앙시집 『가시면류관』(종로서적, 1988)을 주요 자료로 삼았다.
71) 박두진, 『시인의 고향』(범조사, 1958), p.209.
72) 박두진, 위의 책, p.190.
73) 박두진, 「기독교와 한국의 현대시」, 『현대문학』(1964. 10), p.60.

　　기독교시가 있다면 기독교의 생활이 있고 그 생활이 종교적 정서
로 순화되고, 기독교 정신으로 승화되고 기독교 사상으로 토착, 체계
화될 때 그러한 정신적 이념적 골격과 정서적 정감적 혈육이 유기
화, 생명화되어 기독교 종교시로서 기독교 생활 정서의 형상화로서
발화, 결실되어야 한다.74)

　기독교시로서 그의 시세계는 생활과 정신이 사상으로 체계화된 바
탕 위에서 문학으로 형상화된 전형성을 보여준다. 따라서 그의 시가
기독교 의식을 내포하고 있는 것은 당연한 결과이다.

(1) 자연관

　박두진의 초기시 경향은 자연 사랑으로 일관했다. 그의 자연은 단순
한 서정적 대상이 아니라 자연 속에서 살아있는 신의 섭리를 발견하
는 것으로, 살아 움직이고 인간과 함께 숨쉬며 현실과 밀접한 관계를
갖는 자연으로 새로운 의미를 창조하였다. 그것은 메시야 사상, 예언
자적 자세로 일관하고 있다.

　　박두진의 특이성은 다른 동양 시인들에게서처럼 자연에의 동화법
　칙에 의하지 않는 데 있다. 그도 물론 항상 자연의 품 속에 들어가
　살기는 한다. 그리고 '영원의 어머니'라고 부르기까지 한다. 그러나
　그는 거기서 다시 '다른 태양'이 솟아오르기를 기다리는 것이다. '메
　시야'가 재림하기를 기다리는 것이다.75)

　이 지적은 박두진의 자연을 구약적 메시야 재림을 기다리는 서구
기독교 이론에 접근시킨 것이다. 기독교에서 자연을 대하는 인식은 하

---

74) 박두진, 『현대시의 이해와 체험』(일조각, 1976), p.47.
75) 김동리, 『문학과 인간』(백민문화사, 1948), pp.73-74.

나님이 자연 안에서 또는 자연을 통해서 현재적으로 역사하신다. 만물은 곧 하나님의 베일이며 마스크이다. 하나님의 역사는 날마다 그 자연 안에서 창조의 활동을 계속하신다.[76) 박두진은 이러한 자연관을 철저히 인식하고 그것을 기반으로 시정신이 확립되었다. 자연을 묘사하면서도 이상화된 자연과 관념의 세계를 동시에 보여준다. 그것은 그의 자연이 종교와 사회, 민족과 인류라는 대상과 동일한 것으로 파악했기 때문이다.

> ①해야 솟아라. 해야 솟아라. 맑앟게 셋은 얼굴 고운 해야 솟아라.
> 산 넘어 산넘어서 어둠을 살라먹고, 산넘어서 밤새도록 어둠을 살
> 라먹고, 이글이글 애띈 얼굴 고운 해야 솟아라.
> 달밤이 싫어, 달밤이 싫어, 눈물같은 골짜기에 달밤이 싫어, 아무
> 도 없는 뜰에 달밤이 나는 싫어…
>
> 해야, 고운 해야. 늬가 오면 늬가사 오면, 나는 나는 좋아라. 훨훨
> 훨 깃을 치는 청산이 좋아라. 청산이 있으면 홀로래도 좋아라.
> ─「해」에서

> ②빛 있으라. 빛이 있으라. 빛 새로 밝아 오면 온 산이 너훌에라. 푸
> 른 잎 나무들 온 산이 너훌에라.
>
> 빛 밝은 골자기에 나는 있어라. 볕 쪼이며 볕쪼이며, 빛 방석 깔
> 고 앉아 나는 있어라. ⋅
> ─「들려 오는 노래 있어」에서

위의 시에서는 '해'와 '빛'의 이미지를 동원하여 어둠의 세계를 물리치고자 한다. 박두진에게 있어 '해'는 절대적 의미를 지닌 표상체계이다. '해'는 우주의 중심체이며 빛을 발하는 생명의 근원이기 때문에

---

76) 이장식, 『기독교 사상사』(대한기독교서회, 1966), p.52.

모든 생명체는 해로 인하여 생명을 유지한다. '해'는 곧 '빛'으로, 또한 밝음의 표상으로 그의 시세계를 지배하는 시적 대상이다. 해가 솟아 천지가 빛으로 드러나면 어둠이 물러가는 자연의 이치는 인간 세상에서 괴롭고 힘든 고난의 공간을 새로운 희망의 공간으로 변화시키는 것과 일치한다. 그러므로 해는 어둠의 세상을 밝음의 세상으로 이끌어 줄 구원의 표상이다.

당시 우리 민족의 억압과 좌절에서 희망의 세계로 비젼을 제시해 주는 역할을 한다. 유일하면서 절대적 존재의 의미를 지닌 '해'에게서 신의 의미를 추출해 볼 수 있다. '해'는 민족애, 인류애를 본질로 하여 평화와 안식을 추구하는 기독교 윤리관, 그 이념의 표상이다. 빛의 세계는 어둠을 물리치고 새로운 희망과 신념으로 초월하는 영원의 세계, 절대적 이상 세계를 추구하는 신앙의 상징이다. '해'가 솟아 빛이 세상을 비칠 때 어둠은 사라지기 때문에 그가 바라는 평화와 안정의 세상을 위해 '해야 솟아라'를 반복하고 있다. 그가 바라는 해는 '이글이글' 타는 것으로 이 땅에서 어둠의 세력을 완전히 살라버릴 수 있는 힘을 바라고 있다. 때문에 어둠인 '달밤'이 싫다고 강조한다.

'해'가 시인에게 절대적 가치를 부여하는 대상이라면 '산'은 이상적 공간으로 인식된다. 산은 자신만이 향유하고 싶은 공간이며 경탄의 대상이다. 여기에 절대적 의미를 지닌 해와 어울려 청산은 신비의 공간으로 변화한다. 그곳에 사슴과 칡범, 꽃과 새, 짐승들을 등장시켜 '꽃도 새도 짐승도 한자리에 앉아 애뙤고 고운 날을 누려 보리라'고 하여 에덴적 이상향을 그리고 있다.

②의 시에서는 '빛'에 대한 간구가 구체적으로 드러난다. 빛이 내려 쪼이는 골짜기에 홀로 앉은 화자는 주변의 자연과 어울려 그 순간을 만끽하고자 한다. 그가 있는 자리가 어떤 환경이라도 빛으로 하여 모든 것이 이상적 공간으로 변할 수 있으며 자연과도 일체가 되어 기쁨을 누릴 수 있다. '빛'은 그가 일생을 두고 추구해도 부족함을 느끼는

대상이다. 항상 밝고 환한 아침을 동경하던 시인에게 '빛'은 가장 원대한 욕구인 동시에 절실한 염원이다. 빛의 핵심, 빛의 상징성, 빛에의 회원은 내 시의 테마의 핵심이며, 내 사상을 구상화한 바로 그 본체[77]라고 할 정도로 빛에 대한 강렬한 염원을 표출하고 있다.

위의 시편들을 통해 알 수 있듯이 그가 지향하는 세계는 일체의 모순이 없고 영원한 사랑의 섭리에 의해 조화되고 질서를 갖춘 **환희와 평화**를 가져오는 절대의 세계로서 궁극적 이상향이다. 그것은 종교적 이상향으로 시인의 내면에 설정된 것이다. 이것의 구현을 위해 필요한 절대적 가치가 '해'로 형상화되었으며 빛의 세계는 그의 사상의 중심체다. '해야 솟아라' '빛이 있으라' 등의 명령형의 어법이 그의 강한 염원과 의지를 나타내고 있다.

시인에게 절대적 심상으로 자리잡은 '해'와 '빛'이 나타나는 공간으로 자주 등장한 것이 산이다. 그의 초기시에 나타나는 산은 동양적 신비의 대상, 관조의 대상이 아니다. 모든 생명체가 역동적으로 움직이며 어떤 환경에서도 끈질긴 생명력을 내포하고 있는 공간이다. 산은 인간 세계의 부정적 요소들인 시기, 질투, 갈등 등이 모두 사라지고 동식물이 하나가 되어 **화합**하며 약육강식의 생존질서조차 **화합과 사랑**으로 융화되는 낙원과 평화가 공존하는 세계이다. 이것은 시인이 꿈꾸는 미래 세계인 동시에 기독교적 이상향이다.

그의 데뷔작의 하나인 「향현」에서도 이것이 구체적으로 드러난다. '너희 솟아난 봉우리에 엎드려 마루에 확확 치밀어 오를 화염을 내 기다려도 좋으랴?'가 그것이다. 자연을 자기의 이상을 실현하는 대상으로 인식하고 자연 속에서 종교적 유토피아를 기다린다. 이러한 기다림의 공간으로 선택된 것이 '산'이다. 그곳에는 수많은 식물과 동물이 어우러져 있지만 무거운 침묵만이 자리하고 있다. 여기서 새로운 희망

---

77) 박두진, 앞의 책, p.389.

을 기대한다. '화염을 내 기다려도 좋으랴?' '함께 즐거이 뛰는 날을 믿고 길이 기다려도 좋으랴?' 이것은 약육강식의 현실과는 달리 서로 화합하여 살아가는 모습으로 구약성서[78]에 나오는 미래의 세계이다.

이처럼 성서에 기초한 이상 세계를 설정해 두고 그 세계를 향한 불 타는 희원을 나타내고 있다. 피, 살육, 약육강식, 힘과 힘의 투쟁 원리 를 부정하고 영원한 평화와 이상을 시의 이념으로 하였다[79]고 시인 자신이 피력했듯이 현실에서 직면하는 부정적 세계를 초월하여 종교 적 이데아를 꿈꾸며 기다린다. 여기서 설의법을 사용한 것은 긴 기다 림을 자위하기 위한 방편이며 미래에 대한 확신을 나타내기 위함이다.

그의 시에 나타나는 기다림은 철저히 기독교 정신에 근거를 두고 있다. 기독교 정신은 현실도피가 아니라 현실과 대결을 통한 극복이 다. 현실에 대한 저항적 태도가 자칫 체념으로 빠지기 쉬운 상황에서 도 자신에게 주어진 삶에 정면으로 대결함으로써 현실에 충실하며 어 떤 난관에도 굴복하지 않는 강인함을 보여준다. 그가 기대하고 신앙하 는 미래의 세계를 확신하고 있기 때문이다. 그의 기다림은 구원을 향 한 기다림으로 이어진다. 다만 개인의 구원에 머무르지 않고 민족의 미래에 희망을 넣어 준다.

> 산아. 우뚝 솟은 푸른 산아. 철철철 흐르듯 짙푸른 산아. 숱한 나
> 무들, 무성히 무성히 우거진 산마루에, 금빛 기름진 햇살은 내려오
> 고, 등등 산을 넘어, 흰 구름 건넌 자리 씻기는 하늘. 사슴도 안오고
> 바람도 안불고, 넘엇 골 골짜기서 울어 오는 뻐꾸기.....

---

78) 그 때에 이리가 어린 양과 함께 거하며 표범이 어린 염소와 함께 누우며 송
아지와 어린 사자와 살진 짐승이 함께 있어 어린 아이에게 끌리며 암소와
곰이 함께 먹으며 그것들의 새끼가 함께 엎드리며 사자가 소처럼 풀을 먹을
것이며 젖 먹는 아이가 독사의 구멍에서 장난하며 젖 뗀 어린 아이가 독사
의 굴에 손을 넣을 것이라 나의 거룩한 산 모든 곳에서 해됨도 없고 상함도
없을 것이니 (이사야 11장 6절-9절)
79) 박두진, 앞의 책, p.373.

산아. 푸른 산아. 네 가슴 향기로운 풀밭에 엎드리면, 나는 가슴이
울어라. 흐르는 골짜기 스며드는 물소리에, 내사 줄줄줄 가슴이 울어
라. 아득히 가버린 것 잊어버린 하늘과, 아른아른 오지 않는 보고싶
은 하늘에, 어쩌면 만나도질 볼이 고운 사람이, 난 혼자 그리워라.
가슴으로 그리워라.

— 「청산도」 1,2연

그의 초기시가 대부분 그렇듯 이 시도 산문체의 긴 호흡으로 내면
에서부터 끓어오르는 강력한 힘을 내포하고 있다. 시인의 내면에 잠재
된 시적 이상이 폭발하는 듯하다. 1연은 청산의 외면적 모습으로 숱한
나무 우거져 짙푸른 산에 구름도 없고 바람도 없는 곳이다. 다만 멀리
서 뻐꾸기 소리만 들려와 고요하기만 하다. 2연은 청산에 엎드린 화자
의 모습으로 자연과 하나가 되어 영상으로 떠오르는 '볼이 고운 사람'
을 그리워한다. 3,4연에서는 현실의 고난 속에서도 밝은 희망의 세계
를 꿈꾸며 체험적 세계 인식으로서 다시 찾은 평화의 세계를 그리고
있다.

그가 만나고자 기다리는 '볼이 고운 사람'은 초월자의 모습이다. 그
를 '청산'에서 기다리는 것은 그가 지향하고 있는 이상적 세계에 대한
완성을 도모하는 것이다. '청산'은 갈등과 분열이 사라지고 모든 것을
포용하는 가운데 메시야를 맞이하는 거룩한 공간이다. 지금은 비록
'티끌 부는 세상' '벌레같은 세상'일지라도 언젠가는 '밝은 하늘 빛난
아침'을 꿈꾸며 그 때에 만날 '볼이 고운 사람'에 대한 희망으로 가득
차 있다.

박두진 시에서 산의 개념은 심미적 대상을 넘어서 신의 의지, 우주
의 생명체로 파악된다. 자연 속에서 발견한 그의 미의식은 자연 자체
의 아름다움에 그치지 않고 기독교 의식을 가미하여 미의 완성을 도
모하고 있다. 기독교적 자연관은 자연의 아름다움을 관조적 태도로 바

라보는 것이 아니라 자연 속에서 신의 모습을 발견할 수 있는 영적
개안의 과정이다.

> 하늘이 내게로 온다.
> 여릿 여릿
> 머얼리서 온다.
> ....
> 나는 하늘을 마신다.
> 자꾸 목말라 마신다.
>
> 마시는 하늘에
> 내가 익는다.
> 능금처럼 내 마음이 익는다.
>
> ― 「하늘」에서

내면에 충일된 삶의 욕구를 밝은 세계를 지향하는 것으로 일관한 박
두진에게 하늘은 그 밝은 생성작용을 순수하게 만족시키며 정신적, 육
체적으로 융합되는 세계이다. 하늘은 무한의 공간으로 정신적 세계, 종
교적 세계를 상징한다. 영혼과 정신의 세계, 순수한 미의 세계를 추구
하며 더 깊이 그 세계 속에 침잠하기를 바라는 시인에게 하늘은 그 대
상인 동시에 주체가 된다. 그러므로 하늘은 내게로 다가오고 내가 하
늘에 안기며, 더 나아가 '나는 하늘을 마신다/ 자꾸 목말라 마신다'라
고 했다. 영혼의 세계에 대한 갈증이 채워지지 않음을 시사하고 있다.
하늘은 일상의 공간이 아니라 영적인 세계로의 충만을 위해 다가가
는 인간에게 열려있는 공간인 동시에 정신적 충일함을 채워주는 대상
이다. 또한 민족에게 고난의 시간을 견딜 수 있도록 희망을 부여하는
신의 모습이다. 그의 궁극적인 이상이나 민족의 희원으로서 영원한 평
화와 안일이 그 자연 속에 있으며 성서에 나타나는 자연의 모습을 갈
구한다. 그에게 자연은 기독교적 사상을 전개하고 시정신을 발현시키

는 매재였다.

박두진의 초기시는 순수한 자연을 통해 하나님의 모습을 찾고 현실을 초극하고자 희망의 세계를 지향하며 구원의 대상으로 다가갔다. 반면 후기에는 수석을 통해 우주의 질서를 발견하고 내재된 신의 모습에서 새로운 자연을 발견하게 된다. 그는 수석에서 전체 자연의 속성이 완전무결하게 응결 집약된 모습을 보고 그것을 시로 형상화하는 작업에 몰두했다. 『수석열전』 『속 수석열전』에 수록된 200편의 시가 그 결실이다. 그에게서 수석은 단순한 돌이 아니다. 그것은 상징과 계시와 예술의 힘이다.

> ①신발이 다 닳고
> 발바닥이 피흘려도 올라갈 수 없어라.
> ....
> 그 음성 아득하게 내리시올 자비
> 커다랗게 허릴 굽혀
> 안아올려 주실
> 그 정상 이마직서 홀로 울어라.
>
> ― 「至聖山」에서

> ②어떻게 저기에 발디딜까
> 혼자서 이고 있는 이마 위 저 만년설
> 아무도 속되이는 가까이 함을 거부하는
> 희디하얀 하늘 우러름 하늘에의 무릎꿇음
> 달빛도 손대려다 절로 섬짓 물러서고
> 별들도 내려앉아 먼 멀리로 되돌아가고
> 다만 다만 위로 모둔 푸른 눈동자
> 울려오는 은은한 기도 흐느낌
> 어떻게 저기에 발디딜까
> 희디하얀 눈가루만 햇살 날린다.
>
> ― 「만년설 원산」 전문

①의 시는 신에 의한 인간의 구원을 표현하고 있다. 종교의 궁극적 목적은 구원이며 기독교의 구원은 인간의 노력이나 공로로 이루어지는 것이 아니라 전적으로 하나님의 은혜와 자비로 이루어진다. 여기서 '지성산'은 종교적 삶의 절정인 구원의 의미를 내포하고 있다. 추상적 개념을 구체화시킨 거룩한 공간이다. 종교적 인간에게 거룩한 공간의 발견은 깊은 실존적 가치를 지닌다.[80] 박두진에게서 '지성산'은 추상적 개념이 아니라 그의 내면 세계에 존재하고 있는 실존의 공간이다. '발바닥이 피 흘려도' '정강이로 오르고/ 무릎으로 오르고/ 가슴과 턱/ 이마로 올라가도 다다를 수 없어라'라고 고백하듯이 인간의 노력이나 의지로는 다다를 수 없고 다만 하나님의 은혜로 내려지는 선물이다. 그것을 '커다랗게 허릴 굽혀/ 안아올려 주실' 그 정상을 향해 하나님에게 다가간다. 그러나 '그 정상의 이마직서 홀로 울어라'고 하여 구원에 이르고자 하는 인간적 삶의 한계를 극렬하게 드러내고 있다.

②의 시에서도 인간의 한계를 나타내고 있다. 만년설로 뒤덮인 원산은 인간이 다다르기에 불가능한 곳, '아무도 속되이는 가까이 함을 거부하는' 그런 곳이다. 달빛과 별들조차 가까이 하지 못하는 그곳은 오직 경탄의 대상으로서 인간을 황홀경에 몰아넣고 있다. 「지성산」과 「만년설 원산」은 절대적인 세계로 인간이 감히 가까이 할 수 없는 공간으로 설정된 것이다. 이것은 인간의 합리적이고 과학적인 판단 능력으로는 도저히 불가능한 경이적인 초자연의 세계이다. 종교적 인간이 세계의 자연적 측면들을 통해 붙잡는 것은 초자연이기 때문이다.[81] 일종의 신비의 세계이며 인간의 논리로는 설명할 수 없는 신의 영역으로 인간은 그에 대해 경외심을 나타낼 뿐이다.

위에서 보듯이 수석시를 통해 나타난 '산'은 거룩한 곳, 거룩한 것과의 체험의 장소, 신과 인간의 만남의 장소로 일상적 삶의 공간과 구

---

80) M. Eliade, 이동하 역, 『성과 속』(학민사, 1995), p.20.
81) M. Eliade, 이동하 역, 위의 책, p.104.

분하고 있다. 이것은 영적인 체험이며 일상적 삶으로는 다가갈 수 없는 것으로 신 앞에서 느끼는 인간의 한계를 보여준 것이다. 초기시에서 산이 인간 현실의 반영으로 갈등과 분열이 사라지고 모든 것이 화합하기를 기원하며 구원자인 메시야를 기다리는 기독교 사상을 나타내고 있다. 반면 후기에 쓴 수석시에서 산은 영적인 신비의 체험의 공간으로 자연의 신비 앞에 나약한 인간의 한계성을 자각하고 신의 절대적 모습을 부각시키고 있다.

초기시에서 보여준 자연이 성서적 이상향을 추구하며 인간의 갈등이 해소되고 자연과 인간의 동화와 일치의 세계를 지향하는 구원의 대상이었다면 수석을 대상으로 한 후기의 시에서는 재창조된 자연 속에서 하나님의 실체에 다가가고자 하는 모습을 나타내고 있다. 그의 시는 인간적인 것을 극복하고 신 앞에 다가가려는 노력을 초기에서부터 보여 왔으며 수석을 대상으로 한 시에서는 좀더 집중적으로 나타나 있다. 초기시에서의 자연이 광대무변한 우주로서의 자연을 대상으로 하지만 시적 세계는 좁았고, 수석시는 축소된 자연 속에서 오히려 무한한 상상력으로 다양한 공간을 창출하고 있다.

(2) 사회적 현실관

자연을 통해 초월적인 이상을 추구하고자 했던 박두진의 시세계는 『오도』를 전환점으로 하여 현실세계로 눈을 돌린다. 현실에서 죄악과 불의의 인간의 모습을 주시하고 원죄의식을 심화시킨 모습이다. 초기의 시가 자연을 대상으로 한 초월적 이상세계, 천상적 희원으로 메시야의 도래를 갈망하는 세계였음에 반해 이 시기는 현실적, 지상적인 문제에 관해 정면으로 대응하며 인간의 원죄 문제에까지 도달하여 민족의 속죄를 위해 고도의 시정신을 보이고자 했다.

당신은 나의 힘.
당신은 나의 主.
당신은 나의 生命.
당신은 나의 모두……

스스로 버리랴는
버레같은 이,
나 하나 꿇은 것을 아셨습니까.
뙤약볕에 氣盡한
나홀로의 피덩이를 보셨습니까.

— 「오도」에서

　이것은 민족의 현실을 직시하고 그것을 초극하기 위해 인간의 역사를 주관하는 신에게 자신을 속죄물로 바치고자 하는 마음을 기도의 양식으로 쓰고 있다. 개인의 구원을 위한 기도가 아니라 민족의 구원을 위해 자신을 희생하고자 한 것이다. '영겁을 볕만 쬐는 나 혼자만의 광야'에서 무릎을 꿇어 하나님과 대면하고자 한다. 이것은 모세가 이스라엘 민족을 이끌어낸 과정을 연상하게 한다. 애굽에서 종살이하는 이스라엘 민족을 해방시키기 위해 모세가 지도자로 선택되어 민족을 이끌고 가나안 땅으로 가는 여정에서 겪어야 했던 광야생활이 수반하는 많은 난관들을 신에게 기도하며 해결해 나갔다. 이 시는 이러한 성서에 기반을 두고 구약의 선지자들이 민족의 구원을 위해 일하는 것과 시인이 시를 통해 민족의 구원을 부르짖는 것을 동일시한다.

　민족의 현실을 '타오르는 목' '피흘린 상처' '기진한 숨'으로 구체화시키며 시인은 선지자적 삶을 스스로 선택하여 민족을 위해 고통을 감내한다. 육체의 고통의 한계를 넘어 심혼과 영이 신과 교제하게 되었고 자신의 염원인 민족의 구원을 위해 기도한다. 현실의 고통을 해결해 줄 구원자는 오직 '당신'임을 믿고 '당신은 나의 힘/ 당신은 나의 주/ 당신은 나의 생명/ 당신은 나의 모두…..'라고 고백한다. 그리고 자

신을 기꺼이 제물로 바치고자 한다. 마지막 연에서 '나홀로의 피덩이'
는 속죄 제물이다.

  민족의 고통을 자신의 고통으로 인식하고, 민족의 죄악을 위해 자신
을 속죄 제물로 바치고자 하는 것은 그의 민족주의적 의식이 기독교
의식 속에 용해되어 나타나는 결과다. 기도는 인간의 한계를 인식한
인간이 하나님의 뜻을 구하는 자세이다. 하나님은 우리의 기도를 듣고
초자연적 능력으로 구원의 역사를 이룬다. 여기에는 그만큼의 믿음이
따라야 한다. 이 시는 시인의 확고한 믿음이 기반이 되어 자신을 희생
하며 선지자적 자세를 견지하며 민족의 구원을 갈망하는 것으로 드러
난다.

> 濕濕하고 어두운
> 地獄으로부터의 너희들의 脫出은
> 또 한 번 징그러운 黑褐色 陰謀
> 地獄에서 地上에의 流配였고나.
> 추녀밑 낡은 후미진 틈새에서
> 털 솟은 숭숭한 얼룽이 진 몸둥아리
> 종일 움츠리고 默呪뇌이를 한다.
>
> ― 「거미와 성좌」에서

  박두진 시의 현실세계는 사회의 가장 어둡고 음습한 심층까지 내려
온다. 그곳에서 보이는 사회악, 어두운 면을 파헤치고 있다. 그의 현실
세계의 시적 대응은 사회의 불의를 바로잡고자 하는 사명의식으로 나
타난다. 거미는 그런 의미에서 현실 사회의 부조리와 불의, 부패 등의
죄악의 요소를 대표하는 상징물이다. 거미의 생태를 통해 현실의 추악
한 사회상을 구상화하고 있다. 이것은 인간의 모습을 형상화한 것으로
거미들의 생태를 통해 그 추악상을 부각시키고 있다. 점액질의 거미줄
은 외면상 섬세하고 순미한 선이다. 그러나 거미줄의 실체는 탈출, 유

배, 고독, 절망, 허무, 음모, 간음 등이 얽혀져 있다. 모두 부정적 관념으로 나열되어 현실 세계의 일면을 적나라하게 파헤친 것이다. 부정적 관념으로 완성된 거미줄의 칸칸마다 하늘과 성좌가 돌아가고 있다. 하늘과 성좌는 부정적 관념의 지상 세계가 전체가 아니라는 반증이다. 우주에서 지상의 문제는 하늘과 성좌가 있는 천상과의 조화 속에 이루어짐을 암시하는 것이다. 천상의 이미지인 하늘과 성좌는 지상의 가장 추악한 일면을 지켜보고 있다. 거미는 자신이 정교하게 만들어 놓은 거미줄에 먹이가 걸리기를 기다리며 일상적 삶을 계속하면서도 일말의 정서적 삶을 남겨 놓고 있다. 밤, 어둠, 바람 등의 자연 만물이 우는 밤이면 거미도 오열한다. 그리고 성좌들이 무성하게 깔린 대우주를 바라보며 황홀해 한다.

여기서 거미가 현실세계를 상징하며 지상의 이미지를 가지고 부패, 악의 요소로 부각되는 반면 성좌는 천상의 이미지로 표출되어 거미로 하여금 새로운 변신의 계기를 마련하도록 기회를 부여한다. 마지막 연에서 거미의 변화는 천사의 이미지로 부각되는 범나비와의 만남에서 찬란한 자유의 나라를 꿈꾸어 본다. 거미와 범나비는 각각 지옥과 천상에서 추방된 존재다. 그들의 만남의 계기는 우주에 널려 있는 성좌로부터 받은 사념적 세계에서 시작된다. 현실세계의 추악상을 낱낱이 파헤치고 그것의 질서를 찾아보려는 노력을 위해 성좌로 대표되는 천상의 이미지를 시의 층마다 제시하고 있다. 성좌는 인간에게 계시되는 신의 뜻으로 해석할 수 있다. 박두진의 시에서 신의 뜻을 발견해 낼 수 있는 가장 대표적 심상은 불(태양)과 별(성좌)일 것[82]이라는 오세영의 지적대로 여기서 성좌는 하나님의 뜻을 전하는 매개체로 볼 수 있다.

그는 초기시에서 보여 주었던 초현실적 자연에서 천상적 낙원을 꿈꾸며 순수한 긍정적, 절대적 세계를 지향하던 것에서 좀더 현실적 세

---

82) 오세영, 『현대시와 실천비평』(이우출판사, 1983), p.169.

계로 눈을 돌려 시의 세계를 확충해 보고자 한다. 그곳은 어둠, 죄악, 부패로 가득한 모순 투성이의 세계이다. 여기서의 탈출, 현실세계에서의 구원은 오직 신의 섭리에 의해 이루어진다는 사실을 명확히 했다.

(3) 절대적 신앙관

박두진의 시세계는 궁극적으로 신에 대한 천착이다. 영원한 신의 사랑에 대해 더욱 깊이 느끼고 깨닫고자 한 것이다. 시를 쓰기 시작하던 시기에 자신의 시세계를 설계했던 자연-인간-신의 3단계가 그것이다. 이 계획은 그대로 실천에 옮겨졌고 마지막 단계인 후기의 시에서는 신에 대한 절대적 사랑과 신뢰를 바탕으로 쓴 신앙시다. 그의 절대주의적인 기독교 신앙과 사상은 지금까지 살펴본 대로 자연과 인간에 대한 세계관이 융화되고 합일되는 단계이다.

그는 자연을 노래하는 것은 신에게 영광과 찬미를 돌리기 위해서요, 인간과 사회를 주제로 쓰는 것도 다 궁극적으로는 신의 궁휼과 자비와 그 빛을 증거하고 갈망하는 태세[83]라고 했는데 이는 시를 통해 신에게 영광 돌리는 것이 궁극적 목적임을 의미한다. 수석을 소재로 한 『수석열전』과 『속 수석열전』은 신과 인간의 세계, 존재론적 생명의 본질에 대한 천착이다. 그는 수석을 통해 어떤 구심적이며 초월적인 본체의 한 현현[84]을 보게 된다고 피력했다. 그것은 절대자의 신성을 체험하는 것으로 그의 기독교 신앙과 사상의 척도가 된다.

> 먼 먼 나 혼자가
> 나 혼자를 만나
> 비로소 그 하나로의
> 영원한 회귀

---

83) 박두진, 『시인의 고향』(범조사, 1958), p.174.
84) 박두진, 『수석열전』自序, (일지사, 1973), pp.1-2.

당신이신 당신 밖은 죽음이었습니다.
비로소 당신 안에 내가 삽니다.
비로소 당신 안에
외로움 이깁니다.

　　　　　　　　　　　　　　　　— 「포옹」에서

　현실 세계의 삶은 인간 사이의 관계로 이루어지는 것이지만 그 관
계에서 진정한 화합이 얼마나 어려운가를 실감한 후 한계점에 다다른
상황에서 신의 존재를 확인하고 그에게로 회귀하는 모습이다. 영원히
나는 너일 수 없고 너는 나일 수 없는 상황에서 인간은 고독을 실감
한다. 인간적인 만남은 사상, 생활, 이념 등의 갈등으로 결국 자신이
하나일 수밖에 없음을 자각한 시인은 '비로소 그 하나로의/ 영원한 회
귀'를 하게 된다. 그리고 외로움을 이긴다고 했다. 신과 인간의 합일된
모습인 '포옹'의 진정한 의미는 '비로소 당신 안에 내가 삽니다'라는
고백에서 절정을 이룬다. 인간과의 만남이 항상 불완전한 반면 신과
인간의 만남은 '비로소' 평안과 안정을 가져다 준다.
　그의 수석시는 완벽한 자연으로서의 예술미를 표현하고 있다. 돌이
표상해 주는 자연의 정수, 그 심미적 정묘성, 그 상징하는 바 어떤 자
연 전체의 뜻, 우주적인 인간적인 진실감, 무한과 영원이 의미하는 인
생과의 만남에서 일어나는 정서적 감동과 사색적 깨달음[85]에서 돌의
예술성을 극찬하고 있다. 완벽함의 궁극적 모습은 신과의 합일이라는
개념이 이 시의 바탕을 이룬다. 특히 현대인이 느끼는 고독은 결국 나
에게로 돌아올 수밖에 없는 상황, 정신적으로 남과 같을 수 없다는 의
식에서 시작된다. 이것은 시공을 초월하여 현대인 모두가 공감하는 것
이며 그것의 극복은 신에게 귀의하는 것임을 암시하고 있다. 신에게
나아가기까지 인간은 시련과 연단의 과정을 통해 비로소 행복한 일치

---

85) 박두진, 「수석미, 예술미」, 『현대시학』(1976. 10), p.20.

를 이룬다는 것으로 귀결된다.

> 햇살과 햇살이 나를 두들기고,
> 달빛이 나를 두들기고,
> 깜깜한 밤들이 나를 두들기고,
> 별빛과 별빛이 나를 두들기고,
> ⋯⋯⋯⋯⋯
> 나사렛 예수
> 주 그리스도와 하느님,
> 말씀이 나를 두들기고.
>
> — 「자화상」에서

이 시에 나타난 시인 자신의 내면적 성찰에서 현재의 신앙적 경지를 엿볼 수 있다. 지금의 자아가 성립될 때까지 겪어온 모든 과정은 '두들기고'라는 표현에 함축되어 있다. 전반부에는 수석의 형성과정이, 후반부에는 자아의 완성 과정이 '두들기고'로 압축된다. 이 과정은 자연과의 교감과 여러 가지 인간의 감정을 통해 지속적으로 형성된다. 하나의 평범한 돌은 그 이상의 의미를 지닐 수 없다. 그러나 물 속에서 돌끼리 서로 부딪치며 깎이고 다듬어지고 햇빛과 바람에 의한 풍화작용을 거치면서 아름다운 수석으로 다시 태어난다. 거기에는 새로운 자연, 우주의 모습이 담겨 있어 사람들의 사랑을 받게 된다. 이와같은 이치로 인격적으로 성숙된 모습이 되기까지 사람들끼리 서로 부딪치면서 모난 부분이 깎이고 다듬어져야 한다. 그 과정은 고통과 아픔이 따르며 때로는 분노와 회의, 고독, 절망 등의 부정적 감정에 휩싸이게 된다. 하지만 양심과 정의, 진리와 평화 등의 긍정적 희원으로 더 다듬어질 수 있다. 하나의 아름다운 수석이 태어나는 과정과 인격적인 인간의 성숙 과정을 동일하게 인식한 것이다. 자아의 형성과정이 외적인 과정은 수석에서 내적인 과정은 인간의 의식으로 대변된다. 마지막 연에서 예수와 하나님, 그리고 그들의 말씀으로 자아가 완성됨을 강조함으로써 그의 기독교적 세계관을 드러낸다. 이러한 시 작업은 성서의 사건을 소재로 하는 시에서 깊이있는 내면 성찰로 신앙시의 완성도를 높이고 있다.

세 편의 「갈보리의 노래」는 갈보리 산상의 십자가 사건을 시화한 것이다. 이 시기 시의 초점은 신이다. 신인 예수가 인간의 몸으로 이 땅에 와서 인간의 구원을 위해 대속물로 바쳐져야 했던 십자가의 사건은 기독교의 구원이 이론에 그치지 않고 실제적인 것임을 증명하는 사건이다. 갈보리 십자가 위에서 수많은 조롱과 치욕, 비애, 그리고 제자들의 배반을 감내하면서 하나님의 뜻을 이루기 위해, 인류의 죄를 대속하기 위해 예수는 묵묵히 이겨냈다. 기독교의 요체가 되는 성육신 사건은 신이 인간의 입장으로 내려온 것으로 인간 세상의 불의와 부패와 불순종을 이해하고 그들의 죄악을 대속하는 대속물로 십자가에서 죽었다. 그의 죽음으로 인간은 구원을 얻어 신과의 화해가 이루어진다.

갈보리 십자가의 죽음은 '바위같은 어둠'에서 치욕, 분노, 비애, 고독 등의 정신적 고뇌와 육체에 가해지는 고통 속에서도 원수들을 사랑할 수 있는 예수의 정신을 보여준다. 해도 차마 빛을 가려 캄캄해지는 상황에서 끝내 십자가 위에서 못이 박히며 흘린 피는 사랑의 극치다. 그것을 출발점으로 하여 '이제야 다시 한 번 사랑하게 하라'는 말을 할 수 있다. 십자가의 죽음은 고통과 번뇌 속에 두려움으로 시작되었으나 거기서 흘린 피는 신과 인간의 화해를 의미하는 상징물이 되었고 인간과 인간 사이의 반목과 질시도 화합하는 매개체가 되었다.

「갈보리의 노래」는 인간에게 주는 예수의 정신, 나아가 기독교 정신의 출발에 대한 설명이 된다. 인간의 구원을 위해 신은 인간이 되었고 인간의 몸을 입은 신은 가장 낮은 위치에서 인간의 모습을 보았으며 마침내 가장 처절한 죽음인 십자가에서 죽음으로써 완벽한 사랑의 모습을 보여주었다. 세 편의 시에서 완성하고자 했던 것 역시 이러한 사랑이다.

> 비로소 하늘로 타고 올라갈 수 있는 사다리.
> 죽음의 바닥으로 딛고 내려갈 수 있는 사다리.
> 빛이 그 가시 끝 뜨거운 정점들에 피로 솟고
> 비로소 음미하는 아름다운 고독
> 별들이 뿌려주는 눈부신 축복과
> 향기로이 끈적이는 패배의 확증 속에
> 눌러라 눌러라 가중하는 이 황홀
> 이제는 미련없이 손을 들 수 있다.
> 누구도 다시는 기대하지 않게
> 혼자서도 이제는 개선할 수 있다.
>
> ― 「가시 면류관」 전문

이 시는 예수의 고난을 통해 얻어진 인간의 새로운 생명, 부활을 의미하고 있다. 가시 면류관은 '하늘로 올라갈 수 있는 사다리'인 동시에 '죽음의 바닥으로 딛고 내려갈 수 있는 사다리'이다. 천국과 지옥, 부활과 재림으로 연결되는 매개체이다. 그것은 고난과 축복, 패배와 황홀경의 이중적 의미를 지니고 결국은 개선하는 모습으로 구원의 확신을 갖게 한다. 예수의 수난 사건을 상징하는 것이 십자가와 가시 면류관이다. 여기서는 고난의 결과에 대해 미래의 희망으로 가득 차 있다. '고독, 패배, 축복, 황홀' 등의 관념적 표현에서 볼 수 있듯이 예수가 당한 고난은 단순한 가치로 측정할 수 없다. 그것이 인류의 구원이라는 대명제를 해결하였고 부활을 기대하는 확신으로 이어진다.

이 시는 「갈보리의 노래」와 함께 예수의 고난, 죽음의 상황을 시로 형상화하여 고난받는 예수의 모습을 나타내고 있다. 고난받는 예수를 부각시키는 것은 미래의 영광만을 기다리기 보다 현재의 상황을 극복하기 위한 적극적 자세와 정신적 강인함을 드러내기 위함이다.

신앙시의 세계에서 절정을 나타내는 것은 「사도행전」이다. 그의 시작 후반기에 신앙시를 쓰고자 했던 대로 인생의 황혼기에 접어들어 「사도행전」을 『현대시학』에 20회에 걸쳐 연재했다. 뜨거운 신앙적 체험에서 사도들의 사상과 복음전도 생활을 상징적으로 표현하고 있다. 「사도행전」은 서정성을 바탕으로 현실적 인간의 고뇌를 여러 가지 모습으로 나타내고 있다. 또한 강렬한 사랑의 불로 하나가 되는 자아를 발견하여 신과의 일체감을 나타내고 있다. 현실에서 인간의 삶은 고독과 아픔, 죽음으로 압축되며 이에 대해 사도적인 불굴의 의지로 수난과 시련을 이겨내려는 의지가 「사도행전」 전편에 흐르는 주제이다. 현실세계는 대체로 어둠과 침묵, 고독으로 나타나고, 인간의 본원적 고독을 종교적 체험으로 승화시켜 영적 세계로 확산시킨다. 영혼의 세계로 나아가고자 하는 의지는 신앙적 깊은 명상을 통해 얻어진 소망의 세계이다. 그것은 죽음에서 부활로, 육에서 영으로 새롭게 이어진다. 영적 만남으로 이루어진 빛의 세계는 신앙으로 굳어진 기독교적 세계관을 형성한다. 그리고 민족의 용서와 인류의 평화를 위해 이렇게 간구한다.

> ──우리들을 멸망케 말으소서.
> ──우리들의 잘못을 이대로 사하소서.
> ──당신의 형상대로 우리를 만드소서.
> ──나라가 이땅에 임하게 하소서.
> ──하늘의 당신 뜻을 땅에 속히 이루소서.
>
> ― 「사도행전 20」 전문

위의 시에서 알 수 있듯이 그의 시적 행위는 민족이 죄악으로 멸망을 당할까 두려워 신에게 대신 용서를 구하며 인류의 평화가 이 땅에 임하기를 간구하는 자세다. 마치 구약성서에서 소돔과 고모라가 멸망하기 앞서 그들의 구원을 위해 하나님에게 용서를 구했던 아브라함과 같다. 하늘의 뜻이 이 땅에 이루어지는 것이 최상의 평화가 임하는 방법이다. 종교적 체험을 사회적, 역사적 체험으로 확산시키며 인류 역사에 하나님의 정의가 이루어지기를 기도하는 것으로 연작시 「사도행전」을 마무리하고 있다.

박두진의 신앙시는 종교적 체험을 시적 체험으로 승화시켜 신앙시의 진수를 보여주고 있다. 시작 초기부터 시를 통해 하나님께 영광 돌리고자 했던 그의 의도는 성공적으로 이루어졌다.

3-5. 朴木月[86) —기독교적 세계 인식

박목월의 시는 일반적으로 자연을 통해 향토적 정서를 표출한 것으로 인식되어 왔다. 물론 초기에 쓴 그의 많은 시편들이 그러한 범주에서 크게 벗어나지 않는다. 그의 자연은 어떠한 이념이나 주관이 배제된 객관적 상관물이다. 그러나 『난·기타』 이후 중기와 후기의 시는 일상의 삶에서 찾은 소재로 인간적 고뇌와 갈등을 표출하며 기독교 의식이 그의 시의 정신적 배경을 이루게 된다. 그것은 자연과의 결별이 아니라 후기의 자연이야말로 기독교적 생의 엄숙성과 초월적 존재를 암시하고 있다. 그의 시적 편력은 그가 추구하는 정신세계에 대한 탐색의 과정이다. 그의 시작 활동기를 삼분할 때 초기시에서 보여준 자연의 특성에 평자들의 많은 관심이 쏠린 나머지 기독교적 인식이 바탕을 이루고 있음을 간과했다. 고향 선배였던 김동리는 "그는 어떠

---

86) (1916-1978) 경북 경주 출생. 계성중학교 재학중 동시 「통딱딱 통딱딱」, 「제비맞이」가 당선됨. 1939년 「그것이 연륜이다」를 시작으로 「산그늘」, 「길처럼」, 「가을어스름」, 「연륜」 등이 『문장』지에 추천되어 문단에 등단함. 조지훈, 박두진과 함께 『青鹿集』(1946)을 간행하였고 첫시집 『山桃花』(1955) 이후 6권의 시집과 유고시집 『크고 부드러운 손』(1979)이 있다. 그의 신앙시는 주로 『蘭·其他』이후의 시에서 나타나고 있다. 이 책에서는 『박목월시전집』(서문당, 1993)과 『오늘은 자갈돌이 되려합니다』(종로서적, 1988)를 텍스트로 삼았다.

한 의미에서든지 신의 육신을 찾지 않고서는 배길 수 없었다. 이러한 욕구에서 향토의 세계는 그에게 자연의 비밀과 신비를 속삭이었다."[87] 고 평한 바 있다. 이것은 초기부터 보여왔던 자연의 탐구와 향토적 정서가 신의 세계와 그 인식에 기인하고 있음을 보여주는 지적이다. 중, 후기시의 변모는 신과의 관계 속에서 자신의 존재를 확인하려는 의도에서 비롯된다.

목월은 어려서부터 어머니의 돈독한 신앙을 보면서 자랐고 그 영향으로 자신도 신앙생활을 했다. 그의 문학에 어머니의 신앙을 표현한 것이 자주 나타나는데 이는 어머니로부터 받은 정신적 영향력이 신앙생활로 연계되어 드러난 것이다.

> 목월의 어머니는 종교적 성향이 강해 눈에 보이는 세계보다 보이지 않는 세계의 진실을 더 소중하게 여겼다. 뒷날 그녀가 기독교에 입교하여 죽는 날까지 새벽기도를 거르지 않고 계속할 수 있었던 바탕은 여기에 있다.[88]

어머니의 영향으로 어린 시절은 신앙인으로 지내게 되었으나 20대가 되면서 신앙의 갈등을 겪었다. 그러나 결혼 후 부인의 신실한 신앙으로 그의 가정은 신앙의 가정이 되었고 목월 자신도 오랜 종교적 방황을 끝내고 신앙인으로 돌아오게 되었다. 그리고 기독교 정신을 핵심으로 한 신앙시를 썼다. 『난·기타』 이후 그의 시세계는 기독교 정신을 기반으로 목월 나름의 특성있는 의식세계를 그려 나가고 있다.

(1) 기독교적 존재 인식

서구의 기독교 문학 사상의 중심이었던 헤브라이즘은 인간이 단순

---

87) 김동리, 『문학과 인간』(백민문화사, 1948), p.65.
88) 이형기, 『박목월평전』(문학세계사, 1993), p.13.

한 자연적 존재가 아니라 하나님에 대한 책임있는 존재로서 보편적이며 인격적인 존재로 인식한다. 목월은 신앙에 대해 다만 신의 눈동자 안에서 우리들의 존재를 인식하며, 우리들의 삶의 의의가 그분의 뜻으로 영원하기를 희구하는 일[89]이라고 했다. 그것은 인간이 신의 뜻 안에서만 그 존재 의의가 있으며, 삶의 가치가 있음을 인식한 것이다. 또한 일반시와 신앙시를 구분하여 일반시는 어디까지나 시의 본질을 잃지 말아야 하지만 신앙시는 그것과 달라 어디까지나 핵심이 신앙고백이어야 한다[90]고 했다. 그는 신앙시를 일반시와 구분하며 신 안에서의 존재를 인식하고 그것이 신의 뜻 안에서 영원하기를 희구한다. 그는 신앙과 삶의 일치를 추구하는 실천적 신앙을 주장한다.

초기의 시가 자연을 대상으로 향토적 정서의 표출이라는 정설 위에 그의 세계 인식은 기독교적 바탕에 있다는 점을 간과해서는 안 된다. 그의 생애가 어려서부터 기독교 분위기에서 성장하였고 기독교계 미션스쿨인 계성학교에서 교육을 받았으며 부인 역시 기독교인으로 생활했다는 점에서 목월의 생활 환경이 기독교로 일관했음을 알 수 있다.

일상생활 속에 존재하는 신에 대한 인식은 곧 인간 존재가 신의 보살핌 안에 있다는 인식과 동일시된다. 그가 『난·기타』 이후의 중기의 시에서 보여주는 일상적인 삶의 표출에 이러한 기독교적 존재 인식이 나타난다.

> 내가 마련하는 土地는 나의 肉身.
> 영원히 쇠하지 않을.
> 내가 崇尙하는 나무는 나의 영혼.
> 늘 成長하는.

---

89) 박목월, 『박목월자선집 6』(삼중당, 1974), p.89.
90) 박목월, 『심상』66호, p.57.

그리고 쓰지 않는 나의 詩는
神께 펴뵈일, 나의 音樂.

— 「秘意」에서

이 시에서는 땅과 나무, 시를 통해 육체와 영혼과 시를 형상화시킴으로써 기독교적 사고체계를 보여주고 있다. 시적 화자인 '나'의 의식은 신을 향한 존재로 나타나 있다. 그의 육체는 '영원히 쇠하지 않을 토지'이며 영혼은 '늘 성장하는 나무', 또한 그의 시는 '신께 펴 뵈일 음악'이다. 자연적 사물인 땅과 나무를 인간의 모습으로 조명하여 신 안의 존재임을 강조한 것이다. 인간만의 사유체계인 언어를 통한 시는 신 앞에 드러나는 인간의 진실임을 보여준다. 그 진실은 바로 생활의 밑바닥에서부터 준비되고 그 진실이 습득된 연후에는 철없이 말하는 대신 '침묵'을 배운다고 했다. 침묵의 의미는 곧 신 앞에서 존재의 유한성을 깨달은 인간의 모습이며 시인의 모습이다.

이 시는 자연과 인간은 신의 피조물로서 존재한다는 인식에서 출발하고 있다. 영과 육이 모두 자연과의 교감으로 이루어지며 여기에 시인의 사명은 미의 세계를 추구하는 구도자적 정신을 더하고 있다. 시인의 자세는 신 앞에 겸허한 태도로 욕심없이 시를 쓰고자 한다. 이것은 기독교적 정서에 기반을 둔 존재인식의 표현이다. 먼저 영혼과 육체의 존재 양상에서 시작하여 자연과 인간의 인식, 나아가 시인으로서의 자세 등이 곧 그것이다.

기독교는 삶과 신앙의 일치를 지향하고 있다. 목월은 그 자신 기독교 문학에 대해 신앙시는 신앙적 체험이 뒷받침되어야 하며 신 앞에서 시인적인 방법에 의한 신앙고백이 되어야 한다.[91]고 했다. 인간의 삶이 신 앞에서 이루어지고 있음을 통감하고 그의 존재를 인식하는 태도를 나타낸다. 신앙시 자체를 신앙적 체험을 바탕으로 쓰는 것이라

---

91) 박목월, 위의 책, p.57.

는 철저한 인식하에 신앙과 삶, 시와 삶의 일치를 추구하였다.

나는
씨앗이 된다.
과실 안에 박힌,
信仰에 싹튼
未來의 約束과 安堵를
나는 안다.

— 「전신」에서

이 시는 시적 화자인 '나'의 정신적 삶의 지평을 드러내고 있다. 전반부에서는 일상적 삶의 적막함, 고독 등의 세계를, 후반부에서는 종교적 삶의 의미를 표현하고 있다. 7연까지는 '나는 −이 된다'와 '나는 −을 안다'라는 반복적 구조로 되어 각각의 사물과 그것이 인식하는 세계를 관념적으로 표현하고 있다. 나무에서 적막함을, 물방울에서 생명의 리듬을, 접시에서 허전한 공간의 충만함을, 바람에서 고독의 갈증을, 씨앗에서 미래의 약속을, 돌에서 신의 섭리를, 펜에서 헌신과 봉사의 즐거움을 안다는 것이다. 여기까지 볼 때 자연 속에 있는 사물을 나와 동일시하여 시인이 느끼는 세계 내 존재를 인식하는 방법을 표출하고 있다. 그의 존재 인식은 부정적 인식과 긍정적 관념이 어우러지는 양상을 띠고 있으나 연이 계속될수록 미래지향적이며 종교적 성향으로 나아가고 있다.

과실 속의 씨앗이 된 자아는 미래의 약속과 안도를 안다. 기독교의 미래지향적 사고를 통한 정신적 안정을 의식한 것이다. 강가에 뒹구는 돌을 통해 신의 섭리와 역사를 안다. 기독교에서 만물은 신의 창조물로서 각각의 사물에는 신의 섭리가 있다. 신의 섭리와 역사는 지금도 진행 중이라는 것을 인식하고 강가에 뒹구는 하찮은 돌에서도 신의 섭리를 발견한다. 그것은 사물의 존재를 철저히 기독교적 방법으로 인식하고 있음을 보여주는 것이다.

'나는 -된다'와 '나는 -안다'라는 서술 체계 속에 담긴 시인의 의식은 자연 속에 산재해 있는 모든 사물을 자신과 동일시하여 그 사물 속에 담겨 있는 신의 뜻을 드러내고자 한다. 모든 사물의 존재가 신의 섭리 속에 있다는 기독교적 인식을 시적 기교로 표현한 것이다. 목월 자신이 신앙시를 소개하는 글에서 신앙시는 단순하게 시를 빚는 일이 아니다. 그것은 성실한 체험이 뒷받침되어야 하며 신 앞에 시인으로서 시인적인 방법에 의한 신앙의 고백이어야 한다. 시를 쓰는 그 자체가 신앙생활의 일부요, 신앙인으로서의 시인은 신앙시를 씀으로 자신의 신앙을 확인 심화시키는 일[92]이라고 했다. 자신이 갖고 있는 신앙시에 대한 이러한 견고한 의지가 시정신의 밑받침이 되었다.

그는 일상적 제재를 선택하여 직,간접으로 기독교적 세계관을 형상화시키고 있다. 현실세계가 고독, 절망, 안타까움 등이 점철되는 세계라면 그 과정을 영적 발전의 도약으로 삼아 헌신과 봉사의 의미를 깨닫는 신앙의 씨앗을 내면에서 키워갔다. 제목에서 암시하듯이 현실적 삶에서 영적인 삶으로의 전환이며 종교적 가치관, 기독교적 존재 인식이 강화되었다. 종교적으로 안정된 의식 속에 미래에 대한 약속과 그 안에서 평온함(안도감)을 깨닫는 자아의 발견이다.

목월의 기독교적 존재 인식은 현실적 삶의 부정에서 시작하여 종교적 삶의 존재를 확인하는 것이다. 이것은 기독교의 역설적 명제와 부합된다. 기독교에서 존재 인식은 현실적 존재 가치의 부정에서부터 시작되기 때문이다.

> 누구나 인간은/ 두 개의 음성을 들으며 산다/
> 허무한 동굴의/ 바람소리와/ 그리고/ 세상은 환한 사월상순
> ─ 「사월 상순」

---

92) 박목월, 『박목월시선집 7』(삼중당, 1974), pp.89-90.

누구를 위해서가 아니다/ 간절한 기도와/
신의 구속 속의 해방

— 「일요일 아침에도」

  신과 함께 하는 삶을 강조하면서 신에 의한 구속이 곧 해방임을 강
조한다. 인간의 참된 행복과 자유는 신으로부터의 도피가 아니라 신에
게 구속되는 것임을 알기 때문이다. 죽음이 곧 삶이며, 죽음을 통해야
만 구원에 이를 수 있다는 성서의 원리 속에서 신에 의한 구속은 인
간에게 참된 해방을 의미한다. 이것은 시인 자신의 체험으로 존재의
역설적 조건을 드러내는 것이다. 여기서 목월이 인식한 존재는 자연인
이라는 관념의 존재가 아니라 기독교의 종교적 가치관을 내포한 존재
이다.

  목월의 시는 삶의 중심에서 그 의미와 목적을 발견하고 그것을 종
교적으로 승화시켰다. 그의 초기시가 자연에 대한 관심에 경도되었던
반면 『난·기타』 이후 중기와 후기에 인간사에 대한 관심으로 전환된
것은 인간 존재에 대한 기독교적 이해에서 비롯된다. 그러므로 이 시
기의 시는 단순한 일상생활에 대한 관심이 아니라 현실적 인간의 존
재에 대한 새로운 인식으로 발전한 것이다. 인간은 신의 뜻에 의한 존
재라는 인식이 그의 시정신을 지배하게 되었다. 이것은 깊은 종교적
성찰을 통해 획득한 목월의 시정신이며 인간의 존재는 신의 뜻에 의
해 그 가치와 의미가 생성되는 것을 깨달은 것이다. 그의 기독교적 존
재인식이 죽음의 문제에서는 기독교적 이미지로 형상화하여 구원을
향한 열망으로 표출된다.

棺이 내렸다.
깊은 가슴 안에 밧줄로 달아내리듯.
주여.
容納하옵소서.

머리맡에 聖經을 얹어주고
나는 옷자락에 흙을 받아
좌르르 下直했다.

　　　　　　　　　　　　— 「下官」에서

　이 시는 혈육(아우)의 죽음을 직시하며 이승과 저승의 분리를 슬픔
의 감정이 철저히 절제된 가운데 초월적 이미지로 형상화하고 있다.
존재에 대한 기독교적 인식이 바탕이 되고 있다. 하관의 정경을 묘사
하면서 절제된 감정을 직서적 표현으로 일관한다. 관이 내려지는 순간
의 상황은 자신의 가슴 안에 달아내리 듯 모든 슬픔을 흙과 함께 하
직했다고 했다. 여기서 '밧줄'은 죽음으로 인한 이별이 결코 끝이 될
수 없다는 상징적 의미를 나타낸다. 현실적으로는 땅에 묻고 하직했으
나 가슴속에서는 '주여, 용납하소서'라는 호소를 하게 된다. 영혼을 이
제 신에게 부탁하는 가장 짧으면서도 강렬한 소망을 담고 있다. 기독
교에서 죽음은 인간사의 고통을 떠나 영원한 안식의 세계로 가는 것
으로 해석된다. 죽음 이후의 세계가 두려움의 세계가 아니라 평안과
안식의 세계로 인식한 것이다. 삶과 죽음, 유한의 세계와 영원한 세계
에 대한 통찰은 인간의 유한성을 구체적으로 자각하게 하고, 영혼의
세계를 지향하도록 한다는 점에서 자기 초극 또는 자기 변신은 기독
교적 세계 인식에 의해 가능해졌을 것[93]이라는 오세영의 주장은 타당
성을 지닌다.

　(2) 실천적 신앙 추구

　목월의 기독교적 세계 인식, 존재 인식은 그의 초기시에서 보여 주
었던 자연친화적 시세계를 심층적으로 확대해 가는 결과를 가져왔다.
인간에 대한 사랑과 연민, 자신을 중심으로 한 주변세계에 대해 신 중

---

93) 오세영, 앞의 책, p.104.

심의 사고체계로 발전한다. 생활인으로 실천적 종교인의 삶을 일관성
있게 추구했다. 일상생활 속에서 만나는 작은 일들과 그 체험을 신 중
심의 영역으로 확장시키고 구원의 은총을 위해 인고의 정신을 보여주
었다. 그러므로 삶을 보다 밝게 바라보며 미래지향적 모습을 나타낸
다. 이러한 정신의 기저에는 어려서부터 습득한 기독교적 정서와 어머
니를 통해 전수된 신앙적 삶의 의지가 있다. 평범한 일상 속에서 신의
은총을 발견하는 기독교적 현실인식에는 인고의 정신과 삶의 연민이
스며있고 실천적 신앙을 견지하고자 자신에 대해 철저한 절제와 경건
의 채찍을 가하기도 한다.

> 앓는다는 것은
> 하나의 축복이다.
> 앓음으로 비로소
> 한밤에 일어나
> 자기의 믿음을 가늠해 보고
> 애절하게 주의 이름을 불러보고
> 간구한다.
> 병이 낫는다는 것은
> 당신의 사람이 된다는 것
>
> — 「네 믿음이」에서

이 시는 마태복음 9장 23절이라는 부제가 붙어 있다. 그것은 12년
동안 혈루증으로 앓던 여인이 예수의 겉옷을 만지기만 해도 자신의
병이 나을 것이라는 믿음으로 예수의 옷을 만졌을 때 예수는 "딸아
네 믿음이 너를 구원하였다"고 선언하여 여인은 육체의 병고침과 함
께 영혼의 구원까지 받게 된 사건의 기록이다. 이 시의 서두에서 '앓
는다는 것은/ 하나의 축복이다'라고 선언하는 것은 이러한 성서의 사
건을 기반으로 한 기독교적 역설이다. 육체의 병으로 인한 고통은 하

나님을 만나는 통로인 동시에 구원에 이르게 된다는 영적 자각을 가져다 준다. 인간은 고통이 없이는 하나님에게 가까이 가지 않는다. 고통이 있어야 '비로소' '자기의 믿음을 가늠해 보고' '애절하게 주의 이름을 불러보고' '간구한다.' 이것은 기독교인은 물론 비기독교인에게서도 쉽게 찾아볼 수 있다. 인간에게 다가오는 갖가지 고난을 통해 자신을 뒤돌아보고 인간의 한계를 느끼며 궁극적으로는 신의 존재를 깨닫고 찾게 된다. 여기서 위선적 삶의 껍질을 벗어내는 결과를 가져온다. '당신/ 옷깃에 스치는 것만으로/ 우리는 새 사람이 되어' 새롭게 세계를 바라보게 되는 것이다. 이제까지 자신의 방법과 인식으로 세계를 바라보던 것이 하나님의 방법으로 세계를 바라보는 기독교적 세계 인식으로 변화된다. 그것은 '더욱 상쾌한 새날을 맞게' 된다는 진리의 세계를 발견하는 개안이다.

이 시는 시인 자신의 영적 체험을 바탕으로 영적 구원의 세계에 다다른 사람이 할 수 있는 신앙고백이다. 실천적 믿음, 행동적 신앙이 바탕이 된 이 시는 현실세계에 대한 기독교적 대응 방법을 잘 보여주는 시이다. 인간의 궁극적 삶의 목적은 부와 명예가 아니라 하나님과 일치되어 살아가며 구원의 기쁨을 아는 것이다. 이 시는 그 과정을 보여주며 결과적으로 얻어지는 기쁨을 표현하고 있다. '앓는다는 것은 축복' '앓음과 간구' '병이 낫는다는 것은 당신의 사람이 된다는 것' '믿음으로 구원' '상쾌한 새 날을 맞게 된다'는 일련의 과정이 그것이다. 여기서 병은 단순히 육체적 질병만을 의미하기보다는 우리 인간의 삶 속에서 만나게 되는 여러 가지 고난을 상징한다.

목월의 신앙시는 현실에서 참된 신앙인이 지향해야 할 방향과 목적을 명시한다. 목월이 지향하는 신앙은 실천적 신앙으로, 교회 속에 갇혀 있는 신앙이 아니라 사회 현실 속에서 만나는 모든 문제와 사람들에게 적극적 대응을 위한 삶의 모습이다.

따뜻한 마음으로 대하고/ 내가 있음으로 / 주위가 좀더 환해지는/
살며시 친구 손을/ 꼭 쥐어주는/ 그런 사람이 되고 싶다
                                            ―「아침마다 눈을」
가난 속에 스민 은혜와/ 고뇌 안에 싹트는 구원과/
절망 속에 넘실대는 희망은/ 한 팔로 싸안고

                                            ―「新春吟」

   그가 지향하는 신앙적 삶의 지표가 이러한 시구에 잘 드러나 있다.
그가 만나는 사람들에게 따뜻한 마음으로 보여주고자 한다. 현실의 삶
속에 살아 움직이는 신의 모습, 그것은 신앙인의 행동을 통해 나타난
다는 철저한 믿음에서 비롯된다. 기독교의 진리인 사랑의 실천이 삶의
구석구석에서 나타나야 한다는 것을 역설하고 있다.
   성서적 소재와 언어를 가지고 시화한다는 것은 우리의 전통적 관
념으로는 수용하기 어려운 일이다. 오랫동안 기독교 신앙 생활이 바
탕이 되지 않고는 작품으로 형상화되기가 쉽지 않다. 우리의 문화가
유교와 불교, 무속 신앙으로 굳어진 토양 위에 기독교를 받아들여
하나의 문화를 형성하기까지는 신앙생활을 통해 습득된 기독교의
정신적 기반이 의식화되어야 하기 때문이다. 목월의 정신세계는 신
의 말씀에 순종하고 실천하고자 하는 신본주의가 지배했다. 그 열매
가 신앙시였고 그것은 미적 언어이기 전에 삶의 진실을 노래한 것
이다. 삶과 신앙이 결합된 진실의 언어, 그 순수함을 기독교 정신으
로 용해시키고 있다.

    참으로 인간은
    빛 그것이다.
    말이 밝혀주는
    예지의 빛.
    너와 나를 맺어주는
    사랑의 빛

물론 우리에게는
더 큰 빛이 베풀어진다.
긍휼하신 神의 눈동자와
말씀의 빛.

　　　　　　　　　　　　— 「빛을 노래함」에서

　그의 진실된 삶의 언어는 '빛'을 바라며 빛의 세계로 나아가고자 한
다. 목월의 '빛'은 단순한 밝음의 세계를 동경하는 것이 아니라 영적
세계, 구원의 세계를 향한 갈망이다. 그가 파악한 빛의 세계는 영안으
로만 느낄 수 있다. 만물에서 내면의 빛을 느끼고 깨달을 수 있는 것
은 그의 삶의 자세에서 비롯된다. 이 시에서는 빛의 세계를 깨닫고 느
끼고 누리는 자와 그렇지 않은 자의 삶을 대비하여 보여준다. 인간에
게 내려진 빛은 곧 은혜이며 사랑이며 구원이다. 예지의 빛, 사랑의
빛, 말씀의 빛. 그러나 이것을 깨닫지 못하는 사람은 어둠 속에서 먹
고 마시는 삶에 만족하고 어둠 속에서 살다 간다.
　순수한 종교적 인간의 경우에도 세속적 삶에 대해 초월할 수는 없다.
그가 살고 있는 실존의 근거지가 세속 세계이기 때문이다. 그러나 세속
과 신성의 두 가지 태도 중에서 어느 것을 택하여 사느냐 하는 것이 신
앙인의 태도이다. 기독교인이라면 신앙의 빛 안에서 세상을 바라보고
빛의 세계를 지향한다. 그것이 비록 어렵고 힘든 길이라 해도 그 안에
서 참된 진리의 세계를 바라볼 수 있기 때문이다. 이것이 목월이 기독
교적 빛의 세계를 지향하는 근거가 된다. 그가 깨달은 빛의 세계는 신
이 인간에게 준 우주적 질서에 대한 개안이고 기독교적 세계 인식의 결
실이다. 신 중심의 사고 체계에서 궁극적 목적은 구원이라고 할 때 구
원의 세계로 향하는 시인의 발걸음이 빛으로 형상화된 것이다.
　구원의 세계에 대한 확고한 신념은 죽음을 단절로 인식하지 않는다.
「하관」이나 「이별가」에서 보여주는 대로 혈육의 죽음을 슬픔으로 표
현하지 않는다. 단지 그가 도달한 영원한 세계와 자신이 처해 있는 현

실 세계 사이의 단절을 표현할 뿐이다. 우리의 삶이 죽음으로 끝이라
는 일반적 인식과는 달리 구원과 영원의 세계에 도달하게 되어 평안
으로 인식되기 때문이다.

(3) 구원의 표상으로서의 어머니

목월의 시에서 구원의 빛을 보여주는 데 가교적 역할을 했던 것은
어머니다. 그에게 있어서 어머니는 단순한 모성의 대상이 아니다. 육
친으로 출발한 모성은 영적 인도자로서의 역할을 하여 목월의 시세계
의 한 공간을 차지한다. 그의 시집 『어머니』와 유고시집인 『크고 부드
러운 손』에서 '어머니'의 형상을 구체화시켰으며 그것은 영적 지도자
로서의 면모를 나타낸다. 목월에게 어머니는 신과 같은 존재로 동일선
상에서 의식한다.[94] 그의 어린 시절부터 신앙심이 돈독했던 어머니의
영향은 정신세계 속에 깊이 자리잡고 있으며 유년시절의 정신적 체험
은 시에서 영적 세계로 확장하기에 이른다. 어머니는 그에게 동심의
그리움과 향수에 젖는 원형이며 신앙심의 모태가 되는 것이다.[95]

> 당신을 불러봅니다.
> 제가 부를 때마다
> 어디서나 듣게 되는
> 당신의 應答.
> 언제나
> 당신은 제 안에 계시고
> 외로울 때 어려울 때
> 부르기만 하면
> 눈물어린 啓示로 당신은
> 제 안에서 살아납니다.

---

94) 한광구, 『목월시의 시간과 공간』(시와 시학사, 1991), p.252.
95) 신익호, 『기독교와 한국의 현대시』(한남대 출판부, 1988), p.218.

— 「어머니에의 祈禱 3」 전문

어머니를 향한 그리움과 함께 그의 영적 가르침을 표현하고 있다. 여기서 '당신'의 형상은 어머니인 동시에 하나님이다. 그가 '어머니'를 부를 때마다 시,공을 초월하여 그에게 응답을 주고 언제나 자신의 안에 살아 있어 외로울 때나 고통을 당할 때 부르기만 하면 자신의 내면에서 계시로 나타난다. '어머니'와 '하나님'을 동일선상에서 이해하고 어머니의 모습에서 하나님의 모습을 발견한다는 것은 큰 축복임을 깨닫게 한다. 그가 어머니를 회상하며 드리는 기도는 결국 어머니의 모습 속에서 발견한 하나님의 모습을 자신의 생활 속에서도 재현되기를 기원한다.

> 회초리를 들긴 하셨지만/ 차마 종아리를/ 때리시진 못하고/
> 노려 보시는/ 당신의 눈에 글썽이는 눈물
>
> — 「어머니의 눈물」
>
> 당신은/ 봄밤에 느지막하게 뜨는 달무리// 아른한 꿈 속에서도
> 꿈을 꾸게 하는/ 넉넉하게 테두른 영혼의 달무리
>
> — 「찬가」
>
> 그/ 여위고 거칠고 마른 손이/ 아직도/ 나의 마음을 잡아 주시고/
> 나의 영혼을 잡아 주시고
>
> — 「어머니의 손」

어머니에 대한 회상은 항상 따뜻함과 그리움과 정겨움으로 가슴 깊은 곳에 자리하고 있다. 목월에게 어머니는 이러한 일반적 모성의 세계 위에 한층 더하여 신앙적 인도자의 모습으로 드러난다. 기독교의 핵심 진리인 사랑의 모형이 어머니의 사랑이다. 어머니의 사랑만큼 지순한 것은 없을 것이다. 아무런 대가없이 무조건적으로 베푸는 사랑은 시·공을 초월하여 동일하다. 위의 시에서도 언제까지나 베푸는 사랑이

따뜻한 시상으로 연결되고 있다. 더욱이 단순한 모정의 단계를 넘어 '영혼'의 인도자로 부각되는 것은 어머니의 신앙 속에서 자란 그의 유년시절이 시적 대상이 되기 때문이다.

목월은 어머니의 사랑 안에서 하나님의 사랑을 체득하게 된다. 어머니를 통해 받은 하나님의 사랑이 가슴 속에 뿌리 박혀 있기 때문에 세상이 아무리 각박하고 힘들다 해도 헤치고 나갈 수 있는 힘이 된다. 신앙적 어머니는 단순한 모성 이상으로 그 영혼에 대한 관심이 지극하고 자연히 신께 드리는 기도의 시간이 많아지기 마련이다. 앞에서 논했던 것처럼 목월의 존재 인식은 신 안에서의 존재 확인이다. 인간의 존재 가치는 신 안에서 그 가치를 획득할 수 있다. 이러한 신앙관은 자연스럽게 어머니의 신앙적 관심과 기도에서 연유한다.

위대한 시인은 노래할 수 있는 대상을 갖는다. 그 대상을 가질 때 시인에게는 비로소 말이 생기는 것이다. 다시 말하면 어머니라는 하늘 같은 대상이 있으므로 시인에게는 말이 생겨나게 되는 것이다.[96) 목월에게서 유난히 '어머니'에 대한 시, 특히 신앙고백적 시가 많은 이유가 여기에 있다.

> 당신의
> 목에 거신
> 십자가 목걸이의 무게를
>
> 오늘은
> 제 영혼의 흰 목덜미에
> 느끼게 하소서.
>
> ― 「어머니에의 기도 5」 전문

어머니의 신앙심을 목걸이로 형상화시키며 자신도 어머니의 신앙

---

96) 황금찬, 「박목월의 신앙과 시」, 『심상』(1983. 10), pp.30-32.

수준에 도달하기를 바라는 마음이다. 여기서 '십자가'는 주된 이미지로 어머니의 사랑, 희생, 헌신 등의 복합적 의미를 내포하고 있다. 이러한 어머니의 사랑과 기도생활, 그것으로 신앙시집 『크고 부드러운 손』이 탄생하게 된다.[97] 어머니가 지니고 전수해 주려던 하나님에 대한 신앙심은 '십자가 목걸이'를 통해 절실하게 느끼고 있다. 어머니의 지고한 사랑과 가족을 위한 헌신적 기도와 노력이 자신에게 전수되기를 바라는 마음을 표현하고 있다. 어머니의 기도와 헌신의 모습이 정신적 자산이라면 물려주신 성경책은 눈에 보이는 실체로서 어머니의 신앙을 나타낸다.

> 어머니의 유품은
> 그것 뿐이다.
> 가죽으로 장정된
> 모서리마다 헐어버린
> 말씀의 책
> 어머니가 그으신
> 붉은 언더라인은
> 당신의 신앙을 위한 것이지만
> 오늘은
> 耳順의 아들을 깨우치고
> 당신을 통하여
> 지고하신 분을 뵙게 한다.
>
> ─ 「어머니의 언더라인」에서

여기서 성경은 단지 기독교의 교리로 머물지 않고 어머니의 사랑과 소망이 담긴 신앙의 표본으로 제시된다. 성경이 신앙적 이미지의 관념으로만 머물지 않고 어머니의 신앙심과 자애로운 모성이 복합적으로

─────────────

97) 김형필, 『박목월 시 연구』(이우출판사, 1988), p.89.

함축되어 있다.[98] 그가 신앙적 삶에서 닮아가고자 하는 대상이 어머니다. 그리스도인들의 궁극적 삶의 모습은 그리스도를 닮고자 하는 것이다. 목월의 경우 그의 신앙적 삶의 표본을 어머니로 상정하므로 어머니는 단순한 부모의 개념을 초월하여 신앙의 인도자이며 구원의 표상으로 인식한다.

어머니가 남기고 간 성경에서 어머니의 신앙을 다시금 인식하는 동시에 자신의 신앙을 독려하는 계기가 된다. '당신을 통해/ 지고하신 분을 뵙게 한다'는 어머니가 자신의 영적 생활을 인도하는 동시에 하나님을 만나게 하는 인도자임을 깊이 깨달은 것이다. 어머니는 생명의 근원이면서 더 큰 어머니인 하나님의 나라로 이르게 하는 가교이기도 하다.[99] 이것은 목월이 어머니를 느끼는 특징적 표현이다.

목월의 시에서 '어머니'는 그의 삶의 전체임을 알 수 있다. 어린 시절 가슴속에 남아있는 어머니의 모습은 향수의 근원이면서 자신에게 신앙인으로서 살아갈 수 있는 기틀을 마련해 주었음을 상기하고 있다. 그가 그리스도인으로서 살아가고자 했을 때 그 기틀을 마련한 것도 어머니인 동시에 신앙적 삶의 표본도 어머니로 인식한다. 영적 지도자로서의 어머니의 모습이 그의 신앙시의 근원이 되었다.

> 열이 오른 이마를 짚어 주시는/ 그 /부드러운 손
> ― 「어머니의 손」
> 주여/ 열이 오른 이마를/ 짚어 주시는 당신의 손길/
> 앓아 누운 자리에서도/ 함께 하시는 당신의 은총
> ― 「이만한 믿음」

어머니의 손은 화자의 아픈 몸을 짚어주는 '부드러운 손'인 동시에 잘못을 타일러 주는 '굳센 손'으로 언제까지나 그를 잡고 있다. 자애

---

98) 신익호, 앞의 책, p.220.
99) 김재홍, 『한국현대시인연구』(일지사, 1984), p.387.

롭고 따뜻한 '어머니의 손'은 바로 신의 손과 일치하는 것으로 일상에서 느낀 하나님의 모습이다. 그는 '어머니의 손'과 '주님의 손'을 동일한 것으로 인식한다. 그것은 '열이 오른 이마'를 짚어주는 손이다. 이것이 단순한 신체적 질병을 의미하는 것이 아니라 인간의 일상에서 만나는 여러 가지 정신적 고뇌까지 내포하고 있다. 고통 속에 있을 때 우리를 위로하고 곁에서 함께 하는 이는 육친으로는 어머니이며 영적으로는 하나님임을 자각한다. 목월은 어머니의 자애롭고 따뜻한 손길에서 신의 은총을 느꼈으며 신의 존재는 어머니를 통해 느끼게 된다. 따라서 그의 신앙시들은 모든 것을 신에게 맡기고 구원을 간구하는 마음으로 인고의 정신을 드러내고 있다. 어머니를 통해서 느끼는 주님의 손길이 그의 삶을 마무리하며 그 동안 썼던 신앙시의 큰 주제가 되었다.

1930년대 순수 서정시의 세계를 형성하던 시단에 기독교 의식이 강했던 시인들이 문단에 등장하여 기독교시 형성에 큰 발자취를 남겼다. 당시의 기독교는 일제에 의해 신사참배와 창씨개명의 강요 등으로 정면적인 압박과 사회주의, 공산주의의 외부적 도전과 내부적으로는 개인적 신앙생활이 사회 현실과 유리된 경향을 보인다는 자각이 일어 대내외적으로 새로운 계기를 맞던 시기였다. 이러한 문단적, 교단적으로 어려운 상황에서 기독교시가 성숙된 모습으로 발전할 수 있었던 것은 한국시단에서 영향력 있는 시인들이 기독교 의식으로 다져진 가운데 이 시기에 등단하였기 때문이다.

먼저 1930년대 전반에 등단한 모윤숙은 초기에 기독교 신앙시를 집필했으며 예언자적 태도로 민족의 현실 앞에 서고자 했다. 김현승의 경우 민족의 고통을 천상세계를 지향하는 것으로 승화시키고자 했으며 인간의 고독을 통해 신의 존재를 다시 확인하는 자기 구원의 과정으로 삼았다.

30년대 말에 등단한 박두진의 자연과 인간, 신에 대한 철저한 기독

교적 인식은 그의 시세계를 넓고 깊게 확충하였다. 그의 기독교적 세
계관은 시공을 초월하여 신의 존재를 인식하고 그 영향 밑에서 시를
썼다. 박목월은 그의 시에서 모든 사물의 존재는 하나님 안에서 존재
한다는 철저한 인식이 밑바탕이 되었다. 이것이 중기 이후의 시에서
드러나고 있으며 특히 생활과 신앙의 일치를 위해 노력한 시인이다.
박목월의 시에서 자칫 간과하기 쉬운 기독교 의식은 실상 그의 시 전
반에 도도하게 흐르는 가장 강한 정신적 영향이었다.

　이처럼 30년대 기독교 시는 민족의 암담한 현실에서 자연을 통해
탈피하고자 했으며 이 시기의 자연은 시인에 따라 각자의 독특한 색
채가 있으나 대체로 자연에 임재하는 신의 존재에 대해 탐구하며 신
의 손길에서 민족의 구원, 미래의 희망을 찾아보고자 했다.

4. 1940년대 —상실의식의 승화

4-1. 민족의식의 상실과 기독교

　1940년대는 암흑기로 표현된다. 특히 해방을 바로 앞둔 1941년부터
45년까지는 일제 말기로 일본의 군국주의가 전시 체제로 돌입하면서
한국민에 대한 탄압이 극에 달했다. 1941년 태평양전쟁으로 확산된 상
황에서 일본은 강력한 전시 체제 하에 한국에 대한 정책은 철저히 한
국 말살정책으로 일관하였다. 우리말의 공식적 사용을 금지하고 창씨
개명과 신사참배를 강요함으로써 종교적 자유를 완전히 박탈하고자
했다.

　동아, 조선의 양대 일간지와 1939년에 창간된 『문장』『인문평론』 등
의 순수문예 잡지가 폐간되어 우리 민족의 언론은 완전히 무의 상태
가 되었고, 문학 활동은 발표할 통로가 없어져 문자 그대로 암흑의 상

태였다.

신사참배 문제로 대두된 기독교 탄압은 이 땅에 많은 순교자를 배출하였다. 이것은 한국 교회의 정신적 핵심이었던 민족주의의 골격을 와해시키려는 정책이었다. 이에 대해 한국 교회는 단호한 태도를 보였으나 끈질긴 일본의 교회박멸 정책에 결국 백기를 들고 신사참배에 동참할 것을 결의하여 1940년대 한국 교회는 빠른 속도로 변질되어 갔다. 그 중에는 해체되거나 강제로 해산되는 교회가 많았고 상당수의 목사들과 평신도들이 순교의 길을 택하기도 했다. 신사참배를 하여 일본 교단으로 되든지 아니면 끝까지 버티며 순교 당한 후 교회가 해체되는 상황으로 양분되면서 교회는 본래의 사명을 감당하지 못하며 침묵하는 교회로 남게 되었다.

일제의 강압으로 한국 교회가 신사참배에 굴복하자 이에 반대하는 교역자와 신도들은 서로 연대를 맺고 조직적, 집단적 저항운동을 벌이기도 했다. 신사참배 거부운동은 우상숭배를 거부하고 신앙의 순수성을 지켰다는 의미를 지닐 뿐 아니라 일본적 체제를 부정하고 민족 말살정책에 대한 저항적 성격[100]을 지닌다는 점에서 큰 의미가 있다.

이렇게 1940년대는 문학사적으로나 교회사적으로 어둠의 시기, 암흑의 시간들이었다. 문학을 하는 이들은 우리의 말과 글을 빼앗기고 발표할 통로마저 완전히 폐쇄된 상황이었기 때문에 내면으로만 침잠해 가던 시기였다. 특히 한국의 기독교는 민족주의 정신으로 무장되었기 때문에 철저한 감시 대상이던 것이 이 시기에는 말살정책에 의해 기독교는 훼절되고 변질되어 갔다. 따라서 기독교 시문학은 더더욱 설자리가 없었다. 민족의식의 면에서나 기독교 의식에서나 상실감에 젖어 있던 시기였다. 여기에 시인 윤동주가 젊은 청년 기독교인, 지식인으로서 내면으로만 익어가는 기독교의 정신적 삶을 시로 엮어내었다.

---

100) 이만열, 「한국 기독교사 특강」, 『한국 기독교와 민족의식』(지식산업사, 1991), pp.188-190.

4-2. 尹東柱[101] ─속죄양 의식

윤동주의 생애 속에서 가장 많은 정신적 영향을 주었던 것은 기독교와 민족주의 의식이다. 그가 성장한 명동, 용정은 독립운동의 기지로서 민족의식을 싹트게 하였고 가정과 학교는 모두 기독교적 분위기로 철저한 기독교 교육을 받았다. 이러한 環境 속에서 성장한 그의 정신적 영역은 자연히 기독교와 민족주의로 일관되었다. 윤동주는 피상적 교인이 아니라 그리스도의 정신을 받아들이고 따르고자 했던 순수한 신앙인이었다는 것은 그를 회고하는 여러 사람들의 글에서 일치하고 있다.[102] 그러므로 윤동주의 시를 살펴보는 데 있어 그의 의식 속에 깊이 뿌리 박힌 기독교 정신은 가장 큰 영향력을 미쳤으며 그의 시 대부분이 기독교 정신의 발로이다.

(1) 죄의식

그가 살았던 시대의 조국은 어두움 그 자체였다. 육체적 삶이나 정신적 삶, 모두가 일제 말기의 폭악한 상황에서 모든 것이 벽으로 둘러싸인 폐쇄된 공간이었다. 이렇게 암담한 현실에서 그가 찾은 정신적

---

101) (1917-1945) 북간도 명동촌에서 장로였던 祖父 尹夏鉉을 중심으로 한 독실한 기독교 가정에서 출생. 독립운동가이며 목사였던 外叔 김약연의 영향으로 민족의식이 강했고, 그가 다녔던 학교는 모두 기독교 계통의 학교였다. 명동소학교, 은진중학교, 평양 숭실학교, 연희전문 문과를 다니며 교수들의 강의를 통해 민족의식과 조국의 비극적 운명을 강하게 인식하고 그것을 시로써 표현하고자 했다. 연희전문 졸업 기념으로 그동안 썼던 시를 모아 시집을 간행하려 했으나 이루지 못했고 그 때의 원고를 맡았던 정병욱에 의해 사후에 빛을 본 것이 『하늘과 바람과 별과 시』(정음사, 1948)이다. 이책에서는 1988년도에 간행된 시집을 텍스트로 삼았다.
102) 문익환, 「동주형의 추억」, 『하늘과 바람과 별과 시』(정음사, 1988).
    장덕순, 「인간 윤동주」, 위의 책.
    윤일주, 「선백의 생애」, 위의 책.

삶의 통로가 시라는 문학이었다. 식민지 시대의 생존 조건에서 발생된 민족주의 의식과 함께 기독교라는 종교의식은 문학이라는 장치를 통해 내재된 자아를 표출하는 중요한 도구였다.

그의 시에는 먼저 죄의식이 정신적 근간을 이루고 있다. 아담의 범죄로 인한 인류의 원죄는 예수의 십자가로 인해 속죄되는 일련의 기독교 의식을 시로 형상화시키는 작업이 그의 시를 통해 나타난다. 식민지 조국의 비극적 현실을 자신이 감수하고 극복해야 할 과제로 인식했다.

기독교적 관점에서 인간은 하나님의 형상대로 만들어졌다. 그것은 외모의 문제가 아니라 인간의 본성이 하나님을 닮았다는 것이다. 그러나 여기에 인간의 욕심, 즉 하나님과 동등해지고자 하는 교만에서 최초의 인간인 아담과 하와가 선악과를 따먹는 사건이 일어났다. 이것은 하나님의 절대주권에 대한 도전이며 이로 인해 인간에게는 죄성이 내재되는 원죄가 있다. 이 원죄는 본성의 타락을 통해 유전된다[103]는 것이 기독교의 정설이다. 특히 인간의 정신과 도덕적 면의 죄를 강조한 사람이 루터였다. 그러므로 기독교인은 특별히 인간의 죄성을 항상 인식하게 된다. 윤동주의 시에서 자주 나타나는 '부끄러움'의 이미지는 기독교인의 의식으로 자신을 돌아본 결과이다. 성서의 원죄의식에서 시작하여 어두운 식민지 시대를 살았던 젊은 지식인으로서 현실적 갈등을 죄의식으로 표출한 것이다. 좀더 맑고 투명한 기독교 의식으로 자아를 성찰했기 때문에 비극적 현실에 대응되는 것은 죄의식으로 나타난다.

> 그 전날 밤에
> 그 전날 밤에
> 모든 것이 마련되었네,

---

103) 이장식, 『기독교사상사』(대한기독교서회, 1995), p.148.

사랑은 뱀과 함께
毒은 어린 꽃과 함께.

　　　　　　　　　　　— 「太初의 아침」에서

이브가 解産하는 고통을 다하면
無花果 잎사귀로 부끄런 데를 가리고
나는 이마에 땀을 흘려야겠다.

　　　　　　　　　　　— 「또 太初의 아침」에서

　두 편의 시는 원죄의식을 바탕으로 쓰여졌다. 성서에 최초의 인간인 아담과 이브가 에덴 동산에서 마음껏 평화롭게 살 수 있었으나 하나님이 명하신 선악과를 따먹음으로써 그들의 평안한 생활은 끝이 났다. 그것은 뱀의 유혹에 의해 선악과를 먹으면 눈이 밝아져 하나님 같이 될 수 있다는 유혹에 빠져 죄를 범한 후 자신들이 벗었음을 알게 되었고, 무화과 나뭇잎으로 자신들의 몸을 가리고 하나님의 낯을 피해가야만 했다. 그 결과 이브는 해산하는 고통을, 아담에게는 이마에 땀을 흘려 기경을 해야만 생활 문제가 해결되는 벌을 받게 되었다.[104] 이러한 성서의 사실을 기반으로 창작된 시들이다.
　「태초의 아침」에서 태초라는 어휘가 포함하는 의미부터 성서적이다. 인간이 태어나기 전 '그 전날 밤에/ 모든 것이 마련되었네'라고 하여 이러한 타락의 전조는 곧 밤에 이루어졌음을 나타내고 있다. 마지막 연에서 그러한 시상이 집중되어 나타난다. 선악과 사건으로 인한 인간의 타락, 하나님의 본성을 잃어버리고 인간 자신이 선과 악을 판단하려는 것을 형상화시킨 것이다. 타락의 원인이 뱀이었기 때문에 '사랑'은 '뱀'과 연관되고 '독'은 '어린 꽃'과 연결된다. 이 모두가 인간의 자유 의지로 인한 하나님의 불신[105]에서 온 것이다.

---

104) 창세기 3장 1절-19절 참조.

「또 태초의 아침」에서 하나님의 말씀을 계시로 인식하고 그 말씀이 들려오는 공간을 '하얗게 눈이 덮인' 것으로 상정하여 신비의 공간으로 만들었다. 그러나 곧 빨리 죄를 짓고 아담과 이브가 받았던 징벌을 받고자 하는 자학적 태도를 드러낸다. 그 결과 해산하는 수고와 부끄러운 데를 가리는 노력과 이마에 땀을 흘리는 노동을 해야만 한다. 시적 자아가 굳이 죄를 짓고 이런 고난의 길을 택하고자 하는 이유는 모든 것이 부자유스러운 식민지 현실에서 인간이 저지른 원죄의식 속에 탐닉함으로써 이 어둠을 망각하고자 하는 것이다. 유난히 섬약했던 윤동주의 기질상 그의 앞에 놓여있는 캄캄한 현실을 초월해 보고자 하는 정신적 편린으로 보인다.

> 그리고 한 사나이가 있습니다.
> 어쩐지 그 사나이가 미워져 돌아갑니다.
>
> 돌아가다 생각하니 그 사나이가 가엾어집니다.
> 도로 가 들여다보니 사나이는 그대로 있습니다.
>
> 다시 그 사나이가 미워져 돌아갑니다.
> 돌아가다 생각하니 그 사나이가 그리워집니다.
>
> 우물 속에는 달이 밝고 구름이 흐르고 하늘이 펼치고
> 파아란 바람이 불고 가을이 있고 追憶처럼 사나이가 있습니다.
> ― 「자화상」에서

이 시는 시인의 내면에 잠재해 있는 죄의식을 자학과 연민으로 표출하고 있다. 여기서 자아를 객관적으로 볼 수 있는 매개체는 '우물'이다. 그것은 맑고 투명한 특성을 지니고 있어 이곳에 자신을 비추어

---

105) 이성교, 『한국현대시인연구』(태학사, 1997), p.584.

보는 행위는 고도의 정선된 의식의 세계를 통한 자기 반성적 자세이
다. 우물은 산모퉁이를 돌아 외따로 떨어진 곳에 있고 그 속에 비친
것은 달, 구름, 하늘, 바람, 가을 등으로 한없이 고요하고 평온한 상태
의 자연이다. 그러한 서정적 자연의 모습과는 달리 자아의 내면세계는
갈등의 연속이다. 우물에 비친 사나이의 모습이 미워져 돌아가는 행위
와 가엾은 생각이 들어 다시 들여다보는 행위의 반복이 그것이다. 자
아의 의식세계가 투사된 우물에 비친 모습은 미움의 대상인 동시에
연민의 대상이다. 그의 시에 자주 나타나는 자아와의 갈등은 사념적
자아의 내면에 잠재해 있는 또 다른 자아와 화해할 수 없는 현실로
인해 나타나는 것이다.

　여기서 자신을 객관화하는 사물로서 선택된 우물은 맑고 투명하다
는 특성을 지닌다. 그가 갈등하는 요인이 자신의 정신세계의 투명성에
의한 것이라 할 때 그것은 기독교 정신으로 일관된 그의 의식세계를
대변한다. 기독교적 의식에 비추어 자아의 현실 대응 방법에 대해 두
개의 자아가 대립되어 있는 것에서 그의 시는 갈등구조를 나타내고
있다. 동시 이후의 윤동주의 시는 사회적(민족적)인 차원에서 분열과
갈등을 공통분모로 하고 있다.106) 이러한 갈등이 일어나는 이유는 자
아가 귀속된 세계가 이 시의 화자에게 의식의 분열과 갈등을 일으키
게 하기 때문107)이다. 그러나 갈등은 미완의 상태로 마무리한다. 다시
들여다본 우물에 비친 자연은 그대로 평온하고 사나이는 추억처럼 어
려있다.

　「자화상」에서 시인이 자신에 대해 갖는 미움과 연민은 민족의 현실
에 대한 죄의식의 또 다른 표출이다. 그것이 의식의 분열 형태로 나타
나 현실의 자아와 내면의 자아와의 갈등을 나타내기에 이른다.

---

106) 김홍규, 「윤동주론」, 『창작과 비평』(1974, 가을), p.666.
107) 최동호, 「윤동주 시의 의식 현상」, 『윤동주연구』(민음사, 1995), p.485.

志操 높은 개는
밤을 새워 어둠을 짖는다.

어둠을 짖는 개는
나를 쫓는 것일게다.

가자 가자
쫓기우는 사람처럼 가자
白骨 몰래
아름다운 또 다른 故鄕에 가자.

— 「또 다른 故鄕」에서

　이 시에서 화자가 처해 있는 현실은 어둠이고 그것을 떠나 밝음의
세계를 지향하지만 시대적 상황의 제약으로 인해 갈등을 야기시켰으
며 그것은 끝내 자기 분열의 양상을 나타낸다. 그가 지향하는 곳은
'아름다운 또 다른 고향'이다. 고향을 떠나 살았던 그의 일생에서 고
향은 항상 그리움의 대상이다. 그러나 그의 고향인 조국의 현실은 어
둠의 공간으로 다가오기 때문에 밝음의 세계로서 '또 다른 고향'을 찾
아 나선다. 이 때 내면의 자아인 '백골'과 '나'는 분열된 상태로 놓여
진다. 어둠의 공간은 우주로 이어지며 끝없이 펼쳐지고 하늘에서는
'바람'이 불어온다. 어둠의 현실에서 소멸되어 가는 내면적 자아의 모
습을 보며 비애를 느끼고 현실의 어둠에 대해 아무 일도 할 수 없는
현실적 자아에 죄의식을 느낀다. 이러한 죄의식은 민족에 대한 지식인
으로서의 책임감 때문이며 '지조 높은 개'는 그의 정신적 고뇌를 자극
한다. 이러한 자아와의 갈등은 죄의식에서부터 출발한다.

파란 녹이 낀 구리거울 속에
내 얼굴이 남아 있는 것은
어느 王朝의 遺物이기에

이다지도 욕될까

나는 나의 懺悔의 글을 한 줄에 줄이자
— 滿二十四年一個月을
　　무슨 기쁨을 바라 살아 왔던가

내일이나 모레에나 그 어느 즐거운 날에
나는 또 한줄의 懺悔錄을 써야 한다.
— 그 때 그 젊은 나이에
　　왜 그런 부끄런 告白을 했던가

　　　　　　　　　　　　　　　— 「참회록」에서

　　이제까지 내면의 자아에게 시달린 죄의식은 이 시에 와서 절정을
이루며 그 해결을 위해 참회록을 쓴 것이다. 1연에서부터 자신에게 가
하는 채찍이 매우 가열하다. 그의 모습을 비추어주는 것은 '파란 녹이
낀 구리 거울'이다. 「자화상」에서 자신을 비추던 맑고 투명한 우물은
사라지고 어슴푸레 보일 수밖에 없는 구리 거울에서 시인 자신의 내
면의식이 그만큼 후퇴했음을 알 수 있다. 식민지 조국을 떠나 남의 나
라에 머물며 차츰 현실과 타협하며 자신의 의식이 희미해지고 있음을
반성하는 태도이다. 어려운 인생을 살아가는 민족에 비해 조국을 떠나
와 비교적 쉽게 살아가는 방식에 대한 준열한 자기비판의 모습이기도
하다. 따라서 자신을 비추어 줄 자아의식에 파란 녹이 끼었다고 했다.
거기에 비친 자아의 모습은 한마디로 '이다지도 욕될까'로 압축된다.
희미한 양심에 의해 비추어진 자아의 모습임에도 불구하고 왕조의 유
물처럼 욕되기만 하다. 여기에 내포된 진실은 온갖 수모와 학대를 감
내해야 하는 식민지 백성의 한 사람으로서, 역사와 민족과의 연계 속
에서 파악된 '나'의 좌표는 그렇게도 욕된 것이다.108) 2연은 현재의

─────────────
108) 김남조, 「윤동주연구」, 앞의 책, p.49.

참회록으로 자신의 지금까지 24년 1개월을 '무슨 기쁨을 바라 살아왔던가'하는 회의의 물음이다. 지금까지의 삶에 대해 회의만이 남게 된다. 24년이란 시간을 살아오면서 어떤 희망도 기쁨도 없는 삶이었음을 보여준다. 3연에서는 미래의 참회록을 미리 쓴다. '그 때 그 젊은 나이에 왜 그런 부끄런 고백을 했던가.' 여기서 이러한 고백을 할 수 있는 것은 '그 어느 즐거운 날'이라는 전제 속에서 이루어진다. 이것은 '내일이나 모레' 이루어질 것이라는 확고한 믿음 위에서 가능한 것이다. 그 때에는 지금의 고백이 '부끄러운' 고백이 될 것으로 짐작한다. 그만큼 희망의 날, 새로운 세계가 열리는 날 자신의 모습을 돌이켜보고 지금까지 느껴왔던 죄의식이 미래의 시점에서 또 다른 감흥을 불러일으키리라는 것이다. 그러한 미래의 시간을 위해 현재의 자아는 '밤이면 밤마다 나의 거울을/ 손바닥으로 발바닥으로 닦아보자'는 다짐이다. 희미해지고 탁해져 녹슨 내 양심을 원래의 모습으로 복원시켜 맑고 투명한 자의식을 유지하고자 하는 노력의 일단이다.

시대적 암울함 속에서 자의식마저 흐려져 가는 것은 더 괴로운 일이기 때문에 자아 본래의 모습을 찾고자 한 것이다. 투명한 의식으로 살아가고자 하는 의지를 펼쳐 보임으로써 그의 부끄러움은 「참회록」을 통해 새로운 가치를 획득하게 된다.

이 시는 자신을 명징하게 비추어 줄 자의식의 세계를 청결하게 유지하고자 하는 인식에서 출발하고 있다. 현재의 삶이 자신에게 부끄러웠던 것을 극복하기 위해 '그 어느 즐거운 날'을 기대하는 참회록이 뒤따른 것이다. '하늘을 우러러 한 점 부끄럼이 없기를' 바라며 살았던 윤동주에게 자의식의 세계는 정결하게 유지되었다.

이 시는 단순한 시대적 산물이 아니라 그의 내면의식 깊이 자리하고 있는 종교적 삶에 대한 갈망과 희구에 따른 산물이다. 시는 시인의 체험의 세계와 상상력이 만나는 공간에서 창조된다. 식민지 조국에서의 상실감과 기독교적 삶의 체험은 윤동주의 시적 상상력을 '부끄러

움'이라는 죄의식으로 나타나게 하였다. 그 해결책은 자아 성찰에서
더 나아가 세계와의 화합을 위한 참회의 시간을 필요로 했다. 자아 성
찰의 결과 많은 시에서 아픈 고백의 목소리를 담고 있으며 그것은 기
독교에서 유달리 엄격하게 마음의 절제라든가 양심을 지킬 것[109]을
요구하기 때문이다.

> 人生은 살기 어렵다는데
> 詩가 이렇게 쉽게 씌어지는 것은
> 부끄러운 일입니다.
>
> 六疊房은 남의 나라
> 窓밖에 밤비가 속살거리는데,
>
> 등불을 밝혀 어둠을 조금 내몰고,
> 時代처럼 올 아침을 기다리는 最後의 나,
> 나는 나에게 작은 손을 내밀어
> 눈물과 慰安으로 잡는 最後의 握手.
>
> ― 「쉽게 씌어진 시」에서

이 시는 죄의식으로 인한 자아와의 갈등이 화합의 단계로 나아가
는 것을 보여준다. 시적 자아가 처해 있는 공간은 '남의 나라' '육첩
방' '밤비' 등에서 보듯이 처절한 어둠의 현실로 자아를 구속하고 있
는 한계상황이다. 시인의 가장 아픈 상처는 조국을 상실했다는 상실감
이다. 상실감은 주변의 가까운 친구에게까지 미치며 자신의 내면세계
속에 침잠해 가는 모습이다. 시를 쓰는 것이 천명으로 여겨져 시를 쓰
지만 그것은 슬픈 천명일 수밖에 없다. 상실된 조국을 떠나 남의 나라
에 있으며 조국을 위해 할 수 있는 일이 고작 시를 쓰는 소극적 자세

---

109) 김용직, 「어두운 시대의 시인과 십자가」, 『윤동주연구』(민음사, 1995), p.124.

에 대한 자탄이다. 이국땅에서 부모님이 보내주는 학비로 공부하며 쉽게 시를 쓰고 있는 자신을 돌아보며 부끄럽다고 했다. 그의 투명한 자의식의 세계를 드러낸 것이다. 조국을 잃고 식민지 시대를 사는 민족으로서 편하게 살고 있는 자신의 모습에 대해 죄의식을 느낀다. '부끄러움'은 그의 시의 많은 부분을 차지하고 있는데 그것은 기독교 의식 세계에 비친 자신의 내면 모습이다.

> 죽는 날까지 하늘을 우러러/ 한 점 부끄럼이 없기를
>
>   ―「서시」
>
> 바람이 부는데/ 내 괴로움에는 이유가 없다
>
>   ―「바람이 불어」
>
> 밤을 새워 우는 벌레는/ 부끄러운 이름을 슬퍼하는 까닭입니다
>
>   ―「별헤는 밤」
>
> 오래 마음 깊은 속에/ 괴로워하던 수많은 나를
>
>   ―「흰그림자」
>
> 돌담을 더듬어 눈물짓다/ 쳐다보면 하늘은 부끄럽게 푸릅니다
>
>   ―「길」
>
> 그 때 그 젊은 나이에/ 왜 그런 부끄런 고백을 했던가
>
>   ―「참회록」

위의 인용된 시구에서 보듯이 부끄러움과 괴로움의 정서가 그의 시상의 많은 부분을 차지한다. 기독교 의식으로 무장된 그가 암울한 시대적 상황에서 '어둠'의 현실을 바라볼 때 이러한 감정은 자연스러운 것이다. 김홍규는 윤동주의 '부끄러움'이 일상적 의미의 차원에 속한 것이기보다는 자기 자신의 엄격한 순수에의 지향에 대한 현실적 자아의 부끄럼[110]이라고 했다. 그가 말한 엄격한 순수는 기독교적 의식에 의한 자기 성찰을 의미한다.

---

110) 김홍규, 「윤동주론」, 『창작과 비평』(1974, 가을), p.659.

이 시에서는 자아 성찰의 결과 자아에 대한 부끄러움이 죄의식의
단계에서 한 걸음 나아가 새로운 세계를 지향하고 있는 특성을 보여
준다. 그리하여 그의 시가 어두운 분위기 속에 침체되는 것을 방지하
고 있다. '어둠'을 내몰고 '아침'을 기다리는 자아가 곧 그것이다. 미래
에 대한 소망은 기독교 신앙에 입각한 자세이다. 그의 시에 내재한 희
망의 본질은 어떤 이론적 전개나 당대의 현실에 대한 투철한 분석 및
종합에서 행해진 것이라기보다 핍박받는 자에게 약속된 회생의 날에
대한 기독교적 정신에서 나온 힘일 것이다.111) 역사의 전환을 의식하
고 기대하는 확고한 믿음이 있어 이제까지 자아에 대해 회의적으로
느끼던 부끄러움을 떨쳐내고 화합을 향한 몸짓을 보이고 있다. 여기서
'시대처럼 올 아침'은 현실 세계에서 조국의 광복을 의미할 수도 있고
종교적 의미에서 천국, 절대적 진리의 세계가 도래함을 의미할 수도
있다. 어떻든 윤동주가 가지고 있는 미래지향적 역사의식이 지식인으
로서 결여된 행동력에 대한 죄의식에서 벗어나 자아와의 갈등을 극복
하고 화해하는 모습이다.

조국을 상실한 한 지식인이 상실감을 표현하는 방법으로 택한 시는
어둠의 현실을 표현할 수밖에 없었다. 또한 행동이 결여된 자신의 삶
에 대해 죄책감으로 일관되어 왔다. 그러나 그의 정신생활의 기저를
이루고 있는 기독교 사상은 단지 그의 투명한 자아성찰에 의한 죄의
식의 표출에 그치지 않는다. 미래에 대한 소망을 가지고 현실의 어둠
을 밝혀줄 등불을 확신하며 밝아올 아침을 기다리는 미래지향적 삶의
태도를 보여준다.

(2) 속죄양 의식

기독교에서 속죄양은 중요한 종교적 의미를 지닌다. 사람들이 지은

---

111) 정현종, 「시인과 그의 시대」, 『시문학』(1972. 11), p.21.

죄를 대신 떠맡고 죽음으로, 그 피로 사람의 죄가 용서받는 제사의식이 꼭 필요하기 때문이다. 구약의 속죄의식이 예수의 죽음으로 완성되었다. 예수가 인간의 모습으로 와서 전 인류의 죄를 대속하기 위해 속죄양으로 십자가 상에서 피를 흘리고 죽음으로 전 인류의 속죄양이 된 것이다.

윤동주 시에서 자주 나타나는 것이 속죄양 의식을 기반으로 한 희생정신이다. 이에 대해 김재홍은 윤동주의 저항의식과 연계시킨다. 그의 저항의식은 안으로는 열하고 뜨겁지만 밖으로는 절제된 내재적, 인고적, 자책적 특성을 지니며 그것은 기독교적 속죄양 의식에 뿌리를 두고 있다.112) 윤동주 시에 자주 나타나는 소극적이며 부정적 정서는 자신의 소극적 행동에 대해 자책하는 정신을 속죄양 의식으로 연결한 것이다. 이러한 의식은 초기시에서부터 나타난다.

> 초 한 대___
> 내 방에 품긴 향내를 맡는다.
>
> 光明의 祭壇이 무너지기 전
> 나는 깨끗한 祭物을 보았다.
>   ....
> 나의 방에 품긴
> 祭物의 偉大한 香내를 맛보노라.
>
> ― 「초 한 대」에서

이것은 그의 작품 중 최초의 작품으로 종교적 자아의 인식을 획득하는 출발점이라는 측면에서 그 가치를 찾고자 한다.

초는 자기 몸을 태워 주위를 밝히는 물체로 희생적 이미지를 내포하고 있다. 시인은 초를 제물과 동일시하여 종교적 인식에서 시적 정

---

112) 김재홍, 「운명애와 부활정신」, 앞의 책, p.219.

서가 출발하고 있다. 촛불의 밝음에 의해 어둠이 도망한다는 것으로 시대적 상징성을 나타낸다. 시대의 어둠을 몰아내고 밝은 시대를 기원함으로써 촛불의 희생을 통한 승리를 기원하는 모습이다. 초는 예수를 형상화한 것으로 예수의 고난과 희생이 인류를 구원한 사실을 연상하게 한다.

1연에서 초에서 품긴 향내를 맡는 행위는 희생된 제물로서의 초의 형상을 예수와 동일시하면서 그 결과에 대한 만족감을 나타내고 있다. '깨끗한 제물' '위대한 제물'로 인식되는 것은 자기 희생적 삶의 모습으로 인하여 시인이 원하는 기독교적 삶의 원형이다. 3연에서 심지까지 불사르는 초의 모습은 완전한 헌신, 희생을 의미한다. 희생의 과정은 자신의 모든 것을 내놓는 것과 피를 흘려야만 한다는 추상적 관념의 세계를 초의 형상을 통해 구체화시키고 있다. 그러한 헌신과 희생의 결과가 마지막 연에서 '암흑이 창구멍으로 도망'하는 것으로 구체화된다. 촛불의 희생 목적은 바로 어둠을 물리치고 밝음이 다가오게 하는 것이다.

이 시가 시인의 개인적 체험이 유기적 조직, 형상화되지 못함으로써 시적 감동이 결여되었다[113]는 결점에도 불구하고 빛과 어둠의 갈등, 어둠으로서의 삶의 세계, 자기 소모 등의 주제를 촛불의 이미지에서 이끌어내고 있다. 속죄양 의식으로 형상화된 부끄러움은 죄의식을 극복하는 하나의 방법이다.

> 쫓아오던 햇빛인데
> 지금 敎會堂 꼭대기
> 十字架에 걸리었습니다.
>
> 尖塔이 저렇게도 높은데

---

113) 김흥규, 앞의 글, p.643.

어떻게 올라갈 수 있을까요.
종소리도 들려오지 않는데
휘파람이나 불며 서성거리다가,
괴로왔던 사나이,
幸福한 예수 그리스도에게
처럼
十字架가 許諾된다면

모가지를 드리우고
꽃처럼 피어나는 피를
어두워가는 하늘 밑에
조용히 흘리겠습니다.

—「十字架」전문

　이것은 민족의식과 기독교 정신이 결합된 것으로 식민지 시대의 비극적 현실을 초극하기 위한 희생정신이 승화된 작품이다. 십자가는 기독교의 상징물로 하나님과 인간이 죄로 인해 단절된 상태를 화해시켜 주는 동시에 이웃과의 화합을 의미한다. 기독교의 기본 사상인 사랑을 신과 인간, 인간과 인간 사이로 확산시켜 주는 대표적 상징물이다. 갈등의 요소가 제거되고 화해에 이르기까지는 희생이 요구되고 그것이 예수에게 주어진 사명이었다. 그 사명을 끝까지 감수해냄으로써 하나님과 인간, 인간과 인간 사이의 사랑을 완성시켰다.

　윤동주는 여기서 이러한 예수의 희생정신을 시를 통해 실천해 보고자 한 것이다. '어두워 가는 하늘'로 대표되는 당시의 우리 민족의 삶의 공간에서 자신을 희생함으로써 민족의 어둠을 극복하고자 한다. 1연에서 '햇빛'은 신의 은총으로 인간의 세계까지 내려오지 못하고 교회당 꼭대기 십자가에 걸려 있다. 이것은 기독교적 인식에서 신과 인간 사이의 거리감을 의미하는 동시에 현실적으로 어두운 시대를 극복해야 할 대상으로서 거리감을 표현한 것이다. 2연에서 그 거리감은 더욱 실감나게 표현한다. 인간이 신의 위치에까지 도달하기에는 거의 불가능한 상태이며 이것을 '어떻게 올라갈 수 있을까요'라는 자포자기적 상태로 표현하고 있다. 현재 식민지 상태의 우리 민족의 힘으로는 불가능해 보이기 때문에 구원을 상징하는 '종소리'를 기다리며 서성거린다. 자신의 능력으로는 아무 것도 할 수 없는 상태임을 알고 무력하게 기다리는 모습이다. 첨탑과 자아 사이의 거리감은 신과 인간 사이의 영적인 거리감인 동시에 우리 민족에게 놓인 암울함의 정신적 거리감이다. 영적 거리감을 단번에 하나가 되게 했던 것은 예수의 희생의 피였음을 3연에서 보여준다. '괴로웠던 사나이' '행복한 예수 그리스도'는 모두 2중의 의미를 지닌다. 그것은 그리스도의 인성과 신성에 기인한다. 인간으로서의 예수는 십자가 상에서의 처절한 죽음이 괴로울 수밖에 없으나 신성으로서의 예수는 그것이 인류를 구원한다는 의미를 알고 행복했다. 4연에서는 우리 민족의 정신적 암울함을 극복하기 위해 자신이 희생할 것을 다짐한다. 자신의 희생이 고통을 수반되는 것임을 충분히 알고 있는 시인으로서 그 희생의 모습을 '모가지를 드리우고/ 꽃처럼 피어나는 피'라고 하여 미화시키고 있다.

이 시는 기독교적 인식을 바탕으로 어두운 민족의 현실 앞에 놓인 절망과 좌절에서 벗어나기 위해 자신의 몸을 바치고자 하는 결단을 나타낸다. 시인의 내면세계에 확립된 기독교 의식과 민족의식에서 육체를 가진 인간으로서 초월하기 힘든 현세의 고뇌를 종교적 의지로 극복하고자 하는 의지의 표현이다. 김남조는 이것을 자기 내부의 메시야적 본질에 대한 추구114)라고 했다. 지성인으로서 시대에 행동적으로 항거하지 못하는 괴로움, 부끄러움, 슬픔 등의 정서를 순교자적 희생 정신으로 승화시킨 것이다.

시인이 살았던 시대적 조건 속에서 누구에게나 희생은 요구되었다.

---

114) 김남조, 「윤동주연구」, 앞의 책, p.42.

그 희생이 인류의 유익을 위한 희생이기를 바랐던 그의 의식세계가 잘 드러난 시이다. 그의 시 중에서 비교적 단호한 어조로 자신을 시대의 희생양으로 바치고자 한다. 이것은 기독교적 희생정신으로 대의를 위한 자신의 희생을 희망하는 것이다. 그가 대면하는 현실세계에서 유혹과 억압으로부터 끝까지 자신을 지키면서 민족을 위해 자신의 생명을 기꺼이 바칠 각오를 하는 것은 그가 지닌 강한 정신력의 소산이다. 그가 지닌 희생적 모습은 '별을 노래하는 마음으로/ 모든 죽어 가는 것을 사랑해야지'(「서시」)하는 따뜻하면서도 강인하며, 유약한 듯하면서도 단호한 면을 지니고 있다.

(3) 소망의식

윤동주의 시에서 기독교 의식을 추출해내고자 할 때 구원 또는 부활에 대한 소망이 확고하게 자리잡고 있다. 기독교 의식의 핵심이 구원과 부활이라 할 때 윤동주는 그것을 어떻게 시로 승화시켰는가 하는 검토는 그의 시적 본질에 접근하는 첩경이 될 것이다. 그의 시에서 구원 또는 부활의식의 근저는 종말론적 역사관에 입각한 것으로 현실의 상황이 어떠하든지 그것을 극복하고 영원한 세계를 추구한다. 이것은 기독교가 지향하는 미래 세계에 접근 방식이며, 천국의 이미지를 빌어 실현하고자 하는 소망의식으로 나타난다.

> 다들 죽어가는 사람들에게
> 검은 옷을 입히시오.
>
> 다들 살아가는 사람들에게
> 흰 옷을 입히시오.
>
> 그리고 한 寢臺에
> 가즈런히 잠을 재우시오.

다들 울거들랑
젖을 먹이시오.

이제 새벽이 오면
나팔소리 들려올게외다.

— 「새벽이 올때까지」 전문

　이 시는 기독교의 종말론적 사상이 지배적으로 나타난 예다. 그것은
'죽어 가는 사람들'과 '살아가는 사람들'을 대비시켰고, 죽음과 부활을
상징적으로 표현하고 있기 때문이다. 성서115)에 나오는 미래의 사건을
인유한 것이다. 일반적으로 죽음을 삶의 끝으로 인식하는 것과는 달리
육체의 죽음은 새로운 삶의 시작으로 인식하는 기독교적 교의에 기초
한다. 1연에서 '죽어 가는 사람들'은 육체의 죽음을 맞이한 것이며 2
연의 '살아가는 사람들'은 육체의 장막을 벗은 후 부활하는 사람들의
모습으로 각각 검은 옷과 흰 옷을 입히라고 했다. 육체의 죽음 후에
영생하는 부활과 영멸하는 부활이 있음을 인식하고 있기 때문이다. 그
것은 '새벽'과 '나팔소리'에 의해 이루어지는 역사적 사건으로 나팔소
리는 예수의 재림을 알리는 신호다. 그 때는 지상에서의 삶에 대해 공
의로운 심판을 받는다. 악과 불행이 사라지고 새로운 정의의 세계가
도래하는 것의 전조이다. 윤동주는 그러한 소망의 '새벽'을 기다리며
인내하고자 한다.
　윤동주가 실존의 의미를 찾을 수 있는 절대적 희망은 기독교적 사
고에서 나온다. 따라서 이 시의 시적 자아는 부활에 대한 확고한 신념
과 소망을 나타낸다. 현실에서 좌절과 수난이 깊어갈수록 초월적 세계

---

115) 주께서 호령과 천사장의 소리와 하나님의 나팔로 친히 하늘로 좇아 강림하
　　 시리니 그리스도 안에서 죽은 자들이 먼저 일어나고 그 후에 우리 살아남은
　　 자도 저희와 함께 구름 속으로 끌어올려 공중에서 주를 영접하게 하시리니
　　 (데살로니가전서 5장 16-17)

인 천국에 대한 소망, 부활사상은 강해질 수밖에 없다. 현실의 벽을 넘어서는 것은 정신적 자유함에 의존하여 새로운 세계, 미래의 밝음을 의지하는 것이다. 이것은 기독교의 미래지향적 소망의식에서 가능한 것으로 실의에 빠진 현실을 초월할 수 있는 긍정적 방법이다. 초월적 인식은 기독교적 상상력에 의해 더 구체적으로 실현하는데 이는 기독교적 종말론에 입각한 세계관의 표출로서 정신적 방황을 극복하려는 시인의 치열한 노력으로 보인다. 식민지의 어둠에 대처한 한 젊은이의 미래에 대한 의지가 일치[116]되어 있음을 말해 주는 것이다. 이러한 미래에 대한 소망의식은 「별헤는 밤」에서 명징하게 나타난다.

계절이 지나가는 하늘에는
가을로 가득 차 있습니다.

나는 아무 걱정도 없이
가을 속의 별들을 다 헤일 듯합니다.

가슴 속에 하나 둘 새겨지는 별을
이제 다 못 헤는 것은
쉬이 아침이 오는 까닭이요,
來日 밤이 남은 까닭이요,
아직 나의 靑春이 다하지 않은 까닭입니다.
별하나에 追憶과
별하나에 사랑과
별하나에 쓸쓸함과
별하나에 憧憬과
별하나에 詩와
별하나에 어머니, 어머니,

— 「별헤는 밤」에서

---

116) 김홍규, 앞의 책, p.656.

이 시는 윤동주의 대표 작품으로 '별'의 심상을 통해 소망의 시간, 희망찬 공간으로의 비상을 꿈꾸며 생명의 부활에 대해 강한 의지를 펴 보이고 있다. 가을이라는 계절적 배경 속에서 사랑과 그리움의 정서를 표출하고 있다. 어머니와 어릴 때의 친구들, 그리고 가을 하늘에 있는 별은 그리움의 대상이 투영된 상관물이다. 별은 그리움의 대체물로서 전반부를 이끌어 가는 동시에 그리움의 대상이다. 별을 하나씩 헤아림으로 그리움의 정서는 심화된다. 추억, 사랑, 쓸쓸함, 동경 등의 모든 감정은 어머니에 와서 집약된다. 어머니는 별과 같은 의미로서 소망과 희망의 심상이다. 어머니를 불러보며 옛 친구들의 모습과 이국 소녀들의 이름, 시인들의 이름을 불러보는 것은 이국 생활에서 지친 마음에 정신적 위안이 되는 것이 고향, 어머니이기 때문이다.

그에게서 떠나지 않는 부끄러움의 죄의식은 인간이 지닌 기본적 윤리적, 도덕적 책임감 이상으로 기독교적 양심에 비추인 자신의 모습이다. 종교적 생활로 일관해 왔던 그에게 내면적 갈등은 정신적 지향점과 현실적 행동의 세계가 보이는 괴리 상태에서 빚어지는 정신적 아픔의 고백이다. 그의 내면에 끓어오르는 종교적 양심의 세계는 현실에 직면하여 항상 이율배반의 자세였으므로 그로서는 부끄러운 죄의식만 양산하는 결과를 가져왔다.

그러나 그러한 죄의식 속에만 머물러 있지 않은 데에 이 시의 생명이 있다. 자신이 부끄러워했던 이름자 묻힌 언덕 위에 새롭게 풀이 무성하게 자랄 것을 믿는다. 그것도 자랑스럽게 여기는 태도로 어제의 부끄러움의 죄의식과는 달리 자랑스러운 자부심으로 변할 것을 기대한다. 겨울과 봄, 부끄러움과 자랑스러움의 대칭적 구조는 현실과 미래에 대한 시인의 의식을 밝혀준다. 겨울이라는 현실에서 느끼는 부끄러움이 봄이라는 미래에 자랑스러움으로 대체될 것을 기대하기 때문이다. 어두운 현실이 언제까지나 지속되지 않을 것을 자연의 이치에서 터득하고 있다. 냉혹하고 암담한 겨울이 지나고 나면 봄은 다가오게 되며 죽음과 탄생, 절망과 희망이 순환한다는 것을 표상한다.

지금까지 살펴본 윤동주의 시세계는 기독교적 교육환경과 민족의식이 유난히 강했던 간도의 생활, 어려서부터 받아온 가정과 학교에서의 기독교 교육의 결과 기독교 의식이 그의 시정신에 가장 중요한 기반이 되고 있음을 확증시켜 준다. 그의 기독교 의식은 죄의식, 희생정신, 그리고 미래에 대한 소망의식으로 나타나 있다. 그의 내향적 성품과 연관되어 그의 시에 나타나는 이러한 기독교적 의식세계는 '부끄러움'으로 대변되는 죄의식과 그것을 속죄하고자 하는 희생양 의식이 강하게 부각되고 있다. 그러나 끝까지 희망을 잃지 않고 미래를 향한 소망의식이 그의 기독교 정신을 한층 밝음의 세계로 인도하고 있다.

모든 것이 어둠으로만 여겨지던 일제 말기인 1940년대는 우리 문학이나 기독교는 일체의 자유가 없는 시대였다. 문학은 발표할 통로를 잃었고 기독교는 일제가 바라는 대로 변질되거나 순교 등으로 거의 해체되는 상황이었다. 민족성이나 기독교 정신은 상실감에 젖어 미래를 확신할 수 없는 시대였다. 이러한 시기에 시인 윤동주가 기독교 의식을 토대로 민족의 상실감을 시로 승화시켰다는 것은 우리 기독교 시문학에서 뿐 아니라 한국 시문학사에서 크게 평가할 부분이다.

5. 1950년대—분단체험과 극복의지

5-1. 민족지향성과 기독교

1945년 해방 이후 우리 민족은 극도의 혼란이 야기된 사회에서 생존에 대한 새로운 전기를 맞게 되었다. 이데올로기에 의한 좌우익의 논쟁은 사회주의와 민주주의라는 양극화된 분단 현상으로 나타났으며 각 분야에서 첨예하게 대립한 결과 동족상잔의 비극을 초래하게 되었다. 휴전 이후 안정을 되찾았지만 우리 민족에게는 씻을 수 없는 많은 상처가 남게 되었다. 이 과정에서 문학은 이러한 현실을 어떻게 수용하고 표출해야 하는가 하는 과제를 안게 되었다. 경직된 이데올로기는 동족상잔의 전쟁을 통해 감정의 차원에 폭넓게 정착한다[117]는 것이 이 시대의 문학적 특성을 단적으로 말해 준다.

분단의 상황은 문단에도 영향을 끼쳐 해방 직후 임화에 의해 조직된 「문연」[118]과 민족 진영의 「문협」으로 양분되어 사회주의 문학과 민족주의 문학이 팽팽히 대립하는 상태였다. 그러나 정부 수립과 함께 문학은 창작에 전념하는 바람직한 방향으로 나아갔다. 이러한 배경에서 순수문학지 『문예』가 1948년 창간되어 민족 문학의·건설을 위해 출발하였으나 1950년 한국전쟁 이후 간간이 간행되다 환도 이후 폐간되었다. 『문예』지의 창간은 해방 이후 이념적 대립의 혼란한 상태를 지나 순수문학을 위한 문학인들의 발표 무대 역할을 해왔다는 데서 그 의의를 찾을 수 있다. 휴전과 함께 서울로 환도한 이후 1955년에 『현대문학』지가 창간되어 본격적인 작품 활동의 무대가 갖추어졌다. 같은 시기 『문학예술』의 속간과 『자유문학』지의 발간이 잇따라 활동 무대는 다양해졌다.

한편 기독교계에서 해방은 더욱 특별한 의미가 주어진 사건이다. 일제의 억압은 기독교의 변질과 해체를 가져와 거의 황폐화된 시점에서 해방이 되었다. 해방 후 기독교계에서는 신사참배에 의해 끝까지 절개를 지키다 투옥된 지도자와 일본의 지시대로 변절되었던 지도자간의 갈등이 혼란을 야기시켰다. 또한 공산주의 이념에 들뜬 일부 열성분자들에 의해 교회는 무참히 짓밟히는 이중의 고난에 직면하였다. 곧이어 일어난 6·25 전쟁은 교회에 큰 상처를 입혔다. 전쟁이 발발하자 공산

---

117) 김윤식 · 김 현, 『한국문학사』(민음사, 1995), p.230.
118) 文聯은 林和에 의해 조직된 「문화단체 총연맹」이며, 이에 대항해 조직된 민족 진영의 文協은 「한국문학가협회」를 이르는 것이다.

당들의 첫 번째 표적이 기독교 교회였기 때문이다. 전쟁의 후유증은 기아와 질병, 산업시설과 교육시설의 파괴, 실업과 빈곤 등의 사회문제로 이어졌고 곧 좌절된 모든 민족의 문제로 직결되면서 교회에서는 전통적 종교 행위가 아닌 신비한 초자연적 행태의 종교 현상이 나타나 이단 활동이 번성하였다. 이러한 일련의 소용돌이를 거치면서 1950년대 기독교는 차츰 한국인의 정신적 성장의 일면을 담당하는 중요한 종교로 성장하였다.

1950년대는 1955년을 전후하여 전반기는 전후의 황폐한 사회 현실 속에서 문학이 정착할 수 있는 기본적 여건은 마련되지 않았으나 문인들의 정신은 폭넓은 체험의 기록을 간절하게 원했고, 이후에는 사회적으로 차츰 안정을 찾아가며 많은 여건들이 문학적으로도 발전하는 계기가 주어져 민족주의적 지향성을 확립해 가는 시기였다. 즉 전반기는 생존 그 자체의 문제가 급선무였고 후반기는 민족적 지향성을 확립하는 것이 과제였다.[119]

문학적으로나 종교적으로 수난과 환란의 전기를 마감하고 새로운 국면으로 접어든 후기는 안정된 발판 위에서 우리 민족이 겪은 많은 수난의 일면을 시로 표출하는 중요한 계기를 맞았다. 이 시기에 문단적으로도 활발한 활동이 있었고 많은 발표 지면이 생기면서 기독교 의식을 지닌 많은 시인들이 등단하였다. 이들의 활동은 지금까지도 이어지고 있으며 기독교와 시의 결합을 통해 깊이 있는 시세계를 보여주고 있다. 이 시기에는 황금찬, 임인수, 윤혜승, 김경수, 박화목, 석용원, 이성교, 김지향의 시를 살펴보고자 한다.

---

119) 최동호, 「1950년대의 시적 흐름과 정신사적 의의」, 감태준 외 『한국 현대문학사』(현대문학, 1989), p.259.

5-2. 黃錦燦[120)-신앙의 시적 형상화

황금찬은 지금까지 반세기 가까운 시작생활을 통해 생활의 노래와 함께 기독교 정신을 바탕으로 일상의 삶을 담백하고 진솔하게 표현하고 있다. 그의 시에는 기독교 신앙의식을 기저로 한 기도의 자세가 면면히 이어져 있다. 그만큼 신앙과 생활을 시로 형상화하고 있다는 것이다. 황금찬의 언어에 흐르는 힘은 그 산문성에 있다[121)고 한 지적은 끊임없이 솟아나는 시의 샘물의 강한 힘을 말한 것으로 맑은 신앙시, 기도의 시를 만나는 것은 그리 어렵지 않다. 또한 그의 시가 오랜 세월 독자에게 감동을 주는 것은 작품 내면에 흐르는 진실성 때문이다. 진실성은 삶과 신앙의 조화에서 나온 결과이다. 시는 시인의 종교여야 하고 시인은 시 속에서 삶의 질을 찾아야 한다면 황금찬은 그런 시인의 전형처럼 보인다[122)는 지적은 그의 시가 삶 속에서 이루어졌음을 말해 주는 것이다.

신앙이란 이성에 의한 판단의 세계가 아니다. 이성은 합리적이고 논리적으로 사물을 보는 안목이지만 믿음의 세계는 전능한 신의 세계를 깨달았을 때 감지되는 것이기 때문에 신과의 만남이 논리적으로 이루어질 수 없다. 황금찬의 시편들 중 기독교 색채가 비교적 강한 것은 그가 시를 노력에 의해 쓴 것이 아니라 그의 삶 자체가 기독교 정신에 입각한 종교적 삶의 반영임을 말해 준다. 황금찬의 종교 시편들은

---

120) 1918년 강원도 속초 출생. 1948년 『새사람』지에 시를 발표하기 시작하여 1951년에는 동인지 『청포도』를 간행하기도 했다. 그의 詩作 활동은 1945년 해방을 전후하여 시작되었으나 문단에 정식으로 등단한 것은 1955년 『문예』지를 통해 박목월의 추천을 받았고 1956년 『현대문학』을 통해 천료되었다. 이후 1965년 첫 시집 『현장』을 출간한 이후 지금까지 19권의 시집과 13권의 산문집, 시론집 등 다수의 작품이 있다. 여기서는 『황금찬전집』(영언문화사, 1988)과 신앙시집 『영혼은 잠들지 않고』(종로서적, 1988)를 자료로 삼았다.

121) 조남익, 「황금찬의 시」, 『현대시학』(1987. 5), p.121.

122) 채수영, 「황금찬론」, 신봉승 편, 『시인 황금찬』(영언문화사, 1988), p.415.

인간의 삶 전체를 지배하고 있는 예수의 정신이 어떻게 현실적 인생
에 구현되고 있는가에 대한 시각을 근거로 하고 있다[123]는 사실은 그
의 시가 확고한 기독교 정신으로 다져져 있음을 상기시킨다.

(1) 일상적 삶의 시적 형상화

황금찬의 시에서는 일상의 평범한 삶의 이야기를 특별한 시적 기교
없이 담담하게 서술하고 있다. 평범한 주제로부터 진솔함을 펴 보이는
시적 특성은 그의 작품에서 늘 동일하게 이어진다. 평이한 시어 속에
감추어진 시인의 노력은 영혼의 울림이라는 경지에 다다르고자 한다.
시인 스스로가 피력한 다음 글은 이를 잘 말해 준다.

> 시는 내 경제적인 생활을 윤택하게 할 능력이 없다. 다만 내 정
> 신을 반석 위에 두게 함이다. 시에는 행동성을 동반하는 것이 아니
> 고, 인격을 동반하는 언어여야 한다. 바위를 쪼아 심상을 만들 듯이
> 무수히 많은 말을 제거하고, 그리고 남은 몇 개의 어휘, 그 말이 시
> 의 말이 된다. 영혼에 뿌리를 내리는 말, 그런 말로 시를 쓰거나 생
> 각하고 있다.[124]

그는 시를 영혼의 문제, 정신의 문제로 파악하고 그런 의식으로 쓰
고자 했다. 일상의 평범한 제재로부터 서민세계의 온갖 감정을 포용하
여 궁극적으로 도달하고자 한 것은 영혼의 세계였고, 평이한 언어로
표현하는 시세계는 기독교 정신에 입각해 있다. 황금찬은 쉬우면서도
시적인 질의 품격을 지키되, 결코 시를 벼랑이나 황야로 내몰지 않았
다. 정도를 통한 지성인의 양식과 현실인식을 노래하며 평범한 일상
속에 정서의 세련미가 돋보였다.[125]

---

123) 박동규, 시집 『영혼은 잠들지 않고』해설, (종로서적, 1988), p.123.
124) 황금찬, 시집 『언덕 위에 작은 집』(서문당, 1984) 서문.
125) 조남익, 앞의 글, p.122.

새 한 마리가
생을 마치었다.
새의 하늘과 땅도
모두 끝났다.
　　……………
순간이다.
순간이 끝나면
과거도 미래도 현재까지 없고
모두 허무
허무는 시간 안에 없다.

　　　　　　　　　　　　　— 「시간」에서

　이 시는 피조물의 유한성을 짙은 허무감으로 표현하고 있다. 객관적
상관물인 '새'를 시적 자아로 인식하며 그들의 죽음으로 그들의 세계
(하늘과 땅)는 없어지고 만다. 이러한 유한성과 무한의 시간이 대비되
면서 무한 속에 잠시 머물러 있는 피조물의 세계는 허무로 인식된다.
'새'의 생명이 다하는 것과 함께 피조물에게 허용된 삶의 시간이 순간
에 그친다는 의식에서 이 세상의 생명체에 대한 허무감이 짙게 드러
나 있다. 피조물의 생명은 죽음과 함께 '모두 끝났다'는 인식은 곧 허
무의식이다. 하늘과 땅이라는 공간은 새의 삶이 영위될 때만 허용된
것이기 때문이다. 그에게 허용된 '시간'은 정지되었다고 하여 인간의
유한성에 대해 짙은 회의감을 표출한 것이다.
　그러나 이 시는 허무감과 회의로 그치는 것이 아니라 유한한 피조
물이 추구해야 할 세계는 무한의 세계, 신의 세계임을 암시하고 있다.
유한한 인간은 무한한 신 앞에 왜소한 존재 즉 '순간'이며, 시간이라
는 명제로 내세운 순간의 유한성, 인간이라는 존재의 유한성이 시간
속에서 차지하는 비중이 느껴진다. 이러한 허무감의 표출은 자아의 인
식에서 시작되지만 근본적으로 그에 대비되는 신에 대한 존재인식이

바탕에 깔려 있다. 초월적 존재인 신의 위대함과 그의 섭리를 유한한 인간의 입장에서 바라보며 인간의 언어로 표현하기에는 한계가 있기 때문에 허무감을 느끼는 것이다.

그의 시는 이러한 허무감의 표출로 끝나지 않고 영원한 존재, 전능한 존재 앞에 서야만 하는 인간의 모습을 형상화시킨다. 인간은 신의 손길 안에 있을 때 그 생명의 의미를 찾을 수 있음을 말하고 있다.

> 기울어지는 시각
> 싸늘한 거리에 비가 내린다.
>
> 운명처럼 마련된 내 생존의 강 앞에
> 모든 문들은 잠기어 있다.
> 어쩔 수 없는
> 이 절박한 지대에서
> 나는 몸부림을 치며 문을 두드린다.
>
> — 「門」에서

이 시에서는 나약한 인간의 모습을 묘사함과 동시에 신 앞에 굴복할 수밖에 없는 존재임을 부각시키고 있다. 성경에는 '문'의 이미지가 다양하게 나타난다. 그 문은 좁기 때문에 그곳으로 가는 사람이 적으나 그 '문'을 통해서만 신을 만날 수 있다.

일상의 삶에 다가오는 상황을 '문'으로 형상화하였고 문들은 모두 잠겨 있다. '생존의 문' '영원의 문'은 두드려도 '열리지 않는 문'이다. 모든 인간이 다가가는 이러한 문은 인간의 한계를 인식하게 하는 매개체이다. '기울어지는 시각' '싸늘한 거리' '절박한 지대' 등에 나타나듯이 인간에게 주어진 상황은 어둠이며 한계상황이다. 이것을 극복하려는 인간은 몸부림치며 처절한 노력을 하지만 남는 것은 결국 상처뿐이다. 체념의 공간으로 다가오는 것은 보랏빛 허공이다. 인간은 모두 '문'이 열리기를 영원히 기다리는 존재이다. '사람은 평생을 두고/ 열리지 않는 문 앞에서/ 문을 두드리다 가는 존재인가부다'에서 보듯 이 문은 거역할 수 없는 존재로 생존의 길 앞에 놓여 인간이 초월할 수 없는 대상이다. 과거, 현재, 미래의 세대에 속한 무수한 인간들이 비슷한 환경에서 경험하여 온 인간 본질에 대한 절박한 한계점[126]을 표현한 것이다. 하나님 앞에 떳떳이 설 수 있을 때까지 인간은 문 앞 에서 절대자의 모습을 바라는 형상일 수밖에 없다.

현실 속에서 자아를 발견했을 때 보편적 인간의 한계를 절감할 수 밖에 없는 것이 엄연한 현실이다. 이 시는 자아의 응시와 현실의 풍자 는 엄연한 인간의 자유 문제이며, 생활 주변에서 생리화되어 가는 얄 팍한 위선에 대한 부드러운 풍자[127]가 된다. 이렇게 스스로의 삶을 객 관화할 수 있는 것은 그가 체험한 기독교 신앙의 체험을 시적 언어로 승화시킨 데서 비롯된다.

(2) 자아 희생적 인생관

기독교의 기본 정신은 '사랑'이며 사랑을 표출하는 방법은 여러 가 지이다. 그 중에서 희생의 의미는 그리스도의 삶의 표본이었으며 그것 을 현실에서 실천하기에는 그리 쉽지 않다. 그리스도인의 삶은 그리스 도를 닮아가는 것이며 그의 삶을 모방하기란 어려운 일이므로 작품을 통해 자아 희생적 이미지를 표출하고자 한 것이다.

> 어두움을 밀어내는
> 그 연약한 저항
> 누구의 정신을 배운
> 조용한 희생일까.

---

126) 조남익, 앞의 글, p.128.
127) 최규창, 『한국 기독교 시인론』(대한 기독교서회, 1984), p.67.

....
한정된 시간을
불태워 가도
슬퍼하지 않고
순간을 꽃으로 향유하며
춤추는 촛불

— 「촛불」에서

초는 자신의 몸을 태워 주위의 어둠을 물리치는 것으로 자기 희생의 이미지를 내포하고 있다. 남을 위해 자기 소모를 기꺼이 수용하는 촛불의 모습에서 이러한 연상이 가능하다.

이 시에서도 촛불의 희생적 모습을 부각시켜 시인이 지향하는 희생정신을 표출하고 있다. 촛불의 출발은 종말을 향한 것으로 시작에서부터 자신의 포부나 새로운 희망을 향한 것이 아님을 강조한다. 유한성을 내포하고 있기 때문에 생명의 애련함을 느끼게 한다. 3연과 4연에서 '존재할 때/ 이미 마련되어 있는/ 시간의 국한을// 한정된 시간을/ 불태워 가도'라고 하여 존재의 유한성을 강조한다. 존재의 미약함에 비해 행위의 극대화를 볼 수 있는 것은 2연의 '어두움을 밀어내는/ 그 연약한 저항/ 누구의 정신을 배운/ 조용한 희생일까'이다. 나약한 외적 모습과는 대조적으로 그가 보여주는 행동은 어둠에 대항하는 강인한 모습이다. 그것은 예수의 희생정신을 내포하는 것으로 촛불의 희생과 예수의 희생, 그것이 자아의 희생정신이 되기를 기원하는 마음이다.

인류를 위해 자신의 모든 것을 희생하고 인류를 죄악에서 구원한 예수의 생애는 연약해 보이나 끝내 강인함으로 승리할 수 있었듯이 촛불은 유한한 '순간'을 '꽃으로 향유하는' 기쁨을 소유한다. 희생의 의미를 사랑으로 승화시킨 것이다. 한정된 삶을 살아가는 인생이 언제나 자신의 영역을 벗어나지 못한 채 주어진 공간 속에서 살다 스러지는 것이라면 무슨 의미가 있겠는가. 그러나 촛불에는 그 나름의 의미와 존재 가치가 있다. 자신이 지향하는 기독교 신앙인의 모습을 자기 희생적 이미지로 구체화시킨 것이다. 희생적 삶은 성서에 나오는 예수의 교훈에서도 거듭 반복되고 있다.

> 한 알의
> 밀이
> 땅에서 죽는다.
> 세월이 흘러간 뒤
> 백, 천 개의 밀을
> 그곳에서 다시 찾았다.
>
> ― 「한 알의 밀」에서

이 시는 성경에 나오는 예수의 교훈을 인유한 것이다. "한 알의 밀이 땅에 떨어져 죽지 아니하면 한 알 그대로 있고 죽으면 많은 열매를 맺느니라."[128] 이 말 자체는 역설적이다. 성서의 교훈이 역설에 의존하는 것은 기독교의 진리 자체가 역설의 진리이기 때문이다. 자연적 이치로 볼 때도 한 알의 밀이 땅에 떨어져 죽을 때는 새로운 생명을 탄생시킬 수 있고 거기에 따른 많은 열매를 얻을 수 있다. 하나의 죽음은 그것으로 끝이 아니라 죽음을 통해 더 많은 생명을 얻을 수 있다는 자연의 이치를 말한다. 인간들의 제한된 생각을 초월하여 자연의 순리를 따를 때 새로운 생명, 새로운 세계를 향할 수 있다는 것으로 의미망을 확장해 주고 있다. 자연의 순리는 신의 섭리를 나타낸 것이며 신이 인간에게 가르치는 무언의 교훈이다. 하나의 희생으로 많은 이익을 이웃에게 나눌 수 있다는 것은 자기 희생을 통한 사랑을 의미한다. 기독교적 세계관은 논리적으로나 과학적으로 설명할 수 없는 역설이다.

시인은 이 성경 말씀을 기반으로 1연에서는 그 사실을 기술했다. 이

---

128) 요한복음 12장 4절

것은 자연적 순환의 논리이며 신이 이 세상에 베푼 사랑의 손길이다. 하지만 인간의 삶은 그렇게 자연처럼 이웃에게 베푸는 삶이 아니다. 이기적인 삶의 안타까움을 2연에서 술회하고 결국은 화자 자신의 삶에 대한 회한으로 마무리 짓는다. 자아 희생의 정신으로 사랑을 펼치는 삶이 아니기에 3연에서 '이제 내가 가고 나면/ 무엇이 남을까?/ 여무는 두 방울의 이슬'이라고 하여 다가올 자신의 죽음 앞에서 참회의 눈물을 흘리게 될 것이라는 진술이다. 시인의 이러한 관점은 자신의 삶을 성경에 비추어 현실에서 실천하지 못하는 것에 대한 인간적인 참회의 뜻을 내포하고 있다. 자기 희생적 인생관의 표출이며 생활 속에 깊이 스며든 신앙정신을 엿보게 하는 대목이다.

그에게 있어 일상의 생활, 사물의 모습, 자연의 섭리 등 모든 것은 존재의 근원인 신의 섭리에 연원하고 있으며 그의 경건한 신앙심은 자기 희생의 인생관을 확립하기에 이른다.

> 지금 가면 이곳에서는
> 다시 만날 수 없는
> 영원한 이별.
>
> 하느님!
> 당신 나라에서 만날 수 있는
> 그 섭리 속에
> 두어주십시오.
>
> 어진 사람의 영혼을
> 사랑하시는 하나님.
> 어린 영혼을 더욱 사랑하여 주십시오.
> ─ 「기도」에서

24세 된 사랑하는 딸을 이 세상에서는 다시 만날 수 없는 곳으로 먼저 보내며 애절한 마음을 노래한 것이다. 영원한 이별의 현실 앞에서 아버지의 진실과 애정이 강하게 느껴진다. 그의 기도는 일상의 평이한 언어로 표현하지만 슬픔의 강도는 결코 평이하지 않다. 거기에는 진실이 담겨 있기 때문이다. 마지막 연에서 '하느님!/ 당신의 나라에서 만날 수 있는/ 그 섭리 속에 두어주십시오'라고 한 것은 그의 강한 신앙심과 아버지인 화자의 힘이 아니라 신에 의해 이 슬픔을 승화시키고자 하는 신앙적 진술이다.

그의 시는 생활을 기도로 표현하며 그것을 형상화하는 기본 자세에서 비롯된다. 시에 생명력을 부여함과 동시에 시간을 초월한 감정을 실감할 수 있다. 아울러 모든 사람의 공감을 얻을 수 있는 보편성을 띠고 있다. 이러한 공감대 형성의 이유를 진실한 기도의 자세에서 모두의 기도로 객관화된 것[129]이라고 규정한 바 있다. 신앙시가 자칫 관념화되고 도식화되기 쉬운 일면이 있으나 그의 언어는 이러한 타성을 용납하지 않는다. 그런 의미에서 황금찬의 시는 항상 생기가 넘치고 시름과 근심, 기쁨과 슬픔을 전해 준다.

그의 시의 생명감은 진실성을 바탕으로 보편적 인간의 삶의 모습을 객관적 입장에서 다루었기 때문이다. 구체적 언어 속에서 현실적 생명을 느낄 수 있고, 영원한 세계를 지향하는 신앙적 기틀에서 형성되었다. 그의 삶에서 상실이 가져다 준 아픔은 시작에 있어서 인간의 깊이와 넓이를 추구할 수 있는 계기로 작용한다. 그가 겪은 재앙, 그의 잃음과 앓음의 그 모든 것을 그의 세속적 이해력으로서는 받아들이기 어려운 것[130]이었으나 그는 기독교 신앙으로 극복, 그의 보편적 삶의 언어를 기독교 정신으로 표출하면서 자기 희생의 인생관을 견지하며 시적 언어로 형상화하였다.

---

129) 최규창, 앞의 글, p.65.
130) 원형갑, 「황금찬론」, 『현대문학』(1978. 12), p.310.

(3) 긍정적 세계관

서정성을 바탕으로 하는 시의 주된 제재는 자연이다. 황금찬도 예외는 아니어서 첫 시집 『현장』을 상재하기 전까지는 박목월류의 자연친근의식을 중시하였다. 그러나 중기 이후 현실적 체험을 형상화하는 한편 종교적 명상의 세계를 중시하는 변신을 꾀했다.

> 창을 열어 놓았더니
> 산새 두 마리가 날아와
> 반나절을 마루에 앉아
> 이상한 이야기를 나누다가
> 날아갔다.
>
> ....
> 산새같이 마음 맑은 사람은
> 이 세상에 정녕 없을까.
> 그가 남긴 음성은
> 성자의 말이 되어
> 이 땅에 길이 남을....
>
> 오늘도 나는 창을 열어 놓고 있다.
> 산새를 기다리는 마음에서
>
> ― 「산새」에서

새와 나비는 황금찬 시에 자주 등장하는 대상이다. 나비는 그의 개인 심상으로 여겨지고, 새는 시인의 의식을 겉으로 드러내는 구체적인 표상이기 때문에 새와 나비는 무의식적 상관물로 그에게 중요성을 부여한다.

이 시에서 화자는 산새의 소리를 성자의 말로 인식한다. 단순한 자연 속의 일부로 인식하지 않고 성자의 소리로 인식한다는 것은 그의 생활 속에 자리한 종교적 체험의 세계를 짐작할 수 있다. '오늘 나는/

창을 열어 놓고 있다./ 산새를 기다리는 마음에서' 여기서 화자가 기다리는 것은 '산새'가 아니라 산새와 같이 맑은 마음을 가진 성자이다. 현실에서는 실현 가능성이 없어 보이는 무모한 짓이지만 그는 기대감을 가지고 산새 같은 마음의 소유자를 기다린다. 이것은 맑고 투명한 시정신의 소유자가 모든 것을 수용하는 태도로 다가올 미래를 밝은 마음으로 기다리는 것이다. '산냄새' '봄풀' '구름향기' '맑은 목소리'까지 들을 수 있도록 마음의 귀가 열려 있다.

> 가난이 좋아서
> 춤이야 추랴
> 그러나 어찌 악이야 되랴.
> 계곡의 물소리를 귀에 담듯
> 조용한 발소리랑
> 마음에 두리라.
>
> 구름이 걷힌 밤하늘엔
> 수없이 많은 별들,
> 빈 마음 밭엔 당신의 음성
> 비로소 찾아드는 높은 행복이여.
>
> ― 「마음이 가난하면」에서

성경에 "심령이 가난한 자 복이 있나니 천국이 저희 것임이요"[131]라는 구절이 있다. 역설적 관념으로 이해하기 쉬운 이 구절은 욕심없는 가난한 마음으로 세상을 보면 자신의 행복은 소유의 유무를 떠나 행복감을 가질 수 있다는 것이다. 마음의 가난을 행복으로 여길 수 있는 여유있는 화자의 내면세계를 읽을 수 있다. '가난'이 '행복'으로 느껴질 수 있는 매개체는 '당신의 음성'이다. 이러한 긍정적 세계관은

---

131) 마태복음 5장 3절.

기독교적 체험에서 비롯된다. 내세보다는 현실적 삶이 중심이 될 때
인간은 물질, 명예, 권력 등의 이기적인 욕심에 사로잡히기 쉽다. 그러
나 기독교인은 영원한 세계를 바라보며 내세를 중심으로 한 삶이기에
긍정적 세계관을 확립할 수 있다.

> 많은 사람은 연때가 없어
> 나비의 춤을 못 보고 말았으니
> 몇 번이나
> 이 호수를 찾아 왔을까
> 끝내 보지 못하고 마는
> 나비의 춤,
> 초생달처럼 돌아간 사람들
> 그들은 다할 수 없는 소망이
> 사랑이요, 평화라고 독백같이 외우며 호수를 떠났고
> 호수는 아무 것도 모르는 채
> 잠들어 가고 있었다.
>
> — 「나비」 2연

황금찬의 시에서 나비는 70년대 이후 주요 시적 대상물로 등장한다.
나비는 내게 있어서 상징의 대상으로 존재한다[132]고 했다. 나비는 '사
랑, 평화, 자유'의 화신이며 이러한 삶을 지향하는 시적 화자의 삶은
그것의 실현을 위해 나비를 찾는 것으로 일관한다. 나비가 있는 곳은
그의 이상향이며 항상 '호수'를 배경으로 나타난다. 나비가 없는 호수
는 생명감을 잃고 있다. 나비가 돌아오면 호수는 다시 생기가 넘치는
곳으로 변한다. 나비로 인해 생명이 넘치는 환희의 공간으로 변한다.
나비의 활동 공간인 호수에 신비로움을 더해 주는 것은 무지개이다.
'아. 찬란하여라/ 호수는 무지개로 싸놓은 비단같고' (「소년의 죽음」)

---

132) 황금찬, 『나비제』(청록출판사, 1983), 自序.

'오늘은 내 생애에/ 놀라움이 이리도 큰 것을/ 도시의 하늘 위에 무지
개가 떴어라' (「도시의 무지개」) '눈이 날리는 날/ 흰 비단의 무지개가/
징소리처럼 흘러간다' (「호수」) 등에서 보듯이 무지개로 하여 시의 공
간은 신비에 싸이게 된다.

나비는 하나의 영혼으로 인식되어 작가와 늘 함께 있으며 도시생활
에서 잃어버린 나비를 찾기 위해 꽃을 심고 가꾼다. '내가 꽃을 심어
두고 그 꽃나무에/ 꽃이 피기를 기다리는 것은/ 나비를 기다리는 마음
에서이다' (「오후의 꽃밭」)

사랑, 평화, 자유라는 관념적 세계를 찾아 무지개가 있는 호수를 설
정한 것은 '나비'를 통해 시인의 영혼을 찾는 작업, 신앙적 실체를 찾
는 작업과 동일시하기 때문이다. 나비는 시인이 갈구하는 신앙 세계의
대상이다. 나비에게 질곡 속에서도 굴하지 않고 무구한 신앙적 가치와
결실을 추구하는 구도자의 정신적 영역[133]을 부여한 것이다. 나비는
현실세계에서는 실현 불가능한 관념을 찾아 꿈의 세계를 이입한 대상
이다. 나비에게 작가의 영혼을 이관시켜 그 의미를 확대한다. '나비는
하나의 영혼/ 잠들지 않는 이에게만/ 춤추는 사랑으로 오고/ 움직이는
평화로 살아/ 퍼져가는 자유의 깃발이 된다' (「영혼은 잠자고」)에서 보
듯이 그의 '나비'는 죽지 않고 그와 함께 생존한다. 현실의 허무감과
상실감을 극복하고자 나비를 현실적 대상으로 나타내고 있다.

황금찬의 시가 대중의 사랑을 받을 수 있는 것은 일상의 체험을 표
현하면서 긍정적으로 현실을 바라보는 성숙된 기독교 정신의 산물이
기 때문이다. 그것은 실존주의적 바탕 위에서 인생에 대한 허무와 고
독을 기독교적 신앙으로 극복하여 통일과 화합으로 승화시키려는
것[134]이라는 평가로 압축된다.

---

133) 하현식, 앞의 글, p.408.
134) 최동호, 『한국의 명시』(한길사, 1996), p.1361.

5-3. 林仁洙[135] —절대적 신앙의 순수성

임인수는 우리 문학사에서 암흑기에 해당하는 일제 말에 아동문학에서 중요한 역할을 한 것으로 평가받고 있다. 유경환은 "임인수를 말할 때 빼놓을 수 없는 첫째는 그의 암흑기의 아동문학 지하운동이다."[136]라고 그의 업적을 압축해 보여준다.

그의 시작활동은 1944년 조선신학교를 졸업하면서 시작되었다. 순수한 시정신은 그가 기독교 신앙인의 범주에서 세계를 바라보는 인식의 방법에서 비롯된 것이다. 그가 남긴 두 권의 시집에는 기독교 정신이 짙게 나타나고 있다.

기독교 신앙인으로 세계를 바라보는 것은 세계 내 존재하는 신의 존재에 대한 탐구이며 하나님과 인간과의 관계를 통한 자아의 발견이다. 기독교시는 이러한 과정에서 나타나는 기독교 의식, 기독교 정신의 표출이며 자신이 만난 신의 존재에 대한 고백이다. 기독교 문학은 현실을 초극하고 내세적 영상에 바탕을 둔 헤브라이즘 사상과 정신이 작품 곳곳에 확산되어 있다. 은연중에 신의 존재를 인정하고 그 위엄성을 향해 죄인의식이 믿음, 사랑, 소망의 재창조란 과정을 통해 심장한 종교적 영향[137]을 나타내는 것이다. 이렇게 볼 때 임인수의 시는 그 중심에 서 있다고 할 수 있다.

---

135) (1919-1967) 경기도 김포 출생. 1944년 조선신학교 졸업. 아동문학으로 시작한 문학활동은 이후에 『땅에 쓴 글씨』(새사람사, 1955)와 『주의 곁에서』(박화목 공저, 1961) 등 2권의 시집을 남기고 있으며 그의 사후인 1989년 위의 2권의 시집을 하나로 묶은 『나는 백지로 돌아라리라』(종로서적, 1989)가 출간되었다. 여기서는 『땅에 쓴 글씨』와 『나는 백지로 돌아가리라』를 자료로 삼았다.

136) 유경환, 『한국현대동시론』(배영사, 1979).

137) 박이도, 「한국 기독교시의 형성」, 『기독교사상』(1981, 4), p.189.

(1) 절대적 신앙의식

임인수는 철저한 기독교 사상의 바탕 위에서 시를 썼다. 문학에 있어서 작가의 사상적 배경은 작품에 그대로 투영된다. 사상을 어떻게 형상화시켜 예술이 되게 하느냐가 작가의 과제이다. 특히 종교성을 내포한 경우 문학적 감수성과 종교적 감수성의 통합을 도모해야 하는 어려움을 지닌다. 임인수의 시에서 신에 대한 회의와 갈등의 모습은 찾아보기 힘들다. 오직 그리스도의 형상을 닮기 위한 모습, 겸손하게 낮은 자의 모습으로 일관하기 때문이다.

괴로움과 슬픔이
다하는 그날
나는 백지로
돌아가리라

이렇게 외로이
無心은 불타올라
임의 품에 안기는 버릇

모습은 말씀이 되고
글자가 되고

—「序詩」 전문

이것은 첫 시집 『땅에 쓴 글씨』에 수록된 작품이다. 제목에서 이 시집의 분위기와 시풍을 전해주고 있다. 기독교 신앙인으로서 표백된 삶의 모습, 그가 지향하는 삶의 지표가 나타나 있다. 시 말미에 '보이지 않는 손길에/ 이끌림이어/ 임은 항상 나를/ 부르시도다'라고 진술하고 있다. 시인의 삶이 보이지 않는 신의 손길에 이끌리어 이제까지 살아

왔다는 고백이다. 자신이 지향하는 미래의 모습에 대한 신앙적 고백이
다. 이 땅에서의 삶이 다하는 날에는 '나는 백지로/ 돌아가리라'는 진
술은 아무 것도 남아 있지 않은 모습이며 신이 인간을 창조했을 때의
가장 순수하고 깨끗한 모습이다. 인간에게 있어서 육체의 생명이 다하
는 것은 누구에게나 다가오는 현실이지만 그 이후의 모습에 대해서는
생각하지 않는다. 죽음이 곧 모든 것의 끝이라는 인식 때문이다. 그러
나 기독교인은 육체의 죽음을 이 세상의 괴로움과 슬픔이 끝나고 새
로운 만남, 영원한 삶을 영위해 나가는 하나의 관문으로 인식한다.

　임인수가 만나고자 하는 신 앞에서의 모습은 그저 '백지' 상태의 자
아이다. 일상의 모든 죄와 그림자가 사라지고 순수한 모습 그 자체로
하나님 앞에 나아가리라는 다짐이다. 그러한 갈망이 신의 품으로 가는
그의 신앙적 자아의 일상적 모습이다. '모습은 말씀이 되고/ 글자가
되고'에서 이 시는 절정을 이룬다. 시적 자아와 신이 일체가 되는 경
지, 하나님의 모습 자체가 말씀이 되는 영적 자각의 단계에 다다른다.
성경에서 말씀은 곧 하나님이고 예수 그리스도는 말씀이 육신이 되어
이 땅에 왔다[138]고 했다. 이 시에서는 성서에 나오는 말씀을 통해 기
독교적 상상력으로 신앙심을 고백하는 것을 목도하게 된다.

> 휘파람 불며 불며/ 적은 이길을/ 진정 네가 그리워/ 임네가 그리워서
> ―「小曲」

> 돌아가는 길마다/ 고이 흩어져/ 나의 마음 이렇게/ 정에 뜨는가//
> ―「歸鄕抄」

> 고요한 이 골자기에 들려오는/ 평화로운 그 음성은//먼, 옛날 에덴
> 에 불던/ 그 바람이다/ 청신한 그 바람이다/ 부드러운 그 바람이다
> ―「바람」

---

138) 요한복음 1장 1절과 14절.

순수한 신앙을 가진 시인에게 자연은 그 자체가 아름다움이며 그리움의 대상이다. 자연 속에 나타나는 신의 모습은 늘 그가 그리워하는 대상이다. 자연을 대하는 태도가 관조적이며 외경심으로 바라보는 동양적 자연관이 아니라 자연 속에 임재하는 신의 모습과 그 음성을 감지하는 태도는 기독교적 세계관의 투영이다.

자연은 영원히 새로운 것이며, 어떠한 신의 말씀 어떠한 신의 섭리도 자연의 이미지로써 설명, 비유, 전달될 수 있고 어떠한 풍부하고 고상한 인류의 이념이나 이상도 자연의 이미지를 통해서 창조 설명되고 형성 비유될 수 있는 것이다.139) 이것이 기독교적 사고를 가지고 자연을 바라볼 때 형성될 수 있는 시적 세계이다. 크리스챤은 자연의 세계와 초자연의 세계에 함께 속해 있다. 그는 그중에 한 곳에만 사는 것이 허용되지 않는다. 크리스챤은 초자연에만 살 때 세계를 소외하고 자연에만 살 때 신을 소외한다.140) 기독교인이 볼 수 있는 자연의 세계는 눈에 보이는 세계가 전부가 아니다. 단순히 자연의 외적 아름다움이 아니라 자연을 창조한 신의 손길을 보고 느끼는 것이다. 또한 시인은 자연의 이미지를 통해 신의 창조세계, 인류의 모든 이념까지 포괄적으로 표현할 수 있다. 따라서 기독교 시인은 자연을 통해 하나님의 형상을 인식하고 언어예술로 형상화시키는 것이다.

시인이 시를 쓰기 전에 긍정적 종교관을 가지게 될 때 그의 세계관은 신비에 젖어 초월적 세계에 접어든다. 위의 시들에서 보여주는 긍정적 자연관은 자연 상태가 평화와 안식의 공간으로 시인의 내면의식을 차지한 것이다. 따라서 현실을 초월하여 태초의 에덴 동산과 같은 신비의 세계로 인식하게 된다. 그가 그리워하는 고향은 에덴동산으로서 궁극적 삶의 지향점이다. 그곳에서 하나님과 함께 생활하는 모습을 연상한다. 임인수의 시는 하나님에 대한 무의식적 접근으로 기독교에

---

139) 박두진, 『시와 사랑』(신흥출판사, 1950).
140) 성서문학연구회 편, 『고뇌하는 종교문학』(맥밀란, 1984), p.311.

대한 의식이 시적 사상에 용해되어 일상화, 생활화되어 있다.

　그가 바라보는 세계는 언제나 어린이의 시각처럼 순수하다. 아동문
학으로 문단에 나왔던 그의 경력은 순수의 세계 속에서 자신만의 문
학적 공간을 확보해 놓았다. 기독교 신앙으로 다져진 삶의 태도로 순
수성을 유지하는 그의 시세계는 맑고 투명하다. 투명한 시인의 눈에
비친 현실 세계는 죄악으로 물들어 있어 민족의 구원을 위해 간절히
기원한다. 민족의 죄악상은 순수한 신앙 양심을 가진 그에게는 커다란
아픔이기 때문이다.

　　　　푸른 하늘이
　　　　부끄럽지 아니한가
　　　　죽음의 거리여
　　　　자욱한 구름
　　　　눈포래 속에
　　　　더러운 발자욱
　　　　덮이나

　　　　겨레들의 피
　　　　흰 눈 위에 다시
　　　　번져흐름은....

　　　　사람들 다시 서로
　　　　미워하는 죄
　　　　너무나 큼이라

　　　　　　　　　　　　　　　　　　　　　　　— 「斷章」에서

　기독교인의 눈으로 바라본 현실의 참상, 죄악으로 인식되는 조국의
모습을 보고 통탄하는 모습이다. 조국의 현실은 '죽음의 거리' '자욱한
구름' '더러운 발자욱' 등의 시어에 내포되어 있듯이 어둡고 암담하기

만 하다. 그 안에 있는 겨레는 미움, 시기, 질투 등의 '죄'가 가득한 현실에 살고 있다. 그들의 죄는 곧 '피'로 형상화되었다. '피'와 '흰 눈'의 이미지는 극단의 대조적인 것으로 흰 눈 위에 퍼져가는 피를 표현함으로써 인간의 죄악상을 극명하게 드러낸다. 그것은 서로가 미워하는 죄로부터 연유하며 이 상태에서는 영원히 죽음의 길로 갈 수밖에 없다. 때문에 화자는 '하나의 형제라도 구제하기 위하여' 각자의 선 자리에서 울어야 한다고 했다. 눈물을 통한 회개로 죄악의 길에서 돌아서기를 기원하고 있다. 그의 기원은 외면적인 것이 아니라 내면적인 진실의 모습이기에 마지막 연에서 '고요히/ 고요히'로 표현되었다.

민족의 현실이 죄악으로 가득 차 있음을 인식하고 구원을 위한 회개를 간절히 바라는 것이다. 서로 미워하는 죄로 가득하여 죽음의 거리로 변해가는 현실을 보고 각자가 죄악의 길에서 조용히 돌아서기를 기대한다.

이 시는 자신의 신앙 척도로 본 조국의 현실을 내밀한 기독교 의식에 입각하여 순수 서정으로 표출하고 있다. 임인수의 시적 특성은 정서적 요소인 사상, 언어 및 언어에 의한 기교 등을 피하며 단순성을 시의 양식으로 받아들이고 있다.[141] 시에 나타난 이러한 단순성은 시적 정서의 순수성과 맥을 함께 한다. 기독교에서 생의 의미와 구원을 찾아 시로 형상화시키는 것이 기독교 시인이다. 그들은 종교적 체험을 시적 체험으로 파악하여 관념적 표현에서 벗어나 생동감 있게 형상화함으로써 시의 순수성을 유지한다.

(2) 신앙의 순수성

임인수는 자신의 종교적 체험을 표출하면서 시의 순수성을 잃지 않고 있다. 그의 시의 순수성은 신앙의 순수함에서 비롯된다. 그는 삶의 모든

---

141) 박이도, 『한국 현대시와 기독교』(종로서적, 1987), p.209.

지표를 기독교에 두고 긍정적으로 수용하는 태도로 시작에 임한다.

> 피할 수는 없어라
> 나의 청춘의
>
> 나중인 나중에사
> 들리어 온 것
> 높이 뜻은 하늘에서
> 내리시는가
>   ············
> 피로써 물들인
> 이 잔이여
>
> ―「盞」에서

　이 시는 생의 모든 의미를 하나님이 주는 것으로 인식하고 그에게 순복하는 자세를 드러낸다. '하나님의 뜻'이 '청춘'에 다가왔다는 데 의미가 있다. 인간의 생애 가운데 가장 혈기 왕성한 청춘시절에 찾아온 하나님의 뜻을 받아들이는 화자의 태도는 '어린 맘 새와 같이/ 설레이는 이 가슴' '우러러 다만/ 사리이노니'라고 진술한다. 하나님 뜻에 절대 순종하는 자아의 모습이다. 인간의 의지대로 살아가기 쉬운 젊은 시절 하나님의 뜻에 절대 순종하여 자신의 길에서 오직 하나님만이 주인임을 인정하는 신앙의 고백이다. 자칫 현세적 쾌락에 탐닉하기 쉬운 시절에 순수한 신앙인으로 살아갈 수 있는 정신적 바탕을 마련한 시적 자아의 모습이다. 그것이 인간의 자유의지가 아닌 하나님의 의도였음을 엿볼 수 있게 하는 것이 '피할 수는 없어라'하는 구절이다. 기독교인의 인식에서 삶의 인도자는 하나님이기 때문에 인간이 피할 수 없다는 것이다. 그가 받아들인 '하나님의 뜻'을 형상화시켜 마지막 연에서 '피로써 물들인/ 이 잔'으로 표현되었다. 성서에서 '피'는 언약의 상징이다. 구약에서는 인간의 죄를 대속하기 위해 하나님에게 바치는 제물의 상징이며, 신약에서는 예수가 십자가 상에서 흘린 피로 집약된다. 이것은 하나님과 인간 사이의 언약의 상징물이다. 인간의 죄를 단번에 구속한다는 언약의 뜻이다. 따라서 시적 자아가 피할 수 없이 받아들인 '잔'은 하나님과의 언약관계를 맺는 하나의 상징이며 하나님께 온전히 귀속된 삶을 의미한다.

임인수의 삶 자체가 그렇듯이 하나님의 말씀에 사로잡혀 신학을 하였고 그러한 신학적 지식을 문학적 상상력으로 전환시켜 시를 썼다. 절대적 순종과 절대적 신앙의 자세를 순수한 서정으로 표현하고 있다.

> 내가 이 문 앞에 서서
> 영원을 향하는 뜻은
> 십자가 표적을 단
> 성당이 바라보이는
> 때문만이 아니다
>
> 울려오는 종소리
> 피가 돌아
>
> 온몸이 평화에
> 있음이로다
>
> ―「문」 전문

이 시는 지극히 단순한 구성으로 되어 있으면서 신앙적 태도를 극명하게 보여준다. 여기서 '문'은 신에게 나아가는 하나의 관문이다. 빛과 어둠, 진리와 불의 사이에 가로놓여 있기 때문에 이 문을 통해서만 빛과 진리의 세계에 도달할 수 있다. 여기서 '문'의 역할은 현실 세계와 영원의 세계 사이의 경계선이다. 영원을 향해 나아가고자 하는 문 앞에 서 있는 이유가 타성적 신앙생활에 의한 것이 아니다. 그에게 들리는 내면의 종소리가 자아에게 파고들어 영원한 세계의 '평화'를 인

식하기 때문이다. '십자가 표적'이 아니라 온몸에 돌고 있는 '평화'의
의미를 깨달았다는 것이다. 종교적 인간의 심원한 향수는 '신적인 세
계'에 거주하는 것[142]으로 임인수는 그 세계에 대한 확신있는 신앙을
가지고 있다. 그가 추구하는 삶, 그가 도달하고 싶은 세계는 어떤 불
순물도 개입되지 않은 순수한 신앙의 세계이다. 그것을 순수 서정으로
표백한 것이 그의 시이다. 기독교 시의 핵심은 신앙고백이고 이 고백
을 통해 신앙인으로 흡족한 은혜와 사랑에 대한 보답이 사랑의 실천
이다. 그의 시는 이러한 기반 위에 성립되었다.

> 神의 意思로 이루어진
> 생명의 개가
>
> 임은 빛이시기로 영원히
> 우주의 정신
>
> —「그리스도 소묘」에서
>
> 임의 얼굴을
> 보는 때부터
> 나는 언어를 잊었노라
>
> —「초상 앞에서」 1연

이 두 편의 시는 한 가지 신앙고백을 하고 있다. 그리스도 앞에 선
자아는 영원한 빛의 세계로 나아가고자 하는 신앙의 결단을 보이고
있다. 그리스도는 철저한 신앙의 대상인 동시에 신의 뜻에서 나온 '생
명의 승리' '빛' '영원한 정신'이기 때문에 그 앞에서 자아는 '언어를
잊었노라'고 고백한다. 그리스도는 곧 신이기 때문에 영원한 생명, 빛
의 화신이며 그에게서 나오는 생명의 빛은 온 우주에 충만해 있음을

---

142) M. Eliade, 위의 책, p.59.

자각한다. 그는 모든 사물과 사건의 의미를 예수에게서 발견하고 신앙인의 한 전형으로 살고자 한다. 따라서 예수의 형상을 자신의 내면세계에 구체화시키며 자신만이 느끼는 환희를 만끽하고 있다. 기독교인의 예술 행위와 예술 감정은 구체적이며 실제적이고 개인적 행위 내지 표현 양식143)이란 점에서 시인의 이러한 감정은 시작품과 불가분의 연관성을 지닌다.

그의 시는 항상 고요한 정서 속에서 묵상하는 모습을 연상시킨다. 그의 침묵하는 형상 속에는 언제나 활화산처럼 생동하는 삶의 활기가 있으며 그것은 하나님과의 대면에서 얻어지는 영적 생명력에서 연유한다. 그는 삶의 의미를 하나님, 예수 그리스도와의 연계 속에서만 찾고자 했다. 임인수 시의 대상은 하나님이지만 하나님 앞에서 더욱 거듭남의 생명을 얻기 위해 예수 그리스도를 찾아 나선 것144)이라는 지적처럼 그의 궁극적 삶의 지표는 영원한 하늘나라다. 그 과정에서 빛으로 온 예수에게서 참된 의미를 발견하고 그의 삶의 궤적을 찾아 나선 것이다.

임인수의 시는 시종일관 신앙의 순수성, 시적 정서의 순수성, 삶의 순수성 등을 추구한다. 삶의 의미를 하나님을 향한 발걸음 자체에 두고 그것을 위해 동행하는 예수의 초상을 가슴속에 담고 있다. 영원한 세계의 가치를 충분히 인식한 신앙인의 고백이다.

---

143) 박이도, 앞의 책, p.206.
144) 최규창, 앞의 책, p.90.

5-4. 尹惠昇[145] —구원과 사랑의 의지

윤혜승은 한국전쟁 당시 종군기자로 참여한 후 현실을 보는 시각이 허무와 고독에 머물게 되었다. 동족간의 살육의 현장에서 허무감이 팽배하게 된 것이다. 그러나 일찍부터 받아들인 기독교에 의지하며 그 허무감을 극복해 나갈 수 있었다. 그는 과작의 시인이었으나 기독교 정신으로 일관하며 시정신의 맥을 끊지 않고 있다. 동시와 동화에 대한 관심을 소홀히 하지 않아 동심을 바탕으로 한 순수한 마음이 담겨 있다. 그의 시에는 신앙과 생활의 일치를 추구하는 모습이 잘 드러나 있다.

(1) 미래지향적 의식

윤혜승이 지금까지 내놓은 3권의 시집은 각각 시인의 시적 전개과정을 보여 준다. 문학 자체가 현실을 바탕으로 한 상상력의 세계이지만 특히 시에서는 상상력이 가장 중요한 원동력이다.

시는 현실의 세계가 아니다. 체험의 세계요, 상상의 세계이다. 체험은 사회적 종교적인 인식의 바탕이 되는 것이며 상상은 인간 정신에 있어서 표상 체계의 원형이 된다.[146] 특히 기독교를 종교로 갖는 시인들의 경우 그 종교적 의식이 생활 내면에 깊이 자리잡고 있으며 그 결과물인 문학작품은 당연히 기독교적 상상력이 작품 형성의 주된 요인이 된다.

---

145) 1923년 경북 안동 출생. 한국전쟁 중 종군기자로 참여함. 1946년『새싹』지에 동시를 발표한 후 1953년『基督時報』『해병』『軍牧月報』등에 시작품 발표하며 기독교 문학인 클럽 회원으로 활동함. 1955년『현대문학』에서「待春賦」가 초회 추천된 이후 1957년「寒笛連曲」「갈보리 刑座」로 추천 완료. 1958년 첫 시집『哀歌』를 비롯하여『無告之民』『사랑이야기 그리고 讚歌들』이 있으며 동화동시집, 수필집이 있다. 여기서는 3권의 시집을 자료로 하였다.
146) 박이도, 앞의 책, p.65.

눈이 쌓인다는 계절입니다.
응달에 향하여 바람에
제대로 살지 못한 소녀의 영들이
도사리고 앉아 볕을 쬐는 낮입니다.

·····················

강팍한 속눈에 물기가 돌면
드디어는 치솟아 올 새싹을 지키고
너 나 하염 아지 못할 빛깔의
열매가 맺힐 날을 기다립니다.

—「대춘부」에서

　제목이 암시하듯이 혹독한 겨울 속에서도 봄을 기대하는 희망으로
가득 차 있다. 암담한 현실에 머무르지 않고 미래를 향한 밝은 가능성
의 세계를 지향하기 때문이다. '눈이 쌓이는' '응달' 에서 '한숨 짓는
날'이라 해도 '구름 넘어 구름이 가고'가 말해 주듯이 현실의 어려움
을 극복하려는 의지가 돋보인다. '언젠가 따사하게' 다가올 미래를 기
다리며 '오래 묵혀 온 씨앗'을 뿌리는 적극적 삶의 모습은 결국 '열매
가 맺힐 날을 기다립니다'로 미래지향적 의식을 나타내고 있다.
　미래를 향한 밝음의 세계가 이 시의 전체 분위기를 따뜻하게 해주
며 어려운 현실에 주저앉아 한탄하기 쉬운 사람들에게 희망의 세계를
꿈꾸도록 한다. 미래 지향의 긍정적 사고는 윤혜승이 문단에 등단하기
이전 6·25 전쟁을 전선에서 체험하였고 그 체험을 통해 얻어진 인고가
시로 표출된 것이다. 전쟁 체험은 한참 감수성이 예민했던 20대의 젊
은 윤혜승이 용납하기에는 무척 힘들었을 것이다. 시를 통해 자신의
감정을 표출할 수밖에 없는 상황이었다. 이 시기의 작품에서 생경한
관념의 노출이 드러나기는 하나 그의 시세계를 한 차원 이끌어 올릴
수 있는 발판으로 삼았다. 그러한 체험이 「대춘부」에 와서 미래지향적

의식을 나타내는 기초석이 되었다.

전쟁을 겪으며 남아있는 자의 무거운 짐은 누구에게나 힘든 일이기에 '내가 내어 디뎌야 할 향이 이처럼 어둡기만 하누나'라고 탄식한다. 그러한 탄식은 당연한 일로 여겨진다. 그러한 탄식으로 일관할 수 있는 현실에서도 새로운 의지를 보인 점이 특기할 일이다. 전쟁의 포연 속에서 겨우 생명을 유지한 현실, 모든 것이 잿더미가 된 곳에서도 그가 보는 것은 현재가 아니라 미래였고, 어둠이 아니라 밝음이었다. 이것은 미래를 향한 발걸음이었으며, 신앙의 바탕 위에 확립된 정신세계가 있었기에 가능했다.

> 무에로도 기대어 설 수 없는
> 무슨 말로도 마음 가벼울 수 없는
> 그렇게 울어서 멀어온 것.
> 바람꽃 감도는 저 산마루 넘어
> 돌아가야 할 무덤길을 두루 지나면
> 서러운 가락으로 노래만 흘러오는데.

— 「寒笛連曲(序)」 전문

이 시는 정신적 방황과 회의의 단계를 거쳐 안정된 신앙의 세계로 안착하는 과정이 나타나 있다. 그가 느끼는 현실의 삶의 무게를 어떻게 해결할 수 없다고 하는 뼈저린 고백으로 시작하여 내내 서러운 가락이 이어진다. 이것은 청춘시절에 흔히 겪기 쉬운 센티멘탈리즘[147]이었을 것이다. 죽음에 대한 의식, 존재와 허무에 대한 회의 등이 신앙을 가진 그에게 갈등의 요소로 작용한 것이다. '믿음은 눈물에 젖어 오는 것' '한 오리 마음길로 젖어 오는 것'이라는 시행에서 보듯이 그는 신앙의 참된 길을 역설한다. 참된 신앙은 눈물을 통해 내면의 성숙

147) 문덕수, 「윤혜승 시의 전개과정」, 윤혜승박사 화갑기념 『시·시론』 간행위원회, 『한그루 정정한 나무가』(도서출판 중문, 1995), p.148.

으로 이어짐을 강조한다. 삶의 갈등과 고뇌의 과정을 통해 가장 순수한 순간에 인간은 신의 존재를 인식하고 비로소 영혼은 참된 믿음을 얻을 수 있다. 이러한 시는 체험을 통해 역경의 과정을 밟아온 한 인간의 참되고 순수한 신앙고백이다.

같은 시기에 발표되었던 「갈보리 형좌」에서 보면 신앙의식은 더욱 확실하게 나타난다. 이 시는 예수가 십자가에 못박힌 사건을 서사적으로 기술하며 개인의 신앙의식을 표출하고 있다. 백형목에 스스로 자리한 예수는 인간이 보기에 결코 좋은 것도 아니고 아름다운 것도 없다. 그러나 '스스로' 그 위에 선 그리스도와의 만남이 인간의 삶의 모습을 변화시켜 두려움을 버리고 부활의 의지를 갖게 하는 강한 신앙의 경지에 다다르게 한다. '채우지 못한 소망을 대신하여/ 나는 이렇게 죽어서 빚짐을 갚으려 한다'에서부터 '내가 떠받쳐 온 세계 속에/ 나는 있었노라/ 이제금 나는 여기 있노라/ 길이길이 나는 또 있을지라'고 하여 철저한 신앙적 의지를 드러낸다. 특히 '소리를 높여 부르는 소리/ 당신은 시인이시요/ 피로써 시를 쓰는 시인이시니이다'에서 예수를 시인과 동일시한다. 그것은 시와 신앙을 동일시한 데서 비롯된다. 예수가 인류의 구원을 위해 십자가 형틀에서 피를 흘린 행위 자체를 시로 인식하는 것은 그가 갖는 신앙의식의 한 단면이다.

예수가 이마에 가시관을 쓰고 십자가에서 죽어가는 것은 곧 인류의 구원을 위한 목적이 있듯이 시인이 시를 쓰는 행위는 인간을 정신적 안정에 이르게 하는 방편으로 보았다. '아아, 나는 죽어서 살아있노라/ 꺼져 가는 촛불 속에서 나는 있노라// 멀리 선지자들의 산들이/ 가물가물 멀어져 간다'에서 보듯이 죽음이 결코 사멸을 의미하는 것이 아니라 새로운 생임을 의미하는 희생의 이미지 속에서 다시 사는 의미를 획득하기에 이른다.

(2) 소명의식

인간의 삶이 처절한 고통과 괴로움 속에 있을 때 신앙을 갖고 있다는 것은 축복이라 할 수 있다. 인간이 한계를 느낄 때 신에게 의지할 수 있다는 것은 새로운 안식처를 발견하는 것이기 때문이다. 극한상황에서 시를 통해 자신의 현실을 노래하는 것이 시인에게는 기도하는 자세이며 기도를 통해 자신의 한계를 넘어 먼 미래를 볼 수 있다.

> 울어라 울어라
> 추하게 태어났음을 울어라.
> 짓밟힌 분노는 푸른 칼날로 울어라,
> 아벨의 피가 땅에 적시고
> 정죄받은 설움의 피가 하늘로 치솟는다.
> 누가 나를 위하여 은밀하게
> 은혜를 불러줄까?
> 어둠에 갇힌 육체가 얼어붙는 지금에
> 나를 등지고 서 있는 저는 누군가.
> ― 「이 고을 꽃들은 2」에서

전쟁 체험에서 얻은 그의 시들은 현실을 있는 그대로 직시하며 불모지의 황량함을 보며 울부짖는 음성이다. 그래서 나의 시는 어둡고 습기가 짙은 것으로 이야기된다. 나의 기도는 눈물이 앞서고, 목이 메이고, 발음되지 않을 때가 잦다[148]고 했다. 이러한 때의 표현은 강렬하고 이미지는 선명하다. 그의 시에는 인생고에 대한 연민과 버림받은 자의 호곡이 있다. 시의 배경에는 신을 상실한 불모지가 있고, 인간의 근원적인 죄의식과 동족상잔의 전쟁에서 얻은 외상적 경험[149]이 깔려 있다.

---

148) 윤혜승, 「신앙과 나의 시」, 『신앙세계』(1978. 1), p.50.
149) 전대웅, 시집 『무고지민』의 해설 중에서.

그는 한국인으로서의 역사의식과 시인이라는 소명의식을 기독교적 관점에서 견지하지만 그가 보아온 현실의 아픔은 시를 격렬한 이미지로 끌어들인다. 동족끼리의 처절한 전쟁이 가져다 준 황폐한 현실은 이런 독백을 하게 한다.

> 친구야!
> 너는 무슨 이데아로 살찌고 있는가.
> 너는 무엇을 시작하고 있는가.
> 산이 헐리고 둑이 쌓이고
> 밤도 낮으로 망이나 보고 있는가,
> 지구의 한 모서리가 식어가는데
> 너의 손은 아직도 뜨거울 텐데……
>
> — 「참 모를 일이다」에서

이데아로 인해 젊은이들이 밤낮으로 망이나 봐야 하고, 산이 헐리고 둑이 쌓이는 조국의 현실에서는 괴로움과 절망만이 쌓여갔다. 이런 현실이 그에게는 절망의 어두운 터널이었다. '발가벗은 나무들이다/ 취한 까마귀떼가 난무하는/ 이 비정의 밤' (「무고지민」)이 그에게 주어진 공간이다. 따라서 '우리들의 오늘이 우리의 것이 아니듯/ 우리들의 내일도 우리의 것이 아니다'라고 규정짓는다.

그의 시는 현실에서 얻어진 체험을 바탕으로 현실을 절규하되 신의 구원의 의지와 연계하여 미래를 바라보는 따뜻한 시선을 지니고 있다. '이제는/ 은혜의 눈물이여/ 사랑의 눈물이여/ 성령이여'는 그 일단으로 신앙으로 현실을 극복하고자 한다. 그는 자신의 시에 대해 "나에게 있어서 시는 방황이다. 나는 믿음을 통하여 하나님의 선 의지와 구원의 역사를 믿는다."[150]라고 피력한다.

기독교 시는 단지 시적 기교에 의존하는 것이 아니라 진실한 신앙

---

150) 윤혜승, 위의 글, p.50.

적 체험을 바탕으로 현실의 삶을 신 앞에서 간구하는 기도와 같다. 거기에는 감사, 찬양, 회의, 갈등 등의 고백이 내재되어 있어야 한다. 따라서 시를 쓰는 자체가 신앙생활의 일부이며 시작을 통해 자신의 신앙생활의 고백에 이르러야 한다.

(3) 사랑의 전달자

1980년에 출간한 『무고지민』에서는 신앙의 내면적 성숙을 보여준다. 윤혜승의 시는 대체로 생활 현실과 신앙적 체험을 조화시키고자 하지만 종교적 색채를 드러내기 위해 의도적으로 노력하지는 않는다. 그 자신이 「나의 시와 시론」에서 밝힌 것을 보면 "나는 한 번도 종교시-신앙시를 쓴다는 의식으로 시를 쓰지 않았다. 나에게 있어서 시는 바로 나의 생각이요, 나의 언어요, 나의 표출일 뿐이다."[151]라고 했다. 그는 시의 객관성을 유지하기 위해 감정에 치우치지 않는 노력을 보인다. 그렇다고 딱딱한 관념적 언어의 연속으로 나아가는 것은 아니다. 다만 생활 속에서 무르익은 신앙적 정서가 자연스럽게 표출되고 그것이 곧 시라는 형식을 갖춤으로써 극히 자연스럽다. 이러한 정서 표출이 『무고지민』의 주류를 이룬다. 자연을 그리되 조금도 과장하지 않기 때문에 그만큼 소박하고 순수하다.

이러한 진솔한 언어로 쓰여진 시로 가장 돋보이는 것은 최근에 나온 「사랑이야기」 연작시다. 기독교의 가장 핵심적 교의는 구원, 부활, 사랑으로 요약된다. 예수의 교훈 중에서 사랑이 제일이라 했으며 직접 실천적으로 보여 주었다. 윤혜승이 추구하는 삶의 지표가 사랑이며 그것은 만물을 대상으로 한다. 그의 사랑의 언어는 체험적인 데 그 특성이 있다.

---

151) 윤혜승, 『사랑이야기 그리고 찬가들』(배영출판사, 1988), p.273.

아내여!
내가 죽으면,
당신은 미워할 거 없어 심심하겠네.
당신에게는 긴 세월
지루하기는 삼십년,
나에게서 미움을 배우고,
내가 싫어하는 것 당신도 싫어하고,
내가 아니라 하면 당신도 아니라 하고,
그렇게 내 눈, 내 맘으로 살았었네.
— 「사랑 이야기 某月某日」에서

이 시인은 사랑을 특별한 것으로 여기지 않는다. 따라서 과장된 표현이나 가식이 없이 그저 담담하게 마음을 보여줄 뿐이다. 일생을 함께 살아온 아내에게 '내가 죽으면/ 당신은 미워할 것 없어 심심하겠네'로 시작한다. 아내에 대한 깊은 애정을 이렇게 역설적으로 표현하고 있다. 평생을 자신의 의견보다는 화자의 마음과 눈에 맞춰 살아준 아내에 대한 고마움의 표현이다. 이제껏 화자의 기호에 맞춰 살아온 아내에게 '세상을 그렇게 곱게만 볼테지' 하는 것으로 최상의 찬사를 보내지만 그 표현은 결코 화려하지 않다. 그 동안 화자의 평가 기준에 의해 순종해 왔던 아내에게 평생을 묻어두었던 언어이다.

3연에서 '우리의 잔잔한 호수에 별이 비칠 때/ 미움 저편에 사랑이 있다는 것을'이 이 시의 핵심이다. 평생을 화자의 기준으로 살아온 아내는 그만큼의 미움도 쌓였을 테지만 미움 저편에 사랑이 있다는 것은 함께 살아온 날만큼의 신뢰가 있음을 시사한다. 여기서 참된 '사랑'의 의미와 가치를 깨닫는다. 마지막 4연에서 '아내여!/ 내가 죽으면/ 이젠 미움이란 끝났오'라고 하여 죽음으로 인해 인간 사이의 갈등과 미움은 끝난다는 일상적 삶의 모습을 그리고 있다. 일상의 삶 속에 감추어진 진정한 사랑을 볼 수 있는 것은 시인이 갖고 있는 사랑의 마

음 때문이다. 일생에 미움과 시기가 있다 해도 신앙인의 눈은 미움 저
편에 있는 깊은 사랑, 하나님의 사랑과 인간과의 사랑의 관계를 인식
할 수 있는 세계에 닿아 있음을 보여준다. 그의 사랑의 언어는 이렇게
난숙한 경지에 이르러 달관한 모습을 보는 듯 편안함과 따뜻함을 지
니고 있다. 사랑의 참된 의미가 실로 은근하며 긴 여운을 남긴다.

> 은이가 이렇게 내 품에 안기다니
> 누군가의 행복을 살짝 앗은 듯한 불안
> 은이가 고운 볼 부비면 눈이 젖는다.
> ─「사랑 이야기 첫손주와의 만남」에서

　첫 손주를 안아본 할아버지의 행복과 기쁨이 스며있다. 작은 일 하
나 하나에 감사와 사랑을 느낄 수 있는 마음은 「사랑 이야기」를 엮어
갈수록 독특한 경지를 이룬다. 연륜과 함께 다져지는 아름다운 사랑의
마음, 겸손한 마음이 드러난다. 그의 평이하고 진솔한 언어를 통해 여
과된 사랑은 삶 속에 깊이 뿌리내린 모습이다. 그의 시는 종교의식의
전달이 아니라 문학이라는 예술과 기독교의 만남이 자연스럽게 이루
어지고 있다. 그가 시를 창작하면서 하나님을 믿는 확신에서 인간에
대한 인식을 더욱 깊게, 인간 존재에 대해서 응시할 따름[152]이라는 기
본 태도에서 연유한다. 그가 살아온 기독교인으로서의 삶의 모습이 그
대로 작품에 용해되어 나타나는 것은 이 때문이다.
　윤혜승의 시에서 볼 수 있는 기독교 의식은 자아와 세계와의 대결
에서 항상 밝음의 세계를 지향하고 있다. 현실적 체험에서 얻어진 현
실의식과 역사의식을 바탕으로 한 성숙된 신앙을 나타내며 현실을 초
월하고 밝은 미래를 지향하는 마음은 시정신의 투명성을 보여준다. 초
기시에서 보이던 이러한 시세계는 중기로 오면서 전쟁의 참화 속에서

---

152) 윤혜승, 앞의 글, p.49.

얻게 된 허무의식과 무의미를 불모의 이미지로 나타낸다. 그러나 곧 그의 시는 희망이 있는 미래를 지향하는 것으로 전환한다. 더 나아가 일상의 모든 것에서 사랑을 느끼며 사랑의 전달자로서 표출하고 있다. 시적 자아가 세계와 접촉함으로써 보다 구체적으로 드러난다.

시는 사물에 대해 객관적으로 서술하는 것이 아니라 순간적으로 포착하여 체험의 기억들을 유기적으로 통일시키고 재구성하여 구체적인 모습으로 자아와 동일화시키는 것이다. 윤혜승의 시는 세계와의 접촉을 통해 자신이 소유한 신앙을 시적 화자와 동일시하며 시적 극대화를 가져온다. 그 결과 시는 평이하면서도 온화하고 사랑과 구원의 의지를 극명하게 보이고 있다.

5-5. 金京洙[153] ―구도자적 삶과 조국애

김경수는 시인이기 이전에 목회자로 일생을 살아왔다. 때문에 그의 시편들은 신학적 이론을 견고히 유지하고 있다. 그는 시에서 구약의 예언서와 같은 힘을 부여하며 조국에 대한 사랑과 연민을 표출하고자 한다. 실향민으로서 느끼는 분단 조국의 현실은 그에게 새로운 역사의식에 눈뜨게 하였고 일찍부터 가졌던 기독교 신앙은 시의 깊이를 더하게 하였다.

그의 시에는 항상 조국에 대한 사랑과 그리스도에 대한 사랑이 용해되어 있다. 그는 "시는 생활에서 오는 것이며 생활 그 자체라는

---

153) 1925년 함경북도 성진에서 출생. 평양신학교와 미국 텍사스 크리스천대학 대학원 졸업. 오랫동안 일선에서 목회자로 시무함. 1955년 첫 시집 『꽃과 바다』로 등단한 이후 지금까지 12권의 시집을 출간함. 기독교 문학 이론의 정립을 위해 P. Tillich의 『문화의 신학』 외에 번역서 발간에 노력하였음. 여기서는 초기 작품집인 『문들의 영가』(새글사, 1969)를 비롯하여 신앙시집 『하나의 마음으로』(종로서적, 1990) 등 9권의 시집을 텍스트로 삼았다.

것"154)을 강조한다. 그러므로 기독교 신앙시는 기독교적인 생활이 있어야 한다는 것이다. 시를 쓰는 태도는 목숨을 깎는 심정으로 임해야 한다는 데서 생명이 있는 시를 쓰기 위한 시인의 노력을 짐작할 수 있다.

시에서 자아와 세계와의 동일성은 상상력의 작용에서 기인하는 것이다.155) 이러한 상상력에 종교의 역할이 크게 작용한다. 종교는 인간 정신의 모든 기능에 대해 그 깊이와 본질, 궁극적인 의미와 심판, 그리고 창조적 용기156)를 줄 수 있기 때문이다.

예술이 추구하는 세계가 진선미라고 했을 때 우리가 시문학에서 궁극적으로 추구하는 것, 특히 신앙시를 통해서 얻고자 하는 것은 지극히 참되고 선한 세계이다. 김경수가 추구하는 세계는 이러한 진과 선이 융화된 세계, 성서적 사실에만 집착하지 않고 종교적 체험이 체질화된 육성으로 그리스도인다운 진실성의 표현이다. 그는 일상생활에서 일과 자신의 내부에서 일어나는 감정 등을 하나님과의 관계에서 성찰하며 사적인 정서나 사물들을 보편화시키는 힘이 있다.

예술은 그대로 종교적인 신비한 경험의 자연스런 표현157)이기 때문에 기독교 신앙에서 얻어진 종교적 체험을 문학으로 승화시킬 때 또 다른 감동을 느낄 수 있다. 종교는 인간과 신의 수직적 관계에서 이루어지기 때문에 개인의 신앙을 언어로 신에게 호소하는 방법은 개개인의 체험의 영역 안에 있다. 이것이 독자에게 감동을 줄 수 있는 것은 체험의 영역을 공유할 수 있는 것으로 보편화시키는 역량에 기인한다. 일상적으로 기독교 의식에 의해 윤리관, 도덕관이 몸에 배어 자연스럽게 율법적 규범에서 삶의 양식을 찾을 때 그것은 기독교 문화를 이루

---

154) 김경수, 「나의 시론」, 『신앙세계』(78. 3), p.70-71 참조.
155) 김준오, 『시론』(삼지원, 1992), p.29.
156) Paul. Tillich, 김경수 역, 『文化의 神學』(대한기독교서회, 1993), p.16.
157) 문익환, 『현대문학과 기독교』(문학과 지성사, 1984), p.18.

게 된다. 그리고 기독교의 이상을 구현하는 데 구체적인 과정으로서의 문학 양식이 된다. 김경수의 경우 이러한 삶의 양식 내지 문학 양식이 자연스럽게 구축되었고 체험적 기독교 문학이 전개된다.

(1) 예언자적 삶의 인식

> 오늘은 버리고 싶다.
> 사랑이건 돈이건 꽃이건 구름이건………
> 밤 늦게 흥얼흥얼 돌아오는 골목 길에서나
> 어느 산 기슭 논 두렁 길에서 무슨 보화처럼 지니고 살던
> 태양이건 달과 별이건,
> 오늘은 버리고 싶다.
>
> 고작 오늘 있다가 내일이면 스러지는 영롱한
> 이슬의 빛깔과,
> 아직 나의 머릿 속에 남아 있는 몇 구절의
> 라이너 마리아 릴케와, 나중에는 잊혀질
> 문자의 기록으로 표시될 가지가지의 일들을.
>
> 오늘은 버리고 싶다.
> 이 모두를 잃은 허허로운 절정에
> 나홀로 서서
> 몇 번이고 몇 번이고 그리움에 못견디는 몸짓으로
> 당신과 만나, 마지막 그 한마디
> 말씀이 듣고 싶다.
>
> ― 「絶頂에 서서」 전문

이 시는 구도자의 모습이 역력하게 표출되어 있다. 그가 시를 통해 구현하고자 했던 세계가 여기에 있다. 신앙으로 다져진 삶 속에서 성숙된 정신 세계는 현실에서 초연해지고 싶은 것이다. '사랑, 돌, 꽃, 구름'의 이미지는 현실적 삶에서 추구하는 가치로 그것을 버리고 싶다

고 표현했다. 현실의 삶에 대한 가치는 모두 '고작 오늘 있다가 내일
이면 스러지는' 것들로 인식하기 때문이다. 현실적 삶에 가치 기준을
두지 않는 화자는 신의 모습을 그리며 그를 만날 수 있는 공간을 '절
정'이라는 시·공을 초월한 세계로 설정하였다. 그곳에서 만나고 싶은
것은 '당신'이며, '말씀'이다. 인간의 삶에서 육체를 위해 필요한 것과
정신의 만족을 위해 시인이 개인적으로 가졌던 '문자의 기록'까지 모
두 버린 후, 상실의 공간에서 만나고 싶은 '당신의 말씀'에 귀기울이
고자 하는 구도자적 삶을 희구한다. 종교인이 구하는 삶의 양식에서
신의 음성은 그만큼 의미가 각별하다. 그에게 있어 '절정'은 M. Eliade
가 말하는 거룩한 시간이며 거룩한 공간이다. 종교적 인간은 거룩하고
파괴될 수 없는 시간 속에 주기적으로 침잠할 필요를 느끼기 때문이
다.158) '절정'은 그의 시에서 각별한 의미를 내포하고 있다.

> 우리 모두의 기도가 絶頂으로 눈을 감는 전쟁의 鋪道 위에
> 영원한 것의 絶頂을 응시하는
>
> ─「絶頂」
>
> 또 다시 절정 위로 휘감아 오르기 위해 섭니다.
>
> ─「산길」

 전쟁 체험이 그에게 준 것은 인간의 처절한 고통과 함께 언제나 침
묵하고 응시하는 자세이다. '절정'은 그에게 거룩한 공간으로 자리잡
고 있기 때문에 그의 의식은 '절정'에 함몰되며 '절정'을 오르기 위해
일상의 삶이 지속된다.

> 밤만이 듣는 어둠의 懺悔.
> 너무나 큰 괴롬이기에 나의 기도는 차라리
> 言語를 잃는다.

---

158) M. Eliade, 이동하 역, 『성과 속』(학민사, 1995), p.79.

눈물로 터지려는 꽃망울의 밤 하늘 가에………

아아 영원과 영원이 맞서는 자리에
門 열리는 소리
안으로 울음을 잠근 벽 뒤
얼굴을 가리운 나의 태양은
아드윽한 곳에 먼 우뢰를 심어 둔다.

— 「門들의 靈歌」에서

이 시에서 문은 인간 내면에 자리하고 있는 상징적 대상이다. 이 문
은 영원과 영원이 맞서는 자리에서 열리며 문을 통해 밝음의 공간으
로 나아갈 수 있다. 그 순간을 위해 영가를 준비하고 있다. 문은 안과
밖 사이의 경계선을 구체화하고 있을 뿐 아니라 하나의 지대에서 다
른 지대에로 (세속적인 것에서 거룩한 것에로) 이행할 수 있는 가능성
을 구현한다.159) 여기서는 '밤'과 '어둠'에서 '아침'을 향해 가는 과정
에 놓여있는 것이다. 밤이면 어둠 속에서 참회하는 화자의 기도는 침
묵으로 일관하고 내면의 자세는 눈물로 표현되었다. 눈물은 정화의 상
징이다. 인간 내면의 모든 괴로움과 추악한 것들이 눈물에 의해 맑아
지기 때문에 눈물을 통해 카타르시스에 도달할 수 있다. 이 시에서도
말보다는 눈물로 참회의 모습을 보이며 그 순간 문은 열리고 어둠을
몰아내는 태양을 맞을 수 있다. 그 때를 기다리며 문들의 영가를 준비
한다.

인간의 보편적 성향은 현실의 삶 속에서 더 나은 미래를 지향한다.
육체적 삶의 안일과 향상된 미래를 위해 발돋움할 때 정신적 삶의 공
허함을 느끼며 인간의 고뇌가 자리잡는다. 이 공허함을 메울 수 있는
절대가치의 필요를 느끼게 된다. 이 시가 표출하는 것은 인간 내면에
자리하고 있는 공허한 공간의 지양이다. 영원한 가치는 비록 종교인이

---

159) M. Eliade, 위의 책, p.60.

아니더라도 한 번쯤은 순수성을 회복하는 계기가 된다. 그 순간에 마주칠 수 있는 것이 잠재된 내면의 노래인 '영가'로 이해된다. 이 시는 인간 내면에 자리하고 있는 순수성에 호소하는 것으로 인간의 일반적 성향을 기독교적 심상으로 대치하고 있다.

위의 시들은 일상의 삶에서 만나는 절박한 상황을 기독교라는 범주 속에서 신에게로 나아가는 방편을 제시해 준다. 신 앞에 설 수 있는 인간의 모습은 궁극적으로 시인이 추구하는 것이다. 인간 존재의 궁극적 근원인 신과 직면하는 것이 자기회복의 길이라면 이 시는 자아의 존재와 신의 존재를 동시에 찾을 수 있는 방법을 모색하는 것이다.

> 손과 발에 못을 박는 소리
> 가시가 이마에 박히는 통곡이 바람 속에 들려온다.
> 닫아버린 石壁 밖은 깎아지른 尖塔. 번개가 이는데
> 엉킨 가시넝쿨에 얽매인 비둘기가 피를 뿜는다.
>
> 祭壇은 차라리
> 피비린내. 아니면 왈칵 솟는
> 핏덩이
>
> 나는 열 손가락 마디마디 고추 세워
> 굳게 닫혀진 石壁 깎이에 터지고 찢어진
> 손톱 끝에 남은 힘을 모두어 마지막 한마디
> 절규를 조각한다.
>
> ― 「石壁」에서

이 시에서도 강한 구도자적 영감을 엿볼 수 있다. 석벽 안에 갇힌 채 화자는 처절한 몸부림으로 그것을 극복하고자 한다. 석벽으로 인해 단절된 외부세계에서 일어나는 상황을 예수의 수난과 구약의 제물인 한 마리 비둘기로 표현한다. 인류의 구속을 위해 구약시대에는 죄지은 인간 대신 동물의 피가 제단에 올려졌다. 그러나 신약에 와서 이러한 모든 인류의 죄를 위해 예수가 머리에 가시 면류관을 쓴 채 십자가에 못박혀 죽음으로 인해 그 피로 인류의 죄를 단번에 대속하였다. 이러한 성서의 구속 사건의 역사가 석벽에 갇혀 있는 화자에게 밀려온다.

예수의 수난 사건은 통곡의 소리로, 구약의 제단에 드려지는 제물은 피비린내로 다가온다. 이 구속의 사건이 화자에게 현실로 이루어지기 위해서, 더 나아가 인류를 위한 구속 사건이 현실화되기 위해 갇혀진 공간인 석벽이 무너져야만 한다. 인류를 위해 베풀어진 중대한 구속사가 석벽으로 갇혀진 공간 안에 있는 화자에게는 아무런 의미를 줄 수 없다. 때문에 장애물인 석벽을 깎아내기 위해 처절하게 몸부림친다. '나는 열 손가락 마디마디 고추 세워/ 굳게 닫혀진 석벽을 깎기에 터지고 찢어진' 모습으로 구체화하고 있다.

여기서 '석벽'은 인간이 신에게 나아가는 과정에서 부딪치게 되는 거대한 장애 요소이다. 신이 인간을 창조할 때 자유의지를 함께 줌으로써 인간은 신의 의지 보다 자신의 의지로 살아보고자 하여 인류의 역사는 신의 의지와는 별개의 세계를 구축하게 되었다. 그 결과 석벽에 갇힌 존재가 되어 어디를 가나 막다른 벽, 굳게 닫힌 채 열리지 않는 돌문을 벗어나고자 몸부림을 하게 된다. 유한한 인간의 힘으로 해결할 수 없는 죄의 문제는 하나님과 인간 사이에 점점 많은 거리를 만들었고 이것을 해결하기 위해 제단에는 제물의 피흘림이 필요했다.

그러나 아무리 많은 동물들의 피가 제단에 올려져도 죄의 문제는 근본적으로 해결되지 않았고 그 때문에 신인 예수가 인간의 모습으로 세상에 온 성육신 사건이 발생한다. 예수가 인류의 모든 죄를 근본적으로 해결하기 위해 십자가에서 못박혀 죽었다. 그의 피흘림은 아무 죄도 없는 하나님의 아들이 인류의 죄를 대신하여 치른 희생이었다. 그 고통의 소리를, 제물들의 피비린내를 듣는 화자는 갇힌 석벽에 있는 인류를 대신하여 석벽을 무너뜨리고자 한다. 예언자로서의 구도자적 삶의 모습이다. 함께 세계를 살아가는 존재에게 신의 구속사를 전할 수 있는 것은 먼저 신의 음성을 들은 예언자로서 민족에게 신의 음성을 전해 줄 사명이다. 이 시의 화자는 바로 그러한 사명감을 갖고 자신에게 있는 모든 힘을 마지막 한마디 '절규를 조각한다'고 외친다. 신의 음성을 듣고 대언하는 시대적 사명감의 표출이다. 이 시는 성서의 역사를 기반으로 상상력을 발휘하여 자아와 세계를 결속시켜 나아간 것이다.

(2) 예언자적 비판

김경수가 70년대에 출판한 시집들 『최후의 만찬』 『겨울나무』 『목소리』 『목젖』 『이 상투를 보라』 등에서 표출하고자 한 것은 당시 우리 사회에 대한 비판을 예언자적 입장에서 강직한 목소리로 외치는 육성이라 할 수 있다. 초기시가 신과 인간의 관계 속에서 구약의 예언자를 대신하는 고뇌의 표상이었다면 이 시기는 사회 현실에 직접적으로 개입하는 태도를 보여준다. 현실 감각을 시적 언어로 표현하면서 현실적 중압감을 표출하고 있다.

> 아직도 나는 砲煙의 추억 속에서
> 그립던 얼굴들을……
> 절반은 잊혀지고 절반은 가려진 얼굴의 表情들을 그리며
> 한 구절의 시를 위하여 온 밤을 뜬 눈으로 샌다.
> ― 「그리움」에서

> 나는 밤마다 벽을 높이고, 외로운
> 한 처음으로 돌아 앉는다.
> 산밑 무성한 목소리를 들으며……
> ― 「하루밤을 자고 나면」에서

그의 고향은 함경도 성진이다. 6·25 전쟁의 아픔을 겪으면서 남으로 내려왔던 그에게 고향은 항상 그리움의 대상이다. 그의 시에서는 이러한 향수에 의한 고독과 자유 수호에 대한 강한 의지를 나타낸다. 자유는 그에게 곧 생명이기 때문에 자유에 대한 옹호를 일생에 부과된 선지자적 삶의 일환으로 여기고 있다. 자유는 신이 인간에게 준 특별한 선물이다. 그러한 자유가 사회, 정치적 현실에서 구속된다는 것은 선지자적 삶을 추구하는 시인으로서는 견딜 수 없어 비판의 목소리를 높일 수밖에 없었다.

실향민인 그는 사향의 정서를 좀체로 드러내지 않는다. 자신에게 주어진 선지자적 삶에 충실하고자 개인적 정서에 집착하지 않았기 때문이다. 그것은 실제 삶에서 얻어진 체험과 그가 관념으로 지니고 있던 세계와의 충돌이 일어날 때마다 고뇌의 확충일 뿐 현실의 변화는 없었다. 때문에 그의 시는 강렬한 목소리로 높아졌다.

그는 조국이 전쟁의 포화 속에 잠겨 있을 때 그 상황을 보았고 공산당의 횡포를 체험했기 때문에 자유의 조국을 그리워했다. 「그리움」, 「하루밤을 자고나면」은 그가 체험했던 공산치하에서의 삶이 그려져 있다. '시인이란 참으로 수다스런 늙은이/ 발은 노상 구름 위에 있으면서/ 예리한 눈이 목구멍을 후비고 있다' 화자의 목소리는 공산 치하의 삶을 예리하게 주시하고 그것을 말하고 싶은 열망은 있었으나 그런 자유가 허용되지 않았다. 그래서 '나는 밤마다 벽을 높이고 외로운/ 한 처음으로 돌아앉는다'라고 했다. 예언자적 삶을 추구하는 한 시인으로서는 감당하기 어려운 현실을 살아왔고 그것을 초월하고자 했을 때 벽은 높아지고 외로움 속에 싸이게 되었다. 가슴에 남아있는 전쟁의 상처는 '지우고 또 지워도 한 아름 아픈 유산이/ 봉인처럼 내 가슴에 판 박힌다' (「6.25」)에서 볼 수 있듯이 처절한 민족의 비극을 직시했던 자신의 체험을 시로써 승화시키고자 했다.

이렇게 살아온 시인에게 자유의 억압은 누구보다 견디기 힘들었고,

따라서 같은 민족에 의해 억압되는 현실을 강직한 소리로 표현하였다.
그것은 자유에의 강한 의지를 표출하는 것으로 처절한 절규에 가깝다.

어둠을 허는 목소리/ 노을빛 층계마다 금빛 구름밭 일구어
— 「목젖」

몰지각한 일부가 아닌/ 온겨레의 목소리가 높아가고 있다.
— 「목소리」

하늘의 목소리는 땅의 목소리를 부르고
땅의 목소리는 하늘의 목소리는 찾습니다
— 「나는 새가 된 목소리」

이즈음의 시에는 '목소리'가 새로운 상징어로 등장한다. 민중들이
침묵하는 현실에서 조국의 역사적 사건을 체험한 세대로서 또한 신의
음성을 대변하고자 하는 시인으로서 침묵 속에 동참할 수 없었기에
'목소리'를 내었다.

기독교 문학의 과제는 하나님의 그 침묵의 의미를 푸는 데 있다.[160]
당시 조국의 현실 속에서 하나님은 침묵하였고 시인은 그 침묵의 의
미를 풀어보기 위해 끝없이 외쳤다. 구약의 선지자들이 백성을 향해
하나님의 말씀을 전하기 위해 외치고 또 외쳤던 것처럼 시인의 삶은
세상을 향해 목소리를 높였다. 그것을 자신의 사명으로 인식했다. 화
자가 처해 있는 현실은 어둠의 공간이다. 그러나 그 현실에 안주할 수
없는 정신적 지향성은 미래를 향하고 있어 어떠한 환경 속에서도 자
신의 삶에 충실할 것을 채찍질하고 있다. 희망적 미래를 예견하면서
그 시간을 위해 현재의 공간을 이겨나가려는 강인한 의지를 보여준
것이다.

---

160) 김희보, 『한국문학과 기독교』(현대사상사, 1979), p.203.

(3) 조국애

김경수의 시는 기독교 의식의 본질인 '사랑'의 문제를 여러 군데에서 다루고 있다. '사랑'이라는 추상적 언어가 문학 속에서 구체화되는 과정은 시인이 갖는 정신적 바탕에 따라 각양각색으로 착색되기 마련이다. 김경수의 경우는 하나님 사랑의 메시지를 개인적 생활의 범주에 한정시키지 않고 조국에 대한 사랑으로 구체화시켜 시로 승화시킨다. 그에게 있어 조국은 절대적 의미를 지니고 있으며 시에서 모국어로 나타난다. 전쟁의 참화를 직접 체험했고 자유를 찾아 남하한 이후 자유를 지키기 위해 높은 목소리로 외쳤던 그의 시는 조국에 대한 사랑으로 응집되어 나타난다.

> 나의 가장 아름다운 시를 위해
> 젖먹이의 언어로 말하게 하십시오
>
> 내 몸에 돋은 장미
> 나의 육지에 낀 허물을 깨끗이 성령의 도가니에 태워 버리고
> 어머니의 젖가슴에 안겨, 어머니의
> 젖을 빨던 입술로 모국어의 조국을 사랑하게
> 하십시오
> ⋯⋯⋯⋯⋯⋯⋯⋯⋯
> 내 심장에 고인 어머니의 눈물
> 영원히 한 방울도 지우지 말아 주십시오
> ― 「가장 아름다운 생명을 위해」에서

이 시는 신에게 간구하는 어조이다. 조국을 사랑하는 마음을 시로 표현하되 '가장 아름다운 생명'을 위하는 태도와 마음을 중심에 놓고 있다. 그에게 조국은 어떤 것과도 바꿀 수 없는 존재로 모국어와 동일

시된다. 시인에게 가장 중요한 것은 언어이기 때문에 조국에 대한 사랑을 나타내는 방법으로 선택한 것이 모국어다. 모국어는 순수한 상태의 언어, 젖먹이의 언어이기를 바란다. 그가 바라는 조국의 모습은 가장 순수한 상태라는 것을 상징적으로 표현한 것이다. '성령의 도가니에 태워버리고' 가장 원초적인 모습으로 돌아가고자 한다. 지금까지 조국이 전쟁으로 짓밟히고 인간의 갈등과 시기, 분노 등으로 얼룩진 모습에서 순수한 태초의 모습으로 되돌아가 어머니의 품 속에 있듯이 포근하고 따뜻하게 위로 받는 대상이 되기를 기원하는 것이다. 그 모습이 영원히 지속되어 순수함으로 되돌려진 상태가 '가장 아름다운 생명'이라고 인식하고 있다. 여기서 화자의 가슴에 고여있는 '어머니의 눈물'은 절대적 심상이다. 실향민의 가슴에 쌓인 향수의 정서를 대변하는 객관적 상관물이다. 조국과 어머니는 그에게 가장 강한 사랑의 대상이며 영원히 순수한 존재다.

시인에게 남아있는 순수한 사랑은 역사의 굴곡 속에서도 그의 순수성을 지켜준 하나님에 대한 절대적 신앙으로 손상되지 않은 상태이며 이것이 '어머니'와 '모국어'로 형상화되었다. 그의 모국어는 원죄 이전의 세계 이미지[161]다. 신이 만물을 창조할 당시의 순수성을 모국어의 이미지로 표출하고 있다. 시인이 언어의 순수성을 지키기 위해 어머니와 모국어를 동일선상에서 이해하며 그의 영원성을 간직하고자 하는 의도로 시를 썼다. 어머니와 모국어를 객관적 상관물로 하여 조국에 대한 순수한 열정과 사랑을 표현한 것이다.

인간은 하나님의 형상대로 지어졌다. 그러한 본래의 모습이 훼손된 현실에서 시인의 심장에 있는 '어머니의 눈물'은 인간의 본 모습을 복구할 수 있는 하나의 매개체이다. 따라서 '영원히 한 방울도 지우지 말아 주십시오'라고 요구한다. 이것이 인류를 사랑한 신의 뜻이다.

---

161) 송상일, 「시인의 모국어」, 『묵시록의 샘이 흐르는 공원』(반석, 1986) 해설.

그가 지향하는 종국적 목표가 종교적일 수밖에 없는 상황에서 그의 시는 종교적 의미의 구원의 길을 제시하고자 한다. 시가 모든 정신적 진실, 인간의 기저가치 기능과 지향의 종국적 목표를 종교적 지향과 목표와 일치시킬 때 예술은 현실적 삶의 한 형태162)가 될 것이다. 그의 시정신은 이러한 종교적 가치를 뚜렷이 드러낸다.

주여, 나에게 사랑의 모국어만을
남기시고
거짓없는 사랑의 열매만을
보게 하소서

눈보라치는 겨울 벌판에 눈뜬 생명마다
그리스도의 새 바람 일으키고
생명의 마지막 잎이 떨어질 때
저 넓은 들판의 훈풍이 되어
황폐한 들과 골짝마다 꽃으로 채우게 하시고
마지막 열매를 거두어 들이게 하소서

— 「기도」 전문

현실 세계와 종교적 세계에서 나타나는 괴리를 극복하기 위해 그리스도의 정신인 사랑을 바탕으로 갈급함을 채워가려는 몸부림이 잘 나타나 있다. 그가 살아온 조국은 기독교의 종교적 관념인 사랑의 실체로 인식되고 그 대상이 되었다. 목회자로서의 삶은 그의 시를 구도자적 정신으로 일관하게 하였으며 실향민으로서의 삶은 조국에 대한 특별한 사랑을 간직하게 하였다. 조국을 기독교 사랑의 대상으로 승화시키고 있음을 알 수 있다.

---

162) 박두진, 『한국현대시인론』(일조각, 1976), p.237.

5-6. 朴和穆163) ―실존적 자아인식

50년대 등단한 박화목은 기독교 정신세계를 아름답고 부드럽게 표현해 내는 특성을 지닌다. 그는 어렸을 적부터 나의 영혼에 깊이 뿌리내린 그리스도 신앙이 나의 작품 심연에 여전히 흐르고 있다164)고 술회하고 있다. 의식적으로 기독교시를 쓰기보다는 시작 태도에서 은연중에 몸에 배인 기독교 정신이 표출된 것이다. 그리스도교적 문학은 그리스도교 정신에서 세계를 해석하고 그것을 언어예술에 의해 표현한 것이다.165)

현대시는 단지 신의 은총에 매달려 시인으로서의 종교적 의무에서 자기 영혼을 탐색하여 은총에 충만해 있는 상태를 설명하려는 태도에 머물 수 없다.166) 시인의 신앙적 체험으로 체득된 기독교 정신이 시적으로 승화되어야 하며 사회 속에서 용납될 수 있는 범위에 있어야 한다.

박화목의 시는 현대사회와 인간의 문제를 기독교적 입장에서 고민하고 갈등하는 자세를 보여준다. 인간 역사의 발달은 곧 신과의 대적

---

163) 1925년 황해도에서 출생한 이후 평양에서 유년시절을 보냄. 기독교 가정에서 자라 어린 시절부터 교회생활을 하였고 평양신학교 예과 수료후 중국 심양에서 동부신학교를 졸업. 한신대 선교신학대학원 졸업. 문학은 1941년 동시로 등단하여 많은 작품을 발표한 이후 1958년 시집 『시인과 산양』을 상재하면서 등단함. 이후 『그대 내 마음의 창가에』『주의 곁에서』『천사와의 씨름』『님의 음성 들려올 때』『이 사람을 보라』『그대의 목소리를 들을 수 있다면』『순례자의 노래』『환상의 성지순례』 등 9권의 시집이 있다. 이책에서는 『시인과 산양』『천사와의 씨름』『그대의 목소리를 들을 수 있다면』을 자료로 삼았다.
164) 박화목, 『천사와의 씨름』(한국문학사, 1975)후기, p.195.
165) W. 그레츠만, 「현대문학의 종교성」, 김우규 편, 『기독교와 문학』(종로서적, 1992), p.225.
166) 김영수, 「한국의 기독교 시인론」, 김우규 편, 위의 책, p.424.

에서 파생되는 갈등과 좌절로 점철된다. 박화목은 이것을 현대사회의 핵심적 문제로 파악하고 그것에 대한 해결을 위해 노력하는 자세를 보여준다. 이러한 문제에 접근하면서 기독교 교리에 대한 직접적 언술은 보이지 않는다. 종교는 좀더 문학적(미적)인 것이 됨으로써 좀더 자신을 완성시키는 것이 되며 문학은 좀더 종교적(신앙적)인 것이 됨으로써 자신을 완성시키는 것이 된다.167)는 명제에 부합된다. 시와 종교의 문제를 융화시킨 것이다. 그의 시작품 중 기독교 의식을 드러내는 작품을 볼 때 그는 자연과 인간, 모든 사물 속에 임재해 있는 신의 존재를 확인하는 것으로 시작하여 현대사회 속에서 인간의 존재가치, 자아 실존을 자각하며 기독교적 입장에서 폭넓게 수용하고 있다.

(1) 신의 존재 의식

기독교 문학은 신의 존재를 인식하는 데서 출발한다. 기독교에서 신은 만물을 창조하였고 그 운행을 주관하며 지금도 역사의 주관자로 임재해 있는 존재로 인식한다. 신의 존재를 인식하는 것과 그렇지 않을 때의 인간의 삶의 상태는 확연히 다를 수 있다. 박화목의 시에서 신의 존재를 확인하고 있는 것은 그의 개인적 삶에서 자아의 인식을 좀더 뚜렷하게 하고자 하는 의식의 출발이다.

> 내가 외로울 때
> 내가 민망할 때
> 그대 내 곁으로 찾아왔거늘
>
> 내가 슬플 때
> 내가 덧없이 피곤할 때
> 그대 나와 함께 계셨거늘

---

167) 조연현, 「종교와 문학」, 『기독교 사상』(1971, 8), p.24.

불안의 검은 장막이 꽉 덮힌 이 공간을
하염없이 허비며

내가 통금시간이 가까운 막바지에서
초조히 어두운 골목길을 걸어가고 있는데
거 호명(呼名)도 없이
나를 잠시나마 붙잡는 이가 뉘요?
— 「골목길에서」 일부

　이 시는 현실에서 방황하는 시적 자아에게 찾아오는 신의 모습을
확인하는 것이다. 자아가 있는 현실 공간은 '어두운 골목길' '검은 장
막이 꽉 덮힌' '깊어가는 밤' 등으로 암울하고 답답하며 시간적으로는
'통금시간이 가까운 막바지'로 한계상황이다. 여기서 '나의 발걸음을
멈추는 이' '나를 잠시나마 붙잡는 이'가 있어 그것이 누구인가를 생
각해 본다. 자아가 처해있는 한계적 상황에서 초조하게 걸어가는 자아
를 부르는 이는 내면에 존재하는 신임을 자각한다. '내가 외로울 때/
내가 민망할 때/ 그대 내 곁으로 찾아왔거늘' '내가 슬플 때/ 내가 더
없이 피곤할 때/ 그대 나와 함께 계셨거늘' 하는 고백은 자아가 외롭
고 슬프고 피곤할 때 찾아와 곁에서 함께 지냈지만 현실에서 늘 잊고
지냈던 것을 깨닫는다. 인간의 불신앙의 삶에서도 늘 가까이 찾아오는
신, '그대'의 모습은 어두운 현실, 초조한 시간에 다시 찾아옴으로써
그 존재를 확인한다.
　실재의 신과 영혼을 가진 인간의 교제는 인간이 고난에 처했을 때
쉽게 인식할 수 있다. 인생의 골목길에서 만나는 신의 모습을 기독교
적 언어로 도색하지 않는다. 삶의 길목에서 누구나 만나게 되는 어둠
의 공간 속에 찾아오는 모습을 설의적 방법으로 표현함으로써 신의
존재를 확인하고 있을 뿐이다. 그가 바라는 것은 자신 내면에 살아있

는 신의 존재를 모두가 함께 인식하는 것이다.

> 우리가 바라는 헬리혜성은 그저
> 빛나는 별 이상한 별이겠지만
> 저 하늘의 뜻을 역사에 앞서 선포하기 위한
> 예언자의 눈물 고인 눈망울일지라도
>
> 슬프다 슬프다 슬프다고
> 눈물 뚝뚝 흘리신 예레미야의 눈동자
> 해골 골짝의 기적을 황홀하게 지켜본
> 에스겔의 눈동자
>
> 하여 빛의 꼬리가 우리를 스쳐갈 때
> 이 해를 보내는 얼룩진 마음들 속에
> 정말 뭔가 아픈 상처처럼 남아지는 것이 있었으면!
>
> 그 아픔 그 외로움을 부드러이 쓰담아 주는
> 은혜의 손길 같은 것이었으면
>
> — 「헬리혜성의 꼬리」에서

자연 현상에서 나타나는 신의 모습을 인류 모두가 인식하기를 기원하고 있다. 구약에 나오는 선지자, 예레미야와 에스겔이 당시의 사회를 향해 외쳤던 하나님의 말씀을 헬리혜성이라는 별의 형상을 통해 깨닫기를 바라는 것이다. 시인의 눈에 비친 헬리혜성은 단순한 별이 아니라 신이 인간에게 하는 말씀으로 인식한다. 단순한 천체 현상으로 받아들이는 자세를 넘어 그 속에 존재하는 신의 모습을 사회 전체가 인식하기를 바라는 마음이다. 자연에서 일어나는 하나의 현상이 시인에게는 신의 모습과 음성으로 인식되는 것이다. 위대한 신앙가는 우주와 인생을 직관하여 남이 못 보는 것을 보고 듣고 느껴서 그것을 어문으로 표현한다.168) 신앙인인 시인은 우주 만물 속에서 신과 인간의 관계를 터득하고 확대하고자 하며 그것을 시로 표현했을 때 새로운 신적 세계에 대한 이해를 넓히는 방법이 된다.

문학이라는 독립된 예술양식이 직접 혹은 간접으로 얼마나 하나님의 존재를 이해하고 신성시하는 데 기여했는가에서 기독교 문학의 의의를 찾아볼 수 있다.169) 시문학을 통해 하나님의 존재를 이해시키는 것이 기독교시의 중요한 역할이다. 기독교 신앙인은 자신의 시가 하나님의 존재를 알리고 신성시하는 데 사용되기 위해 신앙의식을 언어예술로 표현하는 데 혼신의 노력을 기울인다. 그것이 유일한 목적이 될 수는 없으나 하나님의 존재 가치를 인정하는 데 기여하기 위해 부단한 노력을 보이며 신과 인간의 본질적 관계를 펴 보여야 한다.

> 당신은 정녕
> 공간의 의미를 아는가?
> 당신은 또한
> 시간의 공포를 느낀 적이 있는가?
>
> 그런데 영원의 어느 한 순간에라도 우리는 있고
> 또 오늘
> 무의미한, 아무도 안 읽는
> 아무도 모르는, 시가 안 되는 시를
> 시인은 밤잠을 못자면서 쓰고 있는 것이다.
> ─「시가 안 되는 시」에서

> 영화에 대한 욕망도
> 그대 위하여 감히 버릴 수 있노라

---

168) 전영택, 「기독교문학론」, 『기독교사상』(1957, 창간호), p.66.
169) 박이도, 「한국기독교시의 형성」, 『기독교사상』(1981, 4), p.190.

> 오직 그대 위하여서만
> 내가 아무 것도 아닌 것이 될 수 있노라
> ― 「아무 것도 아닌 나의 시」에서

이 시들은 인간의 내면세계, 더 나아가 영혼의 세계를 보이고자 한다. 인간의 내면세계에 신의 존재가 전달되지 않아 안타까워한다. 이것은 기독교 정신에 입각해 시를 쓰는 자아의 입장을 표현한 것이다. 일상의 삶에 도취되어 살아가는 사람들. 돈, 명예, 지위를 위해 자신의 삶을 바치는 것이 모두인 것으로 착각하는 이들에게 '공간의 의미'와 '시간의 공포'를 아느냐?고 거듭 묻는다. 현실에 집착해 사는 사람들에게 새로운 자각을 일으키는 질문이다. 공간과 시간의 의미를 느끼는 시인들이 무의미한 시를 쓰기 위해 밤잠을 못 자고 있다는 데서 정신적 삶의 고뇌를 표출하고 있다.

표면적으로는 시인의 고뇌를 표출하고 있으나 내면적으로는 현실적 삶, 쾌락적 삶에 빠져 살아가는 사람들을 향해 시간이 주는 공포, 인간이 누리고 있는 공간의 의미를 깊이 성찰하도록 촉구하는 것이다. 인간의 본질적 문제에 깊이 닿아 있으며 하나님 앞에 설 수 있는 인간 본연의 모습을 회복할 수 있기를 기원한다.

「아무 것도 아닌 나의 시」는 하나님의 존재에 대한 시인의 인식을 나타내고 있다. 비애, 고독, 욕망 등을 버리고 참을 수 있는 것은 오직 '그대'를 위해서라고 했다. 삶의 터전에서 만나는 모든 감정의 굴곡들을 버릴 수 있고 참을 수 있는 것이 오직 신에게 향한 열정으로 인한 것임을 고백한 것이다. 이것은 시인의 신앙 고백인 동시에 신의 존재를 확연하게 인식하기를 바라는 것이다. 신에 대한 존재를 확인하며 그 인식을 확산시키고자 했던 시인의 노력은 현실 속에서 느끼는 허무감을 표출하기에 이른다.

(2) 허무와 현실 극복의식

박화목의 현실인식은 기독교적 윤리관에 입각한 그의 정신 세계에서 현실의 상황을 직시하면서 느끼는 괴리감의 표출이다. 진실을 외면한 채 물질적 향락에 젖어있는 현대인의 삶에 대한 회의를 나타낸 것이다.

> 북동풍에 그슬린 틱틱한 그대 얼굴에
> 의지의 번뜩임을 엿볼 수 있으니
> 예수 그리스도가 어부로 하여금
> 그의 제자로 다르게 하심은 진실로
> 현명한 일이었네
> 허나 기슭에 출렁이는, 오늘의 물결을 보고
> 지레 겁을 먹어 움츠리는 우리가
> 어찌 진실을 낚는다는 어부랄 수 있겠는가
>
> ― 「어부여」에서

인생의 진실된 가치를 보여주고자 하는 시로 '어부'의 이미지는 인간의 영혼, 진실된 가치를 위해 자신을 희생하는 자의 모습이다. '어부'는 성서에서 예수가 제자들을 '사람을 낚는 어부'라고 칭한 데서 인용한 것으로 인간의 영혼을 위해 일하는 사람들을 지칭한다. 어부는 단지 생계를 위해 물고기를 잡는 사람이 아니다. 거센 파도에도 굴하지 않고 꿋꿋하게 대응함으로 인해 예수가 그들을 제자로 삼았던 그 현명함을 상기한다. 세상에서 성취해야 할 일들을 하는 과정의 어려움을 끝까지 버티고 이겨야 한다는 교훈이 담겨 있다. 현실의 '물결'을 보고 겁을 먹는다면 어떻게 '진실'을 낚을 수가 있겠는가? 그러므로 차라리 조개가 되어 모래톱에 묻히고 싶다고 했다.

현실에 대응하는 강한 의지가 결여된 현대인들의 모습에서 진실한 삶을 위해 취해야 할 태도를 나타낸 것이다. 영원한 가치인 진실을 위

해서 신앙인들에게는 예수가 제자로 삼았던 어부들처럼 어떠한 환경
에서도 굴하지 않는 강인함과 인내심이 요구된다. 따라서 '어부'의 이
미지를 강하게 부각시키고 있다. 현대인의 정신적 나약함이 이러한 가
치를 인정하지 못하는 것에 대해 차라리 조개가 되고 싶다는 탄식으
로 바뀐다. 현실에 얽매여 살아가는 모습 보다 현실과의 대결을 통해
극기하는 자아의 모습을 희망한다. 어부의 이미지를 통해 강인하고 근
면한 시상을 전개해 나가고 있다.

> 어부여
> 내가 꿰매야 할 나의 그물은 어디 있는가
> 나는 어망도 갖추지 않고
> 바다에 배 띄울
> 생각도 않고
> 어떻게 세월을 접먹고 있는 것이나 아닐까
>
> 　믿음이 적은 사람아
> 　내 손을 잡아라
>
> 홀연히
> 꾸짖는 님의 음성
> 아 저 파도 건너 어디쯤
> 애타 부르짖는 외로운 삶들이 있으려니
>
> 　　　　　　　　　　　　　— 「해변에서」 일부

　기독교적 상상력을 통해 새로운 시적 이미지를 표출해 내고 있다.
이 시의 중심 이미지인 어부의 모습은 예수의 또 다른 모습이다. 아무
런 목적 없이 바닷가에 왔던 화자가 본 것은 '어부'의 건실한 삶의 모
습이고 거기에 나태한 자신의 삶을 대비시킨다. 이 때 '믿음이 적은
사람아/ 내 손을 잡아라'라는 내면의 음성을 듣는다. 이것은 나태했던

자아의 모습을 새로운 생기가 넘치도록 만들고 희망을 기대하도록 한
다. 인생에 지쳐있는 화자에게 다가오는 어부의 이미지와 하나님의 음
성은 새로운 세계에 대한 희망과 소망을 갖도록 한다. '어부'를 통해
받아들인 삶의 생동감은 새로운 정신적 세계로 나아가도록 변화시킨
다. 그의 시에서 '어부'는 성서에 등장하는 강인하고 견고한 의지를
지닌 모습으로 때로는 예수의 모습으로 나타나 긍정적 세계관을 심어
주는 역할을 한다.

현실적 삶에서 겪는 신앙적 자아와의 갈등을 묘사하기도 한다. 이것
은 현실에서 용납하기 어려운 정신적 고뇌로 기독교 신앙으로 무장된
시인에게 나타나는 갈등의 현상이다.

> Ⅲ
> 東窓이 훤언해지자, 내가
> 두 손으로 움켜잡았다고 생각턴 것은
> 싸늘한 싸늘한 空間일 뿐...... 아,
>
> 이래서 미운 歲月에게 버림을 받는 내가
> 異邦人처럼 더욱 쓸쓸해지는 것이구나,
>
> 오늘 날씨는 또다시
> 휘덥지근 해질테지........
>
> ― 「천사와의 씨름」에서

현실적 자아와 신앙적 자아와의 갈등과 대결을 은유적으로 표현하
였다. 일상의 삶에서 질병과 허무감, 나태함에 젖어있는 현실적 자아
와 신앙적 자아의 씨름 장면이다. 이것은 구약성서의 한 대목을 소재
로 하였다. 야곱이 얍복나루에서 천사와 씨름하여 환도뼈가 위골된 후
새벽이 되었을 때 이제까지는 자신의 방법에 의지해 지략을 폈던 것
이 변하여 하나님의 방법에 전적으로 의지하고 살아가는 이스라엘[170]

로 변하는 과정이다. 시적 자아는 자신의 모습을 야곱에 투사시켰다.

이 시의 Ⅰ에서는 자아의 현실적 삶의 모습 속에 찾아온 천사, 즉 신앙적 자아의 자각을 유도하는 내용이다. '그림자처럼 누가 노크도 없이/ 무례스러히 들어와서는, 대짜고짜로/ 씨름을 하자고 덤벼드는 것이 아닌가' 현실의 삶에 젖어 정신없이 살아가는 자아에게 다가온 어느 날의 내면적 변화를 이렇게 표현하고 있다. 인간적 방법에 의지하는 자아와 그것을 신앙적으로 깨우치고자 하는 내면의 자아와의 씨름은 마치 야곱이 천사와 씨름하던 그 모습과 같다.

Ⅱ에서는 갑자기 도전을 받은 현실의 자아가 '정체 모르는 자'와 밤새도록 씨름하여 골절된 듯 몹시 고통을 느낀다. 내면의 자아, 종교적 자아의 각성을 위해 수반되는 고통을 상징한 것이다. 인용한 부분인 Ⅲ에서는 새벽 동이 트면서 싸움은 끝난다. 그리고 화자인 자아가 이제까지 '두 손으로 움켜 잡았던' 명예, 지위, 물질 등에 집착하던 모습이 '싸늘한 공간일 뿐'임을 자각한다. 현실에 도취해 살아가는 일상적 자아가 신앙적 자아와의 대결을 통해 얻은 것은 인간의 진정한 실체에 대한 자각이다.

인간 내면에 자리하고 있는 현실적 욕망의 자아와 신앙적 자아와의 대결은 삶에 대한 공허함을 깨닫는다. 이런 의식은 자신의 신앙적 체험으로 얻어진 결실로 성서의 사건을 통해 확연하게 인식시키고 있다. 본질적으로 종교적인 것과 세속적인 것은 분리된 영역이 아니다. 차라리 이 둘은 서로 의존하고 있다.171) 현실의 삶에 대한 인식은 대체로 부정적인데 반해 이상을 향해 가고자 하는 자아의 내면의식은 빛을 향하며 현실을 초월하고자 한다.

　Ⅰ

---

170) 창세기 32장 24-32절.
171) P. Tillich, 김경수 역, 『문화의 신학』(대한기독교서회, 1993), p.52.

정착지를 모르는
머나먼 徘徊의 길에
황혼이 어둠의 꼬리를 물고
한 마리의 크낙한 불새(火鳥)처럼
소리없이 내려 앉는다. 갈까귀

Ⅱ
밤 이르러 아득한 銀河의
수없는 별들을 머금으며
인적 끊긴 峽谷에서 외로운 신세가
돌베개를 베고 차가운 잠을
청해야 하는
이 밤이 또한 서럽고
서럽기만 한데

非情의 歷程에서나마
하늘 끝에 닿는 빛의 사다리가
하나 나타나서 내가 지쳐 있는
이 땅에 잇대어 주었으면
나의 두 눈망울에 아
벧엘의 幻想이어!
환상이란들, 곤비한 이
밤이 어서 지새일 것을‥‥‥

— 「벧엘의 幻想」에서

이 시는 벧엘을 향하는 자아의 내면의식의 표출로 현실을 초월한
이상적 세계를 지향하는 것이다. 벧엘은 시의 후미에서도 밝히고 있듯
이 야곱이 피난길에 지쳐 쓰러져 돌베개를 베고 잠이 들었을 때 하늘
까지 닿아있는 사다리에서 천사가 오르락내리락 하는 환상을 보았던
장소로 그것을 기념하는 곳이다. 시적 자아도 야곱이 만났던 하나님을
만나고자 벧엘에 대한 환상을 표출하고 있다.

이 시 Ⅰ에서는 시적 자아의 현실적 삶의 모습을 그리고 있다. '정
착지를 모르는/ 머나먼 배회의 길'이 그것으로 인생의 모습을 표현하
였다. 화자는 '황혼'에 들어선 상태에서 불안감을 느낀다. 이것은 불안
감으로 그치지 않고 아픔으로 이어진다.

Ⅱ에서는 인생길에 지치고 피곤한 상황에 머물러 있는 것이 아니다.
돌베개를 베고 잠자던 야곱에게 찾아왔던 '하늘 끝에 닿는 빛의 사다
리'를 기대한다. '내가 지쳐있는 이 땅'이라고 하여 현실에서 삶에 대
한 힘겨움을 벗어나고자 한다. 천상지향적 사고를 함으로써 현실에 대
한 비애감을 떨치고 현실을 초월할 수 있는 정신적 생명력을 간직하
게 된다.

인생의 황혼기에 다가오는 불안감, 비애감을 기독교 신앙의식으로
초월하고자 하는 시인의 의식을 드러낸 작품이다. 성서의 사실에서 자
아의 삶을 투영시키며 천상지향적 삶의 목표를 시를 통해 실현해 보
고자 한다. 자아와 신적 세계의 동일성을 추구하는 것은 기독교 성서
에 기반을 둔 시인의 상상력에 기초를 두고 있다. 기독교시의 이상적
방향은 종교적 교리나 종교적 체험은 작품 속에 창조적으로 동화되어
예술적 형상화를 이루어야 하며, 시인의 창의적 상상력에 의해 구체
화[172]되어야 한다.

그의 시에 나타나는 현실은 어둠이며 삶의 허무감이 내재되어 있음
에도 불구하고 빛을 찾아가는 의식의 세계는 철저한 기독교 의식에
뿌리를 두고 있다. 현대 사회, 현대인에 대한 시선은 갈등의 연속이라
도 그곳에 임재해 있는 신의 존재에 대한 투철한 의식이 있어 신앙으
로 갈등을 해소시키고 현실을 초월하고자 한다.

---

172) 신규호, 「한국 기독교문학고」, 『시문학』(1986, 7), p.74.

(3) 실존적 자아의식

현실 문제에서 자신의 내면으로 시야를 좁혀 왔을 때 신 앞에서만 존재의 의미를 획득한다. 인간의 본질적 문제에 대해 고뇌하는 시인은 결국 기독교 의식 안에서 새로운 의미를 찾아낸 것이다.

> 내가 누군가를
> 지금쯤은 알아야 할 것 같습니다
>
> 하 오랜 구식 엽총을 소중히 들고
> 하루종일 험준한 산골짝에서
> 결코 잡히지 않는 사슴을 쫓아 다니다가
>
> 오발의 쓰라린 상처만을 입고
> 조촐한 草廬로, 석양녘에 지쳐 돌아온
> 서투른 포수
>
> ― 「자화상」에서

자아에 대한 실존적 의식을 심도있게 탐구하고자 한다. 1연에서부터 '내가 누군가를/ 지금쯤은 알아야 할 것 같습니다'라고 하여 자신의 존재에 대해 각성한다. 2연-6연까지는 지금까지의 자아의 삶의 행로를 표현하고 있다. 여기서 화자는 자신을 '서투른 포수'라고 하여 목표를 향해 나아갔던 삶의 모습에 대해 회의를 품는다. 지나온 삶의 궤적에 대해 '험준한 산골짝' '오발' '조촐한 초려' 등으로 표현하며 일종의 허무감을 나타내고 있다. 인생의 황혼기에 접어들어 삶을 뒤돌아볼 때 이러한 회한은 누구에게나 있을 것이다. 그러나 우수적 분위기로 빠지지 않고 회한을 통해 자아의 실존적 의미를 찾고자 한다. 삶의 본질적 문제에 직면한 화자는 '진실로 내가 누구인가'를 찾으려는 노력을 나타낸다. 이것은 신의 존재를 알고 있고 인간의 존재가치를 인식하는 전제하에서만 가능하다.

마지막 연에서 '정녕 깨달아야 하겠습니다'라는 다짐은 곧 신과의 관계에서 인간의 본질적 문제를 추구하려는 태도이다. 박화목의 시가 기독교 사상을 배경으로 조용함과 허무감을 풍기는 듯하면서도 기독교적 이상주의[173]를 표방했다는 평가를 받는 이유가 여기에 있다. 그의 시에 흐르는 일반적 주류는 현실과 인생에 대해 회의감과 허무감이 전면에 흐르고 있으나 결국 기독교 정신에서 비롯된 현실 초월적 자세가 뿌리내리고 있다. 이런 경향의 허무감과 현실 초월적 자아를 인식하는 시는 「곡예사」에서 심도있게 펼쳐진다.

> 나의 이 서투른 재주를 보아 주십시오
> 나의 이 위태로운 곡예를 보아 주십시오
> 많은 관객 속에 에워싸여 있어도 외로움은 그지없고
> 웃는 얼굴이지만 그 탈 속에 슬픔이 감춰져 있지요
> 박수갈채가 그치면 남는 건 한숨뿐
> 목숨이 간신히 지탱되는 하루하루가 이어집니다
>
> ― 「곡예사」에서

곡예사의 삶을 통해 투영된 인간의 고독, 슬픔 등을 토로하면서 현실을 초월하여 천상적 이미지의 실존을 지향하는 모습이다. 많은 관중들 앞에서 위태로운 곡예를 하는 곡예사의 삶은 외면의 화려함과 박수갈채 뒤에 숨겨진 고독과 슬픔이 '줄타기'라는 표현에 압축되어 있다. 곡예사의 삶에서도 바라고 있는 상태는 '날개' '하늘' '초록별' 속에 담긴 천상지향적 삶이다. 일상적 삶인 곡예의 위태로움에서 벗어나고 싶은 소망을 담고 있다. 소망의 대상이 '하늘' '별' 등 천상적 이미지로 대체되며 신과의 대면을 바라는 소망으로 나타난다. 이러한 회한과 고독과 슬픔의 삶을 통해 지향하는 천상의 삶이 자아의 실존을 자각하는

---

173) 최규창, 『한국 기독교 시인론』(대한기독교서회, 1984), p.92.

삶이며 그 결실로 찾게 된 것은 신앙인이 갖는 **참회의 눈물이다.**

> 어느 날이든가, 斜陽녘 저녁놀 필 때
> 나의 視野 앞에 다시 홀연히 나타났으니........
> 엉기는 눈물 방울방울에, 찬란한 황금빛
> 忍辱의 十字架여!
> 戰爭에 굶주림에 謀陷에 猜忌에 마냥
> 쫓기다가 돌아온 상처입은 襤褸한 實像 앞에서
> 그것을 바라보는 서글픈 두 눈망울에
> 아 지금 맺히는가?
> 찬란한 黃金의 눈물이.......
>
> ― 「황금 눈물」에서

　인생의 황혼기에 찾게 된 실존적 자아를 표현하고 있다. 긴 시간의 고달픔과 기다림 뒤에 찾아온 것으로 여기서의 눈물은 회한이나 슬픔의 이미지가 아니라 건실한 결실에 대한 기쁨의 이미지다.
　'저녁 햇살' '세월의 구름' '기다림' 등의 시어에서 볼 수 있듯이 긴 긴 기다림과 인고의 세월 속에서 '나의 미래' '나의 생명'의 성장을 기다리던 자아에게 나타난 것은 '인욕의 십자가'이다. 인고의 세월을 지내고 고통을 이기고 난 자에게 나타난 것이므로 인욕의 십자가이다. 십자가에 함유된 많은 의미들이 '찬란한 황금의 눈물'이라는 역설 속에 함축되어 있다.
　인생의 여정을 지나온 황혼기에 뒤돌아본 많은 세월 속에서 찾아본 자아는 '상처입은 남루한 실상'일 뿐이다. 실상 속에 내재된 정신적 모습, 시적 화자가 추구했던 자아의 실존 앞에 놓인 '십자가' '황금의 눈물'은 그가 지향하는 천상적 삶의 표상이다. 신앙적 자아, 신과의 관계 회복, 신 앞에 놓인 실존의 모습임을 암시한다. 박화목의 기독교시는 이렇게 신과의 관계 속에서 자아를 정립하고 현실의 허무감을 기독교적 이상주의로 극복하고자 하는 부단한 노력의 결실이다.

5-7. 石庸源[174] ―현실 극복 의지

석용원은 초기의 소박한 신앙적 기다림의 자세에서 차츰 현실 고발의 세계로 나아갔다. 그러나 그의 시는 기독교라는 종교적 삶을 기반으로 한다. 신앙없는 삶의 의미를 찾지 못한다는 사실과 문학없는 삶의 의미 또한 그렇다.[175] 자신의 신앙과 문학에 대해 토로한 것처럼 그의 시는 신앙으로 점철된 삶의 고백이다. 그는 신앙도 문학도 행위여야 한다[176]고 하여 신앙을 고백이기보다는 행위이기를 주장한다. 이러한 주장의 일면에는 신앙과 현실의 삶이 시로 승화하는 진정한 의미의 신앙시를 갈망했던 것이다.

(1) 救援을 향한 기다림

그가 1955년 상재한 첫시집에서 보면 순수한 신앙적 기다림의 자세를 나타내고 있다. 시는 하나님께서 일하시는 가장 적절한 장이 될 수 있다[177]고 했듯이 시를 하나님의 말씀을 전하는 도구로 삼고자 했다. 초기시집인 『종려』와 『잔』에 실린 작품에서는 신앙인으로 거듭나는 과정을 나타내고 있다. 신앙인의 내면에서 솟아나는 자기 고백적 태도에서 그의 시는 성장해 가고 있다. 그의 시에서 기다림의 대상은 영원

---

174) (1930-1994) 경북 영풍 출생. 1955년 시집 『棕櫚』로 문단에 등단한 이후 9권의 시집과 4권의 수필집이 있으며 아동문학에서도 꾸준히 창작활동을 하여 많은 동시, 동화집과 위인전 등을 집필하였다. 이 책에서는 그의 시집 『종려』(시작사, 1955), 『盞』(신교출판사, 1956), 『밤이 주는 가슴』(형설출판사, 1958), 『야간열차』(정신사, 1960), 『겨울 명동』(남광, 1990), 『눈물같은 시』(정원, 1993), 『내 작은 창문을 열면』(정원, 1994) 등의 시집을 자료로 삼았다.
175) 석용원, 「문학적 신앙고백」, 『신앙세계』(1978. 5), p.82.
176) 석용원, 위의 글, p.84.
177) 석용원, 위의 글, p.87.

한 것, 신의 세계의 현현으로 볼 수 있다. 그의 시는 종교적 순수성을
지니고 있기 때문이다.

> 잎을 깔고, 비단처럼 너를 깔고
> 가지를 들어, 횃불처럼 너를 들어
>
> 호산나! 호산나!
> 목쉬게 터지게 외칠 날 내게 있어
>
> 아아, 종려
> 사철 푸른 너를 심었노라.
>
> ― 「棕櫚」에서

이 시는 신약성경에서 예수가 인류의 대속을 위해 십자가상에서 죽
기 위해 예루살렘에 입성할 때의 모습을 형상화한 것이다. 종려나무는
군중들이 예수를 맞이하며 "호산나 찬송하리로다 주의 이름으로 오시
는 이여"178)라고 외칠 때 들고 흔들던 나뭇가지로 승리를 상징한다.
성서에서 예수의 예루살렘 입성은 승리를 의미하고 군중들은 애타게
기다리던 순간이듯이 이 시의 화자도 새로운 세계에 대한 기다림의 자
세를 보인다. 그가 기다리는 것은 구체적으로 '임' 또는 '왕'이다. 예루
살렘 백성들이 예수를 맞으며 "주의 이름으로 오시는 이" "이스라엘의
왕"이라고 했던 것처럼 예수를 왕으로 맞이하는 신앙의 자세를 보여준
다. 그를 맞이하기 위해 자신의 가슴에 사철 푸른 종려나무를 심고 기
다린다고 했다. 그날이 '먼 훗날'이 아닌 '어느 날'이라고 하여, 막연하
게 먼 미래로 인식하는 것이 아니라 곧 다가올 미래로 받아들이고 있
다. 예루살렘 군중들이 예수가 오는 길에 옷을 벗어 깔고 종려가지를

---

178) 요한복음 12장 13절, 마태복음 21장 9절, 마가복음 11장 9절, 누가복음 19
장 38절.

혼들었던 것처럼 종려나무 잎을 깔고 가지를 혼들며 '호산나! 호산나!' 외칠 그날을 기다리는 것이다. 그날은 당연히 가까운 미래에 다가올 것을 확신하기에 '목쉬게 터지게 외칠 날 내게 있어'라고 했다.

'호산나'는 "지금 우리를 구원하소서"하는 의미를 지닌 헬라어다. 화자의 심정은 '향방을 잃은' 상태이기 때문에 구원해 줄 대상이 필요하다. 화자가 기다리는 것은 공허한 자신의 심경 속에 찾아줄 구원의 빛, 영혼을 붙잡아 줄 단호한 힘이다. 그것이 신앙인인 시인으로서는 오직 예수의 손길임을 알고 그를 마음에 받아들이고 환영하기 위해 종려나무를 심고 꽃을 피우고 잎과 가지로 장식하는 마음의 자세를 가지고 있다.

공허한 마음에 찾아줄 '임'을 기다리는 자세가 화자의 모습이다. 현대인의 고독과 방황에 구원자의 모습으로서 나타나는 '임', '왕'을 위해 준비하고 기다리는 모습이 종교적 색채를 강하게 부각시키고 있다. 여기서 기독교적 상상력이 일관되게 작용하고 있다.

화자의 정신적 방황을 극복하는 방법이 성서의 사건으로 귀결되어 구원의 손길을 기다리는 모습을 형상화시킨 것이다. 그의 갈망은 인간적인 것이며 종교적인 것에 맞닿아 있다. 종교적인 갈망과 원망은 곧 인간적인 갈망과 원망이라야 하며 지상에서 겪는 모든 불완전한 결함으로부터 오는 비극을 완전히 극복하는 것[179]이라는 주장이 이 시에 그대로 나타난다.

성서에서 승리를 상징하는 종려나무를 제재로 하여 성서의 전례와 사건을 시로 형상화시키며 인간적 삶을 종교적 승리로 이끌어 가는 모습을 보여준다. 시인 자신의 정신적 체험을 종교적으로 승화시킨 것이다. 종교적 삶의 기원은 좀더 확대되어 부활을 향한 삶, 내세적 삶을 지향해 나아간다.

---

179) 박두진, 『한국현대시론』(일조각, 1970), p.416.

거룩한 당신의 모습이 그립습니다.
하냥 거룩한 당신의 모습만이 그립습니다.

비록 한 알의 빛 고운 열매를 먹고 자랐기로
애띈 당신의 숨결을 떠나선 차마 못살겠습니다.

— 「慕心」에서

　시인의 신앙고백적 내용이다. 이 시의 기본 정신은 기독교의 사랑으로서 개인적 갈망보다 성서에 입각한 사랑의 가치를 발견하여 그것을 시화한 것이다. 그리스도의 대속의 죽음이 인류를 위한 것이라는 사실에서 받은 은혜를 종교적 체험으로 내면화시키고 있다.

　'나만을 위해 피흘린 당신의 사랑'이 기독교의 사랑으로 절대화되기 위해 부활이 더 절실하게 느껴졌다. 그리스도와 동일시된 자아의 모습을 위해 죽음을 바라며 죽음 뒤에 올 부활에 대한 소망을 갖는다. '한 알의 빛 고운 열매' '나 만을 위해 피흘린 당신의 사랑'은 죽음을 불사하는 절대적 사랑의 표현으로 더 이상 바랄 것이 없다는 고백이다. '당신의 숨결을 떠나서는 못살겠습니다' '그에서 더 무엇이 있어야 하며/ 그에서 또 무엇이 없어야 합니까'라는 독백은 인간에 대한 그리스도의 사랑을 자각한 화자도 자신의 생명까지 기꺼이 버릴 수 있다는 것이다.

　죽음을 초월한 사랑의 실현은 인간이 어려움을 당할 때 새로운 활력소가 된다. '쇠잔한' '까칠한' 자아는 사랑의 실체를 다시 체험하고 싶어 그리스도와 동일시된 자아를 바라고 있다. 기독교의 사랑은 죽음까지도 초월한다. 이 시는 기독교의 궁극적 목표인 구원과 부활이 그리스도의 사랑 없이는 불가능하다는 결론에 도달한다. 그것을 간절히 기다리고 사모하는 마음에서 절대적 사랑을 객관화시키고 있다.

　이는 기독교의 기본 가치인 믿음, 소망, 사랑에 뿌리를 두고 사랑에 대한 확신에서 자신의 정체성을 확립하고자 하는 데 있다. 시를 통해

자신의 신앙을 보여주며 그곳에서 신의 세계를 적절하게 드러내고자
한다. 이러한 신앙고백을 하는 시인에게 현실은 또 다른 갈등과 회의
의 장이다. 현실적 삶에서 영적인 체험의 세계로의 초월이 불가능한
시인에게 현실은 항상 무거운 형극의 길이고 갈등의 연속이기 때문에
돌아가야 할 영원한 고향을 가슴에 품은 채 괴로워한다.

> 눈물처럼 진한 밤을 마시기엔
> 내 폐엽(肺葉)이 너무도 가난하여
> 이젠 백골 더부러 돌아 갈
> 아버지 집을 찾아야느니……
>
> 옹, 태양이 솟는
> 그때에사
> 갈잎마냥 지친 채
> 진정 서슴없이 돌아 가리라.
>
> — 「回歸」에서

화자가 놓여있는 현실은 한계상황이며 여기서 만나야 할 신의 존재
를 강렬하게 인식한다. 결국 인간이 돌아가야 할 곳은 '아버지 집'이
라고 하여 내적 갈등의 귀착점을 밝히고 있다. 자신이 처해 있는 현실
은 '눈물처럼 진한 밤' '시커먼 구름' 등의 어둠과 '숨이 컥컥 맥히는
형극' '윤락된 생애' '무엇 하나 나를 위해 있지 않는 길목'이라는 한
계상황이다. 자아의 생이 다다른 어둡고 암담한 현실에서 '새벽'을 찾
아 '태양'이 솟기를 기다려 '아버지 집'으로 돌아가겠다는 다짐으로
연계된다. 현실의 삶에서 때묻고 지친 영혼이 돌아갈 고향, 아버지 집
을 사모하며 그곳으로 돌아가기를 기원하는 것, 그것이 인간이 궁극적
으로 돌아가야 할 곳으로 인식하고 '회귀'라고 했다.
　기독교시는 기독교적인 인생관이나 세계관이 어떻게 한 시인의 생존

감각과 더불어 순수한 직관을 통한 창조성을 획득하느냐[180] 하는 것이
다. 기독교적 삶의 체계는 현실에 발붙이고 사는 이상 현실을 따르면서
회의와 갈등의 연속이다. 그것의 해결점, 귀착점은 아버지 집으로 표현
되는 하늘나라, 천국임을 시사하고 있다. 이러한 기독교적 인생관은 그
의 생존 현장에서 부딪치는 많은 사건들 속에서 종교적으로 승화시키
며 생의 모습을 발전시키고자 한다. 현실에 대응하는 방법이 적극적 투
쟁보다는 현실의 죄악성을 탈피하고 '회귀'의 방법을 구상하는 것이다.
그의 정신적 고뇌는 현실과 종교적 지향 사이의 괴리에서 발생하는 것
으로 삶의 방법에서 현실과 타협할 수 없는 신앙적 의지로 인한 것이
다. 그의 고뇌와 번민은 자신의 죄에 대한 고백으로 이어진다.

> 이 바람 속에서 난 어디로 向을 해야 임과 마주 서는게냐
> 無數한 별, 별도 없고, 휘영청 밝은 달,
> 달도 없는, 하늘이 아쉽게 무너져 내리는데........
> 난 어디서 혼자 곤두서야 옳은게냐.
> 가슴이 부숴진다
> 낙엽처럼 죄만 쌓인 가슴이 부숴진다.
>
> — 「안개 속에서」 일부

> 짐승같은 육체의 어둑한 향방을 시적거리다가.
> 시드른 정열처럼 촛불이 꺼지면
> 아아, 암흑은 그때마다 마구 울며 뉘우칠 것을......
>
> — 「夜半에」에서

신앙의 단계에서 인간이 신 앞에 저지른 죄의 실체를 깨닫는 순간
자신의 초라한 모습을 비추어 보며 죄의 문제에 대해 심각하게 생각
한다. 신을 믿는다는 것은 그의 말씀과 뜻을 깨닫는 것이다. 위의 시

---

180) 박두진, 「기독교와 한국의 현대시」, 『현대문학』(1964. 10), p.60.

는 인간의 죄성을 깨닫고 '마구 울며 뉘우치는' '하늘이 아쉽게 무너
져 내리는' 마음이 되어 '당신의 발등에 이슬을 지웁니다'라고 하여
회개하는 그리스도인의 모습을 나타내고 있다. 사도 바울이 죄 있는
곳에 은혜가 있다[181]고 했듯이 죄가 쌓였을 때 회개하는 과정에서 신
의 임재를 깨닫는 은혜의 자리가 된다. 시인이 그의 죄를 깨닫는 순간
신의 존재는 더욱 크게 느껴지며 그에게 자신을 맡기며 회개하는 것
이 신앙임을 보여주고 있다.

존재의 궁극적 원천인 신의 모습을 대함으로써 자신의 모습을 다시
볼 수 있는 기회를 갖게 된다. 이러한 종교적 체험은 인간의 한계를
느끼는 데서 시작된다. 유한적 인간의 삶이 한계점에 도달했을 때 신
에게 의지함으로써 영적인 자유로움을 얻게 된다. 신에게 의지하는 방
법, 자신의 삶이 신의 존재 안에서만 의미를 지닐 수 있다는 자각이
곧 회개이다. 인간의 죄악성을 깨닫는 것, 인간의 한계점에 도달했을 때
절대적 구원의 대상인 신에게 의지하고자 하는 것이 종교적 인간의 태
도이다. 여기서 영적인 무한의 자유와 구원의 확신을 가질 수 있는 상
태를 맞게 되기 때문이다. 철저하게 자아를 깨뜨리는 모습으로 신에게
다가가고자 하는 시인의 모습은 신앙인의 삶의 정점이기도 하다.

(2) 현실의식과 인내

철저히 자아를 깨뜨리는 모습으로 신에게 나아갔던 시인은 차츰 현
실에 눈을 돌리며 비판적 안목으로 시를 쓰게 된다. 그는 일찍이 기독
교 문학을 샬롬의 문학[182]으로 설정한 바 있다. 샬롬은 '평안'이라는
뜻의 헬라어다. 세상에서 바랄 수 있는 가장 큰 아름다움이라고 생각
했던 '샬롬'을 기독교 문학의 핵심으로 보고 그것을 방해하는 것을 고

---

181) 로마서 6장 1절.
182) 석용원, 앞의 글, p.85.

발하는 것이 기독교 문학이라고 했다. 이러한 관점에서 바라본 현실은
갈등과 부조리로 그것은 샬롬을 방해하는 것으로 인식되었다.

내가 손을 들었을 겨를
나는 아무데도 없었다.

가로등이 내 그림자를 길게 펼치고
그 위를 타이어가 짓밟고 간다.
그래도 시커먼 내 그림자여
양의 옷을 입고, 호주머니에는 밤의 꽃이 외롭다.

아, 누군가 내 안에서 울고 있다.
—「누군가 내 안에」에서

이 시는 종교적 삶을 사는 시인의 안목으로 바라본 현실과 자아와
의 부조화를 보여준다. 기계 문명의 발달 속에 인간의 가치가 왜소화
되는 현실은 인간의 내면세계에 잠재해 있는 종교성마저 퇴색되게 한
다. 따라서 인간성 상실에 대한 고발의 형식을 띠고 있다. 기계적으로
반복되는 현대인의 삶은 인간의 내면에 있는 참된 가치는 짓밟히고
기계의 일부로 전락해 가는 삶이 될 수밖에 없다.
신은 인간을 창조할 때 큰 가치를 부여했지만 현대에 오면서 인간
은 자신들이 발명한 문명의 이기 속에 짓눌려 참된 인간성을 상실해
가며 존재가치를 잃어가는 것이다. '나는 아무 데도 없었다'라는 고백
이 모든 현대인들의 동일한 고백이 될 수 있다. 인간 자체의 모습은
사라지고 빈 공간에 남는 것은 '그림자' 뿐이지만 '그래도' 그림자에
연민을 느낀다. 이러한 현실 속에서 '내' 안에서 누군가 있어 나를 대
신하여 울고 있다는 것은 인간의 소외된 모습을 바라보며 내면의 자
아, 종교적 자아가 살아있음을 암시한다.

시는 다른 예술과 마찬가지로 음악의 상태를 동경하는 것이 사실이지만 시가 종교적 상태를 동경하는 것도 사실이다.[183] 절망과 패배라는 현실의 체험에서 균형을 이루는 정신적 삶, 즉 종교적 생활의 동경을 '시'라는 예술을 통해 승화시키고자 한 것이다.

> 문은 굳게 닫혀 있다./ 문앞에 선 자여, 물러나라/ 돌아가라,
> 문을 두드리는 자여!/문은 두드리는 자에게 열리지 않는다/
> 우리를 위로할 신은 죽었다더라
> — 「할 말은 별로 없지만」

이렇게 극단적 단언을 내리는 것은 삶에 대해 부정적 의식을 갖고 있다는 반증이다. 이 시에서는 성서의 내용을 역으로 표현하여 미래에 대한 희망을 처음부터 부정한다. 그만큼 시인이 바라본 현실이 절망적이었던 것이다. 절망적 상황에서 시인의 상상력은 결국 현실 부정적 인식으로 치닫게 된다. 그러나 한 가지 희망으로 종교적 신뢰가 남아 있어 그곳에 작은 불씨를 키워보고자 한다. 인간의 삶이 처절한 고통과 괴로움 속에 있다는 것이야말로 신앙의 세계로 더 깊이 들어가게 되는 계기가 될 수 있다. 평온한 삶 속에서는 자기 중심적 사고 체계에 빠져 오히려 신이 개입할 공간이 없어지기 때문이다. 그런 의미에서 종교적 삶, 종교적 인생관은 역설적일 수밖에 없다.

인간에게 주어진 굴레, 구속, 억압된 사회, 모순과 갈등의 연속이 인간의 한계를 자각하게 하며 신에게 호소하게 한다. 현실에 대한 부정적 인식은 신에게로 다가가 희망적 세계를 찾고자 한다. 신앙은 사실 고백이 아니라 그것은 행위이다[184]라는 신앙관을 가진 그는 현실에 대해 행동적인 항거의 모습을 보여준다. 하지만 순리적 삶에 대한 미

---

183) 홍기삼, 『상황문학론』(동화출판사, 1975), p.117.
184) 석용원, 앞의 글, p.85.

런, 신에게 다가가 그에게서 보는 **따뜻한 인간미**를 느끼게 된다.

우리는 무엇인가 따뜻한 것
하나만의 의미를 믿기 위해서
누린 모든 것을 부정해야 하네.

세월은 강물인 듯 흘러가는 것
가슴으로 핏물지어 스며드는 것
벗아, 지금은 가벼운 서정에 젖네.
아직은 사랑도 식지 않았네.

— 「아직은」에서

안타깝고 답답한 현실에서 신앙인의 안목으로 다시 보면 어둠 속
에서도 꽃이 피고 그 나름의 열매를 맺는다 사실에서 희망을 잃지
않으려는 자신을 나타내고 있다. '아직은 믿음도 식지 않았네' '아직
은 사랑도 식지 않았네'에서 보듯 하나님에 대한 신뢰와 사랑이 남
아있음을 보여준다. 현실의 '빗소리' '바람소리' '벼락소리'가 그치지
않는 가운데 한가닥 희망인 믿음과 사랑을 견지하고 있는 자아를 표
현하고 있다. 철저히 현실에 대한 부정적 시각을 보이면서도 내면에
자리하고 있는 신앙관은 변색하지 않았음을 보여준다. 현실에 대한
철저한 대항정신과 인간의 한계점에서 만나는 신에 대한 신뢰가 시
적 자산임을 알게 한다.

믿음에 있어서 회의는 맹목적인 부정이 아니라 내적인 자아의 성숙
에 따른 신앙의 긍정적 태도라 할 수 있다. 이러한 회의를 통해서 확
신을 갖게 되는 신앙이란 어떠한 시련을 통해서도 흔들리지 않기 때
문이다.[185] 석용원의 경우 사회 현실에 대한 회의와 부정이 결국 신에
게로 향한 자기 성숙의 길이었음을 알게 한다.

---

185) 신익호, 앞의 책, p.60.

기독교 입장에서 볼 때 석용원의 초기시는 순수한 신앙인의 자세인 기다림의 모습에서 현실에 대한 극단의 부정적 태도로까지 나아갔다. 그에게서 신앙은 단순한 마음의 고백의 수준이 아니라 행위여야 한다는 신념을 지녔고 시는 그 행위의 일부로 인식했다. 그는 시를 하나님께서 일하시는 가장 적절한 공간으로 인식했기 때문에 시가 없는 종교는 있을 수 없다는 전제 하에 시를 썼다. 때문에 현실을 보는 눈은 예리했고 순수한 신앙적 태도는 부정적 현실 인식으로 변모해 갔다. 그러나 왜곡된 현실 속에서도 신의 임재를 기다리며 자신의 내면 세계를 향하여 회귀하는 태도를 보여 주었다.

5-8. 李姓教[186] ─긍정적 세계관

이성교의 시는 유년시절의 체험을 바탕으로 하여 강원도 풍물을 제재로 다룬 시가 대부분이다. 그의 말대로 고향을 노래한 시인이다. 첫 시집 『산음가』에서 강원도의 산을 소재로 했다면 『겨울바다』는 바다를 주된 소재로 하여 정감있는 향토어로 표현, 우리 민족의 토속적 생활이 자연스럽게 용해되어 있다. 이러한 토속적 정서에 기독교 의식이 어우러짐은 그의 또 다른 시의 세계를 열게 된다. 제 4시집 『눈온 날 저녁』에서부터 종래의 전통의식을 살린 향토적인 시의 바탕 위에 본격적으로 기독교 신앙을 접목시키는 새로운 시의 지평을 연 흔적을 보이고 있다. 그가 제 4시집 『눈온 날 저녁』을 출간하면서 "나는 강원

---

186) 1932년 강원도 삼척 출생. 1956년 『현대문학』에서 서정주의 추천으로 「윤회」가 초회 추천되고 「혼사」 「노을」로 추천 완료되면서 문단에 등단함. 1965년 첫 시집 『산음가』를 상재한 이후 지금까지 8권의 시집과 『이성교 시전집』(형설출판사, 1997), 2권의 수필집, 그리고 시론집 『현대시의 모색』『한국 현대시 연구』등이 있다. 그의 신앙시는 1989년 출간한 『하늘 가는 길』(종로서적)에 집약되어 있다. 여기서는 『이성교 시전집』과 『하늘 가는 길』을 자료로 삼았다.

도의 토속적인 세계에다 내 신앙세계를 하나 더했다. 말하자면 시가 한 차원을 더했다고 할까."[187]라고 말한 것처럼 신앙시의 세계는 향토적 정서의 바탕 위에 세워진 것이다.

그의 신앙은 어려서부터 어머니의 영향에서 시작된다. 그것은 그의 정신의 심연에 자리잡고 있었으며 모든 사물을 기독교적으로 인식할 수 있는 사고의 바탕을 형성한 것이다. 여기에 개인의 신앙 체험이 더해지면서 완숙한 경지로 나아가고 있다.

(1) 영적 세계의 자각

이성교 시에 나타나는 기독교 의식의 뿌리는 초기시에서부터 찾을 수 있다. 그것은 유년의 기억 속에 살아있는 신앙인으로서의 어머니의 모습이 그 근원이 되기 때문이다. 6·25직후 작고하신 어머니는 유년 주일학교 때부터 열심히 신앙생활을 한 분으로 출가해 올 때도 장롱 속에 성경과 찬송가를 넣어 가지고 왔다[188]는 것으로 미루어 그의 뿌리깊은 신앙을 짐작할 수 있다. 어려서부터 이러한 어머니의 모습을 보아왔던 시인은 어머니가 돌아가신 후 스스로 교회를 찾았다. 그것이 고등학교 1학년 때로 당시의 자신을 "나의 고등학교 1학년 생활은 새로운 정신 혁명기였던 것이다."[189]라고 회고한다. 정신적 세계에 대한 새로운 개안은 영혼의 세계에 대한 올바른 인식에서 출발하고 있다.

> 활활 유황불이 타는
> 沙丘에서
> 우리들은 또 무슨 얼굴로
> 깊은 참회를 해야 하나

---

187) 이성교, 「나의 詩 遍歷」, 수필집 『구름 속에 떠오르는 영상』(형설출판사, 1992), p.332.
188) 이성교, 위의 책, p.359.
189) 이성교, 위의 책, p.359.

西風에 밀리는
초생달 같이
수런수런 너 가고 난
하늘 길엔
오늘도 우리들의 玉淚가 열리리.

— 「黃金鐘」에서

　이 시는 영적 세계에 대한 각성을 나타내고 있다. '황금종'은 자아
의 내면에 내재되어 있는 영혼에 대한 자각을 불러일으키는 대상이다.
그것으로 인해 영적 개안은 시작되고 '하늘 길'을 향한 자아의 발걸음
이 묘사되고 있다. 영혼의 세계를 향해 가는 과정으로 '유황불이 타는
사구'로 상징되는 고난과 그 고난 속에서 '참회'의 길이 있어야 함을
인식한다. 그 결과 '오늘도 우리들의 옥루가 열리리'라는 확신에 찬
신뢰를 나타내기에 이른다. 이것은 그의 신앙적 삶의 인식을 알게 하
는 것으로 영혼의 세계, 신앙의 세계에 대한 바른 인식에서 그의 시가
출발하고 있음을 말해 준다.
　그를 영혼의 세계로 이끌어갔고 신앙의 기초를 마련해 준 것은 어
머니로 그에게 있어 어머니는 인간적 사랑의 차원을 넘어 구원을 향
한 인도자였다. 또한 영혼의 세계를 깨닫게 하여 정신적 개안을 가져
다 준 힘이었다.

문창살에 진
十字架.
참꽃 지고
개꽃 피는 날에도
햇살은 밝아,
가문 날에도 사랑은
우물처럼 고였어라.

………………

환히 웃는 宗敎
늘 말씀하시던 그 피를
다시 믿어볼까.
언제고 한 번은
화닥나무처럼 탈 人生이지만
눈만 들면 햇빛이 부서지는 影幀.

가슴에 그늘이 질 때마다
얼굴은 어디고 떠올라
흰 머리카락은 유서처럼 남는다.

— 「어머니 얼굴 1」에서

이 시는 첫시집 『산음가』에 실린 것으로 본격적으로 신앙시를 쓰기 이전에 이미 그의 시정신 속에는 신앙의 세계, 영혼에 대한 자각이 내재되어 있음을 알게 한다. 이 시에서 어머니의 영상은 향토적 정서를 바탕으로 사랑과 신앙의 대상으로 인식하고 있다. 어머니는 사랑과 향수의 대상인 동시에 그의 신앙심의 원형임을 알게 한다. 어머니의 영정 앞에서 문창살을 바라보며 십자가의 형상을 연상하는 것은 그 모습 속에서 신앙심의 근원을 찾아내기 때문이다. 그것이 화자의 신앙의식의 근원이었음을 상기하며 어머니의 사랑과 함께 다가오는 정신적 삶의 원천을 찾아내기도 한다.

어머니의 또 다른 일면은 '가문날에도 사랑은/ 우물처럼 고였어라'에서 알 수 있듯이 끝없는 사랑의 실체이다. 어머니의 사랑은 '햇살' '한 모금의 물' '일월' 등에서 보듯이 화자의 내면에 항상 살아있는 대상이다. 어머니가 늘 말하던 '그 피'가 이 시점에서 화자에게 영적 자각을 불러일으킨다. 따라서 화자는 '다시 믿어볼까' 하는 신앙적 자각의 단계로 나아간다. 어머니의 사랑과 신앙이 그의 영상 속에 나타나며 내재되어 있던 영적 세계에 대해 각성하게 된 것이다. 어머니는 삶에서 어두운 현실에 직면할 때마다 사랑과 구원의 길로 인도해 주는

주체로 인식되고 있다. 어머니는 그리움과 향수의 대상이며 신앙의 근
원이다. 어머니는 그에게 언제까지나 살아있는 존재이다. 언제 어디서
나 자신의 삶을 바라보고 새로운 희망을 전해주는 존재로 부각되고
있다. 어머니로부터 생전에 전수한 신앙을 상징적으로 나타내는 것이
「어머니의 성경책」이다.

> 메주가 익은
> 퀴퀴한 방에도
> 햇볕이 잘 들었다.
>
> 그것은 비밀스런 비밀스런
> 보물 때문이었다.
>
> 어머니의 마음이
> 이상한 숲에 싸여
> 빨강 파랑 노랑으로
> 물살졌다
>
> — 「어머니의 성경책」에서

어머니가 자손에게 남겨준 신앙의 상징으로 남아있는 것이 손때 묻
은 성경책이다. 그것이 화자에게는 '보물'로 여겨진다. 어머니의 성경
속에 감추어진 영적 세계의 비밀은 어머니의 마음과 함께 화자에게
다가와 신비의 세계를 만들어낸다. 영적 세계로 인도하는 주체자인 어
머니는 항상 밝음과 따뜻함으로 다가온다. 그의 내면을 차지하면서 영
원한 세계에 대한 가치를 일깨워 준 어머니는 그의 시에서 영원성을
추구하는 기반을 마련해 주었다.

(2) 진실된 일상의 언어

시인은 시를 하나의 허영으로가 아니라 신앙하는 자세로 써야 한

다. 결과적으로 시인이 좋은 시를 쓰는 것도 다 하나님을 영화롭게 하기 위함이다. 한 신앙인이 평생을 목숨걸고 기도하듯 시인은 한 평생 좋은 시를 쓰기 위하여 시 수련에 바쳐야 한다.190)

이러한 그의 지론은 시에 그대로 반영되고 있으며 항상 시의 진실성을 강조한다.

> 언제쯤 울릉도 형님이
> 바다를 열고 오실까.
>
> 집집마다 추녀끝에는
> 설날 고기가 풋풋이 말라가는데
> 어디서 도둑 고양이가 그렇게 우는지.
>
> 눈온 날의 저녁은
> 눈이 맑아진다.
> 깊은 잠 속에 묻혔던
> 영혼의 불빛이 비쳐온다.
>
> ― 「눈온 날 저녁」에서

눈이 내리고 난 저녁, 온 세상이 하얗게 변해 있는데 유독 바다만은 제 모습을 그대로 간직하고 있는 바닷가 마을을 배경으로 화자는 영혼의 세계에 대한 새로운 자각을 하게 된다. 저녁이라는 시간이 '눈'으로 인하여 밝음으로 변한 광경은 새삼스럽게 가슴을 설레게 하고, 그 속에서도 변하지 않는 바다는 멀리 계신 울릉도 형님을 그립게 한다. '눈'과 '바다'는 색채의 대비를 보여주는 동시에 '눈'으로 인해 설레이는 화자의 마음을 열고 이야기하고 싶은 대상이 돌아올 수 있는 통로로 '바다'를 설정하고 있다. '언제쯤'이라든가 '설날 고기가 풋풋

---

190) 이성교, 「나의 시론」, 『신앙세계』(1978. 4), pp.75-76.

이 말라가는' 모습에서 기다림의 시간이 오래되었음을 암시한다. 기다림은 성숙의 시간이다. 안타깝게 기다리는 동안 마음 속의 열정은 차츰 식어가면서 안정을 가질 수 있고 스스로를 달랠 수 있는 성숙의 과정이다. 설레임과 기다림의 감정은 곧 시적 자아의 영적인 자각을 불러일으켜 '눈온날의 저녁은/ 눈이 맑아진다'라고 하여 신앙적 성숙의 계기로 승화시키고 있다. 여기서 눈은 영적인 눈을 의미하는 것으로 '깊은 잠 속에 묻혔던/ 영혼의 불빛이 비쳐온다'로 매듭짓고 있다.

그의 시각은 토속적이며 사물을 대하는 의식은 영적인 세계에 대한 자각으로 나타난다. 신앙의 세계에 들어서면서 세계를 보는 인식이 신 중심으로 변모했음을 알 수 있다. 시는 체험이라고 한 릴케의 말대로 그는 체험을 통해 얻어진 실제적 상황을 표현하여 진실성을 더해 준다.

> 어쩌면 그리
> 표정이 밝은지.
> 바다의 영롱한 빛을
> 퍼 올리고 있었다.
> ....
> 을축년 홍수 때에도
> 끄덕 없었다는 십자가 마을
> 마을 구석구석엔
> 은혜의 햇빛이
> 쫙 드리우고 있었다.
>
> ― 「십자가 있는 마을」에서

어촌 어디서나 만날 수 있는 마을이지만 표정이 밝다는 데 특별한 의미를 부여하고 있다. '바다의 영롱한 빛'을 퍼 올리는 이 마을은 여러 가지 일상사에서도 흔들리지 않는 내면의 기쁨이 있다. 그것이 마지막 연에서는 신앙적 충족감으로 승화된다. 일상의 고통을 초월한 신앙적 삶에는 '홍수'라는 재난에서도 오직 하나님의 '은혜의 햇빛'을 느낄 수 있다.

시의 감동은 사물의 속성을 나타내는 언어를 통하여 마음 깊은 곳에서 무엇을 느끼게 하는 것[191]이라고 했다. 이 시는 흔히 볼 수 있는 어촌 모습 속에 그가 느낀 신의 모습을 투영시키고 있다. 바닷가 마을에 있는 흔한 모습에서 하나님의 은혜를 볼 수 있다는 자체가 은혜의 햇빛임을 깨닫는다. 시인이 긍정적 믿음으로 사물을 대함으로써 모든 대상에 대한 무한한 창조의 욕구와 긍정적 세계관이 엿보인다.

> 온 차 안에는
> 아내의 앓는 소리로
> 가득 차 있다.
>
> 그러나 또 다시
> 눈을 떠 보니
> 아내가 믿음 속에 웃고 있다.
>
> ― 「믿음의 뿌리」에서

이 시의 6연까지는 아내의 병으로 인해 느끼는 화자의 고통과 고독이 담겨 있다. 자신이 머물고 있는 공간 자체가 앓는 소리로 인식될 정도로 고통스럽고 그럴수록 다가오는 것은 고독감이다. 마지막 연에서 '그러나 또 다시/ 눈을 떠보니/ 아내가 믿음 속에 웃고 있다.'라고 표현하여 앞의 여섯 연과 마지막 7연의 장면 변화는 '그러나'에 있다. 이제까지 인간의 한계를 넘지 못하고 걱정과 근심으로 싸여 있던 화자는 '그러나'에 와서 인간의 한계를 넘어 신앙적 자세로 장면을 전환한다. 거기에서 믿음 속에 웃고 있는 아내와의 만남이 이루어진다. 인

---

191) 이성교, 위의 글, p.76.

간 세계의 유한성을 초월하여 종교적 영생의 신비성을 표현하고 있다.

시적 기교보다는 진실한 신앙의 체험을 바탕으로 밝은 세계를 지향하는 시인의 의식이 자리잡고 있다. 그의 시가 처음부터 인생의 어두운 면이나 철학적으로 난해한 표현을 하지는 않았으나 신앙시를 쓰면서 더욱 밝아지고 있다. 기독교적 세계관으로 세계를 인식하는 그의 태도에서 연유하는 것이다. 생활 속에서 체득한 믿음이 없이는 불가능하기 때문에 그의 시는 진실과 체험의 소산임을 알 수 있다.

(3) 천상지향성

그의 시가 밝음을 향해 나아가는 것은 천성적으로 어린아이와 같은 순수함을 견지하고 있기 때문이다. 유년의 순결한 의식192)이 시대가 지나면서도 퇴색되지 않았고 그것이 기독교 의식과 만나면서 천상을 향한 의식의 지향성으로 고양되고 있다.

> 눈 돌리는 곳마다
> 이상한 향기 퍼지고
> 배에는 生水가 솟는다.
>
> 봄내 앓던 病도
> 어디로 가고
> 몸은 구름 위에
> 떠 있다.
>
> ─ 「하늘 가는 길」에서

이 시는 천상을 향한 자아의 의식이 은유와 상징을 통해 스스로 인식하고 있는 천국의 이미지를 드러내고 있다. '이상한 향기' '배에는

---

192) 한영옥, 시집 『동해안』해설.

생수' '몸은 구름 위에/ 떠 있다' 등으로 신비한 분위기로 가득하다. 물론 그곳을 향해 가는 길에는 '쏘내기' '번개' 또는 '꽃내음' 등이 펼쳐진 곳으로 역경과 고난도 동반된다. 이러한 과정을 거치고 나면 '가벼운 몸으로/ 껑충껑충 뛰어넘는' 초월적 존재로 변화한다. 천국을 향한 자아의 이상이 강하게 드러나 있다. 이후 '봄내 앓던 병도/ 어디로 가고/ 몸은 구름 위에/ 떠 있다'에서 볼 수 있듯이 시적 자아가 이상으로 하는 천국에 대한 소망이 상상력을 통해 이미 자아의 내면에서 성취되어 있다.

천상의 세계는 종교인의 궁극적 목표가 되는 이상의 세계로서 믿음에 의해서만 가능하다. 여기서 천상 세계에 대한 확신을 보여줌은 그만큼의 영적 훈련을 통한 믿음의 성숙을 의미한다.

『남행길』에 가면서 믿음은 보다 극대화되고 삶의 인식은 신앙을 기반으로 한층 두드러진 현상으로 나타난다. "자기를 승화시키고 즐거움 그것으로 족한 것이었다..... 이런 시의 철학에서 나는 그 전부터 추구하던 향토의 정서를 노래했고 하나님을 사랑하는 마음을 노래했고 인생의 쓰고 단 고뇌를 스스럼없이 노래했다."193)는 고백적 진술이 이를 말해 준다.

> 간밤 먼 산봉우리에서
> 천둥이 치더니
> 결국 당신이 나타났습니다
> 진주 이슬이었습니다.
> 당신과 나와는
> 어차피 하늘에서 만날
> 운명이지요.
>
> 눈물 속에 환히 핀 꽃

---

193) 이성교, 『남행길』自序, (1986), pp.10-11.

그 꽃 속에 온갖 비밀이
숨겨져 있습니다
나의 시도 노래도……
강물 저 편에
무지개가 떴습니다.
다시는 벌하지 않겠다는
약속이지요.

　　　　　　　　　　　　—「임의 幻像」전문

　고난 속에서 만난 하나님의 형상을 통해 자아의 신앙을 확인하는 과정을 보여준다. '당신'은 하나님의 형상을 지칭하는 것으로, 임의 형상은 '진주 이슬' '꽃' '무지개'로 형상화시키고 있다. 그것은 구원을 향한 인도자이며 일상의 삶에 나타나는 구원자의 모습이다.

　　그것은 먼 나라에서 들리는/ 말씀이었다/ "항상 사랑하라"고
　　　　　　　　　　　　　　　—「임의 얼굴」
　　그 속으로 가신 임/ 처음 이 땅에 오실 때는/ 땅이 지극히 혼돈하였지요
　　임이 걸어가신 길/ 영광의 길/ 의로운 태양이 솟는 길
　　　　　　　　　　　　　　　—「그 사람. 5」

　구원을 향한 인도자는 다정한 임의 얼굴로 다가와 말한다. 예시에서 하나님과 자아가 천국에서 만날 운명으로 인식하는 것은 신앙인의 믿음으로 가능한 것이다. '당신'과 만날 것을 인지하고 있는 것은 그만큼 신앙의 성숙과 성숙을 통한 확신 속에 살고 있다는 증거이다. 그가 만난 하나님의 또 다른 형상은 '꽃' 속에 숨겨진 시와 노래임을 고백하고 있다. 시인인 이상 시와 노래로 임과의 만남의 기쁨을 간직하게 된다. 하나님의 모습을 만날 수 있는 것은 시적 자아가 겪은 고난의 과정이 있었음을 암시한다. '천둥'과 '눈물'이 그것이다. 환란과 고난

과 고통이 뒤따른 이후에야 진정한 하나님의 형상을 마주하게 된다. 내적인 영혼의 처절한 고통을 가시적인 현상으로 표현한 것이 '천둥' 과 '눈물'로서 인간적인 고통과 영혼의 고뇌를 표출하는 이미지이다. 고통과 고뇌는 참된 신앙인으로 거듭나기 위한 관문이다. 이런 과정을 겪은 후에 만나는 하나님의 모습은 3연에서 우리에게 언약의 징표로 주신 '무지개'의 형상으로 나타난다. 이것은 노아의 홍수 이후 인류를 다시는 물로 심판하지 않겠다는 하나님의 약속으로 무지개가 떴다194) 는 성경의 사실을 근거로 한다.

여기서 시적 자아의 신앙적 성숙을 볼 수 있다. 기독교시가 성 공적으로 남기 위해서는 종교적 체험을 시적 체험으로 파악하여 진부한 관념적 표현에서 벗어나 리얼한 지적 표현을 갖는 것이며 시의 순수성을 유지해야 한다.195) 이 시인의 신앙시는 생활 속에서 어우러진 신앙의 체험을 지속적으로 유지하고 있는 전통적 질서 속에 용해시켜 기독교의 본질을 이해하고자 하는 데서 얻어지고 있다.

이러한 그의 시들은 미래에 대한 꿈이 아늑한 것이라면 현재적인 것은 고통과 비애이다. 구원의식에 대한 현실의식은 대립적인 것이면 서도 연계되는 선상에 항상 놓이는 세계이다. 그 구심점을 이 시인은 우리들의 정서와 고유의식에다 두고 등식을 형성시킨다.196)

그의 시는 근본적으로 밝은 세계를 지향하고, 거기에 기독교 신앙의 발원이 작용하여 미래지향적이며 긍정적 세계관이 합류되면서 신앙시 의 세계는 더욱 밝음의 세계로 나아가게 된다. 그런가하면 스스로가 견지해 온 향토적, 토속적 정서와 새롭게 획득한 체험적 신앙이 교직

---

194) 창세기 9장 12-13절.
195) 김영수, 「한국의 기독교시인론」, 김우규편저, 『기독교와 문학』(종로서적, 1992), p.424.
196) 성춘복, 이성교 시집 『남행길』(1986), 跋文, p.139.

되면서 진실하고 절제된 언어로 표출하는 것이 그의 신앙시의 특성과
본질이다.

5-9. 金芝鄕[197] —사랑의 승화

김지향의 시세계를 보면 그의 내면세계를 지배하는 의식의 심층에
기독교 신앙이 자리하고 있음을 알 수 있다. 시에 바쳐온 그의 헌신적
인 자기집중은 구도자적 경지[198]라는 지적은 시에 대한 끊임없는 열
정과 헌신적인 사랑의 결정체가 그의 시라는 설명이다. 이러한 시정신
과 기독교 신앙과의 접점에서 썼던 시를 모아 출간한 것이 신앙시집
『그림자의 뒷모습』『깊은데로 가서 던져라』『두개의 욕심을 갖지 않
는 마음』 등이다. 신앙시집이라 명명하지 않은 시집에서도 기독교 의
식이 자주 드러나고 있는데 명실공히 종교시인이란 바로 종교정신으
로 인간의 전 주제를 밝힐 수 있는 시인을 말하는 것이다.[199] 기독교
시는 언어예술의 형상화를 통해 그것을 고백하는 문학이라는 정의는
김지향 시인을 말하는 데 적절히 인용될 수 있다.

김지향의 신앙시에서는 신앙 정서에 입각하여 삶의 모순된 면을 극
복하고자 하는 의지가 나타난다. 기독교 의식의 저변에는 인간의 삶의
모순과 불합리에 대해 적극적으로 대응하는 방법도 있으나 한편으로
는 모순과 분열된 현실을 종교적으로 승화시키고 인내하는 가운데 기
독교의 기본 정신인 사랑으로 감싸안고자 하는 노력도 공존한다. 이것

---

197) 1938년 경남 양산 출생. 1956년 『병실』을 출간한 이후 지금까지 20권의 시
　　집과 4권의 에세이집을 출간한 多作의 시인임. 여기서는 신앙시집인 『그림
　　자의 뒷모습』(거목, 1986)과 『두개의 욕심을 갖지 않는 마음』(한글, 1993), 그
　　리고 『사랑만들기』(홍익출판사, 1987)을 주된 자료로 삼았고 그외의 시집을
　　참고로 하였다.
198) 이수화, 「사랑만들기」시의 변증법, 『월간문학』(1987, 12), p.295.
199) 김영수, 「신학적 상상력」, 『한국문학』(1976, 2). p.252.

이 김지향이 지향하는 신앙시의 세계이다. 그의 신앙시가 지향하는 사랑의 세계는 먼저 구원과 소망에 뿌리를 두고 있다.

(1) 자기 구원의 의지

> 나는 눈을 크게 뜨고
> 뜯기어 나가는 나의 군살을
> 그 어둠을 잦은 기침소리를 내며
> 다 허물어져 쫓기는
> 어둠들의 발을 똑똑히 본다.
>
> 아, 어둠에 붙잡혔던
> 나는 빛이 되어 버렸다.
> 비로소 나를 빛이게 한
> 그는 누구일까.
>
> ― 「그는 누구일까」에서

이 시는 '빛'으로 온 예수의 형상을 통해 자아의 영적 자각을 나타내고 있다. 1연에서 내게 찾아온 빛의 형상을 '불이 되어 일어선다'고 했다. '불'의 이미지로 나타난 그는 시적 자아 속에 내재되어 있는 '군더더기' '잠'을 태운다. 불은 태워 없애는 속성을 지니고 있다. 성서에서도 '불'은 죄악 된 것을 살라버리는 이미지로 나타난다. 여기서는 '그'가 '불'이 되어 나타나 자아 속에 숨어있는 것들을 태워버리는 의식을 상정하고 있다. 3연에서는 이러한 광경을 본 화자가 자신에게서 뜯기어 나가는 '군살' '어둠'을 직시하고 있다. 자신의 내면에 내재해 있던 어둠의 실체들, 죄악된 삶의 모습들이 하나씩 소멸되어 가는 모습을 똑똑히 지켜본다. 외면의 '나'와 숨어있는 '나'로 분열된 자아는 현실의 자아와 영적인 자아의 이중성으로서 영적인 자아를 바로 세우기 위해 '빛'으로 찾아온 신으로 인하여 새로운 세계로 눈뜨는 과정을 말해 준다.

이 과정이 마무리된 후 4연은 '나는 빛이 되어버렸다'라는 외침으로 환희의 고백을 한다. 여기서 '비로소 나를 빛이게 한/ 그는 누구일까'라고 설의법을 쓴 것은 '그'에 대한 실체를 강조하기 위함이다. 영적인 실체를 깨달은 후의 기쁨의 고백이다. 현실적 자아를 영적인 자아로 변화시키는 과정에서 나타나는 '그림자도 없는 커다란 손'은 초월적 존재에 대한 상징적 표현이다. 빛이 있으면 그 이면에는 당연히 그림자가 있어야 하겠으나 시적 자아에게 나타난 '그'는 그림자가 없는 존재, 즉 초월적 존재로서 신의 모습을 상징한다. 이것은 신앙적 자아가 변화의 과정에서 필연적으로 대면하게 되는 대상으로서 예수의 형상이다. 이 시기의 시에서 시인이 이러한 실체를 파악하면서 '그림자'와 '빛'이 중요한 이미지로 나타난다.

> 속까지 어둠이 차지하며/ 어둠이 되어버린 눈
> — 「안 보이는 눈」
> 닫힌 문을 여는/ 열쇠이지만/ 비옥한 땅의/평화를 드러내는/ 빛이지만
> — 「그대」
> 어디서 날카로운 한 줄의 빛이/ 새들어와/ 그림자를 쏘았다.
> — 「그림자의 뒷모습」
> 하나님 빛은 쏟아져/ 우리 마음 둥둥/ 빛 속으로 흘러간다
> — 「하나님의 사랑으로」

어둠에 있던 자아가 빛의 존재로 탄생하는 것은 삶에 얽매어 있던 어둠의 현실에서 빛의 상징으로 나타나는 신앙적 삶의 존재로 전이하는 것을 의미한다. 체험적 신앙에 의한 고백이다. 이런 고백적 신앙으로 쓴 시에서 새로운 삶의 지평이 열리는 것을 보여준다.

기독교시는 시적 기교를 발휘하기에 앞서 체험적 신앙이 밑받침이

되어 신 앞에서의 구원의 감격, 감사, 찬미 등의 고백을 수반한다. 여기서도 시인의 종교적 체험을 표현한 것으로 구원에 대한 감격이 완숙한 기쁨으로 표현되어 있다. 기독교를 종교적 관념적으로 이해하는 데 머물지 않고 신에 대한 일상적 접근을 통해 획득한 신앙의 결과로 신비주의적 색채가 드러난다. 종교적 신비주의란 표현할 수 없는 종교적 체험200)과 연계된다. 따라서 김지향의 구원의 의지는 어둠과 그림자를 벗어나 빛의 세계로 나아가는 과정에서 인식하는 종교적 체험의 고백이다. 자기구원에 대한 확신은 시상을 따라 다양하게 노출되고 있다.

> 태엽이 풀어진 내 발끝을
> 알몸으로 와서 들이받는 종
> 종의 날카로운 손엔
> 새 회초리가 들려 있다
>
> 회초리가 뿌리는 말씀의 빛은
> 새벽마다 끝이 아닌
> 시작의 머리에 나를 세우고
> 다져서 낡아가는 삶의 오뇌를
> 한 올 한 올
> 파헤쳐 뽑아내 버린다
>
> 아, 오늘에야
> 비로소
> 가볍게 돌아가는 내 발의 바퀴
> 세상 문을 하나 둘 잠그고
> 그 분의 발치께로만 발머리를 돌려
> 이미 떠오르기 시작한
> 노아의 방주에

---

200) 홍기삼, 『상황문학론』(동화출판공사, 1975), p.118.

　　재빨리 뛰어 올랐다.

— 「새벽종」 전문

　이 시는 구원으로 상징되는 '노아의 방주'에 오르는 과정을 노정시켜 구원의 의지를 보여준다. 1, 2연에서 자아가 만난 새벽종은 영적 세계로의 인도자다. 시적 자아는 '태엽이 풀어진' '다져져 낡아가는 삶의 오뇌' 등으로 현실의 삶에서 이완된 모습이다. 현실적 삶의 고뇌로 인해 구원의 대열에서 탈락된 모습으로 인식된다. 이러한 상태에서 만나는 '새벽종'은 영혼의 깨우침을 주는 새로운 매개체다. 종으로 하여 '회초리'와 '말씀의 빛'이 다가와 자아에게 있던 모든 삶의 고뇌가 '한 올 한 올/ 파헤쳐 뽑아내 버린다'는 것이다. 나태한 자아에게 새벽종은 새로운 각오로 하나님에게 다가가게 했으며 거기서 만나는 말씀은 빛으로 다가와 영적 각성을 새롭게 해 준다. 3연은 자아의 각성과 구원의 완성을 보여준다. '세상 문은 하나 둘 잠그고'에서 보여주듯이 삶의 오뇌로 열려있던 '세상문'을 닫고 신앙적 세계로의 침잠이 시작된다. 자연히 신에게 가까이 가게 되었고 그 결과 '노아의 방주'에 오르게 된 영적 기쁨을 생동감있게 표현하고 있다.

　신앙의 삶에서 현실에 대한 미련은 벗을 수 없는 하나의 짐으로 여겨진다. 이러한 때 어떤 계기가 필요함을 절실하게 느끼며 여기서는 '회초리' '말씀의 빛'으로 나타난다. 그 결과 신앙은 새로운 국면에서 시작하게 되어 '노아의 방주'에 올라타는 것이다. '노아의 방주'는 구원을 상징하는 대표적 심상이다. 기독교의 궁극적 목표가 구원에 있다는 사실을 상기할 때 기독교 문학은 상상력에 의한 창조의 세계, 구원의 목표를 성취하고자 한다. 자신의 체험적 이야기, 영적 삶의 굴곡을 표출함으로써 신앙에 대한 자기 고백적 차원의 시가 되는 것은 이 때문이다. 신앙인의 삶에서 신 앞에 내놓을 삶의 열매를 추구하는 신앙 의식의 본질이 여기에 있다.

하나님의 눈길이
날마다 우리 가슴을 뚫어 봄을
체험하는 형제여
그날에 내놓을 열매를 위하여
머리 숙인
나무가 되어 보자.
　　　　　　　— 「머리 숙인 나무를 보면서」에서

구원에 대한 의지를 나타내는 신앙의식은 신의 눈길을 인식하고 체험적 신앙으로 아름다운 열매를 내놓기 위해 부단한 노력을 경주하고자 한다. 종교가 궁극성에 입각하여 이야기를 해 나가는데 반하여 문학은 상상된 창조 속에서 자기 이야기를 전개[201]하기 마련이다. 종교적 성격을 드러내는 시문학의 경우 시인의 상상력을 통한 자신의 신앙체험을 표현하게 되는 것은 이 때문이다. 구원에 대한 확신과 열망으로 완성된 자아의 세계에서 추구하는 세계가 열매 맺는 삶이기를 기원하는 시인의 구원관을 극명하게 보여준다.

(2) 미래지향적 소망

기독교의식에서 중요한 것이 믿음, 소망, 사랑이다. 이것은 신에 대한 굳건한 믿음 위에서 미래에 대한 소망을 가지며 이웃에 대한 사랑을 가르치는 것이다. 소망의식은 현실의 삶이 어떤 경우에 있다 해도 미래를 바라보며 신의 손길이 현실의 난관을 타개할 수 있는 능력을 준다는 믿음 때문에 가능한 것이다. 김지향의 소망의식은 구원에 대한 갈망에서 미래에 대한 확신된 세계를 지향하고 있다.

---

201) 정진홍, 『종교학서설』(전망사, 1980), p.225.

새는 날지 않아도
하늘이 스스로 날아가는 세상
새는 걷지 않아도
땅이 스스로 걸어가는 세상
닦아도 닦아도 닦이지 않을
푸르름만 깔려 있는 세상을 보여줄
하늘 위의 하늘에서
찾아올 그분의 새를
나는 똑똑히 보고 있다.

— 「새」에서

이것은 미래에 대한 소망 찬 신앙 고백이다. '지금'이 아닌 '다음날'에 펼쳐질 진실의 세계에 대한 소망을 품고 있다. 여기서의 새는 특별한 의미를 내포한다. 새로운 세계에 대한 희망을 상징하는 동시에 영적 세계에 대한 암시의 역할이다.

1연에서 시적 자아는 다음날 눈뜰 새를 보고 있다. 그것은 마음이 비어있는 날을 암시한다. 이것은 "심령이 가난한 자는 복이 있나니 천국이 저희 것임이요"[202]의 말씀에서 연유하는 것으로 세상에 대한 욕심이나 미련을 버린 상태의 인간의 모습을 형상화시킨 것이다. 2연과 3연에서 이 새는 '지금'은 둥지 안에 누워 자고 있고, 날지 않아도 걷지 않아도 자연스럽게 돌아가는 세상에서 볼 수 있는 새로 형상화되어 있다. 모든 이치를 하늘에 맡긴 자연스러운 상태의 편안한 세계를 꿈꾸며 그곳에서 만나볼 '그 분의 새'라는 것이다.

자연의 상태를 가장 편안한 상태로 인식하는 것은 날로 황폐해지는 현실에서 인간이 누려야 할 축복의 세계를 신이 창조할 당시의 에덴적 자연의 상태로 인식하는 것이다. 잃어버린 에덴을 다시 회복할 수 있는 것은 마지막 연에서 '세상의 말들'을 모두 잘라버리고 끊어버린

---

202) 마태복음 5장 3절.

상태의 '가난한 영혼'에 찾아오는 '새'의 모습에서 볼 수 있다.

신이 인간에게 준 축복의 상태에서 차츰 멀어져가는 현실을 벗어나 다시 낙원으로 귀소하고자 하는 시인의 의식은 현실에서 죄된 모습을 벗어버리는 것으로 시작된다. 낮아지고 가난한 영혼이 '새 하늘과 새 땅' '푸르름만 깔려 있는 세상'을 꿈꾼다. 초월적 존재인 '새'를 통해 시적 자아 스스로도 초월적 자세를 보이고자 하며 미래를 향한 긍정 적 이미지로 채우고 있다. 미래지향적 세계관은 현실보다는 미래에 소 망을 두고 있는 것으로 기독교 신앙인의 핵심적 의식이다. 소망의 실 체가 초월적 존재가 아닌 현실 속의 인간에게서 찾고 있다.

> 세상의 끄트머리에
> 그대 온다는 말씀을 믿는 믿음으로
> 기나긴 기다림을 심으며
> 새벽 종소리가 떠나도
> 혼자 햇빛 속에
> 일하는 여자는 남았다
> 온종일.
>
> ― 「일하는 여자」에서

햇빛 속에 홀로 남아 일하는 여자에게서 연민과 함께 신앙인의 실 체를 발견한다. 신앙이 배척 당하는 조류 속에서 만난 '일하는 여자' 는 신앙적으로 자각한 사람이다. 그는 받은 말씀의 씨앗을 열심히 심 고 가꾸며 인고의 세월 속에서 묵묵히 기다리는 자세를 지닌다. 부지 런히 심고 가꾸는 여자의 손은 꽃보다 아름답고 사랑이 넘친다. 그녀 는 세상 끝날에 오신다는 말씀을 믿는 믿음과 인내로 기다림의 세월 을 보낸다. 재림의 예수에 대한 확고한 믿음이 시적 자아의 신앙자세 이다. '여자'는 시인 자신이 추구하는 내면적 자아이다. 이 시에서 새 벽을 자주 등장시킴으로써 경건함과 근면함을 부각시키고 있다. 재림하는 예수에 대한 확고한 믿음으로 인고의 세월을 지내며 신앙이 배척되는 시대적 상황 속에서도 자신만의 신앙세계에 몰입할 수 있는 것이 신앙인이 지향하는 모습이기 때문이다.

믿음이 없는 세대, 종교성이 부인되는 세태에서 신앙인이 기대할 수 있는 것은 세상의 끝이 올 때 다시 온다는 하나님의 말씀 뿐이다. 진실된 삶의 모습을 바라볼 수 있는 대상이 되기 때문이다. 내세에 대한 확신이 삶에 대한 긍정적 자세를 낳고 현실을 초월하여 절대자에 대한 동경을 갖게 된다. 시는 순수한 감화가 아니라 추론적 언어를 통해 하나의 환영적 경험을 창조하는 것[203]이므로 신앙을 시로 표현하고자 할 때는 신앙적 체험이 기반이 되어 상상력을 통해 언어로 재구성되는 것이다. 김지향은 그의 신앙 체험을 여성적 섬세함으로 표현하여 미래의 소망을 나타내고 있다.

(3) 사랑의 시적 승화

김지향이 지향하는 기독교적 삶의 정점에는 사랑이 있다. 여기에는 종교적 의미의 사랑만이 아니라 일상의 삶에서 만나는 사랑도 함께 있다. 사랑에 대한 추구는 그의 시력에서 계속적으로 추구해 온 가치관이며 궁극적으로 신의 의지에서 비롯되었음을 고백하고 있다.

> 마음이 미움으로 가득한 자여
> 광활한 대지 위에
> 오직 한 획 한 점으로
> 떠 있음을 알 때
> 미움은 곧 그리움으로
> 그리움으로 돌아와
> 서로 손을 잡고

---

203) 신익호, 앞의 책, p.67.

얼싸 안아야 함을 알리라
사랑은 그분의 뜻임을 알리라.

　　　　　　　　　　　　— 「마음이 답답한 자여」에서

　인간이 고독한 존재로 있음을 자각할 때 갈등의 세계에서 느끼는
미움도 그리움으로, 그리움은 다시 화해의 몸짓으로 변하게 된다. 이
것이 곧 사랑이며 궁극적으로는 신의 뜻임을 말하고 있다. 철저한 고
독은 참다운 인식의 문이며 가치 창조의 기반[204]이라고 했듯이 이 시
의 가치는 기독교적 사랑이다. 사랑한다는 것은 자신을 스스로 낮추고
조화를 이루는 데서 가능하다. 신이 인간의 모습으로 낮추고 인간과
교제함으로써 진정한 사랑이 가능했던 것이 기독교의 사랑이다. 사랑
이란 지상적인 것과 천상적인 것, 선과 악을 조화시키는 기독교적인
세계인식이다.[205]라는 말과 같이 김지향이 느끼는 사랑의 가치는 인간
적이고 종교적인 사랑의 합일점에 위치하고 있다.

　이 시는 '마음이 답답한 자, 고픈 자, 탐심으로 끓는 자, 미움으로
가득한 자' 등으로 인간 유형을 설정하여 진정한 평화를 모르는 일반
적 인간들에게 사랑의 길을 제시하는 형식으로 이루어졌다. 사랑의 길
은 특별한 것이 아니다. 눈을 들어 하늘을 봄으로 마음이 열리며, 들
판을 거닐며 신의 솜씨를 느끼고 자연의 순리 속에서 자신의 퇴색함
을 직시하는 것, 그리고 고독의 순간을 맛보며 다시 사랑의 길은 열리
고 그것이 절대자 하나님의 뜻이라는 것을 알게 된다.

　제시된 상황은 인간 내면에 자리하고 있는 부정적 감정인 '어둠'과
그에 대비되는 신의 보편적 사랑이다. 마지막에서 그 뜻을 깨달아 진
정한 사랑의 모습으로 화해한다. 신이 인간에게 베풀어주는 보편적 사
랑은 신, 불신을 떠나 모두에게 허용된 것이다. 이것을 깨닫고 그에게

---

204) 조재훈, 「다형문학론」, 『숭전어문학 5』(1970), p.209.
205) 신익호, 앞의 책, p.99.

감사할 수 있는 삶이 신앙인의 삶이라면 불신앙의 삶에서는 사랑의 실체를 인식하지 못하는 차이일 것이다. 이 시는 인간 모두에게 주어진 상황을 깨닫기 위해 마음의 문을 열어야 함을 강조한다. 이것은 개인의 신앙 체험을 고백하는 차원을 넘어 인류 전체에 내려지는 신의 사랑을 강조하고자 한 것이다. 기독교의 핵심적 가치인 사랑의 가치를 철저히 인식하고 있는 가운데 어떻게 실천해야 하는가를 다음 시에서 찾아볼 수 있다.

> 바람이 풀잎을 사랑하듯
> 풀잎처럼 밟히는 자를 높이신
> 그 분을 나는 사랑한다
> 태초의 말씀을 사랑하는
> 사랑법을 드러내 보이는 자를 사랑한다
> 천민의 천한 발을 씻긴
> 그 사랑을 내가 사랑한다
>
> 없음을 있음으로 증명하기 위해
> 오신 이를 사랑할 줄 아는 자를
> 나는 끝내 사랑한다.
>
> ― 「사랑법」 전문

인간에 대한 사랑을 위해 먼저 사랑하는 방법을 예시하고 있다. 여기서 제시한 사랑의 방법이 지극히 기독교적이라는 데 초점이 있다. 진정한 사랑의 가치를 인식하고 그 실천을 위해 이 땅에 온 '그 분'을 사랑하는 데서 참된 사랑은 시작된다는 것이다.

시적 화자가 사랑하는 대상은 신이며 그가 사랑했던 방법과 대상에 대해 자신의 사랑법을 투사시키고 있다. '풀잎처럼 밟히는 자를 높이신/ 그분' '천민의 천한 발을 씻긴/ 그 사랑' 등이 그것이다. 이 시가 전달하고자 하는 것은 인간의 참된 사랑의 원천은 신이 인간을 사랑한 데 있으며, 방법도 신이 인간에게 베풀었던 방법을 따르고자 한다.

인류 사회 곳곳에서 일어나는 갈등의 문제는 사랑의 결핍에서 오는 것이다. 사랑도 인간의 방법에 기초한 것은 결국 이기적일 수밖에 없음을 우리는 흔히 보게 된다. 기독교에서 말하는 사랑의 의미는 자기 희생적이며 이타적이다. 그 본을 보여주는 것이 이 땅에 인간으로 왔던 예수의 행적이다. 이 시에서 보여주는 사랑법이 예수가 인간에게 가르치기 위해 몸소 실천한 자기희생적, 이타적 사랑이다.

김지향은 이러한 기독교의 사랑을 종교적으로 수용하고자 한 것이 아니라 인간적 사랑에 적용시키고자 한다. 그 결과물이 연작시집 『사랑만들기』이다. 여기서는 종교적 사랑과 인간의 보편적 사랑과의 조화를 그 나름으로 깊이 통찰한[206] 것이다. 사랑에 대한 시인의 탐구는 기독교의 종교적 사랑과 인간에 대한 사랑의 합일점에서 그 가치를 인식하게 된다. 「사랑만들기」 연작시에서 다루고 있는 주제는 결국 하나님이 인간에 대한 사랑과 인간이 하나님에게 드리는 사랑 사이에서 최상의 아름다움을 추구하는 양상으로 구체화하고 있다.

> 비로소 사랑의 참맛을 알리라/ 사랑이 사랑이/
> 가슴에서 은방울을 굴리리라
> — 「사랑만들기 3」
>
> 우리 믿음은 바로 사랑이므로/ 쓰러진 갈꽃은/
> 기쁨이란 이름으로 일어나고/ 일어나므로 또 일어나/
> 이 가을 갈밭은/ 넘치는 사랑으로 강이 되어 펄럭인다
> — 「사랑만들기 24」
>
> 이제야 삼손의 머리칼에/ 힘보다 힘센 사랑이 살고 있음을/
> 사랑은 바로 힘을 있게 하는 핏톨임을 안다
> — 「사랑만들기 31」
>
> 왼손이 하는 일을/ 바른손이 모르게 하는/

---

206) 이수화, 앞의 글, p.303.

사랑이 감추임을 나는 들어내려고/ 감추임에 빛을 끌어대다가/
나는 때로 손을 다치고 맙니다/ 손이 떨어지고 맙니다
— 「사랑만들기 37」

　　인용한 시귀에서 보듯이 「사랑만들기」의 시는 사랑에 대한 잠언처럼 느껴진다. 시인의 시야에 있는 모든 것이 사랑의 대상이고 사랑이 결핍된 상황을 극복해 보고자 하는 마음의 표현이다. 사랑의 근원이 되는 신의 존재로부터 시작하여 일상의 모든 사물에 미치기까지 지상적인 사랑과 천상적인 사랑의 교묘한 분절과 사랑의 총체성[207]을 추구하는 양상을 나타내고 있다. 김지향의 기독교 의식의 지향점이 사랑의 정신이고, 근본적으로 구원에 대한 확신과 기쁨의 토대 위에 신에 대한 사랑이 인간 사회에 대한 애정으로 확산된 것이다.

　　1956년 시집 『병실』로 문단에 등단한 이후 쉬지 않고 시를 쓸 수 있었던 기본 동력이 이러한 사랑의 정신에 연유하는 것임을 알 수 있다. 신과 인간 사이에 존재하는 사물까지도 신앙인의 안목으로 바라보며 시로 승화시킨 것은 기독교 시인의 기본적 자세임을 보여준다.

　　1950년대 기독교시는 역사의 굴곡 속에서 받은 많은 상처를 안고 시인 각자의 종교적 체험을 시로 승화시키는 단계에 이르렀다. 전쟁이라는 참화 속에서 겪은 아픔과 고통의 현실을 직시하며 분단된 조국의 모습을 바라보며 신앙의 성숙된 일면을 보여주고 있다. 50년대는 현실 고발적 태도를 보인 시도 있고, 신앙의 순수성을 유지하는 두 부류의 시적 세계를 나타내고 있다. 그러나 양자 모두 시의 기저는 기독교 의식이 중심이 되어 미래지향적 사고체계를 형성하며 밝음의 세계를 지향하고 있다.

---

207) 이수화, 앞의 글, p.305.

6. 1960년대 —현실인식과 자아 각성

6-1. 현실지향적 문학과 기독교

1960년대는 4·19와 5·16으로 시작되는 시기로 한국 현대사의 중요한 기점에 서 있다. 이 시기는 전쟁이라는 격동기를 지난 후 자유와 권리에 대한 각성, 사회 현실에 대한 비판적 인식, 민족의 역사에 대한 신념 등이 분출된 시기이다. 직접적으로는 자유민주주의에 대한 열망에서 시작하여 부정부패를 좌시할 수 없다는 민중의 의거로 우리 민족의 정신사적 측면에서 새로운 출발점으로 인식된다. 이러한 의식은 문학에서 현실의 상황을 구체적으로 인식하며 자기 각성과 새로운 변모를 꾀하게 되었다. 그 결과 시단에서는 현실 참여의 의지가 부각되어 순수시와 참여시의 2분법적 사고가 일반화되었다.

그리고 50년대부터 시작된 새로운 시인들의 대거 등장은 60년대에도 이어지면서 그 동안 시단에서 주목을 받던 몇몇 사람에 의한 시단이 아니라 다양한 시의 세계가 펼쳐지고 있다. 이것은 혼란된 해방 공간과 6·25의 비극적 체험을 하고 난 후 사회, 역사적 현실을 정신사적으로, 문화적으로 다양하고 심도있게 극복해 나가는 과정[208]이라고 설명할 수 있다.

기독교계는 해방과 전쟁 이후 찾아온 사회의 변혁 속에서 토착화 문제가 거론되어 민족의식 속에 뿌리내리는 기독교에 대한 논의가 대두되었다. 기독교의 토착화 문제는 기독교 선교가 진행되면서 줄곧 일어났던 문제 중 하나로 기독교의 복음이 어떻게 비기독교 문화 속에 정착하느냐 하는 문제였다. 토착화는 초월적인 진리가 일정한 역사적

---

208) 김준오, 「순수, 참여와 다극화 시대」, 감태준 외, 『한국현대문학사』(현대문학, 1994), p.377.

정황 속에 적응하도록 자기를 변화하는 것209)이라는 주장이 학자들 간에 제기되었다. 이렇게 기독교 토착화 문제는 곧 기독교 문화에 대한 관심을 갖는 계기가 되었고 종교와 문학에 대한 논의도 활발해지는 동시에 기독교 시문학이 발전하는 계기가 되었다.

또한 60년대는 한국 사회가 산업화되어 가면서 도시 산업선교가 활기를 띠었고 현대교회의 필수적 선교 영역으로 인식되었다. 민족 복음화 운동이 활발히 전개되어 대규모 부흥집회를 갖는 등 기독교단은 일치와 화해를 위해, 또 많은 국민의 기독교 복음화를 위해 활발하게 활동했다. 그 결과 기독교인은 양적으로 눈에 띠게 성장하였고 아울러 기독교 신앙을 지닌 시인들의 등단도 활발해졌다.

시단에서 현실 인식의 시가 대두되는 가운데 많은 시인들이 등단하였으며 기독교 의식을 견지한 시인들도 다양한 방법으로 기독교시를 발표하였다. 신앙적 체험을 바탕으로 하는 순수한 신앙시와 함께 신앙인으로서 갖는 현실인식을 기독교 의식을 바탕으로 시를 쓰는 경향이 나타났던 것이다. 이 시기에 등단한 시인으로 박이도, 임성숙, 허소라, 이향아를 들 수 있다.

6-2. 朴利道210) ―빛을 향한 구도자

박이도는 자신의 시작품을 통해 기독교시의 실상을 보여주고자 했

---

209) 유동식, 「그리스도교의 토착화에 대한 이해」, 『기독교사상 강좌』3권, p.215.
210) 1938년 평북 선천에서 朴承林 목사의 2남으로 출생. 해방 이듬해 월남. 1962년 한국일보에 신춘문예에 시 「황제와 나」가 당선되어 문단에 등단한 이후 1968년에 첫시집 『회상의 숲』을 출간하였고, 지금까지 8권의 시집과 수필집을 발간. 특히 기독교 시문학에 지대한 관심을 갖고 꾸준히 연구하여 관련된 다수의 논문이 있고 저서로는 『한국 현대시와 기독교』가 있다. 그의 신앙시는 각 시집마다 몇 편씩 편재되어 있으며 『침묵으로 일어나』(종로서적, 1988)에 다시 모아져 있다. 여기서는 각각의 시집을 살펴보며 『침묵으로 일어나』를 중심 자료로 삼았다.

다. 그는 어려서부터 가족을 따라 믿게 된 기독교 신앙은 아직까지 회의에 빠져본 적이 없이 생활의 연장으로 인식하고 있다[211]고 술회한 바 있다. 그만큼 그의 신앙은 견고하다. 기독교적 분위기 속에서 자라온 신앙인에게 한 번쯤 있을 법한 신앙적 회의를 갖지 않고 자신의 생활의 일부로 받아들여 흔들리지 않는 신앙에 의해 구축된 정신세계가 그의 시에 그대로 용해되어 있다. 그는 자신의 문학에 대해 신앙고백적 차원에서 시를 쓰기 위하여 기독교를 알려 하지 않고 기독교를 알기 위해 시를 쓴다[212]고 했듯이 그의 시와 기독교는 이미 하나가 되어 있다. 그의 시에 용해되어 있는 기독교라는 종교적 의식은 이미 문학과 종교의 문제를 분리하여 논할 수 없을 만큼 견고하게 합일되어 있다. 때문에 그의 기독교시의 경향은 일상적 삶 속에서 찾는 감사와 기쁨, 신앙적 삶의 고백 그리고 사랑의 표출로 일관하고 있다.

(1) 구원자로서의 빛의 형상

성경에서 하나님과 예수님은 세상의 빛이다. 빛과 대조되는 것이 어둠으로 빛에서 멀어질수록 어둠이 자리하게 되고 어둠은 죄악의 온상으로 여겨진다. 빛에서 멀어질수록 죄에 가까이 하게 되는 것으로 인간이 신과 멀어질수록 인간 중심의 생활이 되며 죄악이 싹트게 된다. 그러나 하나님과 가까이 할수록 인간은 죄에서 멀어지고 구원을 얻게 된다. 구원의 빛을 향한 시인의 의식은 항상 신에게로 열려 있다.

> 말씀에 깨어있을 때
> 하늘이 보인다
> 어둠 속 線形으로 내리는
> 빛들의 형상

---

211) 박이도, 「문학적 신앙고백」, 『신앙세계』(1979, 1), p.117.
212) 박이도, 위의 글, p.120.

시간이 距離 위에 놓인다

하늘이 다가온다
밝음으로 깨어나는
의식의 숨결
차라리 침묵으로 일어나
나는 뛰어간다
가까이 다가오는 빛들의 형상
내가 지금 살아남을
소리내어 메아리쳐 본다

— 「깨어 있을 때」에서

  영적 자각에 의한 기쁨의 순간, 신앙적 황홀감, 그 절정의 순간을
표현하고 있다. 하나님의 말씀으로 인해 영적 자각이 있을 때 다가오
는 빛들을 형상화하고 있다. 그것은 현실의 어둠 속으로 내려와 그 어
둠을 몰아내며 시·공을 초월하는 절대성을 지닌다. 삶의 어둠 위에 내
려오는 '빛들의 형상'으로 인하여 어둠이 밝음으로 깨어나는 순간의
모든 것을 표현하고 있다. 어둠에서 깨어나는 것은 '빛'에 의해 가능
하지만 그 빛의 근원이 '하늘' '말씀' 등으로 제시된다. 말씀과 빛은
곧 하나님이다.213)
  시인이 지향하는 기독교적 삶의 원형으로서 나타나는 것이 빛이다.
그것이 시인만의 내밀한 언어인 형상과 만나 더 선명한 신앙의식을
표출하고 있다. 그의 삶 자체는 구원의 빛, 영원성을 회복하는 데 궁
극적인 목표를 세우고 있는 것이다.214) 빛을 향해 나아가고자 하는 시
인의 의식은 자신의 삶 속에서 만나는 모든 일에서 인간의 모습을 벗
어버리고 그 지점에서 만나는 신의 실체를 발견하는 영적 기쁨을 표

---

213) 요한복음 1장 1절-4절.
214) 최규창, 『한국 기독교시인론』(대한기독교서회, 1984), p.99.

현하고 있다.

> 지상의 어둠
> 無形의 빛
> 그 변주의 시간 속에
> 나는 逆으로 坑을 따라 내려간다
> 가장 날카로운 괭이로
> 검은 광맥을 뚫어낸다
> 새 빛을 찾아
> 어둠을 살라먹는
> 살아있는 공간의 지금 시간을 위해
> 빛의 원형을 캐러 간다
> ⋯⋯⋯⋯⋯⋯
> 천년이 걸릴까, 내 빛의 작업은
>
> ─「빛의 갱부」에서

이 시는 구원으로 오는 빛의 형상을 찾는 구도자의 모습을 형상화하고 있다. 지상의 생활을 어둠으로 파악하고 빛을 찾아 긴 작업을 펼치는 자아의 내면의식을 표출한 것이다. 이 시는 전체가 6연으로 이루어졌다. 첫 연에서 '처음 빛을 의식했을 때/ 그 때의 빛을 찾기 위해/ 나는 관념 속에서 뛰쳐 나온다'고 진술한다. 빛의 형상을 처음으로 발견했을 때의 감격을 다시 이어가기 위해 관념적 사고의 틀을 벗어나고자 한다. 2연에서는 '처음 본 빛의 원형을 찾아/ 나는 갱부가 된다'라고 하여 그가 찾고자 하는 빛의 원형에 대한 치밀한 작업을 계속한다. 광맥을 찾아 갱도 깊이 파고드는 갱부에 비유하여 자신의 내면을 향해 깊이 들어가는 자아의 모습이다. 이 작업이 '천년이 걸릴까'라고 하여 시간적으로 어떤 한계가 없음을 표현한다.

여기서는 어둠으로 인식되는 오늘의 현실에서 구원을 위해 끝없는 자아와의 내면적 투쟁이 있어야 할 것과 그것이 얼마나 많은 시간과 노력을 들여야만 될 것인가를 나타내고 있다. 죄와 불법이 횡행하는 어둠의 현실을 밝혀줄 빛을 찾기 위해 자아의 내면을 따라 초월적 대상을 찾는 작업은 곧 구원을 위한 노력이다. 빛을 찾는 그의 노력은 다른 시에서도 자주 나타난다.

> 설레이는 마음으로/ 빛의 흔적을 찾아 떠나간다
> —「나그네」
> 이것은 바람이요/ 소리없는 음악이어라/ 크나큰 생명이어라/
> 나에게 내리는 빛이어라
> —「설경」
> 오늘은 새날/ 이 빛의 누리에서/ 영원히 눈뜨게 하소서
> —「새빛」

빛에 대한 특별한 관심은 그것이 구원에 이르는 방법이기 때문이다. 하나님 말씀을 이해하고 확신에 찬 삶이 이어지는 동안 언제나 이 작업은 계속될 것을 암시한다. 그것은 영원한 생명을 추구하는 삶을 의미하는 것으로 구원을 향한 삶의 여정은 자신의 존재에 대해서도 신과의 관계 속에서 인식하고 있다.

> 아무것도 들을 수 없는
> 깊은 수렁 속에
> 허위적이는 나
> 가슴을 치고 어둠을 두드립니다
> 낮은 목소리로 부르는
> 조용 조용 다가와
> 내 손목을 꼭 잡아 주는
> 그는 누구입니까
> —「자유의 형상을」에서

구원의 빛을 희구하는 인간의 모습을 보여주는 시이다. 1연과 2연에서 신과 인간의 모습을 대비시킴으로써 인간이 찾아야 할 구원의 길을 제시하고 있다. 구원의 실체로서의 신의 모습은 '조용히 웃음짓는 형상'이며 들리지 않는 목소리와 보이지 않는 얼굴의 소유자로 초월적 존재임을 부각시킨다. 거기에 반하여 인간인 '나'는 '깊은 어둠의 수렁 속에' 갇혀 있는 존재이다. 3, 4연에 가면서 '그'는 낮은 목소리로 부르며 조용히 다가와 '나'의 손목을 잡아주는 구원의 실체로 그려지고 '나무'로 표현된 '나'는 그를 맞이하기 위해 훨훨 날아가고 싶은 '자유의 형상'을 그리고 있다. 인간인 '나'와 신인 '그'와의 사이에 놓인 공간은 어둠의 수렁이지만 인간이 추구하는 구원의 대상을 향해 끊임없이 나아가고자 하는 신앙적 고백이 담겨 있다.

그가 지향하는 인간의 모습은 '자유의 형상'임을 알 수 있다. 인간에게 구원을 제시할 수 있는 실체인 절대자의 형상은 조용히 웃음 짓고 다가와 우리의 길을 인도해 준다. 그의 시에 자주 나타나는 시어 가운데 '형상'은 신앙적 자아에게 다가오는 실체적 모습의 이미지를 담고 있다.

①조용히 웃음 짓는 형상
— 「자유의 형상」

②마지막 부서지는 햇살을 차단하며/ 나타나는 형상을 보았다
— 「묵시」

③차라리 침묵으로 일어나/ 나는 뛰어간다/ 가까이 다가오는 빛들의 형상
— 「깨어있을 때」

④밤사이/ 하나님은 쉬지 않고/ 나의 형상을 새로 지으신다
— 「나의 형상」

⑤한다발 안개꽃에서/ 나의 형상을 찾아낸다
— 「안개꽃」

⑥높은 곳, 먼 곳에/ 나의 형상을 붙들어야 합니다

―「높은 곳, 먼 곳」

인간은 하나님의 형상대로 지어진 존재이며 하나님과 교제할 수 있는 유일한 대상이다. 여기서 형상이라는 의미를 추출해 낼 수 있는데 하나님의 형상대로 지어진 인간이 세계 가운데서 따라야 할 모범이 하나님이라는 것이다. 따라서 형상은 단순한 지시적 의미에서 벗어나 신앙적 자아가 추구하는 구원의 대상이며 구원을 향한 자아의 존재인식이다. 예시에서 보듯이 그의 시에 자주 등장하는 형상 중 ①-③은 자아가 추구해야 할 대상으로서의 신의 형상이며, ④-⑥에서는 완벽한 신앙인의 모습을 추구하는 자아의 형상이다. 형상이 내포하고 있는 의미는 시인의 정신 속에 내재된 종교의식이 분출되는 특별한 시어에 속한다. 자아를 완성시키고 구원하는 주체로서의 형상이 인용시에서는 조용히 웃음 짓는 것으로 나타난다.

> 理性의 깊이에서 살얼음이 깨어진다
> 感性의 깊이에서 풀꽃들이 흩어진다
> 信仰의 깊이에서 憐憫의 울음이
> 깊이 깊이 나의 現實을 亂打하고 있다
> ....
> 커다란 신의 그림자를 따라
> 불빛을 찾아 아침으로 還元하는
> 發見의 시간,
> 서둘러 이르는 곳에
> 또한 나의 約束이 있다.
>
> ―「발견」에서

인간의 정신세계에서 만나는 모든 것 중에서 신앙의 세계를 부각시키며 거기서 만나는 신의 모습은 시적 자아에게 가장 귀중한 발견임을 나타내고 있다. 1연에서는 이성과 감성의 세계에 머물러 있는 인간의 정신세계에 또 하나 신앙의 세계가 있음을 강조하며 그곳에서 만나는 현실적 자아에 대해 연민의 울음이 있음을 표현한다. 냉철한 이성의 세계도 정서적 감성의 세계도 신앙의 세계에서 만나는 현실적 자아만큼 철저한 연민을 느끼지는 못한다. 인간의 이성과 감성의 세계는 정신세계의 한 부분이기는 하지만 그것을 지배하는 주체는 될 수 없음을 시인은 알기 때문이다.

2연에서 신앙적 자아는 생명을 나의 소유로 인식하고 '지상의 불꽃'에 대해 애정을 느낀다. 육체적 삶에 대한 연민에서 깨어나는 것이다. 육체적 삶에 대한 환각에서 벗어나 새로운 영적 세계로 나아가는 중요한 발견의 시간이다. 3연에서는 육체적 삶에서 영적 삶으로의 초월이 가져다주는 평안함이 묘사되어 있다. '신의 그림자' '불빛' '아침' 등의 시어에서 보듯이 새로운 세계로의 지향성이 드러난다. 이곳에 이르렀을 때 '나의 약속'이 있다는 것이다. 신과 인간의 관계인 약속의 관계로 환원되는 삶, 곧 신앙적 삶의 표출이다. 영적 체험의 기록으로 신앙적 자아의 깊이있는 세계로의 정신적 초월이 여실히 묘사되고 있다. 이 시가 기독교시로서 성공한 것은 시인의 신앙적 체험의 일상성이 드러나고 있다는 데 있다. 일상적 삶이 신앙과의 연관 속에 있을 때 삶은 그 자체가 기도이며 자의식은 신 앞에서 매일 죽어간다. 그리고 새날을 감동으로 맞고 감사의 삶이 된다.

(2) 신앙적 삶의 고백

박이도는 문학과 신앙의 관계에 대해 나의 생활 영역에 미친 모든 문학적 요소와 나의 신앙이 어우러져 나타나는 것이 결국 내 문학 속에 신앙적 요소가 나타나는 것[215]이라고 했다. 문학 속에 용해되어 저절로 스며 나오는 것이 자신의 기독교 신앙시의 세계라는 것이다. 신

---

215) 박이도, 앞의 글, p.119.

앙과 삶이 하나가 되어 삶 자체를 순수한 신앙고백으로 표현하고 있
다.

> 십자가를 지는 아픔과
> 부활하는 기쁨을
> 나는 안개꽃에서 찾아낸다
>
> 기도 드리는 會中의
> 良心의 소리가
> 저 안개꽃의 향기로 스며 온다.
>
> —「안개꽃」에서

　신앙인으로서 자아의 이미지를 안개꽃으로 형상화시키고 있다. 교회
당 제단 위에 바쳐진 안개꽃에서 '나의 형상'을 찾아낸다는 것은 십자
가의 아픔과 부활의 기쁨이 공존하는 삶을 인식하게 된다는 뜻이다.
한 다발의 안개꽃 속에는 십자가의 고난과 뒤따라오는 부활의 기쁨이
공존하는 기독교적 인식이 담겨 있고 그것이 곧 시적 자아의 형상이
다. 기독교는 죽음으로 하여 삶이 있고 고통 속에서 기쁨을 맛보는 역
설의 종교이다. 십자가의 수난과 부활의 기쁨은 바로 기독교 신앙의
위대한 역설216)이라는 것은 기독교의 역설적 진리에 대한 지적이다.
기독교 의식 속에 젖어있는 자아의 형상이 바로 이러한 모습임을 자
각하고 안개꽃이라는 객관적 상관물을 통해 자신의 실체를 인식하고
자 한다. 고통을 감수하고 그것을 기쁘게 승화시키는 노력 속에서만
인간이 참다운 인간일 수 있다는 역설217)은 이 시에 대한 이해를 도
와준다. 성숙된 신앙인의 모습은 자신의 내면에서 오랜 세월동안 성숙
된 신앙의 자세에서 비롯된다. 하나님을 찾아 나아가는 길에서 만나는

---

216) 신규호, 박이도 시집, 『침묵으로 일어나』(종로서적, 1988) 해설.
217) 이인복, 『문학과 구원의 문제』(숙대출판부, 1982), p.272.

여러 가지 갈등과 회의보다는 자신에게 다가오는 시련의 단계를 거쳐
성숙된 신앙인의 모습에서 만날 수 있다.

> 잊어버린 그대의 말씀
> 하나씩 찾아서
> 이 몸의 裝身具처럼
> 소중한 生命을 찾아야지
> 밖으로 트이지 않는
> 내부의 이것을
> 나는 受難이라 이름하고
> 精神을 차려야지
> 精神을 차려야지
>
> ─「受難」에서

> 나는 하나님으로부터
> 하루의 糧食밖엔 허락받지 않았다.
> 매일의 糧食을 위해
> 그런 하루를 살기 위해
> 나는 하나님과 등을 대고
> 내일을 염려한다.
>
> ─「試鍊」에서

위의 시들은 제목 자체가 암시하고 있듯이 삶에 다가오는 고통을
극복의 의지로 나타내고 있다. 신 앞에서 무력한 존재일 수밖에 없는
인간의 실체를 자각하고 '하나님을 불러본다' '정신을 차려야지' 등으
로 자신을 깨우치고 자신에 대한 성찰로 일관하는 태도를 보인다. 신
앙인의 삶은 역경과 고난 앞에서 절망하고 좌절하는 것이 아니라 그
것과 대결하여 극복하는 것이다. 그 과정에서 신앙은 더욱 깊어지며
자신은 약하고 유한한 존재임을 자각하여 신에게 의지하는 계기가 된
다.

「시련」에서 1연은 인간이 자신의 의지대로 살아가려는 노력을 보여준다. '하나님과 등을 대고/ 내일을 염려한다'는 것은 인본주의적 사고체계에 입각한 삶의 모습이다. 그 결과 2연은 '하늘을 나는 새만큼/ 하나님의 은총을 누리지 못한다'라는 깨달음과 함께 회개하는 자세를 나타낸다.

「수난」에서도 '여지없이 앗아간/ 우리의 신앙이/ 어디서 운명하는가를/ 온 몸으로 알아야지'라고 함으로써 문제의 시작은 신앙을 잃은 데서부터라는 자각으로 일관한다.

문학에서 중요한 요소가 사상이라고 했을 때 종교는 이 사상성의 요체로 작용해 왔음은 주지의 사실이다. 기독교 의식은 기독교의 중요 교리인 구원, 속죄, 회개, 사랑 등의 요소가 일상적 삶에 체험으로 나타난다. 이러한 기독교적 일상의 삶을 구체화시켜 그것을 시적으로 승화시키는 것이 기독교시인의 작업이다. 박이도의 기독교시는 삶에 용해되어 있는 기독교 의식이 자연스럽게 표출되었음을 알 수 있다.

> 달빛 흘러내리는 지평을
> 거닐며 거닐며
> 끝없이 뻗어간 시야에
> 광채를 더하자.
> 그리고 오래오래 생각하자
> 신의 영역에까지
>
>   — 「방」에서

이 시에서는 우리들의 일상에서 볼 수 있는 여러 가지 자연현상과 인간의 삶에서 드러나는 모순을 발견한 화자가 결국 신의 영역에서 모순과 갈등을 해소하고자 하는 모습을 나타내고 있다. 신앙인의 삶이란 종교적인 영역이 현실과 유리된 것이 아니라 생활 속에서 찾아낸 신의 모습으로 인해 삶의 의미를 찾고자 하는 것이다. 삶 속에 임재해

있는 신의 실존을 믿을 때 그의 삶은 참 자유와 평안을 의미한다.

시인의 내면에 잠재되어 있는 의식의 세계를 표출하는 것이 시로서 신앙인의 시는 자연스럽게 신앙의식이 표출된다. 종교적 관념이 노출되지 않는 것은 그만큼의 수련을 통해 예술적 승화에 성공했기 때문이다. 신의 존재에 대한 확신이 신앙의식으로 굳어져 시로 표출되는 것이 신앙시의 요체이다. 신에 대한 믿음을 가질 수 있는 것이 축복임을 시인 스스로 고백하는 신앙적 자세는 곧 생활 속에서 만나는 일상의 일에 대한 감사와 미래에 대한 소망을 갖게 한다.

(3) 미래를 향한 소망의식

기독교적 세계관은 미래를 바라보는 시각이 긍정적이라는 특성을 지닌다. 종교의 궁극적 목적이 구원에 있는 만큼 구원에 대한 확신을 갖는 신앙인의 입장에서 미래는 인간의 의지에 달려 있기보다는 신의 의지에 달려 있기 때문에 신을 의지하는 기독교 신앙인의 미래관은 소망을 담고 있다. 박이도의 경우 신앙은 삶의 한 부분으로 인식되어 일상에서 신의 손길을 인식하게 되며 그것을 시로 표출한 것이 신앙시이다. 그러므로 그 안에서 미래를 바라보는 시각은 소망을 담고 나타난다.

> 밤마다 뜨는 별
> 우리 가슴마다 뜨는 별
> 잠 못 이루고 생각하는
> 우리들의 별들
> 더 깊은 하늘에 숨겨 둡시다
> ·····················
> 영원한 이 生命의 땅에
> 우리들의 별을 길이길이
> 숨겨둡시다

사랑과 믿음과 소망의
별을 숨겨둡시다

— 「所望의 별을」에서

　여기서 '별'의 이미지는 새로운 세계에 대한 이상인 동시에 미지의
세계 그 자체이다. 그것을 하늘에 숨겨 두자는 것은 하늘에 소망을 두
자는 것이다. 그렇다고 현실적 삶을 부정하는 것은 아니다. 살아있는
대지 즉 현실의 삶에 작은 소망을 심고 난 연후에 그곳에서부터 출발
하자는 것이다. 현실은 '잿빛 하늘' '우수' '기러기떼' 등의 시어에서
나타나듯이 밝은 세상은 아니다. 그러나 이 현실을 망각한다든가 이곳
을 떠나고 싶다기보다는 여기서의 삶을 밑거름으로 영원한 생명으로
이어질 세계에 소망을 담아보고자 한다. 이것은 신앙인의 확고한 의식
으로 미래에 대한 소망을 기대하는 태도이다. 신앙인의 소망이 현실의
부정에서 출발하는 것이 아니라 현실 긍정의 바탕 위에서 이상적 세
계를 바라보는 것이다. 그의 이상을 담고 있는 '별'의 이미지를 통해
가슴 속 깊이 간직한 믿음이 더 강한 전달력을 갖게 된다. 믿음의 불
씨를 간직한 시인의 의식은 작은 사물 하나도 결코 소홀하게 지나치
지 않는다.

걸어오라
헛헛한 벌판으로,
어둠과 손잡은
太初의 억센 바람이
아직 불어 오는 그러한
벌판으로,
肉身이여
말없이 걸어오라
　……………
시뻘건 불덩이가 솟아 오르는

헛헛한 벌판으로
얼마나
사랑이 애태우는가를
혈관으로 깨달아
걸어오너라

— 「出發」에서

    영혼의 삶을 중시하는 신앙인의 한 단면을 나타내고 있다. 이 시에서는 신앙인이 나아가고자 하는 세계를 가나안으로 설정해 놓고 그곳을 향해 나아가고자 하는 삶의 태도를 보여준다. 구약에서 이스라엘 백성이 애굽의 종살이에서 벗어나 모세의 인도를 따라 가고자 한 곳은 하나님이 예비한 가나안이었다. 그곳에 가기 위해 그들이 지나야 했던 광야생활은 수많은 고난과 난관이 있었다. 가나안이라는 최후의 목적지를 향해 많은 희생과 고난을 감내했던 것처럼 구원에 이르기 위한 신앙인의 삶이 쉽지 않음을 암시한다. 목표점인 가나안을 향해 모두가 나올 것을 외치며 미래에 대한 확신은 명령형으로 일관하여 강한 의미를 던져준다.

    신앙인의 소망의 세계인 가나안을 향해 가기 위해 모두는 '벌판'으로 걸어나와야 한다. 하지만 벌판은 아직 어둠과 억센 바람이 있다. 피곤하고 지친다 해도 거기서 머물지 말고 '신앙의 화신'이 되어 '갈구의 자세'가 되어야만 한다. 벌판을 향해 나오는 과정에서 사랑의 필요성을 '혈관으로 깨달아'야 함을 강조한다. 이 과정에서 '눈물'은 곧 '보석'으로 여기라고 한다. 현실적 삶에 머물며 살다 죽어가는 것이 아니라 영혼의 세계, 가나안을 향해 가는 노정에서 역경과 고난 속에서 흘리는 눈물은 바로 보석과 같이 귀중한 의미를 지닌다는 것이다. 영적인 삶의 중요성을 깨우치며 그것을 위해 나아가야 할 방향을 제시하는 이 시는 현실에 안일하게 머무는 삶의 가치보다 고난과 역경을 지나 영적인 삶의 가치를 충분히 깨달은 시인의 자기 고백이다.

박이도의 기독교시는 빛을 찾아가는 여정으로서 구원을 향해 가는 구도자의 모습 그것이다. 항상 밝음 속에서 미래를 향해 열려있는 그의 시선이 명징한 언어로 잘 나타나 있다. 소망 속에 열매 맺는 삶을 위해 끊임없이 빛의 형상을 추구하는 모습이다.

6-3. 林星淑218) —신앙적 자아의 내면화

임성숙에게서 기독교 신앙은 삶을 지배하는 중요한 요소로 작용하여 신앙의 생활화를 추구하는 내면화된 세계를 표출하고 있다. 일반시에서 시적 세계의 확대라는 측면을 보여주었다면 신앙시의 세계는 자신의 의식 속으로 내면화되는 측면을 나타낸다. 내면화의 방법으로 신 앞에서 자신의 신앙을 고백하며 회개하는 모습을 보이며 좀더 신실한 신앙인이 되기 위해 자아 각성의 모습을 드러낸다. 그의 시 속에 나타나는 기독교 의식은 주로 속죄와 부활이며 일상적 삶에서 발견하는 신의 존재에 친근하게 다가가고자 한다. 신과 인간의 문제를 떠나서 기독교 문학은 존재할 수 없듯이 신앙시에서 신의 존재에 대한 탐구는 기본적 소재일 수밖에 없다.

임성숙의 시는 신 앞에 서는 시인의 자세를 표출함에 있어 일상적 언어로 친근하게 다가간다. 신과 인간의 관계는 개인적 신앙의 척도에 따라 다르게 해석될 수 있다. 임성숙의 시에서 신의 존재가 따뜻한 사랑의 대상으로 비쳐지는 것은 시인의 삶 속에서 체험한 모습 그대로이기 때문이다. 그의 신앙시는 여성성을 앞세워 섬세한 자기성찰의 자

---

218) 1933년 충남 공주 출생. 1967년 「모두 떠나간」, 「행렬」, 「작은 손바닥」 등으로 『현대문학』에서 천료되어 등단함. 첫시집 『우수의 뜨락』을 출간한 이후 지금까지 10권의 시집과 시선집을 출간하였고, 신앙시집으로 『당신이 누구신지 참으로 안다면』(종로서적, 1989)이 있다. 여기서 대상으로 삼은 시는 주로 선시집 『여덟개의 변주곡』(마을, 1995)과 신앙시집이다. 그의 신앙시가 일반시집에도 있으나 신앙시집에 집약되어 있기 때문이다.

세로 신에게로 다가가는 진솔함을 보여준다.

(1) 절대적 신앙관

임성숙의 신앙시에는 신을 향한 기독교인의 삶을 끈질기게 추구한다. 신에 대한 절대적 신뢰에서 비롯된 이와 같은 의식은 삶의 현실에서 만나는 작은 일에서도 자신의 양심을 통해 굴절된 신의 모습, 신의 음성을 찾으려는 노력을 보여준다. 그의 시에 나타난 기독교 신앙은 모든 생활을 그대로 지배하고 있으며, 신앙에 의한 삶을 영위하고 있다.219) 그의 시는 기독교 정신이 삶의 근본이며 핵심임을 짐작하게 한다.

> 내 목숨 길을 죽음의 그림자가
> 한 번 두 번 세 번
> 일곱 번씩 드나들다가
> 이제 아주
> 내 목숨 안 어딘가에 깊숙이 들어와
> 살고 있나니.
> 때때로 숨어서 지켜보는 그 앞을
> 툭툭 두 손 털고 걸어가는
> 가난한 내 영혼
>
> ― 「신앙」에서

이 시는 신앙의 획득과 그 결과에 대한 서술이다. 시인이 삶 속에서 체험한 믿음의 세계를 정교한 언어로 표현하고 있다. 죽음은 인간에게 가장 두려움의 대상이다. 그러나 죽음의 체험은 곧 영혼의 문제를 심도있게 생각할 수 있는 여유를 갖게 하는 기회가 된다. 이 시에서도

---

219) 최규창, 임성숙 시집, 『당신이 누구신지 참으로 안다면』(종로서적, 1989) 해설.

죽음의 체험이 영혼의 문제로 귀결하는 과정을 보여준다. 자아의 목숨에 다가온 죽음의 그림자가 여러 차례 드나들다가 이제 자신의 생명 속에 깊숙이 자리잡은 상황에서 영혼의 문제를 심도있게 살피게 된다. '가난한 내 영혼/ 그 가까이 발자욱을 옮겨 디딜 때마다'라고 하여 육체의 연약함에서 죽음을 연상하게 되고 그것은 곧 영혼의 문제로 발전한다. 그러나 죽음의 문제를 능가하는 것이 있음을 인식한다. '정하고 정한 피' 예수가 십자가 위에서 흘린 피가 인간이 극복할 수 없는 문제의 해결점이 된다는 것이다. 이 과정에서 '미움'이 '사랑'으로, '땅의 것'이 '하늘의 것'으로 전이된다.

육체의 고통으로 죽음의 문 앞에 선 인간은 누구나 하나님을 찾는 경험을 하게 된다. 그것이 곧 영혼의 가난함이며 그 체험이 조금씩 가슴에 쌓여가며 '땅의 것' 즉 현실적 가치보다는 눈에 보이지 않는 '하늘의 것'에 관심을 갖게 된다. 여기서 미움이 사랑이 되어 가는 진실한 삶의 가치를 알게 되는데 이것이 신앙임을 고백하고 있다.

시인이 갖고 있는 신앙의 체험이 시에 용해되어 있음을 볼 수 있다. 현실의 삶 속에서 체득한 신앙을 표현하는 데 있어 종교적 색채를 굳이 드러내지 않는 가운데 강한 신앙의식이 내재되어 있다. 신앙의 대상이 되는 신에게 귀속되고자 하는 것이 인간이 종교를 갖는 이유일진대 이 시는 그 과정의 끝에서 '땅의 것이 하늘의 것이 되어간다'로 압축되어 신앙의 핵심을 묘사하고 있다.

그의 신앙고백을 표현한 시는 현실 감각을 전달한다. 추상적 진리나 형이상학적 관념의 언어보다는 구체적 언어로 진솔한 삶의 모습을 그려주는 가운데 신을 향한 견고한 신앙의식을 드러낸다.

스스로의 체온으로
빛을 향해 드리는
겸허한 기원

> 활활 치솟는
> 불꽃 언저리
> 부나비 부서지는
> 한결
> 서늘한 귀로에서
>
> 신이
> 잠시 드리웠다
> 거두시는
> 나의 영토
>
> — 「그림자」에서

무심하게 지나치는 일상의 삶 속에서 만나는 신의 손길이 이 시의 주된 정서이다. 하나님 앞에 겸허해지는 인간의 본성을 '빛을 향해 드리는/ 겸허한 기원'이라고 표현하고 있다. '빛'의 이미지는 밝음의 세계로 절대성을 지닌 영혼의 세계를 암시한다.

신앙은 외적인 문제가 아니라 내면의 문제이기 때문에 신앙관은 시인의 내면성이 표출된 것이다. 빛을 지향하며 빛의 세계에서 살기를 바라는 내적 자아와 현실의 자아와의 갈등은 신앙인에게 있어 무수히 겪는 문제다. 그 문제에 대한 해법으로 시를 쓰고 기도 드리는 자세를 나타내는 것이 시인의 작업이다.

> 비록 한 순간이라도
> 깨어있는 나를 확인하려고
> 빛 속에 머무는 영원의 눈과 마주치려고
>
> 나는 어둠 속에 물구나무서서
> 시를 쓴다. 기도드린다.
>
> — 「깨어있기」에서

　신앙적 자아는 항상 깨어있기를 원하지만 현실에서는 '잠' '어둠' '졸음' 등에 쫓겨 살아가는 모습이다. 신앙으로 무장한 내적 자아가 '빛 속에 머무는 영원의 눈과 마주치려고' 하는 소원으로 어둠과 잠을 쫓는다. 그 방법으로 '시'와 '기도'가 동원된다. 시인에게 있어 시를 쓰는 작업은 기도와 같다. 신앙인이 쓰는 시의 영역이 영적 세계로 확대되고 있음을 알 수 있다. 문학이 인간에게 구원을 주는 빛은 아닐지라도 신앙을 가진 시인이 하나님 앞에 깨어있는 모습을 보이기 위해 선택된 방법이 시를 쓰는 작업임을 보여준다.

　이 시에서 보여주는 시인의 자세는 신 앞에 절대적 경외심을 나타내는 것으로 종교적 경각심을 일깨운다. 신앙적 인간의 자아 완성은 신 앞에 깨어있으며 빛 속에 머무는 영원의 눈과 마주치는 모습 속에서 이루어짐을 인식한다. 기독교 문학은 기독교 정신으로 세계를 해석하고 그것을 언어로 표현한 예술이다. 임성숙의 시는 기독교 정신을 내밀화시킨 것이며 종교적 체험을 시적 체험으로 승화시킨 것이다. 삶과 신앙의 일치를 시로써 실천하고자 한 것이다.

　신의 은총을 체험한 시인이 종교적 의무감에서 벗어나 영혼의 문제를 탐색하며 그 실천적 모습을 형상화시키고자 하는 노력은 사상과 지성, 시적 정서의 결합으로 이루어진다. 신앙적 자아의 영적 깨달음이 육체를 입고 살아가는 현실 속에서 어떻게 화합하며 융화할 수 있을까 하는 과제가 이 시인의 신앙시의 주된 과제이다. 그가 인식하고 있는 신을 통해 좀더 친밀하고 가깝게 다가가고자 하는 내적 욕구를 엿볼 수 있다.

　　어릴 때
　　시시덕거리며
　　소꿉질 숨바꼭질하다가

돌부리에 무릎 깨고
숨어 뵙던 하나님.

하늘나라 우러러
공연히 두렵던
그 분
얼굴 모를 하나님.

캄캄한 광야에
고꾸라져 뵙는
오 어머니처럼
만만한 하나님.

—「하나님」 전문

이 시는 시적 자아가 인식하고 있는 하나님의 정체성을 나타내고
있다. 어린 시절부터 현재의 자아가 느끼는 하나님의 실체는 일상 속
에서 우리 곁에 가까이 와 계신 분으로 인식하고 신과 인간의 관계에
서부터 일상성을 지니고 있음을 보여준다.

1연에서의 하나님은 어린 시절 철없을 때 숨어서 뵙던 대상이라면
2연에서는 외경심으로 가득 차 두렵기만 했던 존재다. 그러나 3연에
와서 하나님은 '캄캄한 광야' 같은 현실 속에서 낮아지고 깨어진 모습
으로 다가갔을 때 어머니처럼 다가와 위로와 평안을 주는 대상임을
고백한다. 신앙의 성숙과 함께 다가오는 신의 존재는 다르다는 것을
보여준다.

시인이 하나님에 대한 무의식적 접근에서 파생된 신앙의 상태에서
연유된 신의 존재를 감각적 시어로 표현함으로써 하나님의 실체를 감
지하고 있다. 3연 '캄캄한 광야에서/ 고꾸라져 뵙는'에서 암시하고 있
듯이 인생의 주관자가 '나'에서 '하나님'으로 옮겨졌을 때 만나는 하
나님은 '어머니'와 같은 존재라는 것이다. 암담한 현실에 부딪쳐 하나

님에게 무조건적인 항복과 순종의 자세로 나아가는 모습에서 사랑의
정체인 하나님의 실체와 만나게 된다.

이 시에서는 진정한 신앙인의 모습과 신의 실체를 보여주고자 한다.
곧 피상적 개념으로서의 신으로 인식하기 보다는 자신의 체험 속에서
만났던 신의 모습을 관념적 세계를 초월한 언어로 표현하고 있다. 생
활 속에서 만난 하나님, 그에 대한 믿음이 어떠한지 가장 실질적인 모
습으로 보여주는 것이 신앙시의 핵심 요소이다.

> 새는 날면서
> 날개가 상할 줄
> 꿈에도 생각하지 않아요
>
> 나무는 한 번도
> 뻗어나는 그의 팔이 꺾일 줄
> 의심하지 않아요
>
> 강물은 언젠가 물줄기가 마를까
> 돌아보지 않고
> 유유히 흘러가요
>
> ― 「믿음」 전문

이 시는 믿음에 대한 진술이다. 믿음이란 자연의 이치에서 보듯이
한 점의 의심도 없이 살아가는 것, 자신에게 주어진 환경 속에 순응하
는 것이다. 그것은 만물을 운행하는 신에 대한 절대적 신뢰에서만 가
능하다. 임성숙의 시에서 말하고자 하는 것은 절대적 믿음, 절대적 신
앙이 밑받침이 되어 있다. 그러나 그것이 호교적 메시지로 보이지 않
는 것은 관념적, 종교적 언어에 의한 것이 아니라 자신의 내면에서 여
과된 정서를 문학적 언어로 표출하고 있기 때문이다. 개인적 신앙체험
을 밀도있게 그려주고 있다는 것이다.

(2) 자기 고백적 참회

개인의 신앙관이 신의 존재 앞에서 그 의미를 획득한다는 것을 토로한 시인의 의식은 참회와 감사의 태도가 나타나 있다. 일반적으로 기독교 의식 속에서 나타나는 회개, 사랑, 감사 등은 누구나 인식하는 것이지만 표현 방법은 다르게 드러난다. 섬세한 감정의 표출로 결코 종교성이 노출되지 않는 것이다.

> 내가 살아 있다는
> 그 감격만으로
> 기뻐할 수 없다면
> 나는 개천에서 뛰노는
> 송사리 떼만도
> 언덕 위에 너울대는
> 수목만도 못한 것
> 아닌지요
>
> ― 「참회록」에서

전체가 2연으로 된 짤막한 시다. 그러나 자신의 삶에서 작은 부분에까지 신앙적 양심으로 살아야 할 것을 강조하고 있다. 일반적으로 회개, 참회라고 하면 과거의 삶에 대해 반성하는 것으로 인식되어 왔으나 여기서는 현재의 삶에 대해 철저히 신앙인의 삶이 되기를 기원하는 마음이다. 현실에 대해 감사가 없다는 것과 이웃에 대한 사랑의 결여를 강도 높게 토로한다. 감사는 기독교인의 삶의 기본 자세일진대 감사를 모른다면 '송사리 떼'나 '수목'만도 못한 존재라는 것이다. 2연에서는 이웃의 아픔을 동참하는 사랑이 없다면 그것은 '벌레'나 '짐승'만도 못하다고 했다. 감사를 아는 삶은 신에 대한 사랑이며 이웃에 대한 사랑을 베푸는 삶으로 자아가 지향하는 신앙인의 모습임을 말해 준다. 하나님에 대한 사랑과 이웃 사랑으로 요약되는 신앙인이 되기를

바라는 마음을 표현하고 있다. 단순히 자아의 세계에 국한되는 것이기
보다는 세상을 향한 외침이며 경각심을 환기시키는 내용이다.

　인간의 삶이 자신의 삶의 범주에 머물러 있다면 그것은 참된 삶의
의미를 모른 채 살아가는 것이라는 자각에서 출발한 것이다. 기독교의
사랑이 하나님과 인간에 대한 것임을 상기하여 자아의 삶의 방향을
제시하고자 한다.

　기독교시가 성서적 주제에 머물러 있을 때 호교적 도그마로 이해되
어 시적 가치를 획득하는 데 실패할 수밖에 없다. 따라서 기독교 작가
가 관심을 가져야 할 점은 기독교 의식을 간접적 수단을 통해 나타내
야 하는 것220)은 주지하는 바다. 기독교적 관점에서 종교적 체험을 시
적 체험으로 승화시켜 진부한 관념적 표현을 지양하고, 실질적이며 지
적인 표현을 통해 인간의 심성을 깨닫게 해야 한다. 이 시가 개인적
체험을 전체 인간의 모습으로 확대하는 모습이라면 시인 자신의 모습
을 보여주는 것이 「하늘보기」이다.

　　　　나 문득 생각하니
　　　　오랫동안 하늘을 바라보지 않았네
　　　　오만 가지 공해와 땀에 전
　　　　내 눈은
　　　　땅만 보고 지냈네.

　　　　……………………
　　　　가을 하늘 닮은 눈으로
　　　　우리 서로를 볼 수 있도록
　　　　오랜 동안 잊고 지냈던
　　　　그대의 사랑스런 얼굴을 바라보도록
　　　　　　　　　　　　　　　　　　　─ 「하늘보기」에서

---

220) Leland Ryken, Triumph of the Imagination, 신익호, 『기독교와 한국현대시』
　　재인용.

이 시는 자신이 현실에 취해 있던 삶을 참회하는 형식이다. '하늘'을 바라보는 삶과 '땅'을 보고 지내는 삶의 간극을 정확하게 간파하고 있기 때문에 과거에 대한 청산과 새로운 삶에 대한 결단을 나타내고 있다.

1연에서 '하늘을 바라보지 않았네' '땅만 보고 지냈네'는 자신이 현실에 급급해 신앙적 자아를 위한 시간이 없었음을 회개하는 내용을 담고 있다. 여기서 '하늘'과 '땅'은 영적인 생활과 현실적 삶에 대한 상징적 의미를 띤다. 현실의 삶에 몰두했을 때 느껴지는 공허감을 공해와 땀에 절은 삶으로 표현하고 있다. 여기서 삶의 새로운 방향 전환으로 대두되는 것이 2연과 3연이다. '하늘'에 대한 철저한 신뢰를 바탕으로 한 삶의 결과 하늘을 닮은 눈을 기대하는 것이 자아가 지향하는 삶의 모습이다. 하늘을 통해 깨끗해진 '눈'을 기대하는 동시에 '하늘'을 바라보며 오래도록 살아가고자 하는 의지를 나타낸다.

1연에서의 삶의 고백은 2, 3연에서 하늘을 바라보는 삶, 영혼을 위한 삶의 추구로 이어진다. '땅'과 '하늘'의 대비된 생활을 제시하며 현실적 삶에만 치중했던 것에 대한 자기 반성을 나타내고 있다.

그의 시는 이러한 자세로 하나님에게 가까이 가고자 하는 의식적 태도를 드러낸다. 신앙인의 기본적 자세인 겸손함으로 회개하는 과정이다. 그는 누구보다 절실하게 하나님에게로 향하는 자아를 추구했기 때문에 시의 세계는 일관된 자기고백을 기초로 하고 있다. 「우리 슬픔을 위하여」 「탕자, 돌아왔습니다」 등에서도 참회의 시는 이어지고 있다.

(3) 부활에 대한 소망

기독교가 현실의 삶에 충실하고자 하는 반면 미래를 향한 소망을 지니고 있는 것은 부활에 대한 확신을 기반으로 하기 때문이다. 임성숙의 경우 부활사상은 현실에 대한 초월의식과 신앙적 확신의 결과이다. 하나님 앞에서 바르게 살고자 하는 삶의 지향점은 현실을 초월하고 죄의식을 벗어나고자 하는 것에서 출발한다. 이것은 자아의 삶을 하나님 앞에서 온전하게 인정받고 새로운 삶으로 나아가고자 하는 소망을 담고 있다. 자아와 하나님과의 관계에서 형성된 신뢰에 찬 확신을 의미하는 것이다.

> 갓 피어난 한 송이 꽃 속에
> 한 죽음이 태어난다.
> 한 삶을 추수한
> 한 죽음 속에
> 무한한 생명의 꽃씨가 박혀 있다.
>
> 뚝뚝 떨어지는 꽃잎이
> 피 흐르는 숨결
> 보라, 빛의 땅에 피 뿌린 자유마다
> 숨겼던 고독한 꽃들이 활활 타고 있다.
>
> ― 「부활」 전문

한 송이 꽃을 통해 죽음과 부활을 함께 바라보고 있다. 갓 피어난 꽃에서 죽음을 보는 시인의 시각이 특이하다. 탄생의 순간에 죽음을 본다는 것은 생명의 이면에 잠재해 있는 죽음을 직시하는 동시에 죽음 뒤에 따라오는 부활을 보는 신앙적 개안이 있음을 말해 준다. 생명에서 죽음을, 죽음에서 새로운 생명의 부활을 볼 수 있는 것은 기독교 정신에 의한 것이다. 기독교 문학으로서 중요한 핵심은 소재나 주제보다는 작품 전체에 관류하는 기독교 정신[221]임을 잘 인식하고 있는 것이다.

부활의 의미를 부각시키기 위해 선택된 소재는 꽃으로, 떨어지는

---

221) 박이도, 『한국 현대시와 기독교』(종로서적, 1987), p.89.

'꽃잎'과 '피'의 이미지를 동일시하여 예수 그리스도가 십자가에서 피 흘린 것이 인류에게 부활을 주었던 것에 착안하고 있다. 한 생명의 탄생과 죽음을 통해 생명의 부활을 주었던 예수 그리스도의 삶의 여정이 '꽃'으로 상징되어 나타나 있다. 시인이 지향하는 천상의 세계에 대한 소망이 부활의 소망으로 이어진다.

기독교 시인들의 종국적 지향점은 신적인 세계에 있다. 여기서도 그 세계를 염원하는 태도가 역력하게 드러난다. 부활에 대한 소망이 강한 만큼 자신의 내면에 대해 끝없이 반추해 가는 모습을 볼 수 있다. 예시 외에도 「그대에게 진실을」, 「이사」, 「상한 갈대」 등의 시편들도 자신에 대한 성찰을 나타내고 있다. 이렇게 자신에 대한 성찰이 거듭될수록 인간의 모습, 죄악성에 대한 자각이 일어나고 그것을 해결할 방법으로 결국 하나님에게 의지하는 신앙심에 의탁하기에 이른다.

> 해일처럼 범람하는 이 숱한 낱말들을
> 성서 한 구절에 묻어 버린다.
> 죄목없이 매맞고
> 까닭없이 조롱당한
> 십자가틀을 지고 골고다에 피흘린
> 사나이
> 그 침묵의 품안에
> 저마다 하고 싶은
> 숱한 말들을 묻어 버린다.
> 침묵을 열고 부활한
> 그를 바라보면서
> 성서 한 구절의 생수를 마시기 위해
> 오늘은 하고 싶은 말들을 묻어 버린다.
> ― 「침묵의 품 안에」에서

현실의 삶 속에서 부딪치는 수많은 난제들, 특히 죽음 앞에서 인간이 할 수 있는 능력이라고는 아무 것도 없음을 자각한 자아는 묵묵히 인류를 위해 십자가에 올라갔던 예수 그리스도를 바라보며 침묵으로 일관했던 그의 생을 반추하게 된다. 침묵 속에 담겨진 부활의 의지는 현실의 모든 모순과 갈등 속에 화자도 '하고 싶은 말들을 묻어버린 다'. 그것은 부활을 믿고 기대하기 때문이다. 그에게서 부활은 항상 자신의 삶 곁에 가까이 와 있는 것으로 인식한다. '밤'이 곧 '부활'이라는 인식은 시인만의 기독교적 인식에서 나온 것이다. 밤이 모든 것을 덮어주고 가려주고 숨겨준 후 그 뒤에 찾아오는 새벽처럼 부활이 우리 삶 속에 그렇게 찾아오리라는 신뢰에 바탕을 두고 있다.

임성숙이 찾아가는 삶의 궤적은 하나님 중심의 삶을 통해 하나님 안에서 자신의 존재를 깨달아 가는 과정이다. 기독교적 인식에 충실한 삶의 목표가 천상세계이므로 그것은 현실을 초월하여 빛의 세계로 가는 방법인 부활을 소망하는 것이다. 부활의 삶을 위해 자기 고백적 참회의 태도, 자아에 대한 끝없는 성찰로 이어지고 하나님을 향한 절대적 신앙관은 흔들리지 않고 지속된다. 그의 신앙시는 개인적 문제, 개인의 신앙관을 성실히 수행하여 영적 세계, 영혼 구원을 향한 자기 성찰로 계속되는 것은 이 때문이다.

6-4 許素羅[222] —성서적 삶의 표백

허소라 시인은 감상이 없는 관념세계를 다양하게, 깊은 사색으로 표현하려는 태도를 엿볼 수 있다. 특히 그의 신앙시의 세계는 개인적 서

---

[222] 1936년 전주 출생. 1960년 『자유문학』을 통해 「地熱」과 「道程」이 추천 받아 등단함. 첫 시집 『木鐘』(1964) 이후 『풍장』(1968) 『아침 試作』(1972) 『겨울나무』(1988) 『겨울밤 전라도』(1995) 『누가 네 문을 두드려』(1996) 등의 시집과 3권의 산문집, 『한국현대작가 연구』등의 저서가 있다. 그의 시 중에서 신앙시는 대부분 『겨울밤 전라도』와 『누가 네 문을 두드려』에 집중되어 있다. 여기에 인용된 시는 이것을 참조하였음을 밝혀둔다.

정보다는 성서적 사실에 입각한 체험의 서술이다. 시적 요소의 하나인
사상을 기독교라는 종교적 입장에서 충실하게 대변해 주고 있다. 그러
나 개인적 체험을 사회적 체험으로 확대하여 성서적 사실에 최대한
충실한 시를 쓰고자 한다. 시인이 처해있는 역사, 사회적 상황에서 기
독교적 안목으로 인간의 문제를 실존적으로 제시하게 되고 하나님의
섭리 안에서 궁극적 목적인 구원의 의미를 제시하는 역할을 감당하는
것이다. 이것은 기독교시의 지향점이 될 것이다. 그가 기독교 장로라
는 현실적 삶을 근거로 시적 감수성은 사회 현실을 수용하여 기독교
진리를 형상화시키려는 작업의 연속이다.

> 시는 두 말할 나위 없이 인간 삶의 반영이다. 그러나 있는 그대로
> 의 반영이 아니라 감춰진 진실, 감금된 정의, 나아가 숨겨진 아름다
> 움을 재구성하여 새롭게 보여주는 것일진대 그 동안 가급적, 과장된
> 희망보다는 차라리 참된 절망을 노래하기에 힘써 왔다.223)

시인 자신이 밝힌 대로 절망감이 더 많은 우리의 삶을 진솔하게 표
현하였다. 그의 절망감의 내면에는 인간의 존재적 탐구가 실려 있다.
특히 우리 사회 깊숙이 자리잡고 있는 호남인의 소외의식을 표출하면
서 인간에 대한 절망감은 새로운 비상을 위한 기대로 승화시킨다. 그
는 이러한 소외의식을 개인의 문제가 아닌 사회적 문제로 인식하며
인간 내면의식을 탐구하려는 자세를 보여 준다.

또한 성서에 대한 깊은 이해는 성서를 전고로 한 많은 시를 창작하
게 하였다. 단순한 예시나 인유의 차원이 아니라 성서의 사건에 대해
깊은 성찰을 통한 시적 발상이 그의 신앙시의 많은 부분을 차지하고
있다. 문학의 가장 원동력이 되는 상상력을 성서의 사건을 통해 획득
하였고 그것을 자신의 체험과 융화시켜 예술적 감흥의 양식으로 승화

---

223) 허소라, 시집 『겨울밤 전라도』(유림사, 1995), 自序.

시켰다. 이것은 성서의 시화 작업이라 할 것이다.

(1)소외의식의 승화와 화해

그의 시에는 유난히 '전라도'를 소재로 삼은 것이 많다. 전라도인으로 느끼는 우리 사회에서의 소외감을 부단히 표출해 왔던 것이다. 이러한 시들에서는 개인적 정서에 의존하기보다는 역사, 사회 현실에 나타나는 모순과 갈등에 대해 공감대를 형성한다. 그것은 고의적인 발언이 아니다. 역사 현실의 반영이다.224) 그러나 그의 시에서 이러한 소외의식의 표출은 단순한 현실의 반영의 차원에 그치지 않고 화해를 향한 소망을 내비치는 데 그 특성이 있다. 삶의 체험과 사회 현실에서 오는 단절과 소외감이 자칫 고발 형식이나 분노의 외침, 또는 절망감의 표출로 그치기 쉬운 상황에서 한 걸음 더 나아가 용서와 화해의 의지를 보이는 것은 기독교적 윤리에 기반을 두고 있기 때문이다.

> 스산히 바람부는 세상
> 내 혼 겨울강에 둥지를 틀고
> 투명히 흐르는 강심을 본다
> 강물은 저흘로, 그리고 저절로 흐르지 않는다
>
> ·····················
>
> 스산히 부는 바람
> 아직도 꽃필 날 멀다만
> 어디선가 물총새 꿈을 타고
> 얼음 깨지는 소리
> 그것은 단 한 번의 승천을 위해
> 십자가처럼
> 제 몸에 못질하는 소리
> 그것은 흘러도 흘러도 형벌인

---

224) 이운용, 시집 『겨울밤 전라도』 평설.

우리들의 목숨
우리들의 겨울강이었다.

— 「겨울강」에서

친구여, 참으로 우린 오랜 세월 버림받아 왔도다
꽃다발 주고 받는 계절에도
우리는 손톱 자를 사이 없이
밤새도록 개땅쇠 되어 홍경래 되어 달려보건만
날이 새는 그 지점은
언제나 전라도땅 한 모서리였다

....

무너진 성터 봄이 오는 길목
떠난 새가 되돌아와
갇힌 자를 울어줄 때
우리가 손잡아줄 때
우리가 사랑일 때
춥고 어두운 겨울밤, 비틀비틀 밝아오겠지.

— 「겨울밤 전라도」에서

오늘도 드센 바람, 회초리되어
버림받은 전라도 땅 죽어가 갈기며 간다
빼앗김으로만 익숙해온 저 들녘
순종으로만 길들어진 저 풀잎들의 굴신
넘어지고 또 넘어져도
동창이 밝고 노고지리 우짖으면
우리는 그것은 감히 화평이라 했다

....

우리는 가야 하리라, 홍해를 건너서 건너서
그러면 젖과 꿀이 흐르는 가나안 땅
예서 멀지 않으리
다만 밀고자가 떠나간 뒤
가해자가 머리 숙인 뒤

분노의 대장간에서 연장을 놓고
우리 모두가 얼싸안은 뒤

— 「어둠이 있으매 빛이 있듯」에서

위의 시들에서 공통적으로 나타나는 것은 '버림받은 땅' 전라도에 대한 비감적 정서이다. '겨울' '바람' '빼앗김' 등의 시어가 암시하듯 소외된 지역에 뿌리 내린 그들의 삶의 비극성을 극대화하고 있다.

①의 시에서는 '겨울강'에 둥지를 튼 '내 혼'에서 보듯 화자가 처한 현실은 타인들과 결합할 수 없는 것이다. 소외된 화자 곧 강물의 흐름에서 홀로라는 것이 용납되지 않음을 주시한다. 강의 흐름은 '스스로 열어' '눈물까지 껴안는' 상태에서 진정한 흐름, 강의 의미가 생성됨을 강하게 내보인다. 즉 같은 민족이 남과 북으로 분단된 역사적 현실에서 또다시 소외된 부분이 있음을 비탄적 감성으로 드러낸다. 그것은 ③의 시에서 '전라도 공화국'이라는 극단의 언어로 함축해서 표현하고 있다. 그러나 그것은 '기약없는' 것으로 인식한다.

이 시가 이러한 상태로 마무리된다면 단지 사회 현실에 대한 고발적 차원에 머물고 말 것이다. 여기서 시인은 이러한 현실을 종교의식으로 승화시켜 화해와 용서를 갈망한다. 시의 후반부는 반드시 미래지향성을 나타내며 밝은 세상을 꿈꾸며 기독교적 심상으로 일관하고 있다는 데 그 특성이 있다.

사회에서 유리된 인식, 단절과 소외의식에서 시인이 찾고자 한 것은 미움과 질투와 분열의 연속에서 벗어나 언젠가 하나가 되는 조국의 모습이다. 봄을 기다리며 얼어붙은 '겨울강'이 녹아드는 시간을 향해 민족은 언제나 정진해야만 한다는 자신의 올곧은 의지를 꿋꿋이 지켜내고 있다. 그에게 있어 전라도인의 소외의식은 개인의 문제가 아니라 민족의 아픔이기 때문에 이것을 이겨내고 젖과 꿀이 흐르는 가나안 땅으로 나아가는 미래지향적 의식이 표출된 것이다.

시가 정신적 진실과 인간의 가치 기능과 지향을 종교적 지향과 일치시킬 때 그것은 더 높은 구원, 종교적 의미의 구원의 길에까지 이르게 하는 현실적 삶의 한 형태가 될 수 있다.[225] 시인이 가지고 있는 인간성 중심의 사고는 기독교적 지향과 일치시킴으로써 현실적 삶을 종교적 구원의 경지로 승화시키고 있다. 민족이 하나되는 사회를 갈망하며 소외당하는 당사자로서 화해와 용서의 마음을 갖는 여유는 그의 시를 한층 어둠에서 밝음으로 이끌어 간다.

> 저 단단한 어둠이
> 저 단단한 죽음이
> 한 마리 새로 파닥이는 몸짓
> 그것은 일체의 화해였고 용서였고 시작이었어라
> 그것은 조용한 소동……
> 이 해산의 수고로움 속에 우리는
> 기슴 열어 흐르는
> 강물이 되고 있다
> 서로를 위해 밝히는
> 촛불이 되고 있다.
>
> ― 「봄이 오는 소리」에서

> 그 넓은 하늘이
> 우리들 가슴 속에
> 하나의 샘으로 좁혀 왔습니다
> 꿈속으로 초록 밀물이 넘쳐오고
> 불로 밝아오는
> 당신의 눈빛
> 우리는 계시 하나만을 끌어당겼습니다
>
> ― 「그 넓은 하늘이」에서

---

225) 박두진, 『한국 현대시론』(일조각, 1970), p.237.

단절된 사회 속의 고독감은 '어둠' '죽음'으로 어울릴 수 없는 닫혀진 세계였던 반면 화해와 용서는 '가슴을 열어 흐르는 강물'이며, 서로를 위해 밝히는 '촛불'이다. 고독과 소외감을 경험함으로써 용서와 화해의 큰 마음을 갖게 되는 것이다.226) 상처받은 자가 먼저 내민 화해와 용서의 마음에 모두는 녹아드는 강물이며 촛불로 하나의 커다란 테두리 안으로 용해되어 있음을 보여준다. 그것은 곧 '봄'이 갖는 상징성을 나타내며 시인이 갈망하는 민족의 동질성 회복의 길임을 알 수 있다. 예시에서 '그 넓은 하늘이/ 우리들 가슴 속에/ 하나의 샘으로 좁혀 왔습니다'라고 하는 독백이 그 단적인 예가 될 것이다. 우리의 긴 역사 속에서 소외된 전라도인의 고독감은 사랑으로 용서하여 다가올 미래에 좀더 완성된 자아의 모습으로 다가오게 된다. 왜곡된 역사인식으로 인해 단절된 우리 민족의 의식이 하나가 되는 세계, 그것은 민족의 열망인 동시에 실천적 난제임을 인식하게 된다. 용서와 화해, 그럼으로써 하나가 되는 민족은 시인의 체험을 통해 절실한 과제이며 이것을 언어 예술인 시로 승화시킴에 있어 기독교적 사랑이 기반이 되고 있다.

(2) 성서적 삶의 표백 ― 성서의 시화

허소라 시인의 신앙시에서 두드러진 특성은 성서의 사건을 시적 상상력으로 시화시키고 있다는 것이다. 많은 신앙시에서 이러한 시도를 하고 있지만 허소라 시인의 경우 이것이 삶의 한 부분이라는 특성을 보여준다.

그가 앞서 자서에서 우리는 인간 생명의 본향 추구라는 영원의 불변축과 시대마다 온몸으로 부딪치고 질문을 던져야 하는 변화축을 중심으로 시를 쓰는 것227)으로 규정한 바 있다. 앞서 논한 시들이 삶에

---

226) 이운용, 앞의 책, p.123.

서 나오는 변화축이었다면 성서의 사실을 시로 형상화시키는 것은 인간 생명의 본향 추구라는 불변축의 중심이 될 것이다. 영원불변의 진리의 핵심을 삶에서 얻는 체험을 용해시켜 시로 형상화한 것은 그만큼의 신앙적 깊이와 폭을 짐작케 한다.

이러한 신앙시는 대부분 성서를 전고로 하여 자신의 삶이나 사회 현실을 비추어 보는 형식이다. 성서를 통해 얻어진 지혜를 삶에 적용하는 모습은 철저한 신앙인의 모습이다. 이것은 성서에 대한 해박한 이해가 없이는 불가능한 일이다. 신, 구약을 망라한 그의 성경 지식은 단순한 성경 속의 사건으로 그치지 않고 자신의 삶에서 그 연원을 응용하여 이해하고 있다. 종교의 테두리 안에 갇혀진 신학적 지식이 아니라 삶의 현실에서 살아 움직이는 신의 언어이다. 시인의 상상력을 통해 성서의 사건이 현재의 시점으로 환원된 것이다. 종교 시인이란 종교 정신으로 인간의 전 주제를 다루는 시인[228]이라고 하는 명제로 볼 때 허소라 시인의 신앙시는 명실공히 기독교적 정신으로 인간 삶의 주제를 파악한 것이다.

우리는 모두 마음의 빈 터에 씨를 뿌리고 있습니다
외로이 떨고 있는 영혼의 언저리에서
말씀의 씨, 빛의 씨, 곧 생명의 씨를 뿌리고 있습니다

그러나
더러는 길가에 떨어져 새들이 먹어버렸고
더러는 흙이 얇은 돌밭에 떨어져 말라버렸으며
더러는 가시떨기에 떨어져 맺지 못했으나
더러는 좋은 땅에 떨어져 무성히 자라
삼십 배, 육십 배, 백 배로 결실하였으니

---

227) 허소라, 시집 『겨울밤 전라도』(유림사, 1995), 自序.
228) 김영수, 「신학적 상상력」, 『한국문학』(1976. 2), p.252.

　　___귀있는 자 들으라
　　심길때엔 겨자씨이나
　　공중의 새가 그 그늘에 깃들일 거대한 계시 속에
　　뿌리는 자는 곧 말씀을 뿌림이라

　　　　　.........................

　　오늘도 우리는 자기의 씨를 뿌리고 있습니다
　　가지가 포도나무에 붙어있어야 하듯
　　그 분 안에 거하기 위해
　　하늘 나라에서 영원히 죽지 않을
　　말씀의 씨, 빛의 씨 곧 생명의 씨를 뿌리고 있습니다.
　　　　　　　　　　　　　　　—「씨 뿌리는 자」에서

　이 시는 마가복음 4장 3절-20절에서 예수가 씨 뿌리는 사람에 대한
비유의 설교를 전고로 한 것이다. 곧 씨는 말씀을 비유한 것으로 말씀
이 사람들의 마음에 심어졌을 때 4가지 유형으로 분류된다. 길가, 돌
밭, 가시떨기, 좋은 땅 등이 그것이다. 이 비유에 대한 설명이 13절부
터 있어 예수가 은유적으로 한 말의 의미를 이해하도록 하였다.
　1연에서 말씀의 씨, 빛의 씨 즉 생명의 씨를 뿌린다는 것은 인간의
마음에 뿌려지는 신의 말씀을 의미한다. 여기서는 화자가 말씀을 뿌리
는 행위를 하는 것으로 묘사되었다. 2연과 3연은 뿌려지는 과정과 그
결과를 묘사한 것이다. 성서에 쓰여진 말씀을 화자가 인식한 대로 풀
이하고 있다. 여기서의 해석은 단순히 성서의 해석이 아니라 예수의
가르침에서 한 걸음 더 나아가 성서 전체에 흐르는 맥을 따라 이해를
돕고 있다. 하나의 주제를 이해하는 데 있어 성서 전체를 꿰뚫어 가는
해박함을 보여준다. 다시 마지막 연에서는 씨뿌리는 행위의 의미를 강
조한다. 하늘나라에서 그 빛을 발할 수 있는 씨, 즉 말씀을 뿌린다는
것이다.
　수미상관의 수법으로 씨뿌리는 자의 행위의 심오한 의미를 강조하
며 그 과정과 결과를 일목요연하게 풀이해 주되 단순한 의미 해석의

차원이 아니라 우리들의 삶, 특히 화자의 신앙적 행위를 극대화시키고 있다. '우리'라고 한 공동체적 표현은 그리스도인으로서 갖는 사명감의 표출이다. 그의 신앙적 가치관으로 볼 때 말씀을 뿌리는 행위는 한 개인의 행위가 아니라 그리스도인의 공통적 사명감으로 이해되기 때문이다. 따라서 그의 시는 근본적으로 기독교 진리에 대한 깨달음을 시라는 형태로 기록한 신앙고백[229]이라는 해석이 나오게 된다.

> 게네사렛 호수에서
> 밤이 다하도록 그물을 던졌으나
> 텅 빈 그대의 그물, 텅 빈 그대의 인생
> 세상의 지식과 수단이 끝났을 때
> 언제나 문밖에서 두드리고 계시는 주님
> —깊은 데로 가서 그물을 내려라
>
> ....
>
> 오늘도 삶의 바닷가에서
> 빈 배로 돌아오는 이웃들이여
> 주님과 함께 배를 띄우고
> 주님과 함께 그물을 던질 때
> 말씀에 순종할 때
> 베드로의 그물이 차고 넘치듯
> 그대 삶에도 축복이 넘치리라.
>
> — 「깊은 곳의 비밀」에서

이 시는 누가복음 5장 1절-11절까지의 말씀에서 시몬 베드로를 제자 삼게 된 고사를 형상화한 것이다. 밤이 새도록 고기를 잡았으나 텅 빈 배로 돌아가는 어부 베드로의 배에 예수가 올라가 "깊은 데로 가서 그물을 내려 고기를 잡으라"는 명령에 베드로는 순종하여 그물이 찢어지도록 고기를 잡을 수 있었다. 오랜 세월 바다에서 잔뼈가 굵은

---

229) 이운용, 앞의 글, p.131.

어부 베드로에게 밝은 아침, 그것도 깊은 곳에서는 고기를 잡을 수 없다는 것은 상식으로 되어 있었으나 예수의 명령에 순종하여 놀라운 일이 벌어진 것이다. 이에 대해 베드로는 "주여 나는 죄인이로소이다. 나를 떠나소서" 하였고, 예수는 베드로를 사람을 취하는 제자로 삼았던 것이다.

이 시는 예수의 말씀에 순종하는 삶을 주장하고 있다. 성서의 이러한 사건이 곧 인간의 이성적 판단, 지혜가 신의 말씀 앞에서는 무색함을 강조하고 있듯 시에서는 순종과 믿음이 삶의 깊은 곳의 비밀이었음을 토로하고 있다. 시인의 신앙적 윤리의식의 수용이 삶의 전체를 지배하고 있음을 보여주는 것이다. 불완전한 인간의 결함을 신성의 차원에서 보완해 가는 모습이다. 그것이 마지막 연에서 '주님과 함께'라는 표현으로 나타나는 것이다. 그에게서 깊은 곳은 곧 하나님, 절대자를 만나는 공간으로 신앙의 지성소를 의미한다.

이러한 그의 기독교적 세계관은 어둠이라는 악의 세상에서 빛이라는 천상의 이미지로 형상화시키며 어둠에서 빛으로, 지상의 세계에서 천상의 세계를 지향하고 있다.

> 사람이 빛이 없는 밤에 다니면 실족하나
> 죄의 어둠 속에서 넘어지나
> 빛을 보는 낮에는 실족치 않겠거늘 두려움이 없도다
> 가서 잠든 나사로를 깨우자
>
> — 「나사로야 나오라」

> 우리는
> 더 가까이 빛을 보고파
> 한 마리의 어린 양이 됩니다
>
> — 「기도 1」

> 땅 위의 사람이 변하여 빛의 사람이 되고
> 어둠의 사람이 변하여 빛의 사람이 되게 하소서
>
> — 「기도 2」

> 너는 눈이 있어도 못보고
> 귀가 있어도 못듣는 백성을 이끌어내라, 빛이 되라
> ─「너는 내것이라」

이 같은 신앙의 중심에는 항상 말씀 안에 깨어 있으려는 노력의 결과일 것이다. 성서를 하나의 지나간 역사적 사건으로 치부하지 않고 매일의 삶에 새롭게 부각되는 의미를 찾으려는 노력의 결과라 할 것이다.

> 에스겔 삼십일장으로 아침 창문을 열었습니다
> 조그마한 옹달샘에 말씀이 고여 있었습니다
>
> ....
>
> 좁은 방안에 백향목 향이 기득해졌습니다
> 에스겔 삼십일장으로 오늘 하루의 창을 닫았습니다
> ─「레바논의 백향목」

이것은 기독교인의 삶의 전형을 보여주는 시이다. 백향목은 성서에 자주 등장하는 것으로 내구력이 강하고 향기가 있어 성전 건축과 성물을 제작하는 데 주로 쓰였다. 이 시를 이해하기 위해서는 구약성서에 나오는 많은 사건과 용어에 대한 이해가 전제되어야 한다. 그만큼이 시는 광범위한 기독교의 구속의 역사가 함축되어 있다. 레바논의 백향목은 인간의 교만이 쓰러지고 신 앞에 순종하는 모습을 상징하는 것이다. 이처럼 철저히 기독교적 삶으로 일관된 모습이 그가 지향하는 세계이다. 그의 지향점인 천상적 세계와 현실의 삶과의 차이를 좀더 가깝게 하려는 노력이 그의 신앙적 실천임을 알게 한다.

그의 신앙시는 단순히 자신의 종교적 삶의 모습의 표현이 아니라 성서를 기조로 한 철저한 신앙적 윤리의식, 기독교적 세계관의 표출이다. 기독교시가 지녀야 할 신학적 교리를 성서를 통해 폭넓게 수용하고 있다. 그의 성서 중심의 시는 구약과 신약을 종횡무진으로 왕래하며 시인의 성서적 이해의 폭을 보여준다. 이것이 시적 상상력과 결부되어 성서 중심의 삶, 기독교와 시의 문제를 결부시키는 역할을 하고 있다.

성서의 많은 고사를 현실의 삶에 적용시키며 성서 자체를 소재로 삼아 시적 언어로 형상화시키려는 지대한 노력의 결과물이다. 시와 종교의 일치, 그 동시적 추구와 실현은 인간적인 것과 신적인 것의 조화230)라고 한 것처럼 그의 신앙시는 철저히 성서에 기반을 두고 있다. 그러나 교리의 호도에 그치지 않는 것은 곧 문학적 상상력을 충분히 발휘하기 때문이다. 시인의 삶이 성서적 삶의 추구이며 그 실천적 신앙의 지향성을 드러내는데 그의 신앙시는 한 몫을 하는 것이다.

종교적 교리로 삶을 해석하려는 신학적 욕망과 형상화된 언어로 표현된 시와의 접점은 그만큼 어려울 수밖에 없다. 허소라 시인의 신앙시의 대부분이 이것을 극복하는 방법으로서 성서의 전례를 규범적으로 받아들이며 현실적 삶에 적용한 것은 그런 의미에서 어려운 시도였음을 알게 한다. 기독교시는 기독교와 시의 단순한 교량의 역할이 아니라 양자가 하나로 융해된 토양 위에 피어난 꽃이어야 한다. 허소라 시인은 이 토양의 기본을 성서로 삼았다는 것이다. 따라서 그의 시에 나타난 기독교 정신은 성서에 바탕을 둔 철저한 신학적 수용에 있다.

6-5. 李鄕莪231) — 겸손과 신앙의 조화

종교라는 영적인 세계를 국한된 인간의 언어로 표출하는 것이 신앙

---

230) 이운용, 앞의 글, p.131.
231) 1938년 충남 서천에서 출생하여 전북 군산에서 성장함. 1966년 『현대문학』
에 「가을은」, 「첫잔」, 「설경」이 천료되어 등단. 첫시집 『황제여』(1970)를 출간
한 이후 『동행하는 사람』(1975) 『눈뜨는 연습』(1978) 등 최근에 출간한 『그
대라는 이름의 꽃말』(1999)까지 12권의 시집과 다수의 수필집, 그리고 이론
서로 『문학의 이론』이 있다. 여기서는 신앙시집인 『만나러 가는 노래』(종로
서적, 1989)를 중심으로 이제까지의 전체 시집에서 추출한 신앙시를 논의의
대상으로 삼았다.

시이다. 신앙이 단순히 신에 대한 감사와 감격으로만 일관될 수 없고, 또 신앙시도 문학인 이상 예술적 가치를 드러내야만 한다는 것을 감안했을 때 신앙과 문학의 접점에 있는 신앙시는 인간이 지니는 한계성에 도전하는 고뇌와 아픔, 그리고 신에 대한 감사를 예술로 승화시켜야 한다. 여기서 시인은 자신의 감성, 자신의 체험, 자신의 환상에 의존하지 않을 수 없다.232) 그러므로 종교를 갖고 있는 시인들의 경우 종교적 체험과 환상의 세계를 자신의 감정 속에 용해시켜 시적 언어로 형상화시키는 작업의 결과물이 신앙시이다.

이향아는 일상의 삶을 소재로 하여 내재된 가치를 소박한 언어로 표현하고 있다. 엄정한 언어의 구사로 표현의 리얼리티를 뒷받침하면서 몽롱한 환상과 꿈을 여백으로 두고 있다.233) 여기에서 '환상과 꿈'이라는 여백은 곧 그의 신앙적 태도, 즉 신이 임재 할 공간으로 이해할 수 있다. 그의 시의 방향은 신을 향한 겸허한 자세로 일관하고 있다. 초기 시집에서는 겸손한 기도로 신앙 고백의 차원이라면 시의 연륜이 더해 가면서 차츰 신이 허락한 현실을 감사함으로 수용하는 태도를 보인다. 한편 만족감에 안주하지 않으려는 영적 자각을 위해 끊임없이 채찍을 가한다. 자아의 세계를 사회와 국가로 공간을 확대하면서 진정한 신의 구원이 임재하기를 기원한다. 그런 과정에서 그의 겸손한 신앙은 더욱 성숙된 모습으로 드러내며 성서 속의 여러 가지 소재를 자신의 체험으로 치환하여 순결한 영혼을 회복하고자 한다.

(1) 긍정적 세계관

기독교적 세계관은 하나님의 질서 아래 영원한 세계에 대한 희구로 인해 긍정적이다. 현실의 삶이 중심이 될 때 인간은 누구나 이기심에

---

232) 신규호, 이향아 시집 『만나러 가는 노래』(종로서적, 1989) 해설.
233) 김영삼 편, 『한국 현대 시사전』.

사로잡히기 쉽고 불안함을 떨칠 수 없다. 그러나 내세에 대한 확신이 있을 때 현실에 대해 지나친 집착을 버리게 되며 정신적 여유와 안정을 갖게 된다.

이향아의 시에서 긍정적 세계관은 이러한 신앙적 확신에서 가능한 것이다. 그에게서 현실은 견고한 삶의 바탕이다. 신앙을 통해 현실을 초월하고자 하는 태도를 지닌 것은 아니다. 현실이 삶의 바탕인 이상 현실에 충실하며 매우 적극적이다. 종교인으로서 갖는 내적 갈등은 절대자에 대한 동경과 사랑이라 할 것이다. 시인은 그것을 인간의 언어로 표현하되 겸허한 자세를 견지하는 것이다.

> 씨앗 속에는 떡잎이 있습니다.
> 떡잎 속에는 한 생애가 다리 뻗을 햇살이 있습니다.
> 햇살 속에는 무심의 江물
> 江물 속에는 이야기가 있습니다.
> 이야기 속에는 슬프고 고운 색깔이 있습니다.
> 색깔 속에는 더디고 질긴 꿈이 있습니다.
> 꿈 속에는 눈물이,
> 눈물 속에는 소금이 있습니다.
> 소금 속에는, 소금 속에는
> 저린 삶이 있습니다.
>
> ― 「씨앗 속에는」에서

위의 시는 일상에서 찾아낸 삶의 조건을 통해 시적 자아의 견고한 신앙의식을 표현하고 있다. 씨앗 속에서 찾아낸 것은 먼저 '떡잎, 햇살, 강물, 이야기, 고운 빛, 꿈' 등이다. 밝고 고운 이미지를 보여준다. 씨앗이 지니는 무한의 가능성, 새로운 생명을 투시하여 그것에 연유하는 긍정적 이미지를 상정시키는 것은 시인의 긍정적 세계관에서 비롯된 것이다. 이 시는 다시 눈물, 소금으로 이어지며 생명체의 순환을 그려주고 있다. 삶의 긍정적 측면만을 부각시킨다면 그것은 우리의 현

실을 완전히 외면한 추상에 지나지 않을 것이다. 우리가 발 딛고 있는
현실의 삶을 좀더 구체적으로 표현하며 그 안에서 현실을 초극한 세
계를 추구하는 것이 신앙적 태도일 것이다. 시인 자신은 이 시에 대해
거미줄 같은 집념을 늘려 세계 속에 파묻힌 내 것을 본다[234]고 했다.
그의 표현대로 '거미줄 같은 집념'으로 인해 우리의 삶은 때로는 햇살
과 꿈으로 형상화될 수 있으나 눈물과 소금의 세계임을 인정할 수밖
에 없을 것이다. 즉 애정과 고통으로 점철된 인생의 표현이다. 씨앗이
라는 작은 물체를 통해 생명체의 모습, 더 나아가 인생을 축약시키는
시적 상상력을 보여준다. 그의 상상력은 종교적 인식과 맞닿아 있어
인생을 긍정적으로 평가한다.

        아직 살아보지 못한 餘生을 담을 자리.
        아, 어느 날 무엇인가가 되어서
        당신이 다시 돌아올 자리,
        어둠의 개울을 견뎌 새벽에 고인
        속 깊은 눈물 몇 방울도 함께 섞을 자리.
        반짝이는 유리 술잔의 벌거벗은 고통
        그대로 비워 두세요,
        열 가운데 서너 칸쯤은.
                                    ─ 「반쯤 빈 盞」에서

    이 시는 현실을 살아가는 삶 속에서 절대자를 위한 공간, 그 여백을
남겨두는 예지를 담고 있다. 시적 자아가 남겨 두고자 한 공간은 '여
생을 담을 자리' '당신이 돌아올 자리'이다. 일상의 삶은 여유없이 돌
아간다 해도 얼마만큼의 여백을 둘 수 있는 정신적 고초를 지나고 난
후에 맞이하는 '새벽'의 진정한 의미는 '속깊은 눈물'로 형상화되어
있다.

---

234) 이향아, 『눈을 뜨는 연습』(시문학사, 1978), p.88.

이 시에서는 유한한 존재인 인간이 한계적 상황을 초월하고자 신의 존재를 인식하고 자기를 회복하는 방법으로 신을 위한 공간의 필요성을 인식하고 '반쯤 빈 잔'으로 표현한 것이다. 우리의 일상은 가득 채우기 위해 동분서주한다. 그러한 삶의 결과는 만족이 아니라 더 많은 욕망의 갈증에 허덕이게 된다. 이러한 삶에서 실존을 위한 방법으로 한계적 상황을 초월하여 무한적인 것으로 지향하려는 자각이 일게 된다. 인간은 자기 완성을 위해 스스로 끝없는 도전을 하지만 결국 한계를 느낄 수밖에 없다.

기독교적 세계관은 피조물인 인간의 한계를 인식하고 절대자인 신에게 의지하는 것이다. 인간 존재의 궁극적 원천인 신에게 의지함으로써 인간은 비로소 신이야말로 나를 버리는 데서 출발하지 않고 자아에 눈떠 허무의 심연을 바라볼 때나 내가 단독자로서 출발할 때에 찾아지는 것이라고 본다.[235] '안식할 수 있는 자리'를 마음속에 준비해 둔다는 시인의 표현은 신을 향한 조용하면서도 굳건한 신앙에 의한 정신적 안식을 추구하는 것이다.

> 아침에는 이슬이
> 저녁에는 안개가
> 나도 이만하면
> 넉넉합니다
>
> 햇살은 너그럽고
> 새들은 짖어쌓고
> 나도 이만하면
> 화려합니다
>
> — 「아침에는 이슬이」에서

---

235) 김용직, 「시와 신앙」, 『한국문학의 비평적 성찰』(민음사, 1974) p.203.

> 태초에 주셨던 말씀
> 그것 하나만 지니고
> 당신을 만나러 갑니다
>
> 밝은 두 눈으로
> 가나안에 뜨는 무지개를 봅니다
> 보석 같은 말씀으로
> 사무치는 목숨들을 노래합니다
>
> ─「만나러 가는 노래」에서

절대자에게 귀속된 삶의 만족감을 표출하고 있다. 더 이상의 욕망이 자리할 수 없는 평안을 노래한 것이다. 기독교 의식을 기반으로 내재된 시인의 정서는 주어진 여건을 모두 감사로 표출하게 된 것이다. 시인의 일상적 삶의 경험을 기독교 의식으로 승화시키는 작업이다. 작은 일에서도 신에 대한 감사와 기쁨을 느낄 수 있다는 것은 기독교적 삶의 출발이며 지향점이다.

이 두 편의 시에서는 '이슬' '안개' '햇살' '새' '무지개' 등 자연의 모습 그 자체가 감사와 기쁨의 조건이 된다. 자연은 하나님이 자신을 드러내는 하나의 방법이다. 자연을 대면함으로써 보이지 않는 하나님을 대면한 것이며 거기서 감사와 기쁨을 맛볼 수 있다는 것은 그만큼의 신앙의 깊이를 드러내는 것이다. 이것은 기독교의 궁극적 목적인 구원과 부활을 향해 가는 과정이다. 감사는 인간의 입장에서 바라본 하나님의 존재에 대한 인정이며 더 나아가 그에 대한 의지이다. 한계성을 자각한 인간이 절대적 존재를 찾아 나아가며 의지하는 것이 종교적 삶의 결과이다. 그에게 필요한 것은 오직 말씀뿐임을 강조한다. 이것은 하나님에 대한 겸손이며 절대적 신뢰의 표현이다. 이러한 겸손과 절대적 신앙의 표현은 그의 신앙시 전체를 관통하는 주요한 맥이 되고 있다.

(2) 겸허함의 신앙적 표백

내 몸에는
일천 개의 눈빛
꽂히어
밤이나 낮이나
화살 같은 눈물 꽂히어
나를 지키는 분이여
죄스러워라

머리카락 한 올
숨길 수도
숨을 수도 없는
밝은 대낮
터진 천지에
뜨거운 사랑의 말씀이어요
아니, 채찍 같은 은총이어요

내 몸에는 내 맘에는 하나 둘
보석 불빛처럼
켜지는 생각들
피 흘리는 칼날인 듯
알게 되어요
더 아뢰올 말씀 없어요
다 아시는 바와 같아요

— 「아뢰올 말씀」 전문

인간의 죄의식을 선명하게 드러내고 있다. 신앙인의 특징 중 하나인 죄의식은 기독교인에게 두드러지게 나타난다. 원죄와 함께 일상에서 반복되는 죄의식은 신이 인간에게 준 양심에 의해 자각하게 된다. 인

간의 양심이 점점 무디어져 가는 세태에서 자신의 삶을 되돌아보며 죄
의식을 갖는 것은 그만큼 선한 양심이 살아있음을 보여 주는 것이다.

1연에서 몸에 꽂힌 '일천 개의 눈빛'으로 형상화된 이미지는 자아의
내면에 존재하는 양심의 형상이다. 특히 '눈빛'이라는 시어 속에는 꼼
짝할 수 없는 감시의 의미와 함께 자아를 지켜주는 보호의 의미가 담
겨 있다. 눈빛을 다시 화살과 눈물의 이미지로 전이시켜 자아의 죄의
식을 일깨운다. 2연에서는 '밝은 대낮' '터진 천지'가 보여 주듯이 완
전히 열려 있는 공간이다. 그것이 자아에게는 사랑의 말씀과 은총으로
여겨진다. 모든 것이 투명하게 속속들이 내보이는 것은 죄를 지을 수
없는 공간이기 때문이다. 3연은 1,2연의 과정을 거친 신앙적 성숙을
보여준다. 이제는 몸과 마음이 성숙하여 하나님께 '더 아뢰올 말씀'이
없다. 하나님이 다 알기 때문으로 신인일체의 경지를 표출한 것이다.

> 내 비록 하루 세끼
> 밥은 먹고 살아도
> 내 소망은 새가 되는 일,
> 내가 믿는 것은
> 당신과의 약속,
> 어느 날 홀연히 날 불러도
> 그 소리 듣지 못한 채
> 귀먹어 있으면 어쩌나
> 어쩌나
>
> 그 외 딴 걱정은 없습니다
> 걱정 없습니다.
>
> — 「戀戀·1」 전문

> 내 화첩에는 꽃만 남았습니다
> 날개 달린 새들이야 애진즉 날아가고

네 발 달린 짐승도 걸어서 갔습니다
묶이어 만만한 꽃
육합에 가득 꽃만 남았습니다
목젖 밑에 두고두고 삭아내리는
흐느낌 같은, 바람 소리 같은,
기도만 몇 마디 남았습니다.

— 「꽃」에서

신앙적 자아를 표출하고 있다. 「戀戀·1」에서 시적 자아는 일상적 삶에 어려움은 없으나 그에게 단 하나의 소망은 영적 어두움이 없기를 바라는 것이다. 그것은 '새'로 형상화되어 나타나고 있다. 여기서 '새'는 가벼움의 존재를 형상화시킨 것이다. 날렵하고, 현실적 삶에 미련 없이 훨훨 날아가는 존재. 신앙을 지닌 자아가 바라는 것은 현세의 삶에 대한 욕망이 아니라 어느 날 홀연히 부를 하나님의 음성을 듣고 속히 달려갈 수 있는 존재가 될 것을 갈망한다. 그가 믿는 것은 하나님과의 이러한 약속인데 하루 세끼 밥먹는 일, 현실에 억눌려 귀 먹는 일이 생기면 하나님이 부르는 소리를 들을 수 없기 때문이다. 따라서 마지막 연에서는 '걱정 없습니다'를 반복하고 있다.

신앙인으로서 자아의 영적 체험의 중요성은 현실적 삶보다는 훨씬 앞서게 됨을 표백한 것이다. 현실에서 살다보면 영적 무감각, 어두움에 물들 때가 있기 때문에 시적 자아는 그것을 걱정하는 것 뿐이다. 이러한 자각을 수시로 하는 것은 신앙적 나태함에 빠지지 않으려는 노력의 일단으로 신앙의 건실함을 보여 주는 것이다.

이러한 신앙적 자아는 「꽃」에 나타난 것처럼 그에게 남은 것은 오직 '꽃'으로서 이것은 하나님을 향한 기도의 자세를 형상화시킨 것이다. 자신의 화첩에 남은 것은 '날개 달린 새' '네 발 달린 짐승'은 모두 가고 꽃 뿐이라고 했다. 묶이어 있는 것, 날아갈 수도 걸어갈 수도 없는 꽃만 가득 남았다고 했다. 현실 세계에서 신앙인은 때로 어리석

고 미련하게 보인다. 언제나 그 자리에서 참고 견디는 미욱함이 현실
에 어울리지 않는 삶일 수 있기 때문이다. 그러므로 긴 세월 두고 가
슴속에 삭아내리는 것은 흐느낌이나 바람소리 같은 '기도' 뿐이다.

이러한 시에서 보여주는 것은 시적 자아가 현실과의 타협이 아니라
꼿꼿이 지켜가는 신앙적 견고함이 몸에 배인 표현이다. 신앙적 자아는
실존적 상황으로서의 현실과 관계를 맺고 있다. 이러한 현실과의 타협
은 신앙적 양심이 무디어지는 결과를 가져오게 되며 신앙의 순수성을
퇴색시킨다. 시인은 이러한 체험의 기록들을 용해시켜 새로운 언어로
형상화시킨 것이다. 이향아에게서 신은 마음에 존재하는 정적인 존재
가 아니라 일상의 삶을 주관하며 그의 모든 일에 간섭하는 존재이다.
그것을 깊이 인식하고 있다는 것은 그의 신앙적 인격이 늘상 깨어 있
는 부지런함과 순수성을 의미하는 것이다.

> 새벽마다 조금씩 어둠을 건진다.
> 어둠 속에 모두 버리고
> 靑寶石 같은 근심은 남겨
> 눈물로 키울 자식이 되게,
> 뿌려 놓고 함께 늙을 소망이 되게,
> 청명한 아픔 뿌리 벋는 새벽,
>
> ― 「새벽」에서

새벽마다 심는 장생의 나무. 새벽은 꿈과 생시를 내왕시키는 가교의
역할을 한다. 새벽은 그만큼 신선하고 신앙인에게는 신과 인간의 세계
를 연결시켜 주는 신성한 시간으로 인식된다. 이 시간에 '어둠'을 건
지며 '소망'이 되는 '나무'를 심는다고 했다. 어둠과 밝음의 교량인 새
벽은 미래를 준비하며 새로운 세계를 기대하는 마음이다. 특히 나무는
'장생의 나무'라고 하며 먼 미래에 대한 신념을 보여준다.

(3) 성숙된 자아의식

이향아의 시에서 근래의 시로 올수록 신앙적 자아의 성숙된 면을 드러낸다. 그의 시의 흐름이 일상적 삶의 조건을 받아들이며 겸허와 순수함을 긍정적으로 지켜왔다. 여기서 신앙적 자아는 자연히 더욱 깊이와 폭을 더하며 성숙해 간다.

> 기적은 바라지 않겠습니다.
> 퍼낸 만큼 물은 다시 고이고
> 달려온 그만큼 앞길이 트여
> 멀고 먼 지축의 끝간 데에서
> 깨어나듯 천천히 동이 튼다면
>
> 날마다 다시 사는 연습입니다.
> 연습하여도 연습을 하여도
> 새로 밀리는 어둠이 있어
> 나는 여전히 낯선 가두에
> 길을 묻는 미아처럼 서 있곤 했습니다.
>
> 눈을 감고 살기를 복습하여서
> 꿈을 비워 깊어진 항아리처럼
> 내 영혼에 새겨진 그 약속만
> 기적보다 눈부시게 돌아오기를
> 옷깃 여며여며 기다리겠습니다.
>
> — 「비운 항아리처럼」 전문

이 시는 그의 겸허한 마음의 연장선상에 있으면서 자신을 비우는 연습으로 일관하고 있다. 먼저 '기적'을 바라지 않는다고 했다. 인간은 누구나 어려운 고비 때마다 '기적'이라고 하는 것이 이루어져 새로운 물꼬가 터지기를 바란다. 그러나 여기서는 기적을 바라기보다는 '퍼낸

만큼 물이 고이고' '달려온 그만큼 앞길이' 트이는 일상의 현실이 계속되기만 한다면 그것으로 더 이상 바라지 않겠다는 것이다. 지나온 삶의 길을 되짚어 보았을 때 기적을 바라며 수없이 허망함을 느낀 자아의 독백이다. 2연은 과거 삶의 궤적이라 할 것이다. 우리의 삶은 '날마다 다시 사는 연습'이라고 했다. 연습이란 언젠가 끝나고 실체에 접근을 해야 하는 것임에도 불구하고 인간의 삶은 언제나 연습의 연속임을 고백하며 자아는 항상 '미아'였다는 것이다. 때문에 이제는 새로운 삶에 대한 더 큰 의미를 바라고 살기보다는 이제까지 살아온 방법의 '복습'을 통해 더 큰 어둠, 실수가 없는 삶이기를 기원한다. 다만 '내 영혼에 새겨진 그 약속'이 기적보다 눈부시게 다가오기를 기다리는 자아는 그렇기 때문에 '비워둔 항아리'가 되는 것이다.

고단한 삶의 여정에서 세계와 자아와의 관계를 신앙적 안목으로 통찰하며 미래에 대한 소망이 이만큼 소박할 수 있다는 것은 자아의 형상대로 '비워둔' 때문이다. 자아의 심혼의 내적 체험이 영적인 자장으로 확산되어 있다. 신앙인으로서 시인이 겪은 체험은 신과의 관계 속에서 해석되어 그 의미망을 구축하게 된다. 따라서 신앙시는 일반적 감수성과 함께 영적 교감을 표출하는 이중의 작업이 될 수밖에 없다.

> 나는 오늘도 겨우
> 흩어진 자식들이나 부탁하였다
> 제 새끼나 겨우 품는 옹색한 가슴으로
> 함께 늙는 그 사람의 건강이나 당부하고
> 그리고 나 또한
> 고요하게 늙고 싶다 소원을 빌었다
> 그분은 나를 보았지만, 부신 눈으로
> 다 알고 있노라, 알고 있노라
> 그러나 소원이여, 어찌 이리 남루한가
> 입으로는 버릇된 사랑을 노래해도

가난한 마음, 은혜로운 눈물
쫓겨가는 이웃과 당신의 나라
일흔 번씩 일흔 번 사랑할 원수도
그분은 말없이 고개를 끄덕이고
나는 까맣게 잊고 있었다
아, 이 깊은 밤에
누군가 세계를 건지려는 속울음소리
당신 향해 흐느끼는 누군가의 울음소리.
— 「누군가의 울음소리」 전문

왜소한 신앙적 자아를 자각한 내용이다. 흔히 빠지기 쉬운 매너리즘적 신앙생활, 극단적 이기심에 물들어 종교의 궁극적 목적이 희석되어 가는 현실에서 반성하는 모습이다. 대부분의 신앙인이 신앙에 대해 한 번쯤은 회의를 가졌음직한 부분이다. 여기서는 신앙인의 이기심을 '옹색한 기도' '남루한 소원'으로 표현하고 있다. 이러한 이기적 신앙 태도로 인해 쫓겨가는 것은 '이웃'과 '당신의 나라'라고 했다. 진정한 그리스도의 사랑을 실천하기보다는 자신의 삶에 급급한 모습 때문에 기독교의 '사랑'은 좀처럼 실현되기 힘든 현실을 표현하고 있다.

현실의 삶에 얽매어 진실의 세계, 종교적 세계, 영적 세계에 대한 인식이 사라지는 것에 대한 회한으로 '당신을 향해 흐느끼는 누군가의 울음소리'가 있다. 그것은 '세계를 건지려는 속울음소리'이다. 십자가상에서 그리스도의 희생이 하나님과 인간의 관계 회복임을 망각하고 단순히 눈에 보이는 현실적 삶에 급급해 있는 많은 기독교인을 위해 다시 한 번 예수의 울음이 필요함을 말해 준다.

이것은 시인을 포함한 많은 기독교인의 자성적 고백이다. 더 나아가 시인의 의식 속에 녹아있는 진실된 '사랑'의 의미와 그에 대한 갈구가 시로 표출된 것이다. 성숙한 신앙인의 의식이 참된 신앙의 길을 찾아나서는 모습을 그려준다. 이향아의 신앙시는 삶에 대한 겸허한 자세를 바탕으로 하여 신앙인의 성숙한 의식을 섬세한 언어로 구사하고 있다. 일상의 작은 일에서도 시인의 감수성은 하나님과의 관계를 의식하고 그의 사랑을 향해 나아가는 모습이다.

1960년대 기독교시는 현실을 바탕으로 신앙인의 맑고 투명한 삶을 표출한다. 자신의 삶의 현실을 바탕으로 신과 만나는 종교적 행위를 시적 상상력을 바탕으로 극대화시키는 노력을 보여준다. 그만큼 종교는 현실적 감각을 잃지 않았고, 성서의 지식은 단지 성서 속에 갇혀진 것이 아니라 삶과 함께 호흡하는 긴밀성을 보여준다. 시대적으로 안정을 찾으며 신앙 면에서도 자아의식이 강해진 시기로 인식되었기 때문으로 보인다.

Ⅳ. 한국 기독교시의 시사적 의의

한국의 시문학사 발전에서 기독교시가 차지하는 위상을 규명하기 위해 이를 사적으로 고찰해 보았다. 기독교가 유입되는 과정에서 서구 문화에 접촉하는 계기가 되었고, 그것은 또 하나의 종교를 수용한다는 측면에 그치지 않고 우리의 정신 속에 새로운 의식을 심어 주었다. 기독교가 이 땅에 유입되면서부터 우리 민족은 일제의 식민지가 되어 해방되기까지 억압된 환경에서 개화와 독립을 위해 많은 노력을 경주하였다. 여기에 기독교 사상이 민족주의 의식을 형성하는 데 주도적 역할을 하였다.

기독교는 찬송가를 통해 확산의 계기가 마련되는데 그것이 곧 창가의 발전으로, 다시 근대시의 원형으로 자리잡게 되었다. 이 과정에서 기독교시는 형성 발전되었다. 억압된 현실에서 민족에게 밝은 빛을 향해 나아가도록 하는 선구자적 역할을 수행하였으며 그 표상은 각 시인에 따라 또 시대에 따라 다양하게 드러나고 있다.

먼저 1910년대는 개화와 독립이 지상의 과제로 인식되었던 시기였고, 기독교는 민족주의 의식을 고취시키며 계몽을 선도하는 주체로 작용하였다. 당시 국권회복을 위한 애국적, 민족적 성향이 강한 선각자들이 기독교에서 받아들인 평등사상과 인권존중 사상을 문학의 주제로 표출하게 되었다. 이 시기의 시는 주로 개화, 평등, 인도주의적 성향을 나타내며 기독교를 종교적 측면이 아닌 사상적 측면으로 수용하였다. 이러한 시는 기독교시로서 완전한 면모를 갖춘 것은 아니었으나 최남선, 이광수와 같이 당대를 대표하는 문학인의 시에서 기독교 의식을 드러내고 있다는 데 그 의의가 있다.

1920년대는 3·1운동 직후 절망과 허무의식이 팽배한 시기로 시단의 분위기는 비관적, 퇴폐적 조류가 한창이었다. 이 때 기독교 신앙인인 전영택, 주요한, 장정심의 시는 미래에 대한 소망을 제시하는 이상주의적 태도를 보였다. 어둠의 현실 너머 밝은 미래를 지향하는 의식이 시를 건강하게 이끌어 갔다.

1930년대는 일제의 강압적 식민지 정책으로 문학에 대한 탄압이 거세지던 시기였다. 이러한 억압적 환경은 시인들을 순수 서정시의 세계로 몰입하게 하였다. 이 시기에 등단한 모윤숙, 김현승, 박두진, 박목월 등의 기독교 시인들은 피상적 신앙의 표출이 아니라 내면적으로 성숙된 종교의식을 시로 승화시켰다. 식민지 시대의 암울한 정서를 사랑, 구원, 부활 등의 종교의식으로 표출하며 시적 형상화에 힘썼다.

1940년대는 한국 문학사상 가장 암울했던 시기로 우리의 말과 글, 그리고 민족적 정서가 송두리째 빼앗긴 상실의 시대였다. 이러한 수난 속에서 윤동주는 상실감을 기독교 속죄양 의식으로 변용시켜 내면화된 시적 특성을 보였다.

1950년대는 조국의 해방과 함께 찾아온 혼돈과 한국전쟁이라는 민족의 수난을 겪은 후 기독교는 성장 발전하는 계기를 맞이했다. 고난을 통한 성숙은 기독교시의 양적 성장도 함께 이루게 되었다. 핍절한 시대의 암울함을 벗어나 신이 인간에게 주는 사랑과 은혜에 대한 감사와 감격이 시로 표출되었다.

1960년대는 사회 변혁기로 시단에는 현실의식을 확장시키는 시기였다. 이 시기의 기독교는 토착화가 거론될 정도로 양적, 질적 성장을 가져왔고 아울러 기독교시도 발전하였다. 안정된 신앙인의 자세와 순수한 고백이 이 시기 기독교시의 주된 정서이다.

한국의 시문학이 이러한 시대적 배경 속에 성장, 발전되어 오는 과정에서 기독교 의식을 시문학 속에 담아 당대의 시대상을 반영하며 신을 향한 구원의 의지를 나타낸 것이 기독교시의 모습이다. 시대의 변천과 함께 억압과 고난의 환경에서 발달해 온 시문학 중 기독교시는 그 내부에서 끊임없이 신을 향한 예언자적 태도로, 때로는 신음의 소리를 표출하며 그 의지를 이어왔다. 기독교시는 한국 시문학사의 초기부터 그 모습을 나타내며 시의식을 발전시켜 왔다. 현실의 어둠에 대응하여 민족이나 개인의 구원을 위해, 또는 신의 은총에 대한 감사와 사랑을 주제로 하며 한국의 시문학 속에 면면히 이어져 왔다. 한국 시문학사에서 미래지향적 세계를 제시하여 시정신의 밝은 측면을 보여주며 성장해 온 것이다. 이것은 종교적 사명감으로서가 아니라 정신사적으로 시의 건강한 발전에 기여했다는 데 그 의의가 있다.

V. 결 론

　시문학은 인간의 사상과 정서를 운율적, 함축적 언어로 형상화하는 것이 본령이기 때문에 사상과 정서의 기반이 되는 종교의 영향을 소홀히 할 수 없다. 우리에게는 오랜 전통의 유교와 불교, 무속 신앙 등이 굳게 자리하고 있었다. 따라서 기독교 정신을 기반으로 하는 문학이 뿌리내리기에는 열악한 환경이었다. 서구문화의 근간인 기독교는 우리의 근대화에 절대적 영향을 끼치며 유입되었다. 그것은 새로운 서양 종교의 유입이라는 차원을 넘어서 국민의 정신적 자각을 재촉하는 촉매제 역할을 했다. 봉건체제의 기반이 약화되는 시기에 들어와 우리 문화 전반에 새로운 전환점을 이루게 된 것이다.

　이 과정에서 기존의 종교 사상과의 마찰로 인한 많은 희생과 순교가 뒤따른 것은 필연적 결과이다. 그 결과 우리는 서구 세계와의 접촉과 아울러 그 정신적 산물인 문화를 수용하게 되었다. 개화의 창구 역할을 한 기독교는 찬송가의 보급과 성서의 번역 등으로 한국의 시문학과 한국어 발전에 많은 공을 세웠다. 시문학의 경우 찬송가에서 영향을 받은 개화기 시가문학에서부터 새로운 사상과 형식을 나타내었기에 그 공은 크다고 할 것이다.

이 책에서는 한국 시문학에서 기독교 의식이 어떠한 형태로 드러났는지 통시적 입장에서 고찰해 보았다. 먼저 기독교가 유입되는 환경에서부터 시작하여 기독교 문학의 형성과정을 살펴보았다. 기독교의 유입은 천주교와 개신교로 2분화되었다. 천주교 유입은 조선 후기 소장파 실학자들을 중심으로 근대지향성이 확산되면서 자연스럽게 이루어진 것으로 천주교 전래사상 특수한 사례에 속한다. 이것은 종교라는 측면을 벗어나 지배계층에 대한 강한 도전으로 받아들여 이에 대한 박해와 탄압이 천주교사에서 그 유례가 없을 만큼 극심했다. 이러한 수난과 박해로 얼룩진 희생의 바탕 위에서 개신교는 비교적 순탄하게 받아들여졌다. 의료사업과 교육사업을 통해 자연스럽게 유입되어 서구 문화에 대한 거부감을 완충시킬 수 있었다.

기독교는 근대식 교육을 통해 한국인의 의식을 계몽시켰고 한국인에게 개화의지를 심어줌으로써 근대화를 촉진시켰다. 이것은 단순히 새로운 종교의 유입이라는 차원을 넘어서 근대화의 발판을 이룬 정신적 자각을 일으켰고, 근대문학 형성을 위한 정신적 배경을 이루었다. 여기서 문학 속에 기독교 정신을 용해시킨 기독교 문학을 형성하는 기초가 된 것이다.

한국 시문학에서 찬송가가 초창기 시문학 형성과 발달에 끼친 영향은 형식상의 근대문학으로의 발달과 아울러 정신적 기반에서도 기독교 정신의 맥을 이어가고 있다. 따라서 시문학의 발달 과정은 초기에서부터 기독교의 영향하에 있었다.

첫째로, 1910년대는 한일합병 이후 일제의 무단정치로 조국의 주권이 일본에 빼앗긴 절망의 시기였다. 당시 기독교는 국권회복과 관련된 애국적, 민족적 성향이 강했기 때문에 일제는 한국 교회에 대해 적대적 반응을 보이며 탄압을 강화하였다. 당시의 민족의식과 애국심은 기독교 의식과 부합되어 자연스럽게 문학의 주제로 나타났다. 이 시기에 전개된 신문학운동은 개화운동의 계몽적 요소를 문학적 방법으로 표현하였다. 대표적 문인인 육당과 춘원의 시작품에 나타난 주제의식 역시 계몽사상과 민족주의 사상이 강하게 부각되었다. 이들은 기독교가 유입되던 시기에 서적을 통해 기독교 사상을 받아들여 그것을 시로 표출하였다. 이들은 기독교를 종교적 체험이 아닌 새로운 문물을 받아들이는 사상으로 수용하여 개화사상과 민족의식을 고취시키는 방법으로 인식하였다. 그러나 그들의 시에서 기독교 의식의 연원을 찾을 수 있다는 데 그 의의가 있다.

둘째로, 1920년대는 3·1운동의 실패 이후 사회 전반에 흐르는 절망적 분위기는 문단에도 지대한 영향을 끼쳐 비관적, 퇴폐적 문학조류가 일어났다. 기독교계에서는 일부 지식인들의 기독교 배척과 사회주의자들에 의한 기독교 비판을 자성의 기회로 삼아 좀더 적극적 자세로 기독교 발전에 노력하였다. 일제는 무단정치에서 문화정치로 방법을 바꾸어 외형적으로는 완화된 모습을 보이며 일부 언론에 자유를 허용하여 동아, 조선 양대 일간지의 창간과 잡지 발행이 활발해졌다. 이런 계기로 많은 문학 잡지와 기독교 잡지의 발행이 활발해져 문학의 발표 기회가 많아졌다. 전대의 교훈적, 계몽적 목적을 지닌 공리적 문학에 대한 비판과 서구 문예사조가 도입되었고, 일본 유학생을 중심으로 한 동인지 중심의 문학 활동이 활발하였다. 이러한 상황에서 독자들에게 희망과 이상을 심어주고자 기독교적 의식을 기반으로 한 전영택, 주요한, 장정심의 시가 새로운 세계에 대한 소망을 제시하는 기독교적 이상주의를 표출하였다. 암울한 시대적 상황을 극복하는 방법으로 먼 미래를 바라보며 어둠의 현실이 아닌 밝음의 세계를 지향하는 의식이 투영된 작품이 그들의 공통된 의식이었다.

셋째로, 1930년대는 일제가 언론의 자유를 통제하고 사상 취체를 강화하여 일본어 상용과 창씨개명, 신사참배 등을 강요하며 문화사상적 활동이 일체 금지되던 시기다. 이러한 식민지 정책은 기독교에 대한 탄압으로 이어졌고 기독교 내부에서도 반기독교적 분위기가 일어나

이중의 고난을 겪게 되었다. 일제에 의해 조성된 억압적 환경은 순수 문학이 대두되는 계기가 되어 문학에 대한 탄압이 거세지면서 시인들은 자연 속으로 파고들어 자연을 노래하는 순수 서정시의 세계를 형성하게 되었다. 이 때 등단한 시인들 중 기독교 의식을 지닌 시인으로 모윤숙, 김현승, 박두진, 박목월 등이 있다. 이들은 피상적 신앙관의 표출에서 벗어나 기독교 의식이 시 속에 용해되어 예술적 형상화에 성공한 시를 쓰게 되었다. 식민지 시대 민족의 정서를 기독교의 사랑, 구원, 부활 등의 의식을 시로 형상화하였다.

넷째로, 1940년대는 일제 말기로 강력한 전시체제를 갖추면서 철저한 한국민 말살정책으로 일관하던 시기다. 문자 그대로 암흑기로 모든 언론지는 폐간되어 표현의 자유가 폐쇄되었다. 기독교에 대한 탄압은 극에 달해 순교 아니면 변절이라는 기로에서 교회 조직은 훼절되고 변질되는 수난을 당했다. 이러한 시기에 내면의식을 시로 형상화한 윤동주의 시는 기독교 시문학사에서 의의있는 일이다. 그는 민족의 현실 앞에 부끄러움으로 대변하는 죄의식으로 시작하여 자신을 속죄양으로 바쳐 민족의 구원을 이루고자 했다.

다섯째, 1950년대는 우리 민족의 수난의 시기다. 해방 이후 찾아온 극도의 혼란과 좌우익의 이념의 대립은 급기야 한국전쟁을 불러왔고 그 후유증은 조국 분단의 아픔을 겪게 하고 있다. 휴전 이후 차츰 사회 안정을 찾으며 문학 또한 현실을 수용하고 체험을 예술로 승화시키는 데 인색하지 않았다.

기독교는 사회의 혼란과 더불어 고난의 시기를 거치면서 새로운 발전을 모색하고 한국인의 정신적 성장의 일면을 담당하는 중요한 종교로 성장하였다. 이 시기에 기독교 의식을 지닌 시인들이 많이 등장하여 문학과 종교의 융합, 종교적 관념의 표출을 지양하고 예술적 형상화에 많은 노력을 경주하였다. 이 시기에 황금찬, 임인수, 윤혜승, 김경수 등이 기독교의 구원과 사랑이라는 명제가 사회의 현실 속에서 어떻게 수용될 수 있는가 하는 문제에 귀착되었고 박화목, 석용원, 이성교, 김지향 등의 시편에서는 좀더 순수한 시의 세계가 구축되었다. 하나님의 인간에 대한 사랑, 그 핵심적 메시지에 감사와 은총에 대한 감격으로 일관하고 있다.

끝으로 1960년대는 4·19로 시작된 사회 변혁의 시기로 문학은 현실과의 관계에서 그 본질과 기능을 정립하려는 시기였다. 여기에서 참여시가 대두되어 순수시와 대립되는 양상을 나타내었다. 기독교계에서는 다수 대중을 향한 선교 전략과 산업 사회 속에 이루어지는 산업선교 등으로 기독교인이 급증하였고 기독교 문학에 대한 관심도 성숙되었다. 이러한 환경에서 등단한 시인들 중 기독교 신앙이 철저한 시인들이 양산되었으며 신앙시를 통해 기독교시의 큰 맥을 이루어 나갔다. 박이도, 임성숙, 허소라, 이향아가 그 대표적 시인으로서 그들의 시편은 빛을 향해 나아가는 신앙인의 자세, 자신의 삶의 고백을 통한 자아구원의 의지 등을 축으로 함축된다.

1960년대까지 우리의 시문학과 기독교의 관계는 일제 강점기와 그 직후의 한국전쟁 등 사회적 변동의 폭을 따라 변화 발전하였다. 그 가운데 기독교시는 짧은 역사에 비해 수준 높은 성과를 이루어 왔다. 여기서 다룬 시인들은 특히 그들의 삶 속에서 기독교를 통해 그 의미와 구원을 이루고자 한 시인들이다. 각 시대마다 우리의 현실이 갖는 어둠의 측면들을 시를 통해 여과시켜 미래지향적 세계를 제시하며 시정신을 건강하게 발전시켜 온 점은 한국 현대사사에서 높이 평가되어야 할 것이다. 한국의 기독교시는 일천한 역사에도 불구하고 꾸준히 발전해 왔음을 확인할 수 있었다.

참 고 문 헌

1. 기본 자료(시집 및 수필집)

대한성서공회, 『성경전서』, 1962.

김경수, 『문들의 영가』, 새글사, 1969.

_____, 『겨울나무』, 현대문학사, 1973.

_____, 『목소리』, 현대문학사, 1975.

_____, 『목젖』, 시문학사, 1976.

_____, 『이 상투를 보라』, 서경 도서출판사, , 1977.

_____, 『노래중의 노래』, 성광문화사, 1981.

_____, 『묵시록의 샘이 흐르는 공원』, 반석, 1986.

_____, 『하나의 마음으로』, 종로서적, 1990.

김지향, 『가을이야기』, 도서출판 문장, 1981.

_____, 『사랑, 그 낡지 않은 이름에게』, 서문당, 1986.

_____, 『그림자의 뒷모습』, 도서출판 거목, 1986.

_____, 『깊은데로 가서 던져라』, 도서출판 거목, 1987.

_____, 『사랑만들기』, 홍익출판사, 1987.

_____, 『세상을 쏘다』, 문학세계사, 1990.

_____, 『두개의 욕심을 갖지 않는 마음』, 도서출판 한글, 1993.

김현승, 『김현승 전집』1,2,3, 시인사, 1984.

모윤숙, 『빛나는 지역』, 조선창문사, 1933.

_____, 『풍토』, 문원사, 1970.

박두진, 『박두진 전집』1-10, 범조사, 1984.

박두진 편저, 『십자가 사랑의 연가』, 삼영, 1989.

박목월, 『박목월시 전집』, 서문당, 1993.

_____, 『보랏빛 소묘』, 신흥출판사, 1958.

_____, 『어머니』, 삼중당, 1984.

박이도, 『회상의 늪』, 삼애사, 1969.

_____, 『북향』, 예문관, 1969.

_____, 『폭설』, 동화출판사, 1975.

_____, 『불꽃놀이』, 문학과 지성사, 1983.

_____, 『안개주의보』, 현대문학사, 1983.

_____, 『침묵으로 일어나』, 종로서적, 1988.

_____, 『약속의 땅』, 시와 시학사, 1994.

박화목, 『천사와의 씨름』, 한국문학사, 1975.

_____, 『그 어느 목소리를 들을 수 있다면』, 민족문화문고 간행회, 1987.

석용원, 『종려』, 시작사, 1955.

_____, 『잔』, 신교출판사, 1956.

_____, 『밤이 주는 가슴』, 형설출판사, 1958.

_____, 『야간열차』, 정신사, 1959.

_____, 『겨울명동』, 남광, 1990.

_____, 『눈물같은 시』, 정원, 1993.

_____, 『내 작은 창문을 열면』, 정원, 1994.

육당 전집 편찬위원회 편, 『육당 최남선 전집』, 현암사, 1973.

윤동주, 『하늘과 바람과 별과 시』, 정음사, 1988.

윤혜승, 『사랑이야기 그리고 찬가들』, 배영출판사, 1988.

_____, 『계절풍』, 도서출판 사람, 1996.

_____, 『그날과 오늘사이』, 사람출판사, 1995.

_____, 『갈잎의 노래』, 도서출판 중문, 1968.

윤혜승 화갑기념 간행위원회, 『한그루 정정한 나무가』, 중문, 1989.

이광수, 『이광수전집』, 삼중당, 1962.

_____, 『三人시가집』, 삼천리사, 1929.

_____, 『춘원시가집』, 백문서관, 1940.

이성교, 『이성교 시전집』, 형설출판사, 1997.

_____, 『하늘가는 길』, 종로서적, 1989.

_____, 『구름 속에 떠오르는 영상』, 형설출판사, 1992.

이향아, 『황제여』, 선교회 출판부, 1970.

_____, 『동행하는 바람』, 한국 문학사, 1975.

_____, 『눈을 뜨는 연습』, 시문학사, 1978.

_____, 『갈꽃과 달빛과』, 홍익출판사, 1987.

_____, 『만나러 가는 노래』, 종로서적, 1989.

_____, 『그다라는 이름의 꽃말』, 오상사, 1999.

임성숙, 『당신이 누구신지 참으로 안다면』, 종로서적, 1989.

_____, 『여덟개의 변주곡』, 마을, 1995.

_____, 『엄살빼기, 군살빼기』, 마을, 1996.

임인수, 『땅에 쓴 글씨』, 새사람사, 1955.

_____, 『나는 백지로 돌아가리라』, 종로서적, 1984.

주요한, 『주요한문집』 I, II, 요한기념 사업회, 1982.

_____, 『三人시가집』, 삼천리사, 1929.

장정심, 『琴線』, 경천애인사, 1957.

전영택, 『전영택전집』1,2,3, 목원대출판부, 1994.

허소라, 『겨울밤 전라도』, 유림사, 1995.

_____,『누가 네 문을 두드려』, 신아출판사, 1996.

황금찬,『황금찬전집』1-5, 영언문화사, 1988.

_____,『영혼은 잠들지 않고』, 종로서적, 1989.

2. 단행본

감태준 외,『한국현대문학사』, 현대문학, 1984.

권영민 편,『윤동주연구』, 문학사상사, 1995.

_____,『한국현대문학사』, 민음사, 1990.

김동리,『문학과 인간』, 백민문화사, 1948.

김병철,『한국근대 번역문학사 연구』, 을유문화사, 1975.

김우규 편,『기독교와 문학』, 종로서적, 1992.

김우창,『궁핍한 시대의 시인』, 민음사, 1993.

김윤식, 김 현,『한국문학사』민음사, 1995.

김재홍,『한국현대시인연구』, 일지사, 1986.

김주연 편,『현대문학과 기독교』, 문학과 지성사, 1984.

김준오,『시론』, 삼지원, 1994.

김희보,『한국문학과 기독교』, 현대사상사, 1979.

동국대문학연구소,『이광수연구』, 태학사, 1984.

민경배,『한국기독교회사』, 연세대출판부, 1995.

박두진,『한국현대시론』, 일조각, 1970.

_____,『시와 사랑』, 신흥출판사, 1950.

_____,『현대시의 이해와 체험』, 일조각, 1976.

박이도,『한국현대시와 기독교』, 종로서적, 1987.

박진환,『한국현대시인론』, 탐구당, 1983.

박철희,『서정과 인식』, 이우출판사, 1983.

서정주,『한국의 현대시』, 일지사, 1969.

성서문학연구회,『고뇌하는 종교문학』, 맥밀란, 1984.

신규호, 『한국인의 성시』, 한국문연, 1986.

신동욱 편, 『최남선과 이광수의 문학』, 새문사, 1986.

신봉승 외, 『시인 황금찬』, 영언문화사, 1988.

신익호, 『기독교와 한국현대시』, 한남대출판부, 1988.

양왕용, 『한국근대시연구』, 삼영사, 1982.

오세영, 『현대시와 실천비평』, 이우출판사, 1983.

이기문, 『개화기의 국문연구』, 서울대 한국문화연구소, 1970.

이만열, 『한국 기독교와 민족의식』, 지식산업사, 1991.

이민자, 『개화기문학과 기독교사상』, 집문당, 1989.

이병기. 백 철, 『국문학전사』, 신구문화사, 1972.

이성교, 『한국현대시연구』, 과학정보사, 1985.

_____, 『한국현대 시인연구』, 태학사, 1997.

이숭원, 『근대시의 내면구조』, 새문사, 1988.

_____, 『한국현대시사연구』, 일지사, 1983.

이승훈, 『시론』, 고려원, 1993.

이영걸, 『영미시와 한국시』, 문학예술사, 1981.

이인복, 『문학과 구원의 문제』, 숙대출판부, 1982.

_____, 『한국문학과 기독교사상』, 우신사, 1987.

이장식, 『기독교사상사』, 대한기독교서회, 1996.

이창배, 『20세기 영미시의 형성』, 민중서관, 1981.

이형기, 『박목월평전』, 문학세계사, 1993.

정진홍, 『종교학서설』, 전망사, 1980.

정한모, 『한국현대 시문학사』, 일지사, 1974.

_____, 『현대시론』, 민중서관, 1973.

조신권, 『한국문학과 기독교』, 연세대출판부, 1986.

_____, 『성서문학의 이해』, 연세대출판부, 1979.

조연현, 『한국현대문학사』, 성문각, 1991.

_____,『한국현대작가연구』, 새문사, 1981.

최규창,『한국기독교시인론』, 대한기독교서회, 1984.

최동호,『한국의 명시』, 한길사, 1996.

최미정,『한국기독교문인연구』, 크리스챤서적, 1998.

최원규,『한국현대시론고』, 신원문화사, 1993.

한국기독교역사연구소,『한국 기독교의 역사 Ⅰ, Ⅱ』, 기독교문사, 1989.

한양문학회 편,『목월문학탐구』, 민족문화사, 1983.

3. 논 문

강신주,「한국 현대 기독교시 연구」, 숙명여대 박사학위논문, 1991.

_____ ,「구원의 시적 형상화」,『월간문학』1991. 5.

권일송,「김지향시집 -가을이야기」,『한국문학』1982. 3.

김경수,「한국 개화기문학과 기독교」,『기독교사상』1982. 7.

김농리,「목월시의 비밀과 강점」,『현대문학』1978. 6.

김소암,「한국기독교문학연구」, 단국대 석사학위논문, 1975.

김영기,「토착어의 공간의식－이성교론」,『시문학』1972. 8.

김영수,「신학적 상상력」,『한국문학』1976. 2.

김용직,「시와 신앙」,『현대시학』1974. 12.

김윤식,「십자가와 별」,『현대시학』1974. 12.

김일훈,「박두진시론」,『현대문학』1972.6.

김재홍,「목월시의 성격과 시사적 의의」,『현대문학』1988. 5.

김태준,「춘원의 문학에 끼친 기독교의 영향」,『이광수 연구』, 태학
사, 1984.

김하태,「현대문학과 기독교 전통」,『기독교사상』1961. 8.

김홍기,「박두진 시에 나타난 기독교사상 고찰」, 호남대 석사학위논
문, 1993.

김홍규,「윤동주론」,『창작과 비평』1974. 가을.

명계웅, 「기독교문학의 형성과정」, 『기독교사상』1970. 7.

박두진, 「기독교와 한국의 현대시」, 『현대문학』1964. 10.

박이도, 「한국 기독교시의 형성」, 『기독교사상』1981. 4.

박철석, 「목월과 두진의 시」, 『현대문학』1978. 2.

박춘덕, 「한국 기독교시에 있어서 삶과 신앙의 상관성 연구」, 부산대
　　　박사학위 논문, 1993.

박태욱, 「한국 현대시의 기독교사상」, 고려대 교육대학원 석사학위
　　　논문, 1983.

박호영, 「이성교론」, 『현대시』1991. 6.

백 철, 「신문학에 끼친 기독교의 영향」, 중앙대 논문집, 1963.

송영순, 「영운 모윤숙시 연구」, 성신여대 박사학위논문, 1997.

송영호, 「박목월시 연구」, 명지대 석사학위논문, 1991.

신규호, 「한국 기독교문학고」, 『시문학』1986. 7-8.

심재언, 「한국문학사에 나타난 기독교정신」, 『교육평론』1969. 10.

안수환, 「김지향론-기쁨과 슬픔의 상반성」, 『시문학』1987. 6.

오동춘, 「빛의 시인 박두진론」, 『연세어문학』1977. 9-10.

오세규, 「한국 기독교문학 연구」, 호서대 석사학위논문, 1995.

오세영, 「자연의 발견과 그 종교적 지향」, 『한국문학』1978. 5.

윤재근, 「목월의 시세계」, 『현대문학』1978. 6.

원형갑, 「詩人과 浮游하는 神의 사이」, 『현대문학』1978. 12.

이성교, 「안정된 시정신」, 『현대시학』1978. 7.

이수화, 「사랑만들기 시의 변증법-김지향의 시세계」, 『월간문학』
　　　1987. 12.

이운용, 「한국 기독교시 연구」, 조선대 박사학위논문, 1988.

이유식, 「박두진론」, 『현대문학』1978. 6.

이중구, 「한국 기독교 시인의 시에 나타난 사상」, 서울대 석사학위논
　　　문, 1976.

장백일, 「고독 속에서 찾는 구도」, 『기독교사상』1976. 8.

전영택, 「기독교문학론」, 『기독교사상』1957. 창간호.

정태용, 「박두진론」, 『현대문학』1970. 4.

_____, 「박목월론」, 『현대문학』1970. 5.

정한모, 「기독교 전교시대와 한국문학」, 『한국문학』1976. 2.

_____, 「철두철미 시인이었던 목월」, 『현대문학』1978. 6.

정현기, 「박두진론」, 『연세어문학』1977. 9-10.

조남기, 「기독교문학론」, 『기독교사상』1978. 9.

조남익, 「황금찬, 박용래의 시」, 『현대시학』1987. 5.

조연현, 「종교와 문학」, 『기독교사상』1971. 8.

조재훈, 「다형문학론」, 『숭전어문학 5』, 1976.

최동호, 「춘원 이광수 시가론」, 『현대문학』1981. 2.

최종수, 「종교와 문학의 관계」, 『신학지남』1978. 봄.

_____, 「한국의 기독교시」, 『신학지남』1978. 가을, 겨울.

최현배, 「기독교와 한글」, 『신학논단』(연세대 신학회), 1962.

하현식, 「인간의 실재와 형이상학적 인식」, 『현대시학』1984. 11.

황금찬, 「한국문학에 나타난 기독교사상」, 『한국문학』1976. 2.

황양수, 「한국 기독교문학의 형성 연구」, 중앙대 박사학위논문, 1988.

황헌식, 「기독교의 영향과 문학적 수용」, 『기독교사상』1976. 8.

4. 번역서

C. Homoff, 한승훈 역, 『기독교문학이란 무엇인가』, 두란노서원, 1986.

C. I. Glicksberg, 최종수 역, 『문학과 종교』, 성광문화사, 1981.

L. N. Tolstoi, 이철 역『예술이란 무엇인가』, 범우사, 1991.

M. Eliade, 이은봉 역, 『종교형태론』, 한길사, 1996.

_____, 이동하 역, 『성과 속』, 학민사, 1995.

N. Frye, 임철규 역,『비평의 해부』, 한길사, 1993.

P. Tillich, 김경수 역,『문화의 신학』, 대한기독교서회, 1993.

T. S. Eliot, 조 만. 고진하 역,『현대문학과 종교』, 현대사상사, 1987.

ABSTRACT

A study on Christian Poetry of Korea

Han, Hong Ja

Dept. of Korean Language & Literature

Graduate School of

Sungshin Women's University

The acceptance of Christianity, which served as a momentum to provide a basis of civilization over education and culture at large, was made due to the influence of Western culture flowed into Korea in the process of modernization. Christianity contributed to our literature through spreading the Bible that brought the development of Korean and inculcating thoughts of equalitarianism, civilization and human rights that became a main theme of our literature. Especially in poetry and prose, Changga(song) of civilization era was generated and poetry and prose took root as a form of modern poem with the influence of hymn.

Christian consciousness revealed in the reality of that time was figured out in this study by selecting works of Christian poets between 1910-1960. Catholic church suffered oppression and ordeals but Protestant church could be more smoothly accepted through ways of educational and medical missionary works in the process of influx of Christianity. Ways of missionary works such as education and medical service served as a foundation to form Christian literature.

Self-awareness could be discovered in course of developing Christian poetry as national consciousness was built up among Christians when the restoration of national sovereignty movement was developed based on churches at the time of Japanese colonial rule in the 1910's. Choi, Nam Sun and Lee, Kwang Soo expressed Christian thought in their poems as equalitarianism and respect of human rights contained in the Bible.

In the 1920's, the literature itself became the purpose of literature in oppose to the literature of enlightenment of former years and emptiness and decadent ideas took the lead in the literature after the failure of 3.1 movement. Poets such as Chun, Young Taek, Ju, Yo Han, Jang, Jung Shim showed their wills to overcome the reality writing poems giving the people Christian ideals and hopes.

In the 1930's, pure lyric poetry was developed in the literary circle and the Christian literature took a chance to be internally matured as Japanese oppression on speech and writing and thought, and prosecution on churches became more intensified. Poets such as Mo, Yoon Sook, Kim, Hyun Seung, Park, Doo Jin, Park, Mok Wall, et al. dealt with God, human, and national salvation in their poems at this time.

In the 1940's, it was a dark and the loss of national awareness age. The path to issue works of national presses was blocked and churches which were the heart of national spirit were deteriorated. Yoon, Dong Ju who took Christianity for a basis of his consciousness expressed the loss of the nation as a sin offering with a lamb at this time.

In the 1950's, we came to be experienced the Korean war and division of the nation due to the confrontation and conflicts between ideologies. The experiences of the nation took a chance to be exposed as poems as the ordeals and the phase of division were gradually dealt with in sides of literary and religious, churches, circles. Especially a number of Christian poets were introduced. Hwang, Keum Chan, Kim, Kyung Soo, Park, Wha Mok, Im, In Soo, Yoon, Hye Seung, Seok, Yong Won, Lee, Sung Kyo, Kim, Ji Hyang, et al. considered the union with God, as well as experience of the reality, important in course of overcoming hardships of the reality.

In the 1960's, it was the radical age in our modern history and so critical recognition of the reality along with awakening to freedom and rights came to be spouted. Participatory poetry was raised by specifically recognizing the real situation in the literary circle and the interests in Christian culture rose to its high point and so quantitative growth of church was distinct in Christian sector. Strong will for salvation based on the spirit of love and repentance was discovered in the poems of Park, Yi Do and Im, Sung Sook, Huh, So Ra, Lee, Hyang A.

Christian poetry examined in this study through correlation between the history of Korean poetry circle and of Christian churches has steadily developed in the age of darkness and ordeal leaving its footsteps. It was felt that in-depth study is needed even in the future.

찾아보기

한 홍 자

서울 출생
서울대학교 사범대학 졸업.
성신여자대학교 대학원 졸업(문학박사).
『수필문학』으로 등단.
현재 혜전대학, 동양공전, 한서대학교 강사.

한국 기독교와 현대시

초판인쇄 ― 2000년 1월 10일
초판발행 ― 2000년 1월 15일

지 은 이 ――― 한　홍　자
펴 낸 이 ――― 정　찬　용
편 집 인 ――― 한　봉　숙
펴 낸 곳 ――― 국 학 자 료 원

등록번호 · 제2-412호
서울시 성동구 행당동 28-7 정우B/D 407호
전화 · 2293-7949 / 2291-7948
팩시밀리 · 2291-1628
http://www.kookhak.co.kr

값 · 15,000원
*저자와의 협의하에 인지 생략함.